U0040991

From Interest to Taste

以文藝入魂

The Water Dancer

水舞者

塔納哈希・科茨　楊雅婷——譯
TA-NEHISI COATES

給　夏娜

目次

第一部

我的職責是訴說奴隸的故事。奴隸主的故事從不乏人講述。

弗雷德里克・道格拉斯*

* 弗雷德里克・道格拉斯（Frederick Douglass, 1818-1895），生於美國馬里蘭州，為廢奴運動領袖，亦是首位擔任美國外交使節的非裔人士。引文出自其第三本自傳《弗雷德里克・道格拉斯的生平與時代》（*Life and Times of Frederick Douglass*），此傳出版在南北戰爭結束後（一八八一年），對其奴隸生涯與逃亡歷程多有著墨。

1

而我只可能在那座石橋上看見她，跳著舞，籠罩在幽靈般的藍光裡，因為那是我小時候，當維吉尼亞的泥土還是生機盈溢的磚紅色，他們會帶她走上的路。雖然還有其他橋梁橫跨古斯河，但他們會綁著她，帶她過這道橋，因為這是通往那條公路的橋，公路蜿蜒在綠丘間，沿山谷而下，直到朝一個方向轉去——南方。

我總是避開那道橋，因為它沾滿了眾多母親、伯舅和表兄弟姊妹往納奇茲[1]去的回憶。但如今我明白記憶的神奇力量：它能夠打開一道藍色的門，從一個世界通往另一世界，它能把我們從山上移至草地，從蓊鬱的樹林移至積雪的田野，我知道記憶能將大地如布料般摺疊，也知道我曾經將關於她的記憶推進心底，我忘記，但並未遺忘；我如今知道這個故事，這種「傳送」，必定起始於那道介於人世與幽冥間的奇異橋梁。

她在橋上跳朱巴舞，[2]頭頂著瓦罐，橋下的河水漫升起一片大霧，嚙咬她赤裸的腳跟，她重重踩著鵝卵石，震得貝殼項鍊上下抖顫。瓦罐沒搖晃；它簡直像她的一部分，無論她如何抬膝，如何蹲屈、拗轉、伸展雙臂，瓦罐始終穩穩待在頭上，宛如王冠。目睹這不可思議的舞技，我知道在幽靈般的藍光繚繞下跳朱巴舞的女子就是我母親。

沒有別人看見她，當時坐在新千禧馬車後座的梅納德沒看見，把他耍得神魂顛倒的妓女沒看見，最奇怪的是那匹馬也沒看見，雖然我聽說馬可以嗅出從其他世界走失而誤闖我們世界的東西。不，只有我從馬車夫的座位看到她，而她就像他們描述的，像他們說她當年的模樣：她會縱身躍入我們族人圍成的圓圈——艾瑪阿姨、小皮、哈納斯和約翰舅舅一起拍著手，捶胸，拊膝，慫恿她加快節奏；她會用力踩踏泥土地，彷彿要碾碎腳跟下爬行的東西，折腰躬身，配合雙手的動作扭擺彎曲的膝蓋，瓦罐依然頂在頭上。我母親是全洛克列斯最會跳舞的人，這是他們告訴我的，而我記得此事，是因為她完全沒把這項天賦遺傳給我，更因為是舞蹈讓我父親注意到她，從而造就我的存在。不僅如此，我之所以記得，是因為我記得一切——似乎除了她之外，我什麼都記得。

時值秋日，賽馬南下的季節。那天下午，梅納德有匹不被看好的純種馬贏了比賽，他以為這總算能贏得他所企求的、維吉尼亞上等人的敬重。但當他仰靠在馬車後座，咧嘴大笑，繞行鎮上的大廣場時，那些仕紳卻背過身去，繼續叼著雪茄吞雲吐霧。沒人行禮致意。他就是那副德性，永遠都不會改變——傻瓜梅納德，蠢材梅納德，笨蛋梅納德，那顆沒繼承到父母一絲優點的爛蘋果。他氣炸了，命令我駕車到我們史塔佛鎮邊界的老屋，在那兒買下一名窯姐的一夜春宵，還挺聰明地想到要把她帶回洛克列斯大宅，然後，彷彿在劫難逃，一陣突如其來的羞恥感讓他堅持繞道後街出城，沿默絲路前行，直到接上那條舊公路，再循著它駛回古斯河岸。

我駕著馬車，冷雨綿綿，水珠從帽簷滴下，濺到長褲上。我可以聽見梅納德在後座使出渾身解數，對窯姐兒吹噓自己的床上本領。我使勁催馬，一心只想回家，不用再聽梅納德的聲音，雖然我這輩子永遠不可能擺脫他。梅納德，手中握著控制我的鎖鍊。明明是我哥哥，卻被立為我主人的梅納德。我想盡辦法不要聽，尋找能引開注意力的事——回想怎麼剝玉米，或是幼時玩紙牌遊戲[3]的花招。我現在記得的是，那些回憶都沒能令我分心，反倒是陡然一陣寂靜，不僅讓梅納德消音，也抹去周遭世界的所有細微聲響。那當下，竄進腦中的儲藏格，我所發現的是各種對於逝者的記憶——在守望夜[4]保持堅強的男子，最後一次巡視蘋果園的婦人，把自己的菜園留給別人的老處女，詛咒洛克列斯大宅的怪老頭。一批批逝去的人，被押著跨越那道凶橋，一批又一批，都體現在我跳舞的母親身上。

我猛拉韁繩，但為時已晚。我們直衝過去，接下來發生的事永遠顛覆了我心目中的宇宙秩序。但我人在那裡，親眼見它發生，此後又遍歷世事，明白我們所知有限，無法理解的不知凡幾。

輪下的道路消失，橋整個不見了，我一度覺得自己漂浮在藍光上，也可能是藍光裡。那兒很暖和，而我之所以還記得那短暫的溫暖，是因為我隨即又置身水中，水底下，就跟剛剛從馬車漂出去一樣突然，就連我現在講給你聽，都覺得自己又回到冰冷刺骨的古斯河裡，河水灌進身體，伴隨著那種只有溺水者才會感到的灼痛。

沒有一種感覺與溺水相近，因為那感受不僅是痛楚，還有對如此詭異的境況迷惑不已。心智相信應該有空氣，因為有空氣可呼吸是天經地義，而呼吸的衝動又完全出自本能，以致需要特別專注才能不這麼做。若是我自己從橋上躍下，我就能解釋自己的新處境。即便是從橋邊翻落，我也能理解，因為這至少是可想像的情形。但我彷彿被猛推出窗外，直墜河深處，全無預警。我一直努力呼吸。我記得張嘴呼喊，掙扎著吸入空氣，更記得那回應的痛楚，水灌進我體內的痛楚，以及我如何以喘息回應那痛楚，結果只招來更多的水。

但我還是讓自己鎮定下來，開始明白再怎麼掙扎都只會使我更快喪命。想通這點後，我注意到某個方向有光，另一邊則一片黑暗，因而推斷黑暗代表深處，亮光則否。我蹬腿打水，朝著亮光伸出雙臂，不斷划水，直到我終於一面嗆咳、一面作嘔地浮出水面。

當我浮上來，衝破黑暗的水幕進入世界的立體模型——暴雨前的烏雲以隱形絲線吊著，底邊釘上一顆紅太陽，太陽下是起伏的草坡——我回頭看石橋，天啊，它肯定在半英里外。

那座橋簡直像在疾速遠離我，因為水流拉著我向前，而當我調整角度朝岸邊游去，仍舊是那道水流，也或許是底下看不見的漩渦，將我拉向下游。那個讓梅納德浪擲千金買她鐘點的女人不見蹤影。但無論我怎麼顧念她，思緒都被梅納德打斷，他一如往常大吵大嚷引人注意，決心以其行走人間的一貫作風離開塵世。他離我很近，被同一道水流拉扯。他在水流中拚命掙扎，喊叫，踩兩下水，隨即沒入水中，但幾秒後又浮出水面，喊叫，胡亂踩水，繼續掙扎。

「救救我，阿海！」

我自己的小命懸在漆黑的深淵上，此刻卻被叫去救另一個人。我曾多次試圖教梅納德游泳，他應付我的方式就如他接受任何教導：漫不經心，懶得下功夫，而當疏怠生不出成果，他又忿忿不平，怨天尤人。如今我可以說，奴隸制害死了他，奴隸制讓他永遠長不大，一旦掉進不受奴隸制支配的世界，梅納德在碰到水的瞬間就死定了。我一直在保護他。是我說盡好話，加上卑躬屈膝，才阻止了查爾斯．李射殺他；多少次他惹怒我們的父親，是我百般求情，才讓他免受責罰；是我每天早上幫他穿衣，夜夜伺候他就寢；而今軀體和靈魂俱疲的是我；在那裡奮力搏鬥的也是我：要對抗水流拉扯，抵拒將我置於此境的怪事，現在還得應付這種要求——要我在連救自己的力氣都擠不出來的時候，再一次去救人。

「救救我！」他再度呼喊，接著大叫：「求求你！」他懇求著，口氣就像個長不大的孩子。而我意識到——無論多麼鐵石心腸，即使在古斯河裡死到臨頭，我仍意識到：記憶中他講話的方式，從不曾反映我們地位的真實本質。

「求求你！」

「我沒辦法，」我隔著水喊：「我們死定了！」

隨著大限將至的覺悟，這輩子的各種記憶也不待召喚地降臨，之前在橋上看到的藍光再度返回籠罩著我。我回想起洛克列斯，以及所有我深愛的人，就在那迷霧濛濛的河中央，我看見洗滌日的席娜：一名老嫗抬著幾大鍋熱氣蒸騰的水，使盡全身力氣捶搗溼淋淋的衣物，直到它們脫去多餘水分，潮軟地攤疊著，她的雙手也紅腫破皮。我看見蘇菲亞戴著手套和軟帽，像個高高在上的仕女，因為那是她的勞役要求她擺出的姿態，而我望著她——多少次我都是這樣望著她——將蓬裙提到足踝，走上一條小徑，去見那個用鎖鍊拴住她的男人。我感覺四肢放棄掙扎，也不再介意自己置身深淵的經過何以如此神祕而混亂，這次，下沉時既無灼痛，也不會拚命想呼吸。我彷彿毫無重量，以至於即使沉入河中，仍覺自己升入另一境地。水從我身上退去，我獨自在一個溫暖的藍口袋裡，河在外面包圍著。我於是明白，終於要去領取我的報償[5]了。

我的心思再往前回溯，念及那些被帶離這維吉尼亞、往納奇茲去的人，不曉得其中有多少人可能已走得更遠，遠到會在我正趨近的來世相迎。我看見長年掌理廚房的艾瑪阿姨捧著一盤薑餅走過，那是為齊聚一堂的沃克家人準備，她自己和親友一塊也吃不到。也許我母親會在那裡，接著，隨著思緒疾騁，我看見她在眼前飛掠，在圈子裡跳水舞。想到這一切，想到所有的故事，我心情平靜、甚至欣喜地升入黑暗，墜入光明。藍光中含有平靜，那平靜更甚於睡眠本身，不僅如此，還有自由，我知道老一輩的人沒撒謊，真的有個屬於我們的家園，有奴役之外的人生，那兒的每一刻皆如群山上空的黎明。這自由如此美好，致使我意識到我一直以為無可改變的惱人重擔，一個打算跟著我進入永恆的重擔。我轉身看見尾隨在後的重擔，那是我哥哥，哀嚎，掙扎，尖叫，懇求我救他一命。

我一輩子都在受他的心血來潮驅使。身為他的左右手，我的手臂因而不為自己所有。但這一切都結束了。因為我在上升，超越由上等人和僕隸組成的世界。最後望見梅納德時，他在水中掙扎，拚命抓取他再也無法握住的東西，直到他開始在我眼前變模糊，如光線在波上漾開，他的哭喊被我周圍響亮的虛無掩蓋，愈漸微弱。然後他就消失了。我很想說我當下有為他哀悼，或心有所感。但我沒有。我往我的結局去。他往他的。

那些幻影在我眼前穩定下來，我專注地凝視母親，她不再跳舞，而是跪在一個男孩面前。她撫摸那男孩的臉頰，親吻他的頭，將貝殼項鍊放進他手中，再把他的手合攏，然後她站起來，雙手摀著嘴，轉身走向遠方，男孩站在那兒看著，然後哭著喊她，然後跟上前去，然後跑去追她，跑著跑著跌跤了，伏在地上把臉埋進臂彎哭泣，然後又爬起來，轉身，這次轉向我，走過來，他攤開手掌，遞上那條項鍊，而我，總算看到我的報償。

譯注

1 納奇茲（Natchez）位於密西西比河畔，是密西西比州最早建立的城市之一。當菸草市場衰落，棉花產業興起，對於奴隸勞動力的需求從維吉尼亞、馬里蘭等「上南方州」轉移到密西西比、路易斯安那等「深南州」。這種轉移，加上美國當時禁止進口奴隸，使得在美國出生的黑奴成為奴隸販賣的大宗，奴隸販子將維吉尼亞州的黑奴帶到田納西，再沿納奇茲小道（Natchez Trace）到納奇茲，後者成為僅次於紐奧良的奴隸市場。

2 朱巴舞（Juba）起源於傳統西非部落，經黑奴帶到美國。跳朱巴舞（patting Juba）時，一開始以拍手或拊擊大腿、胸膛、膝蓋等身體部位來產生節奏。

3 這種遊戲叫「瞎子唬人」（Blind Man's Bluff），玩家圍成一圈，每人被發給一張面朝下的紙牌。大家都拿到牌後，便同時把牌放在額頭上，除了自己的牌，可清楚看到其他所有人的牌。過程中喊牌、下注、賞罰等規則因地而異，但以牌面最大為贏家，最小為輸家。

4 守望夜（watch-night），指除夕夜，也是黑奴等候消息，以得知自己是否會被賣掉的時候。

5 指死後上天堂，〈路加福音〉第六章二十三節和〈馬太福音〉第五章十二節皆云「你們在天上的報償是大的」。

2

我從小就想逃走。這念頭毫不稀奇——所有的僕隸都想。但不同於他們，不同於全洛克列斯的人，我有辦法。

我是個奇怪的小孩。還不會走路就會講話，儘管我從不多話，因為比什麼都重要的是，我看在眼中，記在心底。我會聽別人講話，但與其說聽，不如說我看見它們，他們的話語在我眼前形成各種圖像、色串、線條、紋理和形狀，並以此形式貯存在我心裡。我的天賦還包括能隨時尋取需要的意象，將其一字不差地還原成當初引生它們的話語。

長到五歲大，我只要聽過一遍，便能高聲唱出一整首工作歌，從領唱到應和，[1]加上自己即興創作，逗得長輩們瞠目開懷。我給每隻野獸取不同名字，標示我看見牠們的地方、時刻，以及牠們正在做什麼，所以有隻鹿叫「春草」，另一隻叫「斷橡枝」，大人經常警告我要提防的那群狗也一樣，但對我來說牠們不是一群，而是一隻隻，個個獨一無二，即使我不會再見到牠們；牠們就跟我不會再見到的任何淑女或紳士同樣獨一無二，因為我也記得他們。

同一個故事我從不需聽兩次。你若告訴我漢克．鮑爾斯在女兒出生時哭了三小時，我會記得；你若跟我說露西兒．席姆斯用她母親的工作服做了件耶誕新衣，我會記得；你若提到那回強尼·布萊奎爾對兄弟拔刀相向，我會記得；你若告訴我何瑞思·柯林斯的所有祖先及其在榆郡的出生地，我會記得；而若珍·傑克森背誦每個世代，從她母親、母親的母親，每一位母親，一直延伸到大西洋彼岸，我也會記得。因此，就算在古斯河深淵，就算在橋梁崩解後，我逼視自己的死劫時，我會想起這並非我首度來朝覲藍門，也是很自然的事。

之前就發生過。它發生在我九歲時，母親被帶走賣掉的隔天。我在寒冷的冬晨醒來，知道她確實已離去。但腦中沒有任何道別的畫面和記憶，連她的樣貌都沒有。我對母親的回憶是間接的，我確定她被帶走，就像我確定非洲有獅子，儘管從未親眼見過。我尋覓有血有肉的完整記憶，卻只找到碎片。哭叫。懇求——有人跟我一起懇求。濃厚的馬味。一片朦朧中，有個影像在閃動，時而清晰時而模糊：一個長長的水槽。我嚇壞了，不僅因為失去母親，也因為我是個記得所有往事的男孩——其色彩無比鮮嫩，質地飽滿到可以啜飲；這樣的我，驚醒時腦中卻一片空白，只餘轉瞬即逝的景象、陰影和哭叫。

我非逃走不可。這念頭對我來說更像感覺而非想法。我感覺疼痛，一種侵害，一種我自知無力防止的剝奪。母親已離去，而我必須跟隨。所以那個冬日早晨，我穿上粗布襯衫和長褲，把兩隻臂膀塞進黑外套，繫緊短靴，走到大街上，那是兩長排小屋中間的公共區域，我們這些在菸草田幹活的人，就棲身於三角尖頂的原木小屋裡。一陣冰風劈過營舍間塵土飛揚的地面，砍削我的臉。那是禮拜天，耶誕節過後兩星期，日出前的清晨。月光下，我可以看見縷縷白煙從木屋的煙囪冒出，裊裊上升，木屋後面，黑壓壓的禿樹在寒風呼嘯中醉醺醺地搖晃。若是夏天，即便這時辰，大街已熙熙攘攘進行著菜園交易——現挖的包心菜和紅蘿蔔，撿集的雞蛋可用來換菜，甚至拿到主屋去賣。雷姆和年紀較大的男孩已在外面，肩扛釣竿往古斯河去，微笑著朝我揮手呼喊：「來吧，阿海！」我會看到艾拉貝拉帶著弟弟杰克，睡眼惺忪，但很快便在木屋之間的泥土地上劃線為圈，打起彈珠。還有席娜，大街上最凶的女人，可能正在清掃前院，拍打舊地氈，或衝著什麼人的蠢相翻白眼，咂舌嘖聲。然而現在是維吉尼亞的冬天，但凡神智清楚的人都縮在屋內烤火。因此當我走在外面，大街上空無一人，沒人從營舍裡往門外瞧，沒人拉住我胳膊，打我兩下屁股，吼道：「阿海，這麼冷的天你會凍死的！你媽媽呢，小子？」

我沿著蜿蜒小徑走入黑暗的樹林，小心避免讓哈蘭老大從木屋裡瞧見。這件事他也有分嗎？他是洛克列斯的執法者，一個下等白人，負責在他們認為適當的時候施予「懲治」。哈蘭老大是實際執行奴隸制的那隻手，主管農事，他老婆德希則掌理家務。但當我檢索記憶碎片，並沒看到哈蘭老大在其中。我可以看見水槽，聞得到馬匹的味道。我必須到馬廄去。我確定那裡有什麼我說不出名稱的東西在等我，攸關我母親的重要東西，某條祕徑，或許可以把我送去她身邊。在刺骨寒風中走進樹林，我又聽見那些似乎漫無意旨的語聲，它們在我周圍複製迴響——並在我腦中再度轉化成一幅景象：水槽。

然後我在奔跑，盡兩條小短腿所能地快速移動。我必須到馬廄去。我的整個世界似乎全繫於此。我跑到白色木門前，將門栓往上推，直到門猛然彈開，把我撞倒在泥地上。我迅速爬起來往裡衝，發現清晨看到的幻影就散布在眼前——馬和長水槽。我靠近每匹馬，注視牠們的眼睛。馬兒只是傻傻回瞪我。我走到水槽邊，低頭凝視那一汪漆黑。那些話聲回來了。有人在跟我一起懇求。黑淵裡出現各種景象。我看見那些曾住在大街上、而今不知所終的僕隸。一片藍霧自漆黑中升起，被某種光源從內部照亮。我感覺那道光拉扯著我，將我拉進水槽。然後我環顧四周，見馬廄漸漸消失，如同多年後的橋消失一般真確，我想這就是這場夢的意義：一條祕徑，可以把我從洛克列斯送去與母親團聚。然而當藍光消散，我看到的卻不是母親，而是山牆內面的木頭天花板，我認出那是我幾分鐘前才離開的小屋的天花板。

我躺在地板上，試著站起來，但胳膊和兩腿覺得好重，彷彿被鍊住。我勉強起身，跌跌撞撞地走到與母親共用的繩床。她鮮明的氣味依然在我們房裡、我們床上，我試圖跟隨那氣味走進內心的巷弄，然而，儘管我短暫人生的所有轉折皆歷歷在目，母親卻始終如煙似霧。我試著回想她的臉，當它沒出現，我就想她的臂膀、她的手，但只見煙霧，當我努力尋索，想回憶她的訓誡、她的疼愛，找到的仍只有煙霧。她已離開那床溫暖的記憶百衲被，去到冰冷的事實圖書館。

我沉沉睡去。當天傍晚醒來時，便完全明白自己是孑然一身了。如今我已見過許多處境跟我那天相仿的孩子，孤兒，感覺被遺棄，袒露於天地間，無所庇蔭，我看到他們有的大發脾氣，另一些則幾如行屍走肉，有的連哭數日，另一些則表現出不可思議的專注，只管應付眼前這一刻。他們的某部分已壞死，而就像外科醫師，他們知道必須立刻截除它才行。當時的我也一樣，在那個週日傍晚，我起床，仍穿著短靴和粗布衫，再度晃出門，這回走到倉庫，領取每週配發給我家的一配克[2]玉米和一磅豬肉。我把它們帶回家，但沒待著。我取出彈珠——除了那袋糧食和身上的衣服，這是我僅有的財產——便轉身往外走，一直走到大街的最後一間建築，一幢與其他房子隔開的大木屋。席娜家。

大街是公共場所，但席娜不與人往來，從不跟大家一起聊八卦、話家常或唱歌。她照料菸草，下工就回家。她的癖好是皺眉怒瞪我們這些小孩，因為我們玩遊戲玩得太瘋吵到她，有時她甚至沒來由地從木屋裡冒出來，目露凶光，朝我們揮舞掃帚。換作其他人這樣，肯定會引發衝突。但我聽說席娜並非一向如此，在另一段同樣在大街這兒度過的人生，她不僅是五名親生兒女的慈母，也對大街上所有的孩童視如己出。

那是另一個年代，我不記得的年代。但我知道她的孩子都走了。當我提著那袋豬肉和玉米粉面對她的大門時，心裡在想什麼？當然還有別人會收容我，多的是真心喜歡跟小孩作伴的人。但我知道整條大街只有一個人瞭解我當時不斷加劇的痛楚。即使她朝我們揮掃帚時，我也察覺得到那失喪的傷痛有多深，不像我們其他人，她拒絕隱藏憤怒，我發覺那憤怒真實而正確。她不是洛克列斯最凶的女人，卻是最誠實的。

我敲門，沒人回應，我開始覺得冷，便逕自推門進屋。我把配給的口糧放在門邊，從梯子爬上閣樓，趴在那兒朝下望，等她回家。幾分鐘後她進來，往上看，一如往常地板著臉瞪我一眼。但她接著走到壁爐旁，生火，從壁爐檯上抽出平底鍋，沒幾分鐘屋裡便瀰漫著熟悉的烤玉米餅和豬肉香。她又抬頭看我一眼說：「想吃的話就得下來。」

同住一年半後，我才明瞭席娜憤怒的確切緣由。我一直都睡在木屋閣樓的小鋪墊上。某個溫暖的夏夜，我被很大的呻吟聲吵醒。那是席娜在說夢話。「沒事的，約翰。沒事。」話聲如此清晰，起初我還以為她在跟房裡的什麼人講話。但當我從閣樓往下看，發現她仍睡著。我已養成習慣，不去管席娜和她的鬼魂的事，但她愈說愈讓我覺得這次她似乎被夢魘困住了。我爬下來叫醒她。靠近時聽見她仍在呻吟：「沒事，我跟你說沒事。沒事的，約翰。」我伸手扳她肩膀，搖撼她，直到她驚醒。

她抬頭看我，然後環顧黑暗的木屋，不確定自己身在何處。接著她瞇起眼睛，再度瞪著我。過去一年半來，我差不多已對席娜的憤怒免疫。事實上，令街坊寬慰的是，她的怒氣已漸消退，彷彿我的存在可能已開始療癒一道舊傷。其實不然，我一見她瞪著我就明白了。

「你他媽的在這裡幹嘛！」她說：「臭小子，給我滾出去！滾出去！」我連滾帶爬地逃到外面，發現天快亮了。金黃色的陽光很快就會從樹梢灑下。我走回從前與母親同住的小屋，坐在臺階上，直到上工幹活的時間。

那年我十一歲，個頭比同齡孩子小，但也得像男人般幹活，沒有例外。我為木屋填塞縫隙，抹上灰泥。[3]夏天鋤田，秋天跟大家一起掛晾菸葉。我設陷阱捕獸，也釣魚。我照顧菜園，即使母親離去後亦然。但那天非常炎熱，我跟其他小孩被派去送水給田裡的僕隸。所以那一整天，我都站在孩子們連成的接力隊伍裡——從莊園主屋旁的水井，一路延伸到下方的菸草田。當鈴聲響起，大夥兒都去吃晚飯，我沒回席娜家，而在樹林裡找了個安全的好位置觀看。那時大街很熱鬧，但我緊盯席娜的木屋。大約每隔二十分鐘，便會看見她走出門左右張望，彷彿在等候客人，然後又進屋。當我終於回到木屋，已經很晚了，我發現她坐在床邊的椅子上。從壁爐檯上的兩個空碗看來，她也還沒吃。

我們吃晚飯，到了就寢時間，她轉向我低語，聲音沙啞：「約翰——大約翰——是我丈夫。他死了。熱病。我想你該知道這件事。我想你該瞭解一些關於我、關於你、關於這地方的事。」

她停下來，凝視著壁爐，燒飯時留下的餘燼漸漸熄滅。

「我盡量不小題大作。死亡是再自然不過的事，比這地方更自然。但這場死亡，我家大約翰的死亡，卻一點也不自然。那是謀殺。」

大街的喧囂已息，只有夜間活動的昆蟲發出低沉而富節奏的哀鳴。我們敞開門，讓七月微風徐徐吹入。席娜從壁爐上取下菸斗，點燃，開始抽起來。

「大約翰是監工。你知道那是什麼意思吧？」

「意思是他是這些田裡的老大。」

「沒錯，他是。」她說：「他被選來監督所有的菸草工班。大約翰之所以當上監工，並不是因為他最凶狠，像哈蘭那樣。他當上監工是因為他最有智慧——比他們任何白人都聰明，他們的生計全仰仗他。那些田不只是田而已，阿海。那是一切事物的核心。你四處逛過。你見過這地方和它所有奇妙的物事，你知道他們擁有什麼。」

我確實見過。洛克列斯面積廣大，從群山中開墾出數千畝地。我喜歡在耕作時偷空探索這片土地，發現果園裡結滿金色的桃子，夏日的麥浪隨風搖曳，玉米莖頂著滿載希望的絲滑黃鬚；我發現一間牛乳廠、一間鐵工廠、一間木作坊、一間冰庫、幾座開滿紫丁香和鈴蘭的花園，全都設計成精準的幾何形，彼此對稱，堂皇富麗，展現年幼的我還無法理解的數學原理。

「挺不賴的，對吧？」席娜說：「但這全來自我們眼下這些田裡的東西，以及這支菸斗裡的東西。掌管這一切的就是我的男人大約翰。沒有人比我老公更清楚金葉子[4]的門道和訣竅。他能告訴你怎麼挖出天蛾幼蟲最好，哪些葉片該摘除腋芽，哪些最好別動它。這讓他得到白人賞識。所以我才能住進這間大房子。

「而我們也善用這待遇。把額外配發的糧食分給沒得吃的人。是約翰堅持要這麼做的。」

她停下來再抽口菸。我看著螢火蟲飄進來，在陰影中發出黃光。

「我好愛那個男人，但他死了，之後，一切都愈來愈糟。我記得第一次嚴重歉收發生在約翰走後。然後又一年歉收。然後又一次。人們會告訴你連約翰都救不了我們。是土地在詛咒這些白人，因為他們對它做的事，將它剝削殆盡。現在還有些維吉尼亞紅土留著，但很快也將變成維吉尼亞的沙。他們心知肚明。所以自從約翰過世後，日子就變得很淒慘。我很慘。你也很慘。

「我想到你阿姨艾瑪。我想到你媽媽。我常想起她們倆——羅絲和艾瑪。怎麼說呢，一對姊妹花，感情非常好，都愛跳舞。我常想起她們，真的。雖然回憶有時教人傷心，但你不能忘記，阿海。你不能忘記。」

我默默望著她，她的每句話都讓我沉重地意識到自己已經忘記。

「我知道我不會忘記我的寶貝們，」席娜說：「他們把五個孩子全帶到賽馬場，[5]跟其他人關在一起，然後賣掉，就像賣掉一桶桶菸草那麼乾脆。」

說到這兒，席娜垂下頭，雙手扶額。當她再抬起頭看我，我看見淚水流下她的臉頰。

「這事發生時，我成天詛咒約翰，因為我想，要是約翰沒死，我的寶貝就會留在我身邊。不只是因為他智識過人，而是我覺得約翰會做出我提不起勇氣做的事——他會阻止他們。

「你知道我這個人。你聽過他們怎麼說我，但你也曉得老席娜心裡有什麼碎掉了，當我看見你在閣樓上，我有種感覺，你心裡同樣的東西也碎掉了。而你選擇了我，不管你這娃兒的理由是什麼，你挑中了我。」

她站起身，開始她每晚例行的收拾房間。我爬上閣樓。

「阿海。」她喚道。我回頭看見她正望著我。

「是。」我說。

「我不能當你母親。我不能變成羅絲。她是個美麗的女人，心地最善良。我喜歡她，而我已不再喜歡很多人了。她不說別人閒話，能保守祕密。我沒辦法像她一樣對你。但你選擇了我，我懂。我希望你知道我懂。」

那晚我一直睡不著，凝視著屋梁上的椽木，想著席娜的話。**美麗的女人，心地最善良，不說別人閒話，能保守祕密**。我把這些加進我從街坊那兒蒐集來的、對於她的記憶。席娜不可能知道我有多需要那些關於我母親的吉光片羽，多年來，我用它們拼造出一名女子的肖像，她活在一場又一場夢境中，跟大約翰一樣，只不過始終縹緲如煙。

而我父親呢？洛克列斯的主人呢？我很早就知道他是誰，因為我母親從不掩藏此事，他也不。我不時會看見他騎在馬上巡視莊園，當我們四目相接，他會停下來輕觸帽緣，當作打招呼。我知道他賣了我母親，因為席娜不斷提醒我這個事實。但我是個男孩，在他身上看見男孩子禁不住在父親身上看見的東西：一個可以用來塑造自己男子氣概的模型。不僅如此，那時我才剛開始瞭解分隔上等人與僕隸的鴻溝：在田裡彎腰蹲伏，把菸草從畦壟扛到大桶裡的僕隸，過著辛勞艱苦的生活，而住在巍峨高屋、洛克列斯大宅裡的上等人則不然。明白這點，我自然會指望父親，因為在我眼中，他象徵另一種生活——輝煌顯赫，歡遊飲宴。我也知道我有個哥哥住在上頭，一個在我勞動時盡情享樂的男孩，我想不通他有什麼權利過著無所事事的生活，而我又是依據什麼法則被發配來服勞役。我只需要某種方法來提高自己的地位，讓我站上可以展現自己特質的崗位。這就是我在那個星期天的感受——當我父親出現在大街上，從此改變了我的命運。

席娜難得心情不錯，坐在門廊上，沒板著臉，也沒驅趕任何蹦蹦跳跳跑過門前的幼童。我在營舍後面，田野和大街之間，高聲唱歌：

噢，主啊，人生如此艱難

噢，主啊，人生如此艱難

除了我的上帝，無人知我辛酸
除了我的上帝無人明白

我唱了一段又一段，把歌詞從艱難換成勞苦，又從艱難唱到希望，再從艱難唱到自由。在領唱的部分，我把嗓音變成田裡領班的聲腔，狂放誇張。唱到應和的部分，我則模仿身邊眾人的嗓門，一個輪過一個。他們可開心了，這些長輩，隨著我一段接一段往下唱，他們也愈來愈樂，直到所有人都被我模仿過一遍。但那天，我沒在看長輩們。我注視著那個坐在田納西溜蹄馬[6]上、帽簷拉得低低的白人，他騎過時面帶微笑，對我的演出表示讚許。那是我父親。他摘下帽子，從口袋裡抽出手帕抹額頭的汗。然後他戴上帽子，伸手進口袋掏出什麼，朝我這邊彈過來，而我，目光始終沒從他身上移開，單手接住了它。我站在那裡好一會兒，與他對望。我感覺得到背後的緊張氣氛：長輩們擔心我的無禮會惹怒哈蘭。但父親只是一逕微笑著，然後對我頷首，騎馬離開。

大夥兒鬆了口氣，我回到席娜的木屋，爬上我的閣樓空間。我從口袋掏出父親臨去前拋給我的硬幣，發現是一枚銅幣，邊緣粗糙不平，正面是個白人的圖像，背面是頭山羊。在閣樓上，我摩挲它粗糙的邊緣，感覺已找到我的方法，我的憑證，我藉以脫離田地、搬出大街的車票。

事情發生在第二天，晚飯後。我從閣樓往下窺探，見德希和哈蘭老大低聲跟席娜說話。我好擔心她。我從未目睹德希或哈蘭發怒，但光是聽過的故事就夠嚇人了。據說哈蘭老大曾射殺一個男人，因為他用錯鋤頭，而德希曾在牛乳廠拿馬鞭抽打一名女孩。我往下望，見席娜盯著地板，偶爾點頭。德希和哈蘭離去後，席娜叫我下來。

她默不作聲地帶我走到田野上，那裡沒人會來偷聽。天色已晚，感覺夏天黏滯的空氣漸漸散逸，融入夜色。我充滿期待，覺得自己知道接下來會發生什麼事，當我聽見夜晚的天籟如合唱般四下響起，我相信它們是在歌頌美好的未來。

「海瀾，我知道你懂得不少。我也知道，儘管我們全都得應付世間種種殘酷，但你應付得很好，強過一些年紀比你大的人。但情況要變得更殘酷了。」她說。

「是。」

「白人剛剛下來說，你在田裡的日子結束了，你要一步登天了。但他們不是你的家人，海瀾，我希望你明白這點。你在上頭那邊不可忘了自己身分，我們也不能忘了彼此。他們叫我們上去，喂，你聽見嗎？我們。你那套把戲——我看到了，我們全看在眼裡——把我也牽扯進去。我得上去照顧你，你大概以為自己救了我，但你所做的其實是把我放到他們眼皮底下。

「在下頭這邊，我們有自己的世界——我們照自己的方式生活說笑，即使在你眼中我並沒怎麼生活說笑。但我在這兒有選擇。這裡沒多好，卻是我們自己的地方。到了上面，一舉一動都在他們監控下……呃，情況很不同。

「你必須謹言慎行，孩子。要當心。記得我跟你說的話。他們不是你的家人，小子。要說那個騎在馬上的白人是你父親，還不如說此刻站在這裡的我更有資格當你的母親。」

她試圖告訴我，試圖警告我接下來會發生的事。但我的天賦是記性，而非智慧。隔天，當父親的管家——下巴寬厚、和藹可親的羅斯科來接我們，我得使盡全力才能掩藏自己的滿腔興奮。我們從菸草田往上走，經過在田間耕作的幫工，他們的歌聲傳來：

> 當你上了天堂，請說你記得我
> 記得我和我墮落的靈魂
> 記得我可憐的墮落靈魂

然後我們經過麥田，穿越青草地，穿過花園，直到我看見矗立在小丘上，如太陽般閃耀的洛克列斯大宅。走近時，我將石柱、門廊及大門上方的扇形楣窗一一收進眼底。如此富麗堂皇。這幢房子，我突然打了個寒顫，感覺它屬於我。我憑血緣而擁有它。我的感覺沒錯，但不是我想的那樣。

羅斯科回頭瞄我一眼，瞥見我眼中的光芒，我想他皺了下眉頭。「我們走這邊。」他說，領著我遠離大門，來到大宅所在的小丘底部，在那裡，我看見一條地道的入口。當我們走在地道中，其他僕隸從兩側房間冒出來跟席娜和羅斯科打招呼，再魚貫走入相毗連的更窄小地道。我們置身於錯綜擁擠如養兔場的營窟，一個位於大宅底下的地下世界。

我們停在其中一個房間前，顯然這就是我的住處。裡面有一張床、一張桌子、一個臉盆、一個水甕和一塊布。沒有閣樓。沒有下層隔間。沒有窗戶。席娜放下行李袋時，羅斯科和我待在門邊。她盯著我，我可以感覺到那目光不斷重複著她的話——**他們不是你的家人**。但她隨即轉開視線，只說了句：「還是帶他上去吧。」羅斯科把手放在我肩上，引領我回到營窟，走上一段階梯，直到我們正對一堵牆。羅斯科碰觸了什麼我沒看見的東西，牆滑開，我們從黑暗走進一個明亮寬敞、擺滿書籍的房間。

我站在門口，感官應接不暇：室內充溢的光線、松節油的氣味、金色和藍色的波斯毯、毯下木頭地板的光澤，但真正引我注目的是書本。我之前也見過書——大街上總有一、兩位識字者，屋裡放著舊刊物或歌本——但從沒看過這麼多書，每面牆都是從地板直通天花板的書櫃。我盡量不盯著看。我知道對維吉尼亞以外的世界太過好奇的黑人有什麼下場。

我將視線從書本移開，看見父親只穿馬甲和襯衫坐在房間角落，望著我也望著羅斯科。我轉頭瞧見另一個角落有名男孩，年紀比我大，是白人。憑著某種血緣直覺，我立刻知道這是我哥哥。父親不著痕跡地揮揮手，我發現羅斯科從這手勢便明白必須告退。於是他轉身，彷彿進行一場軍事演習，消失於那道滑動的牆後。我獨自跟父親豪爾．沃克和哥哥待在一起，他們倆都以好奇的神情默默看我。我把手伸進口袋，摸到那枚銅幣，摩娑它粗糙不平的邊緣。

譯注

1 黑奴的工作歌沿襲非洲傳統歌謠「一呼一應」（call and response）的模式，通常由一人領唱，其他工作者應和。

2 配克（peck）是乾貨專用的英制容量單位，一配克等於八夸脫（quart），約合九．一公升。

3 早期木屋以原木疊砌而成，原木之間無法密合的空隙，用木條、石塊填塞（chinking），再抹上以黏土、石灰和稻草等混合的灰泥砂漿（daubing），形成外牆。

4 菸葉的別稱。

5 奴隸拍賣會有時在賽馬場舉行，拍賣期間，奴隸被關在馬廄裡，或帶到跑道上供買家檢視。

6 賽馬依步伐分為兩類：溜蹄馬（pacer）步行時，同側的腿會同時動作，快步馬（trotter）奔跑時，則是對角的腿（如左前和右後腿）同時邁步。

3

我的任務是父親指派的，透過德希交代席娜再交代我——幫忙打雜。所以我每天跟所有僕隸一樣日出前起床，然後在屋裡四處走動，看哪裡能讓我派上用場——幫掌廚的艾拉生火，去牛乳廠取牛奶，早餐後收餐盤——或到外頭跟羅斯科一起幹活，刷洗和梳理馬匹，或與彼特在蘋果園嫁接樹苗。總有工作要做，因為大宅的需求分毫未減，僕隸的人數卻愈來愈少，那也是我第一次意識到，就算在大宅這邊，僕隸也可能被送往納奇茲。我賣力工作，有時正好撞見父親似笑非笑地瞥向我，更做得愈發起勁。他發現我的用處了。

十二歲那年秋天，我搬進主屋四個月後，父親辦了場餐會慶祝收成季節。一整天，某種密而不宣的疲憊籠罩著在宅裡幹活的僕役。我清早帶雞蛋去給艾拉，她親切開朗的笑容已被我視為早晨自然的一部分。但這天自然也亂了調，所以當我提著柳條籃來找艾拉，她只是搖搖頭，示意我把蛋放到桌上，彼特正站在桌前挑揀一堆蘋果。

艾拉悄悄走到彼特旁邊，敲開六顆蛋，將蛋黃與蛋白分開，然後打蛋白。她的話聲只比耳語略高一點，而且克制著情緒。「他們什麼都不考慮，也不替人著想。」艾拉說：「這樣不對，彼特。你知道這樣不對。」

「沒關係啦，艾拉，」他說：「犯不著為這事發火。」

「我沒發火。只是希望他們多想想。難道這樣要求也太過分？今晚本來是小型餐宴，怎麼會搞到整個郡的人都要來？」

「你明知道是怎麼回事，」彼特說：「你曉得他們的狀況。」

「我才不曉得。」艾拉說：「阿海，拿那支擀麵棍給我。還有，把火生起來好嗎？」

「你自有眼睛，清楚得很。現在不像過去。金葉子今非昔比。所有的老家族都往西遷。搬到田納西、巴頓魯治[1]、納奇茲之類的地方。沒多少人留下。那些還待在這裡的感覺唇齒相依。他們勉強撐著。如今小餐宴在他們眼中也變大事。沒人曉得下個搬走的會是誰。今晚的道別說不定就是永別。」

艾拉暗自發笑，但感覺充滿歡鬧和嘲弄，樂得連我都想加入她，儘管根本沒什麼好笑。「阿海，給我那邊那個，寶貝。」她指著架子說。每當她叫我寶貝，我心裡就暖洋洋的。我離開爐火，把架上的切麵刀拿來給她。艾拉仍自顧自笑著。她抬起頭，露出那親切開朗的笑容。

然後她收起笑容，死盯著我，幾乎要把我看穿，再轉向彼特：「我才不在乎他們的感受。這男孩比他們所有人加起來更瞭解道別的滋味。而他只不過是個孩子。」

一整天，僕隸間瀰漫著我在艾拉身上看到的緊張氣氛。但父親和德希既不知情也不在乎，那晚，當各式馬車陸續抵達，我們全都滿臉堆笑，問候寒暄。我被分派到侍者的工作。那時我已學會把自己梳洗得潔亮光鮮，能夠左手端銀托盤，右手上菜，也懂得隱身角落，適時冒出來清理吃剩的麵包，再退回陰影中。晚飯結束後，我們將碗盤收走，恭謹地侍立於櫻桃紅色的客廳，客人都舒舒服服地坐在扶手椅和長沙發上。

我環顧室內，與另外三名隨時得應付客人需求的侍者交換眼神，接著觀察客人，試圖為他們可能想到的任何需求預做準備。我注意到梅納德的家庭教師費爾茲先生，一個年輕人，身體往後靠著椅背，深邃的目光也太嚴肅。要保持專注真的很難。我發覺自己在欣賞女士的時髦裝扮——白軟帽、粉紅扇，鬈髮梳攏到一側，滿天星和雛菊點綴在雲鬢間。穿得一身黑的男士們比較沒看頭。但我仍認為他們很俊美，因為他們走起路來氣宇軒昂，連最細微的動作都很優雅，像是推開八角落地窗去後院，傾身讓僕隸為他點雪茄，談些紳士話題。我想像自己置身其中，舒適安穩地坐在椅上，或在名媛耳邊輕聲細語。

他們玩了十七盤紙牌遊戲。他們喝掉八罈蘋果酒。他們大啖淑女蛋糕[2]，直到幾乎站不起身。然後，午夜剛過，一位將軟帽反戴的婦人開始歇斯底里地笑個不停。穿黑服的男士中，有一位開始斥責妻子，另一位在角落打瞌睡。當班服侍的僕隸繃緊神經，那種微妙的緊張氣氛，我確定客人察覺不到。父親坐在那兒凝視爐火，費爾茲先生靠著椅背，一臉無聊。那婦人停止咯咯笑，扯下軟帽，露出妝痕斑駁的臉，宛如一張破裂的面具。

那婦人是考利家的人，名叫愛麗絲．考利。這個家族在多年前分裂為二，一半搬去肯塔基，另一半留下來。我記得她，因為離開的考利家人也帶走為他們幹活的僕隸，其中包括彼特的妹妹麥蒂。我從未見過她。但他常提起她，而且，每當有她的消息從肯塔基傳來——透過在兩支考利家族間來往的僕役輾轉報信——說她還好好活著，跟其他一起上路的家人團聚了，彼特的臉色就會亮起來，整個星期都容光煥發。

「給我們唱首歌！」愛麗絲厲聲喝道，眼看沒人回應，便走到其中一名侍者卡修斯面前，甩了他一巴掌，再吼道：「唱啊，你這該死的傢伙！」

情況老是變成這樣——之前我就聽說過。無聊的白人就是野蠻的白人。他們扮演貴族時，我們是能幹又堅毅的侍從。但當他們厭倦了維持尊嚴，隨時可能失控崩壞。新遊戲被選定，我們只是棋盤上的棋子。太可怕了。這些人失去耐性的時候，什麼事都做得出來，父親也放任他們為所欲為。

那聲巴掌驚醒了他。父親站起來，緊張地環顧四周。

「算了吧，愛麗絲。我們有更精采的，強過任何黑人歌。」他說著轉向我，雖然他沒再說一個字，我卻明白他想要什麼。

我掃視一遍房間，看見一張小茶几上堆著一副超大的紙牌，並認出那是梅納德閱讀課用的那種字卡。卡片背面看起來都一樣，是一幅已知世界的地圖。正面印有一名特技演員，肢體扭曲成字母的形狀，每張字母都不同，底下還有一句短韻文。我曾在無意間聽見梅納德跟著家教老師唸出這些卡片。憑著斜眼偷瞄，以及逮到機會便琢磨幾分鐘，我記住了全部內容，不為什麼，只是唸著那些無厘頭的韻文便覺開心。這時我從桌上拿起卡片，轉向愛麗絲．考利。

「考利夫人，可以麻煩您洗洗牌嗎？」

她搖搖晃晃地靠過來，從我這邊接過字卡，在手上洗了一遍。然後我問她是否願意讓我檢視它們。我看過後把卡片還她，請她將它們擺在桌上，正面朝下，不用照順序。我看著她的手，直到小茶几被許多迷你地圖蓋滿。

「現在呢，小子？」她滿臉狐疑地問。

我請她拿起一張卡，隨意展示給除了我之外的任何人看。她做完後回頭看我，眉毛挑得老高。

我說：「他將同意其餘的人，並以字母E協助他們。」

隨著懷疑變成不服氣，她的眉毛朝天生的位置退卻了些。「再來。」她說著拿起另一張卡片，這回展示給更多人看。我說：「瞧他扭過來繞過去，要做個S來討喜逗趣。」

不服的慍色隨即轉為一抹淺笑。我感覺房裡的緊張氣氛稍微緩和。她拿起另一張給大家看，於是我說：「他被迫刻苦訓練，以免字母C受辱蒙玷。」

愛麗絲．考利笑了起來，我抬頭望見父親嘴角微微上揚，那晚跟我一起當班的僕隸雖仍立正站著，我感覺恐懼漸漸從他們堅毅的面龐流走。愛麗絲．考利不斷伸手拿牌，愈翻愈快。但我跟上她的速度：「這裡有個字母V可觀賞，你會發現它形狀跟新的一樣。」……「他雙手高舉，確實宣布了字母H。」

等到整副字卡都翻完，他們全呵呵大笑，還開始鼓掌。角落的男人停止打鼾，抬頭張望，試圖理解這突如其來的騷動。當掌聲平息，愛麗絲．考利望向我，笑容裡含有威脅的意味，說：「你還有什麼花招，小子？」

我注視她片刻，超過任何僕役該注視主人的時間，然後點點頭。我才十二歲，但對接下來的表演充滿自信，這技法我在下頭大街已練習許久。在徵求客人同意把私事告訴我後，我請他們沿客廳的牆壁排成一列。我先走到把一頭金鬈髮像女人那樣別在腦後的愛德華．麥克利面前，請他告訴我他發現自己愛上妻子的那一刻。然後我問愛麗絲的表親阿瑪泰恩．考利，世界上她最喜歡什麼地方；接著再請莫利斯．畢勤告訴我，他第一次獵到雉雞的情景。我就這樣一路問下去，直到腦中裝滿一堆故事，多到除了我之外，沒人能記住誰說了什麼和具體細節。只有梅納德那始終板著臉的家教老師費爾茲先生拒絕加入。但當我回到隊伍最前面，對每位客人一一複述其故事，鉅細靡遺，卻講得更活色生香，高潮迭起，我看見家教老師的身體往前挪到座椅邊緣，眼睛跟其他所有人一樣閃閃發亮，跟從前我那些僕隸長輩們的眼睛——在下頭遙遠的大街，一樣閃閃發亮。

就連侍者也無法再保持凝肅的直視而露出微笑。事實上，眾人中只有費爾茲先生能夠維持一貫的陰沉面貌，除了瞇起的雙眼閃現光芒。夜已深，父親請每位客人到老宅的住房歇息，我們則被派去確保他們個個舒服安適。當客人全部安頓好，我們筋疲力竭地回到營窟，心知短短幾小時後又得開始工作，因為所有的客人都期望一起床便有煮好的早餐等著他們。

宴會過後的星期一早晨，我正在幫席娜準備洗衣，羅斯科把我叫走，要我到側廳送父親出門。我先回自己房間，梳洗乾淨，換上一套室內服，從後面的樓梯蜿蜒而上，直到我出現在中央走廊，然後，沿走廊前行，我發現父親站在那兒，彷彿一直在等我。他身後，我看見梅納德坐在書桌前寫字，一位紳士站在旁邊督導他。那位紳士是費爾茲先生，每週來幫梅納德上三次課。他的表情痛苦又挫折，梅納德自己則垂頭喪氣的樣子。

父親對我微笑，但那笑容並未傳達表情，我父親有各式各樣的微笑——不悅的微笑，漠然的微笑，或震驚詫異的微笑——他實在太常微笑了，以至於很難讀懂他的心思，但我認得那天早晨看到的微笑，因為不過幾個月前，在下頭大街附近，他從田間把銅幣拋彈給我時，我看到的是一模一樣的微笑。

「早安，海瀾，」他說：「你好嗎？」

「我很好，老爺。」我說。

「好，很好。」他說：「海瀾，我想要你陪費爾茲先生待幾分鐘。你願意為我這麼做嗎？」

「好的，老爺。」我說。

「謝謝你，海瀾。」他說。

說完，父親望向梅納德，依然微笑著說：「來吧，兒子。」

梅納德放下功課，臉上立刻浮現如釋重負的神情。他隨父親離開房間時，並沒朝我這兒看。那時期梅納德和我的生活相距甚遠。我們只講一些雞毛蒜皮的事，不曾以任何方式承認彼此的關係。

費爾茲先生講話帶著我從沒聽過的口音，我隨即想像它可能來自老一輩經常提到的納奇茲。

「前幾天，」他說：「那套把戲真是了不起。」我點點頭沒吭聲，仍不確定他意圖為何。僕隸學識字是要受罰的，我頓時想到我的「把戲」可能會惹禍上身。但我的訣竅並不在閱讀，因為我不識字。我只是在梅納德結結巴巴地誦唸時，記住了聽到的內容，並與散置在桌上的字卡配對。但費爾茲先生對此技巧一無所知，而我不太確定該如何、甚至是否該解釋給他聽。

他注視我一會兒，然後掏出一副普通紙牌遞給我。

「仔細看它們。」

我從那副牌抽出一張又一張，每張都細細檢視，皺起眉頭——不是因為費力，只是為了做效果。全部看完後，費爾茲先生說：「現在，把它們面朝下擺在桌上。」

我將它們整齊地排成四行，每行十三張。接著，費爾茲先生從桌上取牌，一次一張，只有他看得見正面，並要求我確認花色。我每張都說對了。費爾茲先生的臉沒有亮起來。

接著他從袋子裡拿出一個盒子。當他打開，我看出那是一組象牙小圓片，上頭刻著一張臉、一隻動物或某種符號。他把這些圓片擺在桌上，正面朝上，要我看一分鐘，再將它們翻面，露出空白的底部。當他要我找出刻有長鼻子老頭或長鬈髮美女的肖像、或是鳥兒停棲在枝頭的圓片時，我一一辨到，彷彿它們就在那裡正對著我，從未被翻面似的。

最後，費爾茲先生從書包拿出一張紙，再抽出一本滿滿都是圖畫的書。他翻到一頁上面有橋的畫，要我專心看，一分鐘後，他闔上書，遞給我一支筆，要我自己把那座橋畫出來。我從沒做過這樣的事，不確定費爾茲先生的用意，而且，即便那時，我也深知上等人憎惡僕隸驕矜自滿，除非那驕傲符合他們的利益，因此我困惑地望著他，假裝不懂他的意思。他又說了一次，然後看著我拿起筆，一開始戰戰兢兢，著手畫我的素描。為了做效果，我會抬眼往上瞄，彷彿在努力回想腦中的畫面。但我其實一點都不必回想，因為我感覺橋就在那裡，在那張空白的紙上，我需要做的只是描畫輪廓，讓它顯現出來。於是我描出石拱、右端的小開口、圓弧形的橋面、背後的露岩，以及橋所跨越的蓊鬱深谷。看到這裡，費爾茲先生瞪大眼睛。他站起身，拉了拉外套，拿起那張紙，叫我等一下，隨即走出去。

費爾茲先生與父親一道回來，父親從他的各式微笑中抽選出表示自鳴得意的那種。

「海瀾，」父親說：「你願意固定跟費爾茲先生上課嗎？」我望著地面，假裝在腦中反覆考慮。我不得不這樣，因為我當時的感覺是眼前敞開了一條康莊大道，有川流不息的光。我不想讓人發現我太過熱切。洛克列斯仍舊是維吉尼亞——甚至是典型的維吉尼亞。我還無法接受此刻所預示的一切。

「我該這麼做嗎，老爺？」我問。

「是的，海瀾。」父親說：「我想你該這麼做。」

「那麼，好的，老爺。」我說：「我會這麼做。」

於是課程開始——閱讀、算術、一些演說訓練——我的世界因它們而綻放，我貪得無饜的記憶裝滿各種圖像，現在還加上文字，其數量遠超過我之前所相信的，各有其形狀、節奏和色彩的文字，它們本身就是圖畫。我們每星期上三次課，每次一小時，我的時段總是緊接在梅納德之後，雖然我知道費爾茲先生盡力不顯露出來，但每當梅納德離開而我進入房間，我總能從老師眼中看出他鬆了口氣。這一刻不僅令我引以為傲，也讓我暗自嘲笑梅納德——我比他強，得到的資源遠不如他，成就卻遠超過他。

他笨手笨腳，經常斜睨著眼，彷彿老在尋找下個落腳點。他粗心大意又粗魯無禮，會在父親招待客人喝茶時沒頭沒腦地闖入，想到什麼就說什麼。他愛開玩笑，這是他最大的長處——但連這項特質也會害他對上等人家的年輕姑娘說出蠢笑話。晚餐時他伸手越過飯桌拿取麵包，滿嘴食物還一邊講話。

我確信父親與我所見相同，我猜他一定覺得很不堪吧：目睹你最好的特質以這種方式展露在你意想不到之處，事實上，它根本不該出現在這裡，那簡直顛覆了你的整個世界。

我努力記住大街和席娜的警告，**他們不是你的家人**。然而，看到眼前這片莊園——夏日連綿起伏的綠丘、秋天金燦火紅的樹林、冬季妝點萬物的白雪，儘管住在底下，我看到洛克列斯的主屋、門廊上高大的石柱、從扇形楣窗投射進來的夕照，我看到曲折的走廊，看到祖父母堂皇的肖像，在他們臉上看見我自己的眼睛；看著這一切，我開始在私下獨處時想像自己躋身其列。還有我父親，他會把我拉到一旁，對我講述我們的血脈，回溯到他父親約翰．沃克，再追溯到開基先祖阿奇博德．沃克：他帶著一頭騾子、兩匹馬，與妻子朱蒂絲和兩名幼子，還有十個男僕隸徒步跋涉至此。他告訴我這些故事，彷彿在這些旁白裡授予我一份僅具撩逗意味的遺產。而我從未忘懷。

有些晚上，我會在完成勞役後，漫步到這片地產的東界，經過蔓生的貓尾草和苜蓿，肅立在石碑前，石碑標誌的地點是洛克列斯最早開墾的土地。當父親告訴我從他祖父傳下的故事：驅趕山貓，憑一把鮑伊刀[3]獵熊，砍伐巨木，搬運石頭，讓溪流改道，徒手打造出我眼前這座莊園；我怎麼可能不想把這一切——勇氣與機智，以及憑其強壯的臂膀建立起來的所有榮耀——當成自己繼承的遺產？

然而，儘管有這麼多想像，洛克列斯的實際境況卻也愈發清楚地呈現在我面前。彼特和艾拉講述的故事當然是重要線索，其中不時提到納奇茲和巴頓魯治。還有大約翰與我母親的悲劇。除此之外，我開始趁獨自留在父親辦公室時偶爾翻閱《德波評論》[4]，上面不斷在講菸草價格滑落，最後則是聽上等人交談。洛克列斯的闊綽來自菸草，事實上，整個榆郡的闊綽都來自菸草。菸草產量年年下跌，維吉尼亞那些豪門世家的繼承產業也隨之縮減。菸葉大如象耳的日子一去不返，至少在榆郡，連續無休的莊稼已耗盡地力。但再朝西走，翻越高山深谷，沿密西西比河岸，往納奇茲的路上，還有土地需要整治，需要主人監督，需要鋤草和收割的人手，洛克列斯日益縮減的田裡不乏這樣的人手。

「以前他們會覺得把人賣掉很丟臉。」我在廚房工作時曾聽彼特這麼說。

「收成好的時候要面子很容易，」艾拉回答：「等你變成窮農夫，再看看面子有啥用吧。」

這是我從艾拉那兒聽到的最後一句話。一星期後她就走了。

年少的我理解這一切的方式頗奇特，覺得真正讓洛克列斯走向末路的並非土地，而是管理它的人。我開始視梅納德為一個代表他整個階級的荒唐範例。他們教我羨慕。他們令我驚恐。

隨著我愈來愈瞭解這棟宅邸，開始閱讀，並開始見到更多上等人，我也看出：正如農田與耕者是一切的引擎，若無那些在屋裡操勞的人，這宅邸本身也維持不下去。我父親就像所有的莊園主，打造出一整套設施來隱匿這項弱點，掩飾他們其實有多卑懦無能。我初次踏進大宅的地方——地道，是僕隸被允許使用的唯一入口，這不僅是為了抬高主人的地位，也是為了把我們藏起來，因為地道只是造就洛克列斯的眾多工程奇蹟之一，以讓它看起來像被某種無形的能量驅動。升降梯讓豐盛的晚餐宛如憑空變出，槓桿以看似神奇的方式從莊園深處取出正確的酒瓶，臥室裡的天篷床底下收著帆布小床，因為負責倒夜壺者比夜壺本身還見不得人。初到那天從我面前滑開的魔術牆，為我開啟大宅的輝煌世界，但它也將通往營窟的後梯掩蓋起來——營窟是洛克列斯的機房，從來沒有客人會造訪。當我們真正出現在屋裡的文明區，像在社交晚會那樣，就得穿上華美的服裝，修飾儀容，好讓客人能幻想我們根本不是奴隸，而是神祕的裝飾，莊園魅力的一部分。但我現在知道真相——梅納德的愚蠢儘管更粗鄙，卻並不獨特。這些莊園主不會燒開水，不曉得怎麼為馬套轡繩，如果沒我們幫忙，連自己的內褲都繫不緊。我們強過他們——非如此不可。怠惰對我們來說是名副其實的死路，對他們來說卻是人生的全部抱負。

然後我突然想到，連我自己的聰明才智也沒什麼了不起，因為放眼望去，處處可見洛克列斯的造就者展現的天才——天才存在於雕刻廊柱的手藝，天才存在於那些歌曲，連白人聽了也會觸動內心至深的悲喜；天才洋溢的男人一面跳舞，一面讓小提琴弦顫聲啼囀，如泣如訴；廚房端出的各種美味蘊含天才；我們失去的所有族人有多少天才，大約翰的才幹。我母親的才華。

我想像自己的特質有朝一日或能受到肯定，也許那時，我，這個瞭解大宅運作、田地耕植、以及外面世界有多遼闊的人，說不定會被視為洛克列斯真正的繼承者，**理所當然的繼承者**。憑此廣博的知識，我將令田野再度蓬勃茂盛，從而把我們所有人從拍賣與分離中拯救出來，免於墮入納奇茲的黑暗，那是棺材，而我知道在梅納德統領下，那是我們唯一的下場。

有天我從後梯上來，準備到書房上費爾茲先生的課，我很興奮，因為我們才剛開始研習天文學和各種星圖，從小熊星座著手，下堂課還要學更多。但當我走進書房，看到的卻不是費爾茲先生，而是我父親獨自坐在那裡。

「海瀾，」他說：「時候到了。」一聽到這話讓我嚇得魂不附體。我已經隨費爾茲先生學習一年。我突然想到，也許這只是在充填我的本事，以便賣個好價錢，也許我會走上艾拉的路。說不定他們神通廣大地聽見我心裡的想法，或看出我眼中迷濛的篡奪夢。說不定他們自己做了一番盤算，意識到我的學習只可能導致叛變。

「是的，老爺。」我答道，甚至不曉得是什麼時候到了。我抿著嘴唇咬緊牙關，試圖隱藏此刻從五臟六腑湧出的恐懼。

「當我在下頭的田裡看見你，還有你在客廳表演的把戲，就知道你與眾不同，孩子，是下頭那些人看不出的。你有一項特殊才能，我認為可能很有用，因為這些年景況不太好，在上頭這邊的大宅裡，我們需要善用所有找得到的人才。」

我木然看著他，掩藏心中的困惑。我只是點頭，等事態在眼前變明朗。

「由你來照料梅納德的時候到了。我不會永遠都在，而他需要一個好男僕——像你這樣，懂得田裡的事、宅裡的事，連外面的世界也懂一些。我一直在觀察你，孩子，我知道你什麼都記得。只要跟我們海瀾講一次，這事就等於辦成了。像你這樣的人很少，這種特質十分難得。」

這會兒他看著我，眼睛發出光芒。

「上頭這裡的人多半會把你這樣的男孩放上拍賣臺。大賺一筆，你曉得。沒什麼比頭腦聰明的黑人更值錢。但我不然。我相信洛克列斯。我相信楡郡。我相信維吉尼亞。我們有義務拯救自己的家鄉：你曾祖父從荒野開鑿出來的家園，不會再回歸荒野。你懂嗎？」

「懂的，老爺。」我說。

「這是我們的責任。我們全部的人，海瀾。就從這裡開始。我需要你，孩子。梅納德需要你在他身邊，而且，隨侍在他左右是你莫大的榮幸。」

「謝謝您，老爺。」

「好吧，」他說：「就從明天開始。」

就這樣，隨著我上課的目的揭曉，這些課程也告終。我被派予照料梅納德的任務，接下來七年的人生，我都是他的貼身僕人。現在看或許很奇怪，但我當時並未立即明瞭這一切代表的屈辱。後來那些年看著梅納德行事，這種屈辱感才緩慢而毫不留情地累積。況且這事攸關重大——所有被我拋下、留在下頭大街的人們，甚至我們這些待在危危欲墜的閃耀宮殿裡的人，大家的命運全仰仗梅納德長大成熟，可以稱職能幹地管理這一切，無論這整個體系有多違反公義。但梅納德不是那塊料。

在那個決定命運的賽馬日前夕，我終於恍然大悟，如醍醐灌頂。十九歲的我站在父親的二樓書房裡，已將他的信件整理好，收進桃花心木寫字桌的分類格，在阿爾干燈[5]的銀支臂下方，我發現自己深受最近一期的《德波評論》吸引。它對俄勒岡之鄉[6]的描寫令我讚嘆連連，我已從屋裡隨處垂掛的地圖得知這個區域，但現在它躍然紙上，宛如某種天堂，一片富饒的土地，足以養活數倍於維吉尼亞的人口，丘壑連綿，森林廣袤，各種獵物奔翔其間，黑壤如此肥沃，簡直遍地生機。

我還記得喚醒我的那句話：「若有任何地方是自由、繁榮與財富之所在，那必定是這裡。」我站著。闔上雜誌。來回踱步。我望向窗外，遠眺古斯河彼岸，看見南邊三丘如黑巨人於遠方若隱若現。我轉身花了幾分鐘觀看牆上的雕刻：被鍊住的邱比特與笑盈盈的阿弗蘿黛蒂。

然後我想到梅納德，我的兄長。他的金髮又長又亂，鬍鬚像參差斑雜的苔蘚。成年的他依舊缺乏社交本能與優雅風度。他嗜賭酗酒，因為他可以。他在街上打架，因為就算被狠狠掐住脖子，也不可能被拽下王座。他在窯姐懷裡一擲千金，因為僕隸的勞動——有時是賣掉他們的錢——可彌補他的所有開銷。仍留在榆郡的親戚來訪時，話題往往會轉到洛克列斯的命運上，而當梅納德不在場，我會聽見他們詛咒他的名字，商討各種計謀以另尋繼承人掌理家業。事實上這裡已無繼承人，因為這些親戚搜尋沃克家的後裔時，發現與梅納德同世代者皆已遠走他鄉，去到富饒繁茂之地。維吉尼亞老了。維吉尼亞過氣了。維吉尼亞的土壤奄奄一息，菸草凋零。由於沒有合適的繼承人，沃克家的老爺們憂心忡忡地望著洛克列斯。

我父親自有打算——為梅納德找位聰明能幹的合適伴侶，從而獲得另一個家族支持，努力拯救洛克列斯。不可思議的是，他真的找到了一個：柯琳·奎恩，她大概是當時全榆郡最富有的女性，從已故父母那兒繼承到豐厚遺產。至於這份遺產的性質，以及她父母去世的經過，僕隸間有不少傳言。但上等人咸認梅納德不管在哪方面都是高攀。不過她需要一位夫婿，因為維吉尼亞依舊遵循著紳士的準則運作，這表示有些事仍超出她的權限，有些地方她不能去，有些交易她無法參與。所以這兩人需要彼此——梅納德需要聰慧的伴侶來拯救其土地和資產，柯琳需要一位紳士來代表她的權益。

那晚我走出書房，心煩意亂，在屋內四處徘徊，直到我發現自己來到客廳門口，從那兒可以看到壁爐的火光，聽見梅納德與父親交談。他們正在說艾德溫·考克斯，考克斯是本地最古老也最富傳奇的家族之一，艾德溫是族長。去年冬天，他走出家門，遇上一場當天早晨才從山那邊颳來、覆蓋了整個郡的大風雪。他不知怎地迷了路，次日被發現時已凍僵，距離世代所的宅邸只有幾碼遠。我站在客廳外的陰影中聽了半晌。

「他們說他出去查看馬的狀況。」父親說：「他很愛那匹該死的東西，但當他走進風雪中，卻分不清馬廄和燻房。那天我也有走到陽臺上，那風雪之大啊，我對天發誓，真的是伸手不見五指。」

「他為什麼不派男僕去呢？」梅納德問。

「他在上個夏天就把他們幾乎全放走了。帶他們北上到巴爾的摩——他有親戚在那兒，讓他們自生自滅。可憐的傻子。我懷疑他們撐得了一週。」

這時梅納德發現我站在門框外。

「阿海，你在外面幹什麼？」他說：「過來把火燒旺一點。」

我走進去，望向父親，他用那陣子經常出現的眼神看著我——彷彿夾在兩種想法之間，無法決定要表達哪個。他已選定一種特別的笑容給我——半個微笑，凍結成令人毛骨悚然的齜牙咧嘴。我猜他並非有意讓笑容顯得如此陰險。我認為他沒想太多。豪爾．沃克不是深思熟慮的人，儘管他可能認為自己應該是，因為他那代的人都愛仿效其祖父時代的革命學者——富蘭克林、亞當斯、傑弗遜和麥迪遜。洛克列斯大宅裡處處是科學與探險的工具：巨幅世界地圖、靜電發電機，以及我經常蟄居其中的圖書室。但地圖很少被參考，裝備多半用於宴會取樂，那些書冊倘若有可能變得柔滑，都要歸功於我的手常去翻閱。父親只讀有用的東西——《德波評論》、《基督教通訊》[7]、《新聞紀事報》[8]。對他來說，書籍是時髦玩意兒，血統和地位的標誌，將他與郡裡的下等白人區隔開來，他們住在沒鋪地板的茅舍、只栽種玉米和小麥的寒酸家園。但我這個奴隸在那些書籍當中做白日夢又算什麼呢？

我父親比大多數人晚成家。年屆七十的他活力漸失。一向炯炯有神的藍眼睛已被下方眼袋和朝兩側延伸的魚尾紋侵蝕。眼睛蘊含太多東西——閃現的憤怒、溫暖的喜悅、匯聚的悲傷——這一切我父親皆已失去。我猜他曾經是個英俊的男子。或許我只是喜歡這樣想他。但我對那天的記憶，除了茫然失神的眼眸，便是深深刻在他臉上的愁容，蓬亂的頭髮往後攏，粗硬的鬍鬚爬滿兩腮。他還是一身上流紳士的華貴裝束：絲質長襪，層層疊覆的襯衫、背心、顏色鮮亮的馬甲、黑色的禮服外套。但他是某特定物種存留下來的最後一個，渾身上下寫滿垂死的跡象。

「明天就是賽馬日了，爸爸，」梅納德說：「這次我會讓他們見識我的厲害。我要重金押寶在『鑽石』那匹馬上，大贏它一筆回來。」

「你什麼也不必讓他們見識，梅，」父親說：「他們不重要。真正重要的是這裡。」

「不必才怪。」梅納德說，臉上閃過一絲憤怒：「那傢伙叫人把我扔出賽馬俱樂部，然後掏出手槍指著我。我要給他們好看。我要乘那輛新的千禧馬車出去，提醒他們……」

「或許你不該去。或許你應該避開這一切。」

「我要去。那些該死的傢伙。總得有人挺身捍衛沃克家的名聲。」

父親轉身面向爐火，嘆了一口旁人難以察覺的氣。

「就是這樣沒錯，」梅納德說：「我想明天會是個大日子。」

穿過重重陰影，我看見為長子的需索耗盡心力的父親斜瞥了我一眼，滿眼苦楚，然後輕捋一下鬍鬚，這手勢我懂：**好好守著你哥哥**。我明白它的意思，因為我已經看了大半輩子。

「最好開始為明天做準備了。」梅納德說：「阿海，去查看那些馬的狀況如何。」

我走下階梯，進入營窟，再鑽出地道。我檢查了馬匹，然後循原路回到大宅。梅納德離開了，但我看見父親還在那兒，坐在壁爐前。這是他的習慣，有時他會在那裡睡著，直到羅斯科來叫醒他，服侍他就寢。羅斯科不在附近。我上前為壁爐添柴火。

「讓它熄滅吧，海瀾。」父親說：「我差不多要睡了。」

「是，老爺。」我說：「要我幫您拿什麼來嗎？」

「不用。」他說。

我問羅斯科是否還伺候著。

「沒，我讓他提早回去了。」他說。

羅斯科有兩名幼子，住在我們西邊十英里遠的地方，他只要得空就去看他們。有時我父親心情好，會提早讓羅斯科下工，讓他多陪兒子幾個鐘頭。

「你陪我坐一會兒吧。」父親說。

莊園主極少對僕隸提出這種要求，但在我們之間並沒那麼不尋常——它會發生在我們獨處的時刻，而這樣的時刻似乎與日俱增。過去一年，他賣掉半數的廚房人手。鐵匠鋪和木作坊現在都空無一人。卡爾、艾曼紐、忒修斯和其他曾在那裡幹活的男人都被送往納奇茲。冰庫已閒置兩年。整棟大宅只由一名女僕艾妲打理，這表示我自小記得的秩序已蕩然無存，但更重要的是，這表示貝絲溫暖的笑容、莉亞的笑聲和伊娃悲傷空洞的眼神都不復存。廚房裡新來了一個女孩露西兒，她似乎茫然無措，經常遭梅納德怒罵。洛克列斯已開始令人感到荒涼又灰暗，也不只洛克列斯，古斯河沿岸的所有莊園皆因這個國家的心臟西移而活力盡失。

我坐在梅納德方才坐過的座位，有好一陣子，父親不發一語，只凝視著將熄的爐火，因此我只能看見他臉上逐漸黯淡的昏黃光痕。

「你會好好看顧你哥哥吧？」他說。

「會的，老爺。」我說。

「很好，」他說：「很好。」

他停頓了一下才再開口。

「海瀾，我知道我能作主給你的不多，」他說：「但我相信，在我能作主的範圍內，我已經讓大家知道我有多看重你了。這不公平，我曉得，全都不公平。但我偏偏活在這個時代，必須眼睜睜看著我的人被帶走，過那道橋，進入天曉得什麼地方。」

他再度停下來，搖搖頭。然後他起身走到壁爐檯前，把燈光調亮，於是客廳裡的肖像畫和我們祖先的象牙半身像，便在明滅不定的陰影中被照亮了。

「我老了，」他繼續說：「沒辦法重新打造自己來適應這個新世界。我會隨這個維吉尼亞逝去，而這些艱難的時節將落到梅納德身上，意思是落到你身上。你必須救他，孩子。你必須保護他。我指的不僅是明天的賽馬日而已。還會發生更多事，更多麻煩會找上我們大家，而梅納德，我愛他勝過一切的梅納德，卻還沒準備好。看顧他，孩子。好好看顧我兒。」

他停下來直視我。「好好看顧你哥哥，聽見沒？」

「聽見了，老爺。」我說。

我們在那裡又坐了大概三十分鐘，直到父親說要回房睡覺。我告退，下樓走進營窟，回自己房間。我坐在床邊，想起父親把我從田裡傳喚上來那天——他帶著微笑，將銅幣朝我彈過來那天。我生活中的一切都源自那個決定。它使我看不見我們最糟的處境。在洛克列斯，幾乎任一個男僕隸都會願意拿他的生活來跟我換。但與白人如此接近也是一種重擔，席娜曾試圖警告我這種重擔，但不僅如此，目睹上等人究竟如何生活，如何窮奢極侈，以及他們到底從我們身上剝削了多少，那重擔才真的令人難以承受。

那晚我夢見自己再度置身菸草田，跟其他僕隸一同在外，我們全被拴在一起，這條鍊子連到另一條長鍊，長鍊的盡頭站著梅納德，渾渾噩噩不知在想什麼，幾乎沒意識到自己手中掌握著我們所有的人。然後我環顧四周，發現我們都老了，我是個老人，當我再回頭，發現梅納德不是我認識的年輕人，而是爬在滾球草坪上的嬰兒，然後我看見僕隸慢慢從我面前消失，他們熟悉的臉孔和身體一個接一個變模糊、褪逝，直到只剩下我，一個被嬰兒掌控與拴鍊的老人。然後一切都消失了，鎖鍊、梅納德、田野本身，只剩漆黑的夜色籠罩我。接著有座森林的黑枝椏在我四周迅速抽長，我獨自一人，害怕又迷惘，直到抬頭望見一彎銀月，黑暗中綻開閃爍的星空，我可以在其中分辨出小熊星座，那隻將老神祇們藏匿起來的神祕熊兒。我知道這典故，因為最後一天上課時，費爾茲先生曾給我看一幅星圖。望著小熊尾巴，我看到別的東西：我未來歲月的標記，環繞在明亮但幽魅的藍光裡，那個標記就是北極星。

譯注

1 巴頓魯治（Baton Rouge），路易斯安那州首府。

2 淑女蛋糕（lady-cake），一種純白色的磅蛋糕，除了麵粉、奶油、白糖等基本材料，僅使用蛋白而不用蛋黃，傳統食譜以苦杏仁和玫瑰水增添風味，做法十分繁複。

3 鮑伊刀（Bowie knife），一種狩獵用匕首，刀尖上翹且帶護手，由十九世紀初美國陸軍上校鮑伊（James Bowie）所設計。

4 《德波評論》（*De Bow's Review*），十九世紀中葉發行於美國南部的雜誌，以農業、商業、工業進步與資源為主題，並擁護奴隸制度。

5 阿爾干燈（Argand lamp），日內瓦科學家阿爾干（Ami Argand）於一七八〇年改良的油燈，外形如玻璃小煙囪，燈芯中空，可讓更多氧氣湧入，令火燒得更旺，並可調校燈芯以改變亮度，在十八至十九世紀初廣受歡迎。

6 一八四八至一八五九年間，美國在北緯四十二至四十九度之間、洛磯山脈以西、太平洋以東的區域建立聯邦領地，稱「俄勒岡領地」（Oregon Territory），涵蓋現今的愛達荷州、俄勒岡州、華盛頓州和部分蒙大拿州；一八四六年英、美兩國簽訂《俄勒岡條約》前，該區範圍還包含英屬哥倫比亞，即今加拿大卑詩省。

7 《基督教通訊》（*The Christian Intelligencer*），一份由紐約市歸正教會信徒協會於一八三〇至一九二〇年發行的報紙。

8 《新聞紀事報》（*The Register*），這是相當常見的報刊名稱，此處可能指十九世紀初創立於阿拉巴馬州莫比爾（Mobile）的一份報紙，該報曾多次易主改名（目前為*Press-Register*），但一直被簡稱為*The Register*，在南北戰爭之前，它是擁護奴隸制度的重要刊物。

4

而我從夢中驚醒，全身發抖。我在床上坐了一會兒，再躺回去，但睡意全消。我拿起放在角落的石罐，走出地道，邁入清晨的黑暗，再一路往下走到井邊，打水，裝滿罐子，穿過清新涼爽的秋日氣息走回營窟。

我回想那個夢。所有跟我同拴在一條鍊上、而後消失的靈魂，也許有一天會包括我自己的家庭，全都掌握在梅納德散漫的手中，被拉過來拉過去，或隨他心血來潮而放掉。這念頭令我痛苦。長到這個年紀，自然會想討老婆，但那時我已見過一些女僕隸被許配給男僕隸，然後目睹這樣的「許配」如何維持。我記得這些年輕夫婦每天早晨去各自的崗位上工前，如何擁抱彼此；他們每晚坐在營舍臺階上，如何十指交扣；我記得他們如何爭吵，拔刀相向，在被迫分開前殺害彼此，殺害彼此，因為走向納奇茲比死亡更慘，那是人間煉獄，刺骨椎心之痛——知道在遼闊的美國某處，你的摯愛與你分離，再也不會在這層層枷鎖的墮落世界裡重逢。這就是僕隸做愛的心情，也是我必須侍候梅納德時，盤據我心思的愛——我們的家庭如何在陰影裡快速形成，而只消那白手一揮，便化為塵土。

此刻，我走出寢室，穿過營窟，經過蘇菲亞門前，門開著，因而我看見她就著提燈的光打毛線。我在門口駐足，注視她的側臉——小巧的鼻子、柔軟的唇瓣、從頭巾下方露出的幾綹捲髮。她坐在凳子上，背脊挺直如石牆，燈光將她的影子投射到走廊上，她纖長如蜘蛛的手臂勾挽著兩支棒針，來回往復，將毛線織成還看不出形狀的東西。

「你是來說再見的吧？」她問。我嚇了一跳，因為她並未轉身，眼睛一直盯著懸在兩支棒針間的神祕織片。我含糊不清地咕噥一句，她聽了轉過來，於是我看到她晶瑩的眼眸閃閃發亮，柔嫩的嘴唇綻開一朵溫暖的微笑。蘇菲亞在僕隸當中特別顯眼，因為她似乎從不幹活。她很愛打毛線，我時常見她穿梭在花園和果園中，手上使著棒針，儼然編織是她唯一從事的勞動。但全洛克列斯的人心裡都有數：她屬於我叔叔，我父親的弟弟納森尼爾．沃克。這種安排的性質不用猜也知道。就算我不想相信，一旦被指派每週末載她去納森尼爾家、再接她回來的任務，擺在眼前的事實便不容置疑了。

這種「安排」並非不尋常，它其實是上流男士的習慣作風。但納森尼爾基於某種緣故對納妾很反感，即使他自己就在這麼做。如同上等人用升降梯和祕道來掩藏他們盜取的奴隸，納森尼爾也運用手段不動聲色地奪取，把劫掠美化成施捨。所以他讓蘇菲亞住在我們這邊、他哥哥農園的營窟裡。他堅持她來訪時必須打扮成名門閨秀，卻得從他莊園的小路進入。他嚴密監控她的訪客，並讓營窟裡的人都明白這點，以擋掉所有男僕隸，只有我除外。

「你是來說再見的嗎，海瀾？」她又問了一次。

「不，呃，應該說是來道早安的。」我說，讓自己鎮定下來。

「啊，那麼，早安，阿海。」她說。接著背過身去，回到她的毛線上。

「對不起，還以為已經說過早安了。」她繼續說：「好笑的是，我剛剛正好想到你，就在你從門口晃過之前。我在想你和少爺，還有賽馬日。我在想，真慶幸我不用去，想著想著，就在心裡跟你談了一整段話，彷彿你在這兒似的。所以當我看見你站在門口，以為是什麼結束了。」

「嗯嗯。」我說。我覺得自己幾乎說不出話。我害怕自己可能說出的話。想到昨晚的夢——夢裡我們變老，梅納德卻保持年輕，用鎖鍊拴著我們所有的人。

她重重吐了口氣，彷彿被自己搞得很挫折，並說：「別理我。」

她再度抬頭看我，臉上浮現恍然大悟的神情。她說：「好了，我回神了。你好嗎，阿海？」

「我還好，」我說：「目前狀況算不錯了。昨晚挺難熬的。」

「想聊聊嗎？」她問：「坐一下吧。天曉得我總是在跟你說話，跟你說我的故事和對世界的觀察。」

「不行，」我說：「我得去找少爺。我沒事。」

「你看起來不像沒事。」她說。

「我看起來很好。」我說。

「你怎麼知道？」她問著笑了起來。

「別管我怎麼知道，」我說，也跟著笑起來：「不如擔心妳自己的樣子吧。」

「那我今天早上看起來如何？」她問。

我退回走廊，離門遠一點，才說：「還不壞。要我說的話，還不太糟。」

「多謝啊。」她說：「好吧，既然你沒心情聊天，我要跟你說的是，祝你有個愉快的週六。別讓少爺找你麻煩。」

我點點頭，走上那道滿載不堪祕密的後梯，進入奴役之屋。每爬上一階，便感覺奴役——我的奴役——的可怕邏輯昭然若揭。不只是我連一寸的洛克列斯都不可能繼承，也不只是知道我絕不可能享用自己勞動的成果。更重要的是我必須永遠壓抑自己的自然需求，必須活在對那些需求的恐懼中，所以我不僅必須時時懼怕上等人，還非得對自己保持戒慎恐懼不可。

那天早上，我們很晚才駕千禧馬車離家，轉出莊園的主要道路，穿過果園、作坊和麥田，出了洛克列斯，轉上西大路，行經一些殘存的老莊園——艾特布魯克、羅里吉、貝爾維，當時仍是維吉尼亞響噹噹的大姓，但在這個處處有電報和電梯的電氣時代，已化為風中塵埃。梅納德一路講個不停，內容毫無新意，不過就是他要怎麼給誰好看的老話題。我聽了一小段，之後便由他繼續講，將注意力轉回自己的心事。

接著我們過橋，拐進史塔佛鎮，那真是個美麗的十一月天，秋高氣爽，朝西邊望去，可以看到最後一批變色的樹，在遠山迸放點點橙黃。我們將馬車和馬繫好，走向市場街，正好遇上一場展示維吉尼亞榮耀的遊行。他們全都出動了，那些上等人，在面具與華服包覆下出場，仕女搽脂抹粉，戴白手套，圍絲巾，酥胸起伏，黑人女孩為她們撐陽傘，以保持其肌膚的象牙光澤。男士們像穿制服似的——收腰黑外套、灰長褲、馬毛襯裡的寬領結、高筒禮帽、手杖和小牛皮長筒靴。一如往常，他們把大部分光彩留給綑在緊身胸衣與束腹裡，因而行走緩慢、舉手投足皆得留意分寸的女眷。但她們仍以某種曼妙的舞姿移動著，腰肢款擺，引頸優雅如天鵝。我知道她們自小便在女教師和母親的調教下學習這樣行走，因為形塑上等人的從來都不是服飾，而是淑女穿著它的方式。來自新罕布夏的北方人、帕杜卡[1]和納奇茲的拓荒者，以及榆郡的下等白人，也都與他們同行，但比起走路，這些人似乎更著意於觀賞：這支美麗超凡的隊伍沿著我們史塔佛鎮的主幹道前進，看起來彷彿永生不死，彷彿維吉尼亞永不會衰亡，而這個由菸草和肉身打造的帝國將閃耀如山上的城[2]，讓全世界都怨嘆自己為何沒活在榆郡這些一流世家的永恆榮耀裡。

我認出他們當中許多人，甚至有些未經引介的，我也因其偶然的言論或舉動而記得他們。還有一些我熟識的人，比如之前的家教老師費爾茲先生，我看見他獨自走在遊行隊伍中。他似乎在研究身邊這群人，當他看見我，便微微一笑，觸帽致意。自從多年前上完最後一堂課，我就沒再見過他，不過我現在明白，我們結束在小熊星座的尾巴，這本身便是個徵兆。我回頭看梅納德是否瞧見費爾茲先生，但他被眼前的榮華景象迷住，雙眼圓睜如夢，咧嘴露齒傻笑。他不像他們，我至今仍記得我為自己在此扮演的角色感到羞愧。那天早上我已盡力讓他穿戴得宜，但因他的身材比例與拉扯馬甲和衣領的習慣，不管怎麼搭配，衣服都無法合身得體。儘管如此，他還是非常高興置身於此。他為自己受到的羞辱懷恨了一整年，現在卻希望因為愛好運動賽事的長處，能重新回到他們的行列。他們是他的族人，同樣流著高貴的血液，因此他站在遊行隊伍前方，搞不定自己在其中的位置。他又扯了扯襯衫領子，放聲大笑，然後笨拙地擠進人群，加入上等人的緩慢遊行，一同朝賽馬場前進。

梅納德看到了艾德琳．瓊斯，他追求過她，然其追求技術實在太差。我聽說她已離開榆郡，離開整個維吉尼亞，嫁給北方一名律師。但我猜賽馬會把艾德琳帶回來了，即便只是要瞧瞧老家有什麼變化。她為人親切，梅納德老是把這種親切當成喜歡。此時他斜穿過人群，揮舞帽子，走到她身邊說：「嗨，艾蒂！妳今天好嗎？」

艾德琳轉身跟梅納德打招呼，臉上帶著緊張的微笑。他們聊了幾分鐘，便再度邁步隨隊伍前進，艾德琳頗不自在，梅納德則很興奮找到可以攀附的人。所有的男僕隸都走在路邊，尾隨其照料的對象，我也不例外，遠遠望著梅納德口沫橫飛，艾德琳只能極力忍耐。但她始終維持很好的風度，因為名門閨秀都受過這種訓練。她錯在獨自出現於此，倘有紳士相伴，便可為她擋掉梅納德的攀談，他嗓門大又聒噪，隔著群眾喧譁我都還聽得到。他一直在講洛克列斯，說它多麼繁榮迷人，說她沒為之傾倒真是大錯特錯，儘管以玩笑口吻，卻句句令人厭煩，吹噓之意欲蓋彌彰，艾德琳被迫面帶微笑忍受這一切。

當他們抵達賽馬場，我看到她終於被一位經過的紳士搭救，他主動跟梅納德握手，打量一下眼前的情況，便趕緊把她帶開。梅納德在柵門前停下，抬頭望向賽馬俱樂部的看臺，會員正開始湧入，他曾在那裡大發議論，但被毫不客氣地轟出來。艾德琳走了，於是我走近些，再站到一旁看著梅納德，此刻他迷失在痛苦的渴念中，渴望像過去的賽馬日那樣受到歡迎，或至少被允許與本郡仕紳為伍。然後，隨著梅納德的目光從紳士移到淑女區，我看見那屈辱變得更多重而複雜；這是特別為維吉尼亞淑女劃出的區域，好讓她們不必忍受男人的賭博、粗話和雪茄，我在那一區看到梅納德的未婚妻柯琳．奎恩，其地位似未因她與梅納德的關係而受影響。梅納德收起笑容，因為他覺得自己像個在老婆面前抬不起頭的傢伙。他未來的妻子就在那兒，晉升到比自己還高的地位。

我盡可能不露痕跡地窺視這群貴婦，以便好好瞧瞧這名女子。柯琳．奎恩像是從另一個時代走出來的人。她鄙棄遊行的虛飾，那些極盡豪奢、裝腔作勢的服裝，恰恰證實了地力耗竭，僕隸家庭被拆散，菸草產量日減，處處可見的崩頹。她站在看臺上，一身棉布衣裳，戴著手套，同另一位淑女說話，梅納德則以輕蔑的眼光望著她。然後他搖搖頭，走去找自己的位置，不在紳士當中，而在一群形色混雜的下等白人之間，該階級在這個社會中的地位總讓我感到不可思議。上等人在公開場合容忍下等白人——像是我們莊園的哈蘭，私底下卻瞧不起他們；他們的名字在宴會上被唾罵，小孩在客廳裡被嘲笑，妻女被始亂終棄。他們是個墮落且被踐踏的族群，忍受上等人的鐵靴，只為保有將自己的鐵靴踩在僕隸上的權利。

我的位子在黑人當中，他們有些是僕隸，有些是自由人，坐在馬廄外、高度及腰的木柵欄上，裡面還有其他黑男人在照料賽馬，餵養牠們，維護牠們的健康。我認識其中幾位——包括柯琳的男僕霍金斯，我看見他跟其他人一起坐在柵欄上。我點頭打招呼，他也點點頭，但沒笑容。霍金斯這人就是這樣，給人冷淡疏遠的感覺。他常年掛著一副無法容忍愚蠢、卻覺得自己被蠢蛋包圍的表情。我很怕他。他有種冷硬的氣質，單憑舉止態度，我就知道他曾忍受過某種可怕而無法言說的奴役方式。環顧四周，我看著柵欄邊的黑男人叫喊笑鬧，還有一些在打理馬廄。我像往常一樣默默觀看，讚嘆著我們之間的連繫——我們省字縮詞，有時毋須言語便能會意；那些共同的記憶：剝玉米殼，颶風，不存在於書本、但活在我們談話中的英雄；一整個完全屬於我們自己、不為他們所知的世界，而就算在當時，我也感覺得到，要成為那世界的一部分，必須知道一個祕密，一個內在於你的祕密。我們之間不分上等下等，也沒有排擠異類的賽馬俱樂部，這就是我們的世界自有的美國，這世界自有的恢宏壯闊——這是我們可以睥睨梅納德之處，因為他永遠必須斤斤計較自己的階級地位。

午後萬里無雲，比賽即將開始。但當第一批馬兒揚蹄奔馳，我並沒看著牠們，而望向梅納德，他似乎已忘記所有的侮辱和輕視，正跟一群下等白人談笑吹牛，不管他原本怎麼想，看來梅納德已找到同類，或者說他們找到了他。與出身高貴的沃克家少爺同歡作樂的可能，讓這些下等白人也沐浴在當日的光彩中。輪到梅納德的馬上場，這份敬重更是有增無減：眾馬奮勇爭先，混融成一大團棕黑相間的雲，只分辨得出馬鼻子和馬腿，「鑽石」脫穎而出，明顯超前於雲團，並一路領先到終點。梅納德樂炸了。他尖叫著擁抱周圍每個人，高舉雙臂，然後指向包廂裡的賽馬俱樂部，喊些傲慢粗魯的話。接著在淑女包廂中看見他的柯琳，又做出同樣舉動。賽馬俱樂部的男士面無表情，直挺挺地站在那裡，他們美好的運動被這蠢蛋褻瀆了，他出身跟他們相同，然其每次獲勝都降低了整場賽事的格調。

最後一場比賽結束後，我回到市場街附近等他。在梅納德短暫的一生中，我從沒見他這麼開心過。他看著我，露出燦爛的笑容，說：「真他媽的勁爆，海瀾，我早就跟你講過，不是嗎？今天是我的日子，我講過。」

我點點頭說：「你確實講過。」

「我跟他們講過。」他說著爬上馬車：「我跟他們全都講過！」

「是啊。」我說。

然後，謹記著父親的告誡，我將馬車掉頭，朝著離鎮回家的方向。

「不，不要！你在幹嘛？」他說：「轉回去！我想瞧瞧他們。我跟他們講過，他們甩都不甩我。我們得讓他們好看！他們得見識我的厲害！」

於是我再度迴轉，朝鎮中心駛去，此時上流人士皆已聚集在那裡，沿著街道，進行告別前的最後交流。但當我們駕著千禧馬車經過，那些紳士淑女並未表示任何敬意，只瞄我們一眼，面無表情地點個頭，便繼續原先的交談。我不曉得梅納德究竟想要什麼，或他為何認為自己能得到；我不曉得他憑什麼相信這次他們終於會看在家世的分上接受他，或原諒他的各種衝動莽撞。然而，一旦明白無法如願，他咆哮著命令我轉往鎮郊，把他留在邊界附近的妓院，一小時後再來接他。

現在我獨自一人，謝天謝地，可以好好想自己的事。我把馬繫好，開始在鎮上閒逛。我再度想起最近發生的事，想起我做的夢，以及我如何發現奴隸制度是永無止境的黑夜；我也想起那天早晨，當我看著蘇菲亞身上的日光逐漸黯淡，如垂死的太陽隱沒於藍色的維吉尼亞群山。我不會說自己那時已愛上蘇菲亞，雖然我當時以為自己愛她。我還年輕，愛情對我來說是點燃的導火線，而非栽種出來的花園。愛情無關乎深入瞭解戀慕的對象，瞭解其需求與夢想，而主要繫於與戀人共處時的喜悅，及其離去引發的相思之苦。在蘇菲亞獨處的時刻，她愛我嗎？我不這麼認為，但在另一個世界，一個不受奴役挾制的世界，我想她可能會。

有兩條路通往這樣的世界——花錢買自由，或者逃跑。據我所知，史塔佛的南邊角落就住著一群走第一條路的自由黑人，在紅土肥沃、菸草欣欣向榮的年代，他們被允許存下些許工資，為自己贖身。但那條路對我是封閉的。維吉尼亞已經變了。縱使榆郡和洛克列斯的古老土地日益衰敗，在那裡幹活的人卻身價看漲。莊園主無法靠僕隸在土地上勞動而獲利，卻可藉高價出售他們來彌補虧損，把他們賣往土地仍豐茂的納奇茲。因此在從前僕隸能為自由而努力的地方，如今他們卻變得太珍貴而失去為自己付贖金的權利。

如果說第一條路被堵住，第二條路則根本不堪設想。我所知道每個逃離洛克列斯的人，若不是被萊蘭德的爪牙逮回——他們是執行上等人命令的下等白人巡邏隊，就是自己灰心喪氣地回來。無論如何，我對維吉尼亞以外的世界一無所知，逃跑似乎是瘋狂的想法。但有個人據說比較瞭解情況。

榆郡的黑人和白人中，最受敬重的莫過於喬吉．帕克斯。他是市長，是大使，是夢想，只不過這夢想的意義端視你從哪個角度看它而定。當喬吉還是僕隸時，田裡的事都歸他管，而他跟大約翰一樣，對農作及其所有的周期循環似有神通妙算般的理解。他可以在麥田裡走一小時，告訴你往後三年收成如何，或把手放在菸草壟上，感覺土地的心跳，即揭曉你的菸葉會大如象耳或小若鼠耳。他曾警告上等人他們對菸草的熱愛將招致什麼後果，由於態度委婉，因此他們記起他的警告時並不懷恨，只是感念與懊悔。但喬吉有種引人好奇的神祕陰影。他會消失好一陣子，或被人看到出現在史塔佛鎮上，或在奇怪的時辰被瞥見於樹林中。我們對這些謎團有個解釋：喬吉跟地下組織有關係。

地下組織又是什麼？僕隸間有傳言說，一個由黑種男人組成的祕密會社，在維吉尼亞的沼澤深處建立了他們自己的獨立世界。是什麼力量在那裡守護他們，我不曉得。我只知道一些故事，說萊蘭德的爪牙幾次奉派遠征，要找出地下組織並剷除他們，說這些遠征隊返回時損兵折將，傷痕累累，形容憔悴，聲稱他們遭遇蛇虺、怪病、毒物，還有巫醫召集鱷魚與山貓並肩作戰。我聽說這個地下組織不時會招募新兵——那些人寧願選擇沼澤的蠻野自由，也不要榆郡的文明奴役。高尚的喬吉備受白人讚揚與尊重，也被黑人認為過著某種秘密生活，似乎正是他們的完美人選。

一聲槍響打斷我對喬吉的臆測。我站在鎮廣場南端，循著槍聲望見一位紳士，跟其他人一樣穿正式黑禮服，獵槍指向空中，縱聲大笑。天色漸漸變了，聚滿了雲。我看著兩個男人跌跌撞撞地從酒館一路打到街上，年長的那位臉頰有道長疤，他打輸了便反手抽出一把長刀，劃過年輕男子的臉。另外兩名男子隨即衝出酒館，撲向那個老傢伙，開始痛毆他，我趕緊走開。到了下個街區，我看見一名下等白婦抓住荷蘭女孩的頭髮摑她巴掌，婦人的男伴笑著掏出隨身酒瓶，喝一口，把剩餘的酒倒在女孩頭上。我繼續前行。這就是父親所警告、求我別讓梅納德捲入的暴亂場面。但他們一向如此，整個族類全是咯咯叫囂的愛麗絲・考利。就像洛克列斯的宴會，賽馬日以華貴的盛典登場，隨後酗飲開始，節慶的氣氛逐漸黯淡，所有時尚與教養的面具都將剝落，露出底下滲血流膿、瘡瘢點點的榆郡真面目。

沒有其他黑人敢待在外面，因為我們都知道接下來會怎樣——心生慍怒的白人很快就會拿我們出氣。說來奇怪，但在這種情況下，最該害怕的卻是自由的黑人。我們這些僕隸皆有所屬。我們是財產，任何施加在我們身上的傷害，都必須在我們主人的命令下執行，因為你不可以鞭打別人的奴隸，就像你不能鞭打別人的馬一樣。但即使處境相對安全，我仍覺得不安。懷著這種心情，我設法離開廣場前往自由鎮，去喬吉・帕克斯家。

這是個小社區，聚集得十分緊密，以至於住在那裡的每個人我都認識。我認得曾經在卡特家打鐵、而今受僱於鎮上鐵匠的埃德加・庫姆斯，埃德加娶了佩璇思，她的第一任丈夫多年前死於熱病。對面是帕普和格里斯兄弟，喬吉・帕克斯就住他們隔壁。於是我走出瘋狂的廣場，到了小鎮南端，發現自己站在萊蘭德監獄前，它標誌著史塔佛自由黑人區的起點。

這全是規劃好的，肯定如此，因為萊蘭德監獄不是用來關罪犯，它是座橫跨兩個街廓的倉庫，用來監禁逃跑被逮或等著被賣的僕隸。監獄天天提醒著：無論擁有什麼樣的自由，史塔佛的這些黑人都生存在某種強大力量的陰影下，它可以隨興所至地將他們銬回鎖鍊。萊蘭德監獄由下等人經營管理。這些男人靠著人肉交易致富，然其姓氏年代不夠久遠，工作名聲又壞，以致社會地位永遠無法提升。這群下等白人餵養這座監獄並聽候它差遣，由於與它關係緊密，所以被稱為萊蘭德的爪牙。我們對其既懼且恨，也許更甚於懼恨挾制我們的上等人，因為大家同樣卑賤，同樣被役使，應該聯合起來對抗上等人，要是下等白人願意為一片公平切分的蛋糕賭上其麵包屑就好了。

喬吉的妻子安柏在門口笑著招呼我。「我猜你今天可能會過來，」她說：「而且來得正是時候，就在晚飯前。肚子餓了吧，海瀾？」我笑著跟安柏打招呼，踏進僅有一個房間的小屋，真的就這樣而已，並不比我在地下營窟的住處好多少。烤玉米餅和豬肉的香味撲鼻，我發覺自己確實餓了。喬吉也在，坐在床上剛出生的兒子旁邊，寶寶躺在那兒伸手亂抓空氣。

「哇，瞧瞧你，」他說：「羅絲的兒子長這麼大了。」

羅絲的兒子，他們在下頭大街都這樣叫我，雖然我已經好一陣子沒聽見這種招呼，因為還記得我這個身分的人所剩無幾。我擁抱喬吉，問他過得如何，他微笑著說：「這個嘛，我給自己討了老婆，現在又有了這小男娃兒，」他走過去揉揉寶寶的肚皮，「所以我猜我過得還不錯。」

「你還是帶海瀾到後院去吧。」安柏說。

我們出來到喬吉種菜養雞的小空地，坐在兩截斷面朝天的圓木樁上。我從口袋掏出一隻小木馬，那是我為喬吉的兒子刻的，遞給喬吉。

「給你兒子。」我說。

喬吉接過木馬，點頭表示感謝，並將它放進口袋。

幾分鐘後，安柏端兩個盤子出來，給我和喬吉一人一盤，上面有玉米餅和煎豬排，我坐在那兒默默吃著。安柏進屋，回來時懷裡抱著咿唔作聲的兒子。現在已經是傍晚了。

「今天沒什麼可說嗎？」喬吉滿面笑容地問，一頭泛紅的棕髮映著深秋餘暉，彷彿要燃燒起來。

「呃，我想沒有，」我說：「不曉得為什麼，我想不起來。」

「也許你另有心事？」

我抬頭望著喬吉，開始說話，但隨即打住，我知道自己想說什麼，因而感到害怕。我把餐盤放到圓木椿旁邊。安柏已回到屋內。我等了一會兒，聽見隱約的笑聲和寶寶尖細的哇哇叫，推斷安柏正在前院與其他訪客談笑。

「喬吉，你第一次離開豪爾老爺家是什麼感覺？」

他吞下半口飯，隔了半晌才回答我。「像個男人，」他說，再嚼一嚼，吞下另外半口：「這並不是說我之前不是個男人，但我從未真正覺得如此。我必須不這樣覺得才能保住性命，你明白嗎？」

「我很明白。」我說。

「我沒必要告訴你這些，也說不定有必要，因為他們一向以某種特殊方式偏厚你，但無論如何我都要說，你要怎麼想隨便你。如今我想起床才起床，想睡覺就睡覺。我叫帕克斯，因為我說了算。我憑空編出這個姓，當作給兒子的禮物。除了是我選的，它沒別的意義。它的意義就在於我這麼做。你懂我的意思嗎，海瀾？」

我點頭，讓他繼續說下去。

「我不曉得有沒有跟你講過，海瀾，但我們全瘋狂愛上了你媽媽羅絲。」

我笑了出來。

「她是個美麗的女孩，那時下頭大街有好多美麗的女孩。不只羅絲，你曉得，還有她妹妹，你阿姨艾瑪。多美的女孩。」艾瑪是另一個隱沒在煙裡的名字，跟我母親一樣；我知道她是我阿姨，曾在廚房工作，是個美麗的舞者，但除此之外，她已消失於其他人扁平的話語和我腦中的迷霧。但喬吉記得一清二楚。往昔就像一張地圖在他面前攤開，我見他雙眼閃亮，憶述他曾穿越的每一道山隘、溝壑和峽谷。

他說：「老弟，想當年我們多麼痛快地跺著地板跳舞啊！天老爺！你媽媽和艾瑪的個性南轅北轍——羅絲低調安靜，艾瑪活潑愛熱鬧，但若探觸到最深摯的信仰，你會知道她們骨子裡流著同樣的血。我跟你說我就在現場，所有那些週六夜晚，我都在那裡，跟天才吉姆和他兒子小皮一起。我們彈斑鳩琴、吹口簧琴又拉提琴，把鍋盤敲得匡噹響，拿羊骨擊節助興，等氣氛炒熱，艾瑪和羅絲就會上場。那可真精采，我告訴你，她們頭上頂著水罐，一來一往輪番展示舞技，直到其中一人的瓦罐灑出水來。然後她們會面帶微笑屈膝行禮，勝出者等著看還有誰要踏進擂臺挑戰。」

「但沒人這麼做。」喬吉大笑起來，問道：「你跳過水舞嗎，阿海？」

「沒有，」我說：「我學不來。」

「可惜啊可惜，」喬吉說：「那麼美的事沒傳下來真可惜。當時的情景如此美好。美麗的女孩。美麗的男孩。」

此時喬吉已吃飽。他放下盤子，吐出長長的一口氣。

「有時我想起那美好的一切，它如何在那些鎖鍊中枯萎……老弟，我告訴你，我開始跟安柏交往時，發誓要救她出來。不管代價多高都不在乎。我想，為了救她出來，要我殺人都行，海瀾。做什麼都行，只要不看著她……」

喬吉在此打住，我想是因為他意識到自己這番話的重要性，對我的意義，以及對我媽媽的意義。

「你現在出來了，」我說：「你做到了。你出來了。」

喬吉輕聲笑了笑，然後說：「沒人出得來，孩子，你聽懂嗎？沒有人能出來。我們全都得服侍。我喜歡在這裡服侍勝過在另一個男人的洛克列斯服侍，這我承認，但我可以跟你保證，我還是一樣在服侍。」

我們靜靜坐了幾分鐘。前院話聲漸稀，我聽見前門關起，接著後門打開，安柏出來收走喬吉和我的餐盤。

她看著我，挑起一邊眉毛說：「喬吉又拿謊話來唬弄你了？」

「很難講。」我說。

「嗯哼，」她說著走回屋裡：「我說啊，要提防他。提防喬吉。他滑頭得很。」

從喬吉的後院可望見遠方的古斯河岸。夕陽西沉，雲層愈來愈厚，天氣愈來愈涼。時間快到了。梅納德快好了。所以我決定對喬吉．帕克斯說出會改變我人生的話。

「喬吉，我覺得我非走不可。」

我想他聽出我的意思，然後決定不當我是那個意思，因而說：「我想也是。得過河回去了對吧？」

「不，」我說：「我是在跟你說，我長大了，眼看族人消失，被帶往納奇茲，也看得出這整塊地方在走下坡。土地死了，喬吉。土壤已變成沙礫，他們知道，他們每個人都知道。我只是走來這裡，就看見男人遭刀砍，女孩被打，當街行凶，無法無天。我相信從前是有法紀的，老一輩的人常談起那段歲月，我雖生不逢辰，卻能感受到所有變化。我內心有個男人在長大，喬吉，我無法束縛他。他知道太多，見過太多。他必須離開這裡，這個男人，不然他活不下去。我發誓我害怕將發生的事。我害怕自己的雙手。」

喬吉想開口說什麼，但被我打斷。

「大家都說你見多識廣，說你知道的不只是這個小自由區，說你跟從事這類行動的人有聯繫。我想要鐵道，喬吉。我想要藉那鐵道逃出去，我聽說你知道這方面的訊息。」

這時喬吉站起來，抹了抹嘴，然後在工作褲上擦擦手，再坐下，從頭到尾都沒看我一眼。

「海瀾，回家吧，」他說：「沒什麼男人在你心裡長大。它早就結束了。你就是這身分。這就是你的處境，你若打算改變它，就必須按照我的方式。」

「那方式再也行不通了。」我說：「僕隸再怎麼拚命賺，也比不上被賣去納奇茲的價錢。」

「那你也只能認命。容我說一句，你的命算很不錯了。你唯一的責任就只是那個蠢兄弟而已。

回家吧，海瀾。給自己討個老婆。讓自己快活點。」

我沒答腔。他又說了一遍：「回家去吧。」

喬吉下了逐客令，我也就照辦。但我當時相信的是：喬吉對我撒謊，他就如他們所說，是一名守衛官，決定一個黑人能否獲得自由，能否擁有另一種人生，能否進入俄勒岡國度。他甚至沒否認，因此事情對我來說變得很簡單：我得向他證明我的決心和能耐，讓他明白事到如今我不可能再被勸阻，而我確定自己做得到，因此當我走回去找梅納德和馬車，再度經過廣場時，我知道喬吉會幫我，知道他會救我出去，因為這裡沒有未來，即使從這小段回頭路，穿過今日留下的殘渣，我也看得出這點。街上到處是垃圾。一個上等人——我從衣服認出他的身分——面朝下醉倒在糞肥裡，他的同伴嘲笑他，他們自己也不成體統地脫到只剩襯衫。我看到扯爛的帽子和曾經裝飾它們的花朵。我看到天藍色的圍巾丟在街上。我看見男人在酒吧側邊擲骰子，正前方擺著兩隻公雞要相鬥。這就是他們的文明——面具那麼薄，讓我這輩子第一次納悶：在下頭大街的那些日子，當我使出記憶的把戲，設法吸引洛克列斯的法老王注意，我圖的究竟是什麼？而這並不是我第一次瞭解到，我的眼界實在太低。因為置身營窟的我們就生活在他們當中，親眼目睹他們跟所有人一樣要如廁，知道他們不是年輕愚蠢，便是年老衰弱，他們的力量全屬虛構。他們並不比我們好，而且在許多方面比我們差。

梅納德帶著窯姐兒在妓院外等著，而在他們旁邊，我又見到柯琳的男僕。霍金斯。梅納德正在開什麼玩笑，霍金斯瞅著他，眼神充滿無聲的憎厭，只是爛醉的梅納德察覺不到。梅納德一看到我，笑得更厲害了，他朝我走來，卻一個踉蹌拖著女孩摔倒在地。我扶起女孩，霍金斯疾步上前扶梅納德，他的馬褲和馬甲都沾滿泥巴。

「該死，海瀾！」他大叫：「你該接住我的！」的確，我一向都接住他。

「這女孩今晚歸我，」他喊道：「她是我的，媽的！就像我跟他們講的，海瀾！我跟他們全都講過！我跟所有的女孩都這麼講！」

然後他望向一臉嫌惡的霍金斯。「一個字都不許對你家小姐說，小子。一個字都不行，懂嗎？」

「說什麼，先生？」霍金斯說。

梅納德斜睨著他，半晌後又笑了起來：「一點也沒錯，我們會處得很好，我跟你。」

「就像家人該做的。」霍金斯說。

「就像家人該做的！」梅納德高喊，一面爬進馬車。我扶那女孩上車，隨即出發，循我們進城的路離開。但接下來，天曉得為什麼，他的腦子突然出現片刻清明，是他終生擺脫不掉的羞恥感吧，他命令我掉頭，背向鎮廣場，朝默絲路駛去。於是我們就這樣離開史塔佛鎮，離開我們熟知的世界，因為，當我駕車出城，周圍的建築漸漸被火橙金燦的樹取代，當我聽見遠處的鴉啼與前方的馬蹄，感覺風迎面撲來，我知道我已看遍每一寸我唯一認識的世界。我知道我的人生將如何結束。有一天我父親將離開人世，留下的一切將落入梅納德手中，當那天來臨，我知道所有的路徑都通往納奇茲。

我駕著車，沉湎於過去幾小時的諸般感受，那場夢，那恐懼、憤怒，那永無止境的黑夜，蘇菲亞的太陽隱沒在群山後方，我失去的母親與艾瑪阿姨。還有一種想望，渴盼能逃離梅納德和他當家作主的厄運。然後就發生了。

我望見古斯河，看到水面升起一片奇怪的霧——一層薄霧，這時下起雨，呼應今天的陰沉轉折。就在那裡，一片藍霧升起，遮蔽橋的彼端。然後，穩定而急促的馬蹄聲愈漸微弱，這點我記得特別清楚，因為我們一直在快速移動。我看得到馬在前面拉著我們，卻沒有聲音，我還以為是自己的毛病，某種暫時性耳聾，但我沒想太多，因為我想趕快回家，想擺脫梅納德，就算晚上只剩一點時間也好，我們在橋上，薄霧忽然散去，而我就在那瞬間看見她，看見那女子，看見我母親在橋上跳水舞，從我漆黑的腦中冒出來跳水舞，我試圖讓馬兒慢下來，我記得這個：拉緊韁繩，但馬兒繼續前衝，雖然我現在懷疑自己當時是否真的有拉韁繩，是否真的在那個空間，那座橋上，因為，即便在此刻，已有過實際經驗的我，仍不敢說自己真正瞭解「傳送」的全部，除了這件至關緊要的事——你必須記得。

譯注

1 帕杜卡（Paducah），位於肯塔基州的一座城鎮。

2 語出〈馬太福音〉第五章十四節：「你們是世界的光。建在山上的城是不能隱藏的。」北美麻薩諸塞殖民地的創建者溫斯羅普（John Winthrop, 1588-1649）曾在其著名的布道辭中以「山上的城」比喻新殖民地，指其將成為眾目所矚的世界典範。之後的美國政界人物亦多次引用此典故。

5

我置身水中，然後在跳舞的母親引導下，又墜入光明，直到光亮淹沒一切，當它漸漸黯淡、消失，母親亦失去蹤影，我感覺到腳下的土地。現在是夜晚。我看見濃霧如簾幕拉開，露出澄澈的天空，星星在上方閃爍。當我轉身尋找自己剛從其中冒出來、薄霧籠罩的河流，只見長草的黑影在風中搖曳。我靠在一塊大石上，越過田野，可望見森林在遠方若隱若現。我知道這地方。我知道從這塊石頭到那些樹的距離，我知道這片草地，那是一片休耕地，我的洛克列斯。我也知道這石頭不是隨便一塊地標，而是開基始祖阿奇博德．沃克的紀念碑。我的曾祖父。風呼嘯而過，吹得我瑟瑟發抖，浸水的短靴像冰塊貼著雙腳。我往前跨一步，覺得天旋地轉，摔在地上；倒在草叢中的我發覺自己強烈渴望睡去。也許我進了某種煉獄，它以我所知的世界為模型，而在我的報償揭曉前，我必須忍受此煉獄。於是我躺在那裡發抖，不再試圖移動。當黑暗漸漸圍攏過來，我把手伸進口袋，摸索我隨身攜帶的那枚銅幣，撫摩它粗糙的邊緣。

但並沒有報償。至少沒有老人家在下頭大街講的那種報償。我在這裡述說這個故事，不是從墳裡，還沒有，而是從此時此地，回顧另一個年代，當我們被奴役，而且接近土地，接近一種讓學者困惑、令上等人不知所措的力量，一種他們無法理解的力量，就像我們的音樂、我們的舞蹈，因為他們無法記得。

我是跟著我們的音樂走出黑暗的，走出那段生死交關、囈語與高燒交疊的時間——他們後來告訴我是三天。我最先意識到有人輕聲哼唱，似乎在遠處，旋律不斷重複，有時歌聲漸弱漸遠，一、兩分鐘後又返回，然後我模模糊糊地發覺自己曉得這旋律，腦中開始浮現它搭配的歌詞：

眾芳爭妍鬥豔

奧布瑞窺探著，好女孩在改變

我聞到醋和蘇打粉的氣息，刺鼻得簡直可以嘗出味道，被毯溫暖，枕頭鬆軟，然後，我眨巴著睜開眼，發現自己置身於充滿陽光的房間。我動彈不得。我的頭用枕頭頂著，歪向一邊。我從嵌在壁凹裡的床往外看，窗簾是拉開的。房間另一頭有五斗櫃，我在櫃上看到開基始祖的胸像，旁邊有桃花心木腳凳，我看到蘇菲亞坐在上面，背脊挺直，頸項修長，手臂來回彎繞，使著兩支棒針打一筒毛線。我試著移動，但關節彷彿被鎖死。我驚慌失措，因為那當下我怕自己受了什麼傷，變成被監禁在自己身體裡的囚徒。我死命盯著蘇菲亞，希望她回頭看看我；但她卻起身走出門外，依然哼著那首老調，繼續織毛線。

懷著巨大的恐懼，不知我是否被埋葬在自己身體裡面，我這樣躺了多久？我也說不上來，但黑暗再度降臨，而這次當我醒來，癱瘓的感覺減輕了些。我可以動動腳趾。可以張開嘴，捲起舌頭。我的頭能轉動，手臂也開始聽使喚，於是我撐起身體，費了很大的勁，終於能在床上坐直。環顧四周，再度看到太陽、胸像、光線，我知道自己在梅納德的房間。越過腳凳，我看見他的衣櫥、他的五斗櫃，還有鏡子——就在前一個早上，我才讓他站在那兒，為他著裝。然後我記起那片水。

我坐在那裡想要說話，想叫人，但話都卡在喉嚨裡。蘇菲亞低著頭走回房間，還在打毛線，聽見我喘氣努力想說話，抬頭看，丟下毛線，跑過來用纖長如蛛的雙臂抱住我。然後她往後退，看著我。

「歡迎回到我們身邊，阿海。」她說。

我記得自己試著微笑，但我的臉想必扭曲成一副可憐相，因為她突然喜色盡褪，伸手摀住嘴巴。她一手扶住我肩膀，另一手撐著我的背，引導我慢慢躺回床上。

「不許說話。」她說：「你或許以為自己離開了古斯河，但古斯河還沒離開你。」

我躺下，世界依循它顯現的順序逐漸隱沒——房間的光線消失，接著是蘇打粉的氣味，最後是蘇菲亞，我可以感覺到她的手放在我額上，也還聽得見她輕聲哼唱。然後我睡著了，墜入一場我衝進古斯河的夢境。整個場景在遠處搬演。我看見自己的頭探出水面，掃視周遭地形，斷定我死定了。梅納德也在那裡，在水中掙扎，掙扎求生。我看見藍光劃破天際，向我投射過來，這次我伸手拉梅納德，我唯一的兄弟，試圖救他，但他狠狠甩開我的手，詛咒我，然後消失於黑暗的深淵。

再次醒轉時，胳臂依舊疼痛，但雙手不再僵硬麻木，變得靈活些。房間裡殘留著淡淡的醋味。我毫不費力地坐起，看見壁凹的白紗簾被拉上，把我包圍在裡面，透過紗簾可以看見模糊的剪影：有人坐在腳凳上，孤獨地守護著。我記起上回是蘇菲亞在那兒，想到可能是她便感到血流加速。我聽見晨鳥鳴唱，頓時為了自己仍活著而滿懷喜悅。但我接著拉開紗簾，發現那剪影是我父親，坐在腳凳上，雙肘支在腿上，兩手托著臉，當他抬頭望著我，我看見他的小眼睛布滿血絲，目光沉重。

「我們失去了他。」他搖著頭說：「我的小梅走了，這整座大宅，整個榆郡，都在哀悼。」然後他起身走過來，坐在床邊，伸手緊抓住我肩膀。我的視線往下移到自己身上，發現有人幫我穿上長睡衣，我認出那是梅納德的睡衣。我回望父親，看見他臉上慢慢浮現領悟的神情，那一刻，我們進行了某種只存在於親子間的祕密交流，不管這關係多醜惡。我看見他瞇起因悲傷而泛紅的小眼睛，彷彿在竭力理解一個信息，努力想瞭解事情何以演變至此：他僅餘的一切，就是在他眼前的，一名奴隸。徹底明白這點後，他往後退縮，把頭埋進雙手，然後站起來，嚎啕大哭，一面走出去。

我起身走到窗邊。天氣晴朗，從洛克列斯的後側，可以清楚看見遠方朦朧的丘陵。我轉身背向窗戶，見父親回到房間。跟在他身後的是多年前帶我從大街上來的羅斯科。他蒼老的臉滿是皺紋，神情凝重而憂慮，我想起曾有一些認識且愛護我的人，那些長輩，喜歡聽我唱歌，看我耍把戲。羅斯科在梅納德的鏡臺上放一套衣服——我的衣服。然後他換下床單，將它捲成一團夾在腋下，走出房間。父親再度坐在腳凳上。

「我們在河裡尋找他的屍體，但河水……」他聲音愈來愈弱，渾身顫抖。

「想到我的兒子在河底……」他說：「那畫面在我腦中揮之不去，你聽到我說的話嗎，海瀾？一想到他永遠沉在河底……對不起。我只能想像你在那裡看到的景象。但我必須坦承，因為我無法對別人說：梅納德的母親留給我的就只有這孩子。當他的眼神流露歡欣，我看到的是她的眼睛。當他丟三忘四，我看到的是她的習性。當他心懷慈悲——他一向如此，我看到的也是她。」

他哭了起來。「現在他走了，我等於承受雙重的死別。」

羅斯科回來，這次帶著一條毛巾、一小盆水和一個較大的空臉盆，全擺在鏡臺上。

「好吧，就這樣了，孩子。」我父親說：「我們要做一些安排。無論他的身軀在何處安息，我們對他的追念永不止息。你必須知道的是，你肯定知道的是，梅納德愛你，我毫不懷疑他犧牲自己的性命，好讓你能逃出那條河。」

父親離去後，我拿毛巾和清水盥洗，但雙手抖個不停，簡直無法相信他剛才說的話有多瘋狂。**梅納德愛你**。這個想法——梅納德愛任何人，梅納德會為任何人犧牲性命，更別說我了——令我震驚。但我一面穿衣，一面反覆思量，便漸漸領悟到：父親相信這瘋狂的念頭。他不得不。梅納德就是他，就是他的妻子，這美化的肖像不知何故與父親一向傳達給我的警告並行不悖：梅納德必須被看顧，不能把他的性命交託給他自己。從後梯下樓時，我明白父親的陳述只能透過維吉尼亞特有的宗教獲得解釋——在維吉尼亞，人們認為有一整個種族甘受鎖鍊束縛；在維吉尼亞，這個種族擁有絕佳的計算能力，能依精準的比例鑄鐵並雕刻大理石，卻仍被稱為野獸；在維吉尼亞，男人會在這一刻向你示愛，下一刻就把你賣掉。噢，我挖空心思想出各種詛咒，詛咒我愚蠢的父親，詛咒這個國度——在這裡，人們把罪孽打扮得富麗堂皇，用交際舞和蓬蓬裙包裝它，將其運作隱藏在底下，藏在心靈的地窖，藏在奴隸專用的階梯，而我正走下這些階梯，進入營窟，進入這祕密城市——它所驅動的帝國如此宏大，以致無人敢說出其真名。

當我回到營窟，發現席娜正站在她房門外，在昏暗的光線裡跟蘇菲亞說話。席娜目不轉睛地盯著我。我對她微笑。她搖著頭走過來，伸手摸我的臉頰，與我對望。她沒微笑，只是從頭到腳打量我，我覺得她是在確認我每個部分都完好無恙。

「嗯，」她說：「看起來不像掉進河裡過。」

她不是個溫暖的女人，席娜，我的另一個母親。大家都相信她如果沒咒罵你或把你趕走，她可能，至少吧，對你有點好感。我回報這種好感的方式，通常是不露痕跡的孺慕。這一點也不傷感情。我們有自己的語言可以確認我們在彼此心目中的地位。

但那天，我不假思索地換了一種語言表達。我伸手環抱席娜，緊摟住她，彷彿要抒洩所有活下來的喜悅，緊抱著她，彷彿回到古斯河裡而她是浮木。

過了幾秒鐘，她輕輕把我推開，又上下打量我一番，然後轉身走掉。

蘇菲亞目送她離去，等席娜拐了個彎，消失在轉角，她望著我笑起來。

「那個老太太心裡明白她愛你。」她說。

我點頭。

「我是說真的。她平常不太跟我說話。但你落水後，她不斷問我問題，旁敲側擊，想盡辦法打聽你的消息。」

「她有來看我嗎？」

「一次都沒有——就是這樣我才知道她愛你。我問她要不要去看你，她整個驚慌失措，而我知道是怎麼回事——她沒辦法看你那樣子。太難了，海瀾。即使對我來說都很難，而我並不喜歡你，更別說愛你了。」

她說著拍我肩膀一下，我們一同輕聲笑了起來，但我的心在胸口翻騰。

「所以你還好嗎？」蘇菲亞問。

「不太好，」我說：「但很高興回到我所屬的地方。」

「意思是不用從古斯河裡往上看。」蘇菲亞說。

「差不多是這樣。」我說。

我們沉默片刻，我開始感到尷尬，又覺得有點失禮。於是我邀請蘇菲亞進我房間，她說好。我拉了張椅子給她，她坐下後，便從圍裙掏出一球毛線和棒針，開始織東西——我從來都看不出她在織什麼。我坐在床上，我們的膝蓋幾乎碰到一起。

「很高興看到你順利康復。」她說。

「是啊，慢慢好起來了。」我說：「他們馬上就讓我搬出梅納德的房間，不是嗎？」
「這樣比較好吧？」她說：「我可不想待在哪個死人的床上。」
「確實是比較好。」我說。
我本能地把手伸進口袋摸銅幣，但它不在那兒。大概搞丟了，這個發現讓我有些難過。它曾經是我的護身符，是我在大街的憑證，即使我的遠大計畫已成空。
「他們怎麼找到我的？」
「柯琳的男僕，」蘇菲亞說，繼續織著毛線：「你認識他嗎？霍金斯？」
「霍金斯？」我說：「在哪裡？」
「在岸邊，」蘇菲亞說：「我們這邊的古斯河岸。臉朝下埋在泥濘裡。沒人曉得你是怎麼上岸的，渾身冰冷得跟河水一樣。一定有誰守護著你。」
「或許吧。」我說，但心裡想的並不是我如何上岸。我想著霍金斯——我在賽馬日見到他兩次，而找到我的居然是他。
「霍金斯是嗎？」我又問了一次。
「沒錯。」她說：「柯琳和他，還有她的侍女艾咪，自從出事後，他們常來這裡。應該找機會跟他道個謝。」
「的確，」我說：「我想我會的。」
她起身離去，我感到一陣溫柔的痛楚，這感覺每次都會在她離去時襲來。

蘇菲亞走後，我坐在床邊思索整件事的來龍去脈。有些地方不太對勁。蘇菲亞說霍金斯在岸邊發現我。但我非常清楚記得自己摔倒在休耕的草地上。我記得在那裡看到紀念碑，那塊被留下來標誌先祖阿奇博德．沃克篳路藍縷的石頭。但休耕地與古斯河相隔兩英里，而我完全沒有走過那段距離的記憶。也許一切都是我想像出來的，在瀕死的劇痛中，召喚出顯示我身世的最後幻影——跳舞的母親，開基始祖的紀念碑——作為對這個世界的道別。

我起身走出房間。我打算出去，去休耕地，去紀念碑，希望能在那兒找到什麼，化解我的記憶與霍金斯所述之間的矛盾。沿著我居住的這條狹窄通道走下去，轉個彎，經過席娜房間，就進入通往外面的地道。照進來的陽光讓我一時眼花。我站在那兒向外張望，左手舉到額前充當帽簷遮光。一隊男僕隸背著斜肩包、扛著鐵鍬走過，我看見園丁彼特在其中，他跟席娜一樣是老家僕，憑著自己的聰明才智逃過納奇茲。

「嘿，阿海，你好嗎？」彼特經過我面前時說。

「好啊，很好。」我說。

「很高興聽你這麼說，」他說：「放輕鬆，孩子，聽到嗎？要確保……」

他還在說，但因距離漸遠，我又在想心事，就聽不清他講的話了。我只是站在那兒，望著他和弟兄們消失在亮晃晃的光裡，而那一刻，我沒來由地感到極度恐慌。是因為彼特的關係——因為他那樣消失在陽光裡，就像幾天前我才感覺到自己正在消失，卻是消失在一片茫昧中。我懷著這種恐慌的心情衝回寢室，癱在床上。

又一次出於本能，我把手伸進口袋，想摸那枚不存在的銅幣。我躺了一整天。回想霍金斯的敘述，說他在岸邊發現我。我確定自己曾置身於長草中，我記得很清楚，記得在摔倒前看見那高大的石碑，而我的記憶從不出錯。

我躺在那兒，聽見大宅——這個祕密奴役之處——的各種聲響隨時間進入下午而揚起，然後漸漸消退，表示夜晚已降臨。當一切復歸寂靜，我再度走出地道，穿過燈籠的光暈進入夜色。月亮從薄紗般的黑雲後面往外探，看起來就像一汪明亮的水窪襯著星輝點點的夜空。

在滾球場的草坪邊，我望見有人穿過低矮的草地，隨著距離拉近，看出那是蘇菲亞，兜頭裹著一條長披巾。

「這個時間出來有點晚吧，」她說：「尤其在你的身體狀況下。」

「在床上躺了一整天，」我說：「我需要透透氣。」

一陣風從樹林輕輕吹向西邊，蘇菲亞把披巾拉得更緊些。她望著道路的方向，彷彿有別的事盤據心思。

「我不打擾妳了，」我說：「我想去散個步。」

「蛤？」她說，目光飄回我身上。「哦不，抱歉我有這習慣，想必你已經注意到。有時我被一個念頭帶著帶著就忘了身在何處。但坦白說，這習慣有時也滿好用。」

「剛剛是什麼念頭？」我問。

她回看我，搖搖頭，自顧自笑了起來。

「你說你想散步？」她問。

「是啊。」

「我陪你走走吧。」

「我沒問題啊。」

我一副無所謂的口氣，但若她當下看得見我，就會明白遠不止如此。我們沿蜿蜒的小徑默默前行，經過馬廄，走向大街，多年前，我就是跑在這條小徑上尋找母親。接著路變寬，我看見一長排三角尖頂木屋，那曾經是我的家。

「你以前住在下頭這邊，對吧？」她說。

「就是那邊那間木屋，」我說，指給她看。「後來我搬去跟席娜住，她家要更過去一點。」

「你想念這裡嗎？」她問。

「有時候吧，我猜。」我說：「但說實話，我想搬去上頭。當時我懷著夢想。愚蠢的春秋大夢。都破滅了，煙消雲散。」

「那你現在有什麼夢想？」她問。

「在經歷過河底那段之後？」我說：「呼吸。我只夢想能夠呼吸。」

望向那些木屋，我們看著兩條人影從裡面冒出來，無聲無息宛如影子，停在門外。一個影子將另一個擁入懷裡，維持這姿勢一、兩分鐘，才慢慢放開彼此，一個影子回屋內，另一個繞向屋後，消失身影，又重新出現在田間，朝對面的樹林飛奔而去。我確定正在奔跑的是男人，進屋的影子是他太太。這情景在當時很尋常，因為很多夫妻在郡裡有著相隔幾英里的婚姻。小時候我想不通，為何有男人要這樣累壞自己。但現在，看著那影子飛躍過田野，並與蘇菲亞一起站在那裡，我覺得自己懂了。

「你知道我是從別處來的，」她說：「在這一切之前，我曾經有另一段人生。我曾經有親友。」

「妳之前的人生是什麼？」

「卡羅萊納，」她說：「我在那裡出生，跟納森尼爾的老婆海倫同年。但我不是要說他們，你知道。重點是我在那邊的生活。」

「是什麼呢？」我問。

「嗯，首先，我有個男人。一個好男人。高大。強壯。我們以前常跳舞，你知道。週六跟大夥兒一起去破舊的燻房，痛快地跺著地板跳舞。」

她停下來，也許在回味那段記憶。

「你會跳舞嗎，阿海？」她問。

「一點都不會，」我說：「聽說我媽媽很有跳舞的天分。但看來我在這方面比較像爸爸。」

「不是『像不像』的問題，阿海，是做不做而已。跳舞最棒的部分是，誰會跳、誰不會跳其實都不重要。你唯一能犯的罪是貼著老燻房的牆壁，孤伶伶地度過一整晚。」

「是這樣哦。」我說。

「是這樣沒錯。」她說：「聽著，別誤會了：我可是危險人物。我每次扭起來啊，絕對搖到它雞飛狗跳。」

我們倆都笑起來。

「真遺憾我沒能親眼目睹——沒能看妳跳舞。」我說：「等到我上來時，這裡一切都變了，妳知道。而且我小時候跟人家不太一樣。即使到了現在，還是跟大家不同。」

「是啊，看得出來。」她說：「有點讓我想起我的莫克瑞。他也不多話。那就是我喜歡他的地方。不管發生什麼，我知道他都不會說出去。我早該明白我們沒辦法長久的。但他會跳舞，你瞧。啊，那時候跳舞比吃飯還要緊。我們跳起舞來簡直要把老燻房拆了，而我的莫克瑞，穿著厚餅似的短靴，卻輕盈得像隻鴿子。」

「後來怎麼了？」我問。

「跟這邊一樣。跟到處發生的一樣。我也有過親友的，你知道，坎瑟斯、米拉德、桑默……親友，你知道嗎？噢，你當然不知道，但你懂的。」

「是的，」我說：「我懂。」

「但他們都比不上我的莫克瑞，」她說：「希望他睡得安穩。希望他給自己討了個強壯的密西西比老婆。」

她默默轉身，開始往回走。

「我不曉得為什麼要告訴你這些。」她說。我點頭聆聽。一直都是這樣。人們對我訴說，把他們的故事告訴我，交給我保存，而我也做到了，總是在傾聽，始終都記得。

第二天早晨，我梳洗後走出去，太陽剛爬上樹梢。我經過滾球場的草坪，然後是果園，彼特與他的工班——以賽亞、加百列和狂野傑克——已經在那兒採蘋果，輕輕放進他們的粗麻背包。我一直走到長滿苜蓿的休耕地，繼續走，直到看見石碑。我在那裡站了半晌，讓一切返回腦中——河流，薄霧，在風中搖曳、只看得見黑影的長草，接著是突然出現的開基祖之石。我繞著石碑走一圈、兩圈，然後就看到有東西在晨光中閃爍；我甚至還沒彎腰撿起它，還沒摩娑它的邊緣，還沒放進口袋便知道是那枚銅幣，我藉以進入那個國度的憑證，但卻不是我長久以來一直以為的國度。

6

我來過這片休耕地。而我若來過這片田野，那麼其他一切——河、霧、藍光——必定也是真的。我一動也不動地站在貓尾草和苜蓿當中，口袋裡揣著銅幣，感覺腦袋裡壓力極大，以至於天旋地轉。我跪在高高的草叢裡，聽見自己劇烈的心跳。我從背心抽出手帕，擦抹突然從額頭冒出的汗珠。我閉上雙眼，緩緩深吸了好幾口氣。

「海瀾？」

我睜開眼睛，看到席娜站在那裡。我搖搖晃晃地站起來，感覺汗水正順著臉往下淌。

「我的老天，」她一面說一面摸我的額頭：「你在幹嘛呀，小子？」

我頭暈目眩，無法言語。席娜把我的手臂搭在她肩膀上，開始扶著我走回田間。我知道我們在移動，但因發燒，周遭的景物似乎都融成一團團秋紅與棕褐，迎面湧來。洛克列斯的氣味，馬廄的腥臭，燃燒的灌木叢，此刻蹣跚走過的果園，甚至連席娜微甜的汗味，突然都變得極刺鼻難聞。我記得看見通往營窟的地道在眼前閃晃，一片朦朧，然後我彎下腰，對著臉盆乾嘔。席娜在旁邊等我慢慢恢復。

「還好嗎？」

「沒事，沒事。」我說。

回到住處，席娜幫我脫掉外衣，遞給我一條乾淨的內褲，便走出門外。她再進來時，我躺在繩床上，被毯拉到肩膀。席娜從壁爐檯拿起石罐，到井邊裝水。她回來時將水罐放桌上，從壁爐檯拿一只玻璃杯，倒水進去，再把杯子遞給我。

「你得好好休息。」她說。

「我知道。」我說。

「如果知道，那你在外頭幹嘛？」

「我只是……妳怎麼找到我的？」

「海瀾，我總是找得到你的。」她說：「我把這些衣服拿去洗，下禮拜一拿回來給你。」

席娜起身走到門口。

「我得回去幹活了。」她說：「好好休息。別再幹傻事。」

我很快就睡著，進入夢鄉，卻是由記憶構成的夢鄉。我再度置身馬廄，才剛失去母親不久。我望進那匹田納西溜蹄馬的眼睛，凝視它們，直到我消失於其中，再從閣樓冒出來，就是我小時候經常在那兒胡思亂想的閣樓。

第二天早晨，羅斯科來到我的住處。「放輕鬆點，」他說：「他們遲早會要你拚命幹活的。趁現在好好休息吧。」

但躺在那裡，我滿腦子都是叨叨不休的問題與執念——霍金斯的欺瞞，橋上跳舞的母親。工作是唯一出路。我穿好衣服，走出地道，繞過大宅，卻遇上柯琳·奎恩的馬車沿大路緩緩駛上來。自從梅納德過世後，這已成為常態：柯琳會帶著霍金斯和侍女艾咪前來，花一個下午帶領我父親禱告。這宅邸以前從未奉行過任何宗教儀節。我父親是道地的維吉尼亞人，彷彿承襲其革命先祖的遺風，一直保持著對神明敬而遠之的態度，見證那段一切似皆可質疑的過往。而今他失去唯一的繼承人，不再能留給這世界什麼，剩下的似乎只有他的基督教神明。我退回地道口，望著霍金斯攙扶女主人下車，接著侍女也下車，三人一起走向大宅。當時我並不明白自己為何覺得他們如此可怕。我只知道在他們面前，我感覺到比任何聖靈都恐怖的東西。

我想到可以重拾小時候的習慣，四處看看哪裡幫得上忙。但我從廚房走到燻房，從燻房到馬廄，再從馬廄到果園，迎接我的都是愛莫能助的表情，顯然某人——席娜，羅斯科，或他們兩人——已下令不許讓我幹活。於是我決定自己找工作做。我回到住處，脫下室內服，換上吊帶工作褲和短靴。接著我走去主屋西側、剛進樹林不遠的一間磚棚，父親把一批待修的老家具收在那裡，包括各種躺椅、腳凳、五斗櫃和掀蓋式書桌等等。時近中午，空氣寒冷潮溼，我的靴底黏了不少落葉。我打開磚棚，一道日光斜切過小方窗，照在家具上。我看到一張亞當式寫字桌[1]、一張駝峰沙發[2]、一把椴木角椅、一座桃花心木高腳抽屜櫃，以及其他幾乎跟洛克列斯本身一樣老的家具。出於念舊，我決定來修桃花心木高腳櫃。它曾是父親收藏私密及貴重物品的地方，我之所以知道，是因為梅納德時常翻找那些抽屜，而且喜歡細述他的發現。決定目標後，我回到營窟，拿盞提燈進儲物櫃搜尋，找到一罐蠟、一瓶松節油和一個陶鍋。我在工棚外將松節油和蠟倒進陶鍋混合，讓溶液靜置一會兒，然後費很大的勁將高腳櫃移到棚外。我覺得有點暈，於是彎下腰，雙手抵住膝蓋深呼吸。當我挺起身，正好看見席娜從草坪望向樹林。

「回宿舍去！」她喊道。

我笑著揮手。她搖搖頭，踏著大步離去。

接下來半天我都在打磨那座高腳櫃，沉浸於一種放空狀態，度過幾天來最平靜的時光。

那晚我睡得很沉，睡了很久，一夜無夢，醒時滿心期待繼續昨日的勞動，再度達到那種放空的專注。穿好衣服後，我走回工棚，發現松節油和蠟的混合溶液已經可以用了。近午時分，高腳櫃在陽光下閃閃發亮。我退後一步，欣賞自己的傑作。正當我打算再走進工棚，希望能發現另一個合適的目標時，我看見霍金斯穿過草地朝我走來。柯琳顯然在我工作時回來了。

「早安，阿海。」霍金斯說：「他們是這樣叫你的，對嗎？」

「有些人是。」我說。

他聽了露出微笑，這表情使他鮮明的臉部線條和突出的骨架更為明顯。他身材瘦削，膚色淡黑，皮膚緊繃，因而可以在某些部位看見血管的綠色輪廓。他的眼眶很深，眼睛嵌在顱骨中，宛如錫盒裡的寶石。

「我奉派來這裡接你，」他說：「柯琳小姐有話對你說。」

我隨霍金斯返回大宅，先回住處脫掉短靴和工作褲，換上西裝與便鞋，再由後梯上樓，推開那道隱藏的門，步入客廳。我父親坐在皮製長沙發上，旁邊坐著柯琳。他雙手握著她的手，神情痛苦，似乎努力要望進她眼底，但因柯琳戴著服喪的黑紗而受阻。霍金斯和艾咪侍立於沙發兩側，保持距離以示恭敬，注意著房裡的動靜，隨時聽候差遣。柯琳正在跟我父親說話，話聲低如耳語，音量卻足以傳過長長的房間，讓我聽到談話片段。他們在講梅納德，互相傾訴自己有多想念他，或至少他的美化版，因為這個梅納德——被他們說成在悔改邊緣的罪人——並不是我認得的那位。父親一面聽她說一面頷首，接著抬頭瞥見我，便鬆開她的手。他起身等霍金斯拉開客廳的滑門，看了我最後一眼，眼神依舊痛楚，隨即走出去。霍金斯關上門，我懷疑自己是否誤判談話內容，因為我有種不祥的預感：他們的話題並不只是梅納德。

我注意到他們全都一身黑，霍金斯穿黑西裝，艾咪穿黑色連衣裙，也跟柯琳一樣戴服喪的面紗，只是式樣較樸素。柯琳的家僕站在那兒，宛如她深層情緒的延伸，她喪夫之慟的空靈投射。

「你認識我的人，」她說：「對嗎？」

「相信他認得，小姐，」霍金斯微笑著說：「但我上次見到這小子時，他恐怕連自己的小命都快不認得了。」

「我該感謝你的，」我說：「他們告訴我，若不是你在岸邊看見我，我早就死了。」

「我只是碰巧在外面閒逛，」霍金斯說：「看見一頭個子挺大的小公牛癱在那兒，走上前去，才發現其實是人。但你不必謝我，是你把自己救出來的，真不簡單。被捲進古斯河裡？兄弟，它是會把你帶走的。憑自己的力量掙脫？說實在，真不簡單，真是了不起。古斯河很強大，超強大，即使這時節也不例外。它可是條奪命河。」

「話雖這麼說，還是得感謝你。」我說。

「那沒什麼，」艾咪說：「對於就要成為一家人的人，不管是誰都會這麼做。」

「我們本來要成為一家人的。」柯琳說：「而我認為我們仍應如此，不該被悲劇拆散。一個人踏上一條特定的路。無論多大的洪水淹漫橋梁，他都記得自己的步子。

「女人是為了完成男人而存在。」柯琳繼續說：「這是天父的安排。我們執手成婚，肋骨也就被歸還。你是個聰明男孩，人人都知道。你父親談起你，就像在講述奇蹟一樣。他談到你的天才、你的把戲、你閱讀的能力，但沒有太張揚，因為嫉妒使人從骨子裡開始腐壞。該隱因嫉羨而殺害弟弟。雅各因嫉羨而欺騙父親。所以你的天才必須隱藏起來，不讓他們知道。但我曉得，我都曉得。」

客廳裡光線昏暗，簾幔半掩。我只看得見柯琳和艾咪的面龐輪廓。柯琳的話聲從內裡顫抖著，以至於聽起來像有三個嗓音同時震動，交織成詭異的和聲，從潛隱在黑面紗背後的莫名幽暗中流出。

不僅是她的聲腔，那言談的性質感覺也很不尋常。現在要傳達這種感覺頗難，因為那是另一個時代，充滿它自己的儀式和禮節，上等人、僕隸與下等人的階級和群體間，舉手投足皆有一定規範。有些事你會說，有些你不會，你所說的就標誌了你的位階。例如上等人不會詢問其「家僕」的內部狀況。他們知道我們的名字，也知道我們父母是誰。但他們不認識我們，因為「不認識」對其權力至關重要。要從一名母親手中直接賣掉她的小孩，你必須盡可能對她不熟悉。要脫下一個男人的衣服，判處他鞭刑，活剝他的皮，再塗抹鹽水，你就不能設身處地想像他的感受。你不能在他身上看見自己，免得你下不了手，而你絕不能下不了手，因為一旦如此，僕隸就會明白你看見他們，從而看見你自己。在這深刻理解的瞬間，你就完蛋了，因為你無法執行必要的統治。你再也無法確保他們會照你的期望起壟做畦，適時將菸苗移栽至畦壟上，勤除草，細鬆土，為將要收成的植株摘心，將種子分類保存，讓菸葉留在莖上收割，再將整枝莖釘串於木條上，並以適當的間隔吊掛，這樣菸葉既不會發霉，也不會乾掉，而會被慢慢燻製成維吉尼亞菸特有的金黃色，讓卑賤的凡人超升至高貴的萬神殿。每個步驟都不可或缺，必須一絲不苟地照規矩做，而要確保一個不會在此過程中獲得任何報償的人如此謹慎用心，只有一種方法：那就是酷刑、謀殺和傷殘，是偷竊小孩，是恐怖統治。

所以，聽到柯琳這樣對我說話，試圖建立起某種人情連繫，不僅怪異，還很嚇人，因為我確定這嘗試本身隱藏著更黑暗的企圖。而且我看不到她的臉，因而無法尋找任何可能透露此企圖的跡象。**我曉得**，她說**我曉得**。回想霍金斯的說法，以及真正發生的狀況，我當下不禁納悶她究竟曉得什麼。

我絞盡腦汁搜尋適當的說詞——「梅納德有他的魅力，小姐。」我說——隨即被制止。

「不，不是魅力，」她說：「他很粗魯。別對我否認。我不想聽任何阿諛奉承，小子。」

「小的不敢。」我說。

「我很瞭解他，」她繼續說：「他缺乏進取心。毫無謀略。但我愛他，因為我是個治療者，海瀾。」

她說完停了半晌。時近中午，陽光透過綠色的百葉窗閃爍，平常因僕隸勞動而熱鬧的大宅，此刻卻出現一股不自然的靜寂。我好想回工棚，去對付寫字桌或角椅都好。我覺得自己彷彿隨時會掉進某種陷阱。

「他們嘲笑我們，你知道，」她說：「全上流社會都在嗤嗤竊笑——叫我們『公爵夫人和小丑』。也許你對『上流社會』略知一二。也許你知道有些男人會以虔信和家世來掩飾其世俗目的。梅納德不會。他不具魅力，心無城府。他不會跳華爾滋。他是夏日派對上的莽漢。但他是真正的莽漢，我的莽漢。」

她說這話時，聲音顫抖的方式又不同——傳達著更深的悲痛。

「我心都碎了，我告訴你，」她說：「肝腸寸斷。」我聽見她在黑面紗下低聲飲泣，突然想到，說不定她沒在耍手段，她可能就像外表看起來那樣，是個服喪的年輕寡婦，而這種想找我傾訴的衝動，只不過是需要接觸曾親近他的人，我是他的奴隸，但仍舊是他兄弟，因此身上也帶著部分的他。

「我想，也許你多少懂得心碎的感受，」她說：「你曾經是他的左右手，而今少了他的引導和保護，我不曉得你要怎麼看待自己。我沒有要貶低你的意思。他們說你守護他免受衝動與邪惡誘惑。我聽說你輔佐他度過難關。我聽說你是聰明的男孩。愚人藐視智慧與指示。而他曾是你的指示，不是嗎？如今仁慈的豪爾．沃克告訴我，人們看見你四處晃蕩，空有一身本事卻缺乏方向。

「你是否跟我一樣為執念糾纏，從事任何活動都只求熬過分分秒秒，希望能轉移心思不再想他？女人沒那麼不同，你知道嗎？每個人都有難處。所以我想知道，你是否跟我一樣，不管做什麼都看見他。對我來說他無處不在，海瀾。我在雲間、在大地、在夢中看到他的面容。我看見他迷失在山裡。我看見他被河水包圍，在最後那段可怕的時間英勇地與深淵搏鬥。這就是他的一貫作風，不是嗎，海瀾？

「你是最後看到他的人，只有你能交代事情經過。我不質疑他的死，因為我信靠上主，而非自己的日常理解。但我為我的無知與想像所苦。告訴我他死得很光榮，不負其姓氏身分。告訴我他死於畢生奉守的正道。」

「他救了我，柯琳小姐，事實就是如此。」我不曉得自己為何這麼說。我很少跟柯琳．奎恩相處，她的一切都令我不安。我出於本能而開口，直覺告訴我要安撫她，為了我自己好，必須盡我所能減輕她的痛苦。

她戴著手套的雙手挪到面紗下。她的沉默迫使我再度開口。

「當時我往下沉，小姐，我伸手求援，」我說：「感覺周圍的水像利刃剮在身上，確信自己死定了。但他把我拉上來，直到我有足夠的力氣自己游。我最後看到他時，他還在我旁邊，但水流實在太冰冷又太湍急。」

她沉默了一陣子，再開口時，顫抖的聲音變成一根鐵棒，問道：「這些你都沒跟豪爾老爺說？」

「沒有，小姐。」我說：「我沒告訴他細節，因為他連聽到亡子的名字都無法承受。事情的經過會讓所有人哀痛不已。我現在說出來，完全是因為妳如此熱切要求，而我希望它能為妳帶來一些平靜。」

「謝謝你。」她說：「你不曉得你這麼做的意義有多大。」

她又沉默了一會兒。我站在那裡等她提出下一個要求。當她開口，音調上揚了。「所以你的主人離開了你。你還年輕——但我聽說你無所事事。你現在怎麼打算呢？」

「哪裡叫我，我就去哪裡，小姐。」

她頷首。「那你也許會被叫到我身邊。梅納德那麼愛你，一提到你就充滿期待。我的勇士也是你的勇士。他為你犧牲性命。也許，等時候到了，你也將奉獻自己的生命。你明白這道理嗎，海瀾？」

「我明白。」我說。

我的確明白，就算當下沒全懂，也在之後的思忖中想通了。悲傷和哭泣可能出自真心，但更確定的是她心懷鬼胎——想把我從洛克列斯撬下，將我的服務、我的身體據為己有。你必須記得我是什麼：我不是人，是財產，而且是珍貴的財產——通曉莊園和莊稼的所有運作，讀過一點書，能用我的記憶把戲提供娛樂。大家都知道我工作勤奮、性情穩重、品格正直。而且這並非難事：透過她與梅納德的結合，我早就被應許給她了。現在她只要懇求我父親維持這部分的安排，把我交給她，讓她更名正言順地服喪守寡。而我又將以何處為家？眾所周知，柯琳的地產不限榆郡，也包含更西邊、本州較少開發的山區。那是她財富的種子，藉由多角經營——木材、鹽礦、大麻[3]，據說她避開了目前席捲榆郡的衰落。無論如何，那次見面後，我明白自己面臨新的危險，不是納奇茲，而是與我唯一知道的家園洛克列斯分離。

梅納德的屍體一直沒找到。但他們決定所有散居遠方的沃克家人，只要能夠，都將在那年耶誕齊聚洛克列斯，共同追念已故的繼承人。我們為此準備了一整個月。我們清理、打掃並拖抹樓上客廳，自從梅納德的母親去世後，這個房間已荒廢多年。我把收在磚棚裡的鏡子擦亮，修好兩張舊繩床，連同一架小鋼琴全搬進大宅。夜裡我在下頭大街與羅倫佐、柏德、雷姆和法蘭克一塊幹活。回到那裡很開心，因為他們都是我的兒時玩伴。我們合力修復因僕隸人數減少而閒置的木屋，補強屋頂，掃除鳥巢，取下被毯放在鋪墊上，因為我們知道需要安頓的不只是沃克家的人，還有隨他們前來的所有僕隸。

我任由心思在勞動中放空，我們合作無間，形成熟悉的節奏，那感覺如此強烈，使雷姆禁不住高聲呼唱：

我要離開去那大宅農場
一路北上到屋宇暖和的地方

當妳來找我，吉娜，我已遠走他鄉

接著他從頭再唱一遍，這次留下間隔，讓他的合唱隊——亦即我們所有人重複每句歌詞。然後我們輪流疊加上去，取材自其他版本，或自己編歌詞，逐步搭建這首敘事歌謠，一間接一間，就像我們歌詠的大宅。輪到我時，我喊唱出：

我要離開 去那大宅農場
我要北上，但此去並不久長
我將回返，吉娜，此心不渝，歌詠如常

後來長輩們決定我們也得來辦場盛宴，並為此打造一張桌子。我們砍下一棵樹，剝皮，磨光，安上桌腳，於是有了張宴會桌。這工作非常辛苦，卻將所有的棘手難題都逐出了我的腦袋。

耶誕節前一天早晨，我站在大宅陽臺往外看，當旭日從一片禿褐的山頂露臉，我望見與朝陽同時抵達的一長串沃克家馬車，正沿著蜿蜒的道路駛上坡。我數了有十輛。我下樓招呼寒暄，便開始協助隨侍上大宅的僕隸卸行李。我記得當時很開心，因為在這長串沃克家馬車當中，有我從小認識的黑人，他們認識我母親，提到她時都讚不絕口。

依照當時的過節傳統，我們每個人都領到額外的糧食配給——兩配克麵粉和玉米粉、三倍的豬油和鹹豬肉，還有兩條送給全體僕役、任由我們處置的全牛。我們從菜園採來包心菜和羽衣甘藍，所有可吃的雞也都宰殺拔毛。耶誕節當天，我們分成兩組，一半的人負責準備上頭大宅的盛宴，其餘的人則一起張羅當晚下頭大街的盛宴。我整個早上都在劈柴和搬柴，以應烹煮及營火之需。到了下午，我穿過樹林，帶回十罈蘭姆酒和麥芽酒。傍晚日落後，我們的晚餐——炸雞、鬆餅、烤玉米餅和鍋湯[4]——香氣四溢，瀰漫大街。有些住史塔佛、但親戚還在洛克列斯的人，也帶來派餅和零嘴當甜點。喬吉和太太安柏笑著掀開兩個剛出爐的蘋果蛋糕。我幫幾名壯丁抬出幾天前才劈好的長凳，但人比座位多。於是我們搬出木箱、木桶、圓木樁、石塊，以及能找到的任何東西，擺在營火周圍。等廚房的員工忙完下來，做過謝飯禱告，大夥兒就開吃了。

等到人人酒足飯飽，脹得快把衣服撐破，大家傍著火光，開始講述洛克列斯的鬼魂、所有離我們遠去者的故事。我父親的堂兄澤夫搬去田納西，這次帶著男僕孔威和他妹妹凱特回來。孔威小時候跟我玩在一起，他們曾遇見我舅舅約西亞，他已另娶新婦，生了兩個小丫頭。他們也見過克雷和席拉，由於某種神奇的安排，克雷和席拉從這片土地被賣掉，但被賣到一塊兒，也算不幸中之大幸。還有菲力帕、湯瑪斯和布里克，都是被澤夫帶走的，現在老了，但還活著。然後話題便轉到梅納德。

「阿梅這男孩死後受到的悼念，多過他生前被愛。」孔威說。他坐在營火旁，伸手取暖。「這些人撒謊跟傳福音一樣自在。其實啊，我告訴你，他們以前講起那男孩，都把他講成天性墮落，現在卻跟我們說他是基督復活。」

「畢竟是家人團聚，」凱特說：「難不成該細數他的每一項罪孽？」

「那也不錯，至少是個開始。」蘇菲亞說：「我死的時候，才不要別人在我遺體前編任何謊言。告訴他們——從頭到尾——我真正的為人。」

「照我們的做法，」凱特說：「沒人會說什麼，除了『開始挖吧』。」

「不管怎樣，」蘇菲亞說：「就是不要說謊。不要輕飄飄的粉飾。我生來命賤，活著的時候是個粗人，死了也一樣。不用多說什麼。」

「這一切為的不是梅納德，」孔威說：「而是為那些埋葬他的人。這個飽受他們欺侮的男人溺死在古斯河後，他們得設法為自己開脫。我告訴你，連我都覺得過意不去。我以前常拿些傻問題刁難那男孩。他長大成人後我不曾見過他。照我聽到的，梅納德沒變多少。果真如此，我敢說他們一定滿懷歉疚，需要互相傾吐。」

「你們這些黑鬼全都跟他們說的一樣蠢。」席娜說。她站在營火旁，直直盯著火焰。「你們都以為這是為了梅納德？」

沒人回答，於是席娜抬起頭來掃視眾人。其實每個人都怕她。但此時由恐懼衍生的沉默只是讓她更激動。

「土地、黑鬼！土地！土地！我們腳下這片土地！他們奉承豪爾那傢伙，」她說著又停下來環顧四周，我站得近，可以看見她臉上舞動的火影與呼出的寒氣，「肖想的是他的遺產。土地、黑鬼！土地和我們！這整件事是一場比賽，誰贏了便能掌控這地方，便能擁有我們。」

我們早已明白。但這也是我們的惜別會，也許是我們最後一次齊聚家園。誰都不想因大聲宣告事實而破壞這一刻。但席娜，由於她特殊的傷痕和性情，無法面帶微笑，無法沉浸於玩笑與回憶。所以她搖搖頭，咂舌嘖聲，拉緊白色的長披巾，跺著重重的腳步離去。

所有的人都垂頭坐著，被震回席娜給大家套上的現實中。我等了幾分鐘才往大街遠端走去，一直走到盡頭那幢與其他小屋隔開的木屋，席娜曾經拿掃帚站在那兒驅趕孩童，而我多年前出現在那裡，認定這個女人會瞭解我感受到的背叛。此刻我見她站在她的老木屋前，沉浸於專屬於她自己的思緒。我走上前，站得近些，足以讓她知道我在。她望向我幾秒鐘，我看到她的面容變柔和，然後轉回去面向木屋。

我陪她站了半晌，再走回大街，不打擾她沉思。當我回到營火旁，話題已轉回故事，這會兒正探入遙遠的過往，說是記憶又像神話。

「沒這回事。」喬吉說。

「我說有。」凱特說。

「而我說沒有，」喬吉說：「假如有任何黑人曾走下古斯河並消失，我告訴妳我一定會知道。」

這時凱特看到了我，說：「你知道的，阿海。那是你外婆，是你們家的珊蒂・貝斯。」

我搖搖頭說：「從沒見過她。我知道的並不比妳多。」

喬吉搖頭，朝凱特擺手說：「別把那男孩扯進來。他什麼也不曉得。我告訴妳，假使有哪個女奴隸從洛克列斯這邊出走，還帶著五十來個族人，我會知道的。這故事我聽膩了。年年都一樣。」

「那時你又還沒出生，」凱特說：「當年我姨媽愛爾瑪住在這一帶。說她的第一任丈夫跟著珊蒂．貝斯走進古斯河，從此不見蹤影。說他回老家了。」

「每一年，」喬吉搖著頭說：「他媽的每年你們都講同一套。但我跟你們說——會知道的人是我，不是你們這些傢伙。」

我發覺周遭頓時安靜下來。他說的沒錯。每次聚會都會出現這番爭論，關於我外婆珊蒂．貝斯，還有她的命運。傳說她完成了榆郡有史以來最大宗的僕隸逃亡——四十八人。而且他們不僅是逃走，重要的是逃去的地方——非洲。據說珊蒂只是帶領他們到古斯河邊，走進河裡，再冒出來便是大洋彼岸。

太荒誕了。我一直這麼認為，不得不這麼想，因為珊蒂的故事是以謠言混著耳語的形式傳到我耳中。這破綻百出的敘事又因許多與她同輩或晚她一輩的人都被賣掉而更支離破碎，以至於到我的年代，留在榆郡的人沒有一個親眼見過珊蒂．貝斯。

我的想法跟喬吉一樣——我甚至懷疑她是否曾存在。但讓大家靜下來的並非喬吉對珊蒂．貝斯的攻擊，而是他斬釘截鐵的口吻——「我知道。」他這麼說。

凱特走過去，直接站到喬吉面前。她微笑著說：「怎麼會，喬吉？你怎麼會知道？」

我緊盯著喬吉．帕克斯。太陽早已下山，但營火照亮了他不安而僵住的整張臉。

安柏悄悄走到他身邊。「是啊，喬吉，」她說：「你怎麼知道呢？」

喬吉掃視一圈。所有的目光都集中在他身上。「你們全都別瞎操心，」他說：「我。就是知道。」

一陣緊張的笑聲響起。話題接著轉回梅納德和更多來自遠方的消息，我們的族人現在稱那些地方為家了。夜已深沉，但大家興致正高，沒人想離開。我不確定是怎麼發生、或何時發生的，因為我沒在注意，我的心思還留在席娜身上，但等我察覺時，一切已在進行。我聽到節奏，但沒留意，直到幾個人開始集結在營火的另一邊，抬眼望去，我看見菸草工阿米契從宿舍拉出一張椅子，還有洗衣盆和木棍，就這樣打起拍子，某種歡快的節奏，接著兩、三名僕隸開始拍手拊膝，然後我看到園丁彼特拿著斑鳩琴走過去，隨意撥弄琴弦，接下來的一切感覺像同時發生：湯杓、木棍、口簧琴，舞步上身，彷彿自然綻放，人們在離營火不遠處圍成圈，有個女孩拉起裙角，隨節奏扭腰擺臀，我先看到的是女孩頭頂的瓦罐，往下瞧她的臉，發現那女孩是蘇菲亞。

我仰望清朗無雲的星空，根據弦月走的路徑，推斷已近午夜。火光熊熊，擊退十二月的寒氣，我驀然發覺人人都在大街跳舞。我緩緩後退，直到能綜覽全景。下頭這邊有好多人。整個部族都動了起來。有些成對起舞，有些圍成小半圈，有些獨自跳著。我望向宿舍，見席娜坐在一間小屋的臺階上，隨著節拍點頭。

我望著蘇菲亞，四肢狂舞，但並未失控，那瓦罐彷彿熔接在她頭上，文風不動，有男人靠得太近，我見她把他拉過來，在他耳邊說了什麼，想必很不客氣，因為那男人頓住，隨即走開。然後她張望一下，見我正在看她，便微笑朝我走來，一面側著頭讓瓦罐滑下，伸出右手接住罐頸。她站到我面前，從罐中啜飲一口，再把罐子遞給我。我捧到唇邊，被那味道嚇了一跳，因為我以為它是水。她笑著說：「對你來說太烈了，是嗎？」

我手上仍捧著麥芽酒，注視著她，再次把瓦罐湊到嘴邊，喝，再喝，繼續喝，始終四目相接，然後把空罐遞還給她。我不知是什麼讓我做出這番舉動，至少當時不曉得，但我很清楚這意味著什麼，即使我試圖對自己否認。她也很清楚。她移開目光，放下瓦罐，跑向桌子另一端，隱沒在幢幢陰影中，然後帶著滿滿一罈回來，交給我。

「我們去走走。」她說。

「好啊，」我說：「去哪兒？」

「你說呢？」她說。

於是我們真的走了，離開大街往上頭走，任樂聲在身後消失，直到走回草坪附近，離洛克列斯主屋不遠。旁邊有個小涼亭，下面就是冰庫。我們抱著那罈麥芽酒坐下，默不作聲地傳來傳去，輪流啜飲，直到兩人都醺醺然。

「所以，嗯，」她打破沉默，說道：「席娜。」

「嗯。」我說。

「但她不說假話的，對吧？」

「對。」

「你知道她發生了什麼事？」

「妳是指讓她變成這樣？我知道。但那是她的故事，不該由我來說。」

「但她告訴了你，不是嗎？」她說：「她對你一直很溫柔。」

「席娜對誰都不溫柔，蘇菲亞。即使在發生不管是什麼事之前，我猜她也不曾對任何身邊的人溫柔。」

「是嗎，」她說：「那你呢？」

「嗯？」

「你對身邊的人也很嚴厲嗎？」

「通常是，」我說：「不過當然，要看對方是誰。」

我說完又喝一口，才將酒罈傳給她，這時她看著我，沒有笑容，只是仔細端詳。我很清楚自己在沉入古斯河又冒出來後就變了個人。我想不通之前怎能忍受所有那些坐在她旁邊、載她去納森尼爾家的車程，懷疑自己是否瞎了眼。她如此可人，我想跟她在一起的心情，是我絕不會再對任何人產生的想望，是年齡與歷練會迫使你放棄的想望，換句話說，我想要全部的她，從咖啡色的皮膚到棕色的眼眸，從柔軟的嘴唇到纖長的胳臂，從低沉的嗓音到淘氣的笑聲。我全都要。我沒想到隨之而來的一切恐怖，那吞噬掉她人生的恐怖。我只想到在我內心舞動的光，隨著某種我希望只有她聽得見的樂音舞動。

「這樣啊。」她說，然後看向別處。她又喝了一口，把麥芽酒擺在腳邊，仰望星空；當她移開視線，我甚至嫉妒天空本身。懷著這種感受，我生出一連串想法。我想到柯琳和霍金斯，這很可能是我在洛克列斯的最後一段日子——不是去納奇茲，但同樣要離開。我想到喬吉和他可能知道的一切。我感覺蘇菲亞的手悄悄滑進我臂彎，直到我們的手臂勾在一起。她嘆了口氣，把頭靠在我肩上，我們坐在那兒望著維吉尼亞上空的繁星。

譯注

1 亞當式寫字桌（Adams secretary）的「亞當式」指蘇格蘭建築師威廉・亞當（William Adam, 1689-1748）和他的兒子們在室內設計上展現的新古典主義風格，於十八世紀蔚為風潮。

2 駝峰沙發（camelback sofa）流行於十八世紀中期及十九世紀，其拱凸椅背造型狀似駝峰，因而得名。

3 這種大麻（hemp）主要利用其莖做纖維，種子可榨油，與藥用大麻（cannabis）不同。

4 鍋湯（potlikker），又稱 pot liquor，通常用煮蔬菜或豆類後留下的湯汁，以鹽、胡椒、燻肉等調味。

7

假期結束，我們互道最後的再見，那是世上最無望再見的道別，接著是新年，以及隨之而來的削減人手。柯琳仍維持每日造訪的習慣，並且低聲暗示我的命運，而我知道，憑她對我父親的影響，這些暗示很快便將成為現實。我在洛克列斯的日子屈指可數。

父親注意到修好的高腳抽屜櫃，因而透過羅斯科傳令，今後我的任務便是讓那些古老的家具起死回生。我從父親的書房讀到一些文件，上面詳載每件家具的製造或購買日期，有些可一路追溯到開基先祖，所以這些家具陳述著我的血脈故事。這條血脈將終結於我，一名奴隸，從這片土地被賣掉，救不了它，也救不了那些建造並磨亮它、使它欣欣向榮的人，他們將被拆散，隨風飄零，但仍拴在鍊上。隨著閱讀，我之前對俄勒岡的想法也變得更複雜。救不了洛克列斯，另一個計謀卻在心裡愈燒愈旺。如果非得跟洛克列斯分開，也許我可依自己的方式跟它分開。這又讓我想起喬吉．帕克斯，尤其是他可能知道的事。

當我在星期五清晨出門，照例要載蘇菲亞去納森尼爾家時，它只是我腦中的一個念頭。我走到馬廄，將兩匹馬套上輕便馬車[1]。天還沒亮，但這件事我太常做，而且很習慣在黎明前工作，簡直閉著眼都能完成必要的步驟。我才剛把馬套好，一抬頭便看見她。

「早安。」蘇菲亞說。

「早安。」我說。

她穿戴整齊——軟帽、蓬裙、長大衣。我好奇她得幾點起床，才能打扮得停停當當。看她扶著我的手優雅地移步上車，我突然想到，蘇菲亞展現淑女樣貌的能力實非偶然。納森尼爾的妻子海倫・沃克在世時，蘇菲亞的工作就是妝扮她，一步步完成困難的例行程序：搽面霜和指甲油，穿上緊身胸衣與束腹。她比海倫自己還熟悉這套程序。

馬車走到一半，我轉頭見蘇菲亞望向外面冰凍的樹木，沉浸在自己的思緒裡，她常常這樣。

「你認為呢？」她問。我跟她相處夠久了，很熟悉她這種在自己腦袋裡開始交談，而後突然講出來繼續對話的習慣。

「我想是的。」我說。現在她面向我，一臉不可置信。

「你根本不曉得我在講什麼吧？」她說。

「沒錯。」我說。

她暗自發笑，說：「所以你打算讓我講下去，假裝你聽得懂的樣子？」

「有什麼關係？」我說：「反正我很快就會搞懂。」

「萬一是你不想聽的呢？」

「這個嘛，既然要等聽到才曉得，只好冒這個險了。何況妳已經起了頭，不能半途而廢。」

「嗯哼，」她說著點點頭：「我想也是。但那是私事，阿海，你明白嗎？是我來洛克列斯之前的時光。」

「還在卡羅萊納的時候。」我說。

「沒錯。令人懷念的卡羅萊納。」蘇菲亞輕聲吐出每個字。

「當時妳是納森尼爾老婆的侍女，對嗎？」我問。

「不只是普通的侍女而已，」她說：「我和海倫，我們是朋友。至少我們曾經是朋友。我愛她，你知道。我想我可以這麼說——我愛她，每當我想起海倫，想到的都是最美好的時光。」

她說這話時神情悵惘，我覺得我瞭解這種情況如何發生在她這樣的女孩身上，她們從小跟將來的女主人玩在一塊兒，毫不在意膚色，大人教她們要愛對方，就像愛任何玩伴一樣。她們一起長大，隨著嬉耍的時間漸少，相處的模式也發生改變。她們被迫戒除孩提時代的撫慰，服膺社會與奴隸制度的信仰，這種信仰主張，基於莫須有的理由，她們其中一個將住在宮殿裡，另一個則將被判進地牢。這樣對待孩童非常殘酷：把她們當成手足養大，然後令她們彼此對立，讓一個成為女王，另一個任人踐踏。

「我們經常玩遊戲玩到入迷，」蘇菲亞說：「我們常盛裝打扮，就像穿正式禮服的貴婦那樣。從前在卡羅萊納，我們會在田裡一起玩。有次我跌倒，剛好滾進一叢荊棘裡。我一定是痛得呼天喊地了。但她守在旁邊，把我扶起來，帶我回住處。我對她念念不忘，阿海，當我現在看見荊棘，都不會想到痛，因為我只想到她。」

她直視著道路說出這些話。

「我要告訴你的是，在我們變成他的人之前，我們就只是我們。」她說：「我們曾對彼此意義重大，而那如今已成雲煙。當初，她愛的人想要我，不是因為愛我，海瀾，我對他來說就像珠寶，我很清楚。然後我的海倫死了，死於難產，我無法告訴你我有多痛苦和內疚。」

她停下來，我們繼續前行，只聽見馬蹄和車輪輾壓結冰路面的聲音。我有種預感，覺得接下來會揭露什麼天大的事。

「你知道嗎，我仍會夢見她。」她說。

「不意外，」我說：「我也會夢見梅納德，雖然我得承認，我的回憶不及妳的一半美妙。」

「也稱不上美妙。」她說：「有時候，阿海，有時候……我會覺得她逃脫了，而把我留給……」

她說著轉向我，不再凝視樹林。

「他絕不會放過我，直到我失去利用價值為止，你懂嗎？然後他會把我送到榆郡以外的某處，再另外找個中意的黑女孩。對他們來說，我們真的只是珠寶而已。我想，我一直都知道這點。但我年紀愈來愈大，阿海，而知道與真正明白相距甚遠。」

「需要一些時間。」我說。

她又沉默下來，好一陣子只聽見沿路輕柔的噠噠馬蹄。

「你可曾想過接下來的人生會如何？」她說：「你可曾想過小孩的未來？想過外面可能有不同的人生在等著你？」

「最近，」我說：「我什麼都想過，都不確定。」

「我老是想到小孩，」她說：「想著把某個人，也許是小女孩，帶進這一切究竟意味著什麼。我知道它早晚會發生。甚至由不得我。它就要發生了，海瀾，我將看著我女兒被帶進來，就像我被帶進來，然後……我在試著告訴你，這一切讓我想知道有沒有別的可能，有沒有另一種人生，越過古斯河，或許越過那些山，越過……」

她的聲音愈來愈微弱，再度轉頭望向路邊；而今思之，逃亡經常就是這樣開始的吧：當你理解到自己面臨的危險有多深，決心便油然而生。因為擄持你的並不只是奴隸制，亦是一種騙局，它將其執行者描繪成守門人，阻擋非洲的野蠻習性，其實他們自己才是野蠻人，是叛徒莫德雷德[2]，是披著卡美洛外衣的惡龍。在恍然大悟、洞悉真相的那刻，逃跑不再是個想法，甚至也不是夢想，而是需求，與逃出失火的房屋同樣迫切。

「海瀾，」她說：「我不曉得為什麼要跟你講這些。我只曉得你一向比別人見識更廣，知道更多。然後你碰上古斯河。我們以為你死了。你都到了天國大門，我看著你轉身返回人間，而我不懂一個人經歷過這些後，怎能回來以同樣的眼光看待這世界。」

「我知道妳在說什麼。」我說。

「我說的是事實。」她說。

「妳說的是再見。」我說：「然後去哪兒？縱使到了外面，我們要怎麼活下去？」

她搭著我手臂。「無論如何，你怎麼能夠從古斯河逃生，然後還繼續住在這裡？我說的是事實。」

「妳連那是怎麼回事都說不出來。」我說。

「但我能說出這個，還有接下來的每一種生活。」她說：「我們可以一道走，阿海。你有學問，見識遠超出洛克列斯和古斯河。你一定有所渴望。你一定發覺自己夢見它，醒來時滿腦子都是它。你一定會想知道，離開這裡後，你，以及我們，可能變成的各種樣子。」

我沒答腔。前方路上出現氣派的入口，標誌納森尼爾．沃克的宅邸。我駛過這個入口，拐進一條小徑，那是我們習慣走的路。我在小徑盡頭勒馬停車。穿過樹木，可以望見納森尼爾．沃克的磚砌主屋。我看著一名穿著體面的男僕隸走過來。他看見我們，點點頭，不作聲地朝蘇菲亞示意。她踏出馬車，回頭看我。我當下便注意到這是她從未有過的舉動，她通常都跟著護送者直接往前走，現在卻駐足回望，在沉默中表達某種決絕、確切的心意。我望著她，隨即明白我們非逃跑不可。

駛離納森尼爾．沃克家時，我的思緒再度集中在喬吉．帕克斯上。我必須去找他。我從小就認識喬吉，我瞭解他可能會擔心我，就像父親擔心兒子要上戰場一樣。我瞭解。喬吉看過那麼多人被拖到拍賣臺，送往納奇茲。我甚至能體諒。但我還是得逃跑。每件事似乎都在驅促我這麼做：圖書室裡的卷帙，陰險的柯琳和古怪的霍金斯，洛克列斯本身的命運——它一直都岌岌可危，如今沒了繼承人，更是悲慘。還有蘇菲亞，她似乎跟我一樣不顧一切，渴望越過史塔佛鎮，越過古斯河與它的許多橋，越過維吉尼亞本身，看看那三座山丘外的景象，不管那裡有什麼。**你一定有**

所渴望。沒錯。但我當時唯一知道的途徑，必須靠喬吉．帕克斯指引才能走上。

接下來的週六下午，我修理一張櫻桃木寫字桌的抽屜，並對它們能再度順利滑動感到滿意，於是洗漱更衣，出發去喬吉．帕克斯家。才踏進史塔佛，便看見霍金斯和艾咪在客棧外，仍穿著黑喪服。他們只顧談話，沒看到我，所以我保持距離，觀望片刻才繼續前行。我不想交談，因為他們習慣在我所有的生活細節和意圖上指指點點，令我愈來愈受不了。他們的每個問題都會牽扯出更多問題。

我看見喬吉站在家門前，離萊蘭德監獄不遠。我面露微笑。喬吉沒笑，示意我跟他走。我們沿著大路走一小段，再轉進一條較窄的路，這裡算是鎮郊，開始有荒草蔓生；接著走上一條泥土路，穿過纏雜的草叢，到達一個小池塘。路程不長，喬吉始終默不吭聲，此刻凝視著池塘，半晌才開口。

「我喜歡你，海瀾，」喬吉說：「真的。要是我有幸生個年紀跟你相當的女兒，你會是我唯一的人選。你很聰明，不亂講話，而且你對梅納德的好，遠超過他這種人所應得。」

他搓搓棕紅色的鬍鬚，轉身抬頭望向樹林，背對著我。我聽見他說：「所以我怎麼也想不通，像你這樣的人怎麼會來到我門前，自找麻煩。」

當他轉回來面對我，深褐色的眼睛冒著火。「像你這樣正派規矩的人要這個做什麼？」他問：「而且你憑什麼斷定我就是會讓你如願的人？」

「喬吉，我知道，」我說：「我們都知道。也許你瞞得了上等人，但我們一向比他們聰明。」

「你根本連半點都不懂，孩子。我現在要告訴你的跟之前一樣——回家。討個老婆。讓自己快活些。這裡沒有你要的東西。」

「喬吉，我走定了，」我告訴他：「而且我不是一個人。」

「什麼？」

「蘇菲亞會跟我一道走。」

「納森尼爾．沃克的女孩？你瘋了嗎？你要帶走那女孩，不如乾脆朝那個男人吐口水算了。對任何白種男人來說，這都是莫大的侮辱。」

「我們走定了。而且，喬吉，」我強忍心中的怒火說：「她不是他的。」

我心裡不僅是憤怒而已。我十九歲，而且是謹言慎行、一直努力不在這方面有所感的十九歲青年，因此當我確實感覺到，在那當下確實感覺到我愛她，那不是出自理性或常規，亦非基於娶妻生子、建立家室的考量，而是帶著足以摧毀它們的激情，我豁出去了。

「好，我們就來把一件事搞清楚，」喬吉說：「她是他的女孩。她們全是他的女孩，你懂了嗎？安柏是他的女孩。席娜是他的女孩。你母親是他的女孩——」

「講話當心點，喬吉，」我說：「真的要當心點。」

「噢，現在要當心了是吧？是這麼回事嗎？你來告訴我該怎麼當心啊，孩子。你是**他們的**，海瀾。你是個奴隸，小子。我才不管你老爸是誰。你是個奴隸，而且別看我在外頭這樣，住在自由鎮這邊，就以為我不是；我也是某種奴隸。只要你是他們的，她也是他們的。你得明白。我們被俘虜了。一直被俘虜著。這就是全部的真相。你在這兒講的話，會害人在萊蘭德的牢裡關上整個禮拜，被揍到只剩一口氣。你心裡有種感受，這我尊重。我自己也有過同樣的感受，哪個年輕男人沒有？但你差點死掉，阿海。你若真的做了這事，會寧願自己死掉。」

「喬吉，我告訴你我別無選擇。我不能留下來。你得幫我。」

「就算我真的是你以為的那種人，我也不會幫你。」

「你還是沒聽懂，」我說：「我走定了。這是不會改變的事。我請求你幫助我，因為我相信你是個高尚的人，獻身於那高尚的道路。我是在請求你，喬吉。但我無論如何都會走的。」

喬吉來回踱步，在心裡盤算了一會兒，因為他現在知道，不管有沒有他幫忙，我都會走，而且會帶著蘇菲亞。當他在那裡看著我，眼睛因領悟而圓睜，我無從得知的是，他一定已料想到這種行動的後果，並得出清楚的結論，不論他有何仇恨，不論他有何愛戀，尤其是他所愛，他現在眼前只有一條路。

「一個禮拜，」他說：「你有一個禮拜。你來這裡見我，就在我們現在站的地方，帶著你的女孩。你要知道，若不是因為你剛剛在這裡告訴我、你決心要做的事，我是不會這麼做的。」

我的強項一向是記憶而非判斷。離開喬吉家時，我只是滿心狐疑，卻從來沒想過可能另有隱情。即使當我再度遇上艾咪和霍金斯，這回在雜貨店外被他們直接撞見，我也看不出這些機緣湊巧。

這次我完全躲不掉他們，因為我一心想著喬吉，想著蘇菲亞，以至於在看見他們之前，就已先被他們看見。

「你過得怎樣啊，小哥？」霍金斯說。

「還可以。」我說。現在是傍晚，小鎮漸漸為暮色籠罩。進城做生意的榆郡鄉親正駕著輕便貨車或馬車緩緩離去。我小心翼翼地望著霍金斯，試圖找出最快的方式結束談話。

「你進城做什麼呀？」他問，附上他的招牌抿嘴微笑。我沒回答，從他的表情變化，我看出他意識到自己的語氣有裝熟之嫌。但這並未阻止他。

「啊，抱歉，」他說：「我無意得罪或冒犯。只是小姐說我們應該像家人一樣，對吧？」

「拜訪一位朋友。」我說。

「像喬吉．帕克斯這樣的朋友？」

在維吉尼亞，勞役的方式有千百種，也不限於田野、廚房或工棚。有些勞役不那麼具體可見，例如提供娛樂，分享看法。還有更黑暗的勞役：充當他們的耳目，幫他們在僕隸當中蒐集情報，好讓那些主子知道誰在他們面前微笑、在他們背後嘲笑，誰偷竊，誰燒毀穀倉，誰下毒，誰密謀不軌。這一切的效果是讓僕隸們提高警覺，尤其是對不熟識的人。反過來說也一樣：如果你初來乍到，不管是在洛克列斯或其他任何蓄奴的宅第，你會慢慢來，不過問或探聽別人的事，因為如果你這麼做，可能會被當成主人的耳目、被派來監視僕隸的眼線，這可是個危險的位置，因為你自己可能因此被下毒或陷害。但霍金斯毫不在意，這讓他的問題顯得更陰險。

「那也沒什麼，」他繼續說：「我妹妹艾咪認識在這一帶工作的人。說她不時在喬吉家看到你。」

艾咪站在那兒看著我們。我發現她似乎很緊張，好像有什麼事要發生，或是她不想錯過什麼狀況。

「是啊，」我說，仍然感到不自在：「喬吉跟我挺熟的。」

「嗯哼，」他說：「喬吉真是個有意思的人。」

我回頭看艾咪，她不再緊張地轉移視線，反而望向下一條街。順著她的目光，我看見從前的家教老師費爾茲先生正朝她走來。這已經是三個月內的第二次，七年不見後，我們第二次相遇。不僅如此，費爾茲先生顯然是走向艾咪，彷彿與她和霍金斯約好要碰面。他還沒走到她跟前便看見我，愣了一下。我感覺他似乎有什麼計畫出了差錯，很想掉頭轉向。但他反而再次觸帽致意，就像幾個月前在賽馬日那樣。霍金斯順著我的視線看向費爾茲先生，這時他已站到艾咪旁邊。他們望著我們，一臉困惑。霍金斯收起微笑，看起來甚至挺緊張，望著他們盯著我們。但他隨即又轉向我，恢復了笑容。

「好吧，」他說：「我想是我家的人在找我了。」

「我想也是。」我說。然後輪到我微笑了，我至今仍不確知為什麼，只能說我覺得霍金斯一直在騙我，關於他在哪裡發現我，關於他發問的動機。我覺得我總算出其不意逮著他，設法讓他的部分陰謀曝光。而他的不安令我莞爾。我站在那兒看著他走向艾咪和費爾茲先生，並在這一行人走開時再次向他們觸帽致意。

我應該好好想想這些狀況的。我應該感到納悶：兩名僕隸何以與一位北方博學之士如此相熟？我應該看出這些和喬吉．帕克斯的關聯。但我的心思浸淫在喬吉應允所開啟的無限可能中。更重要的是，我最關心的不是揭露別人的陰謀，而是如何把自己的隱藏好。

次日我駕車回納森尼爾的莊園接蘇菲亞。啟程十五分鐘後，在離家不遠處，我被巡邏的下等白人——萊蘭德的爪牙——攔下，他們在樹林裡搜捕逃奴。我出示證件，他們一看上面有豪爾的名字，很快就放我上路。但這件事令我驚惶不已，因為那時我內心已完成某種轉換：我已從僕隸變成逃犯。我好怕他們會看穿我的底細，識破我不自然的微笑或勉強裝出的輕鬆。但萊蘭德的爪牙是白人——下等白人，但仍是白人，因而也會被其權力蒙蔽。

回程中，蘇菲亞和我保持沉默，一路無語。但在抵達洛克列斯前，我停下馬車。近午天寒。路上無人，只聽見風吹打禿枝，還有我心狂跳的聲音。我懷疑蘇菲亞是否也被拉進什麼計謀。幻影如飛蛾掠過我面前，有那麼一瞬間，我看見他們齊聚一堂——豪爾、納森尼爾、柯琳、蘇菲亞，連梅納德都在，他沒死，他是我夢境的主角，從古斯河的冰牙利齒中竄出，細數我的罪孽。但當我回過頭看她，棕色的眼眸一如往常凝望森林，甚至沒注意到我們停下來，當我看到她在那兒，冷然超脫世俗煩憂，我內心百感交集，不能自已。

然後她開口了。

「我得逃出去，阿海，」她說：「我不要變成被關在棺材裡的老女人。我不要在這種地方生孩子。這裡沒有社會規範。沒有規矩。沒有禁忌。他們把所有一切都帶到肯塔基、密西西比、田納西去了。什麼也沒留下。全都往納奇茲去了。」

她停頓片刻，再度開口，這次放慢了速度：「我得逃出去。」

「好，」我說：「那我們就逃出去。」

譯注

1 pleasure wagon，一種輕便型兩用馬車，不載人時可將座椅拆卸下來載貨。

2 在亞瑟王傳說中，莫德雷德（Mordred）為圓桌騎士成員，後背叛亞瑟王，竊奪卡美洛王國（Camelot）。

8

我現在比當時老多了，老到可以理解，盤根錯節的事情要如何抽絲剝繭。關於我的自由，情況是這樣的：我知道血緣限制了我在洛克列斯的地位，那是我永遠無法突破的。我也知道就算突破了，不管洛克列斯過去多輝煌，它正在沒落，如同所有的蓄奴世家都在沒落，當他們崩垮時，我不會被釋放，只會被賣掉或轉讓。那時我已明白，我的才能救不了我，事實上才能只會讓我變成更有價值的商品。我確信這就是吸引柯琳之處，所以藉由她手下的謊言協助，她趁早提出索求，即便令人想不透。我自己對這索求的看法，其實應該說我對每件事的看法，從我走出古斯河那一刻起就改變了。所有這些——我的知識，我的命運，我的死裡逃生——加在一起，就像我胸口的一枚炸彈，而蘇菲亞，以及她的意圖，則是導火線。當時我就是那樣看她：我種種盤算都是為了她。這一切對我來說都很合理，但我當時若考慮到蘇菲亞是個有主見的女人，有她自己的意圖、算計和考量，就可以看得更透徹。

那週稍晚她來找我，我正在外頭整修一組角椅，看見她，導火線在心中燃燒，我感覺自己勇氣百倍。

她駐足微笑，看著那張角椅，然後往工棚裡走。

「妳最好別進去吧，」我說：「那真的不是淑女該來的地方。」

「我又不是淑女。」她說著走進去。

我跟在後面，見她拂去蛛網，手指撫過家具，看看一次能抹下多少灰塵。她穿梭在家具中，經過楓木醉漢椅[1]，到海波懷特桌[2]和安妮女王鐘[3]，光線自小窗透入，劃過幽暗的空間。

「喃，」她說著轉向我：「這些全都由你來修？」

「我想是。」

「豪爾吩咐的？」

「對。透過羅斯科傳話。但我其實只是厭倦了躺在那兒等他們來告訴我什麼。何況我小時候就是這樣過的：哪裡讓我去我就去哪裡，哪兒有需要我就去幫忙。」

「還可以下田吧，」她說：「他們老是缺人手。」

「多謝妳的好意，田裡的活我做夠了。」我說：「妳呢？下過田嗎？」

「說不上有。」蘇菲亞說。

這會兒她站得比較近，我之所以注意到，是因為我現在很注意她的一切，尤其斤斤計較她對我保持多少距離。部分的我知道這樣很不對，但那部分已不足信靠，它曾相信一枚銅幣便能讓維吉尼亞，徹底改變。

「也不算太糟，」我說：「至少沒人會盯著妳做的每一樁小事。」

她靠得更近了。

「你會想隱瞞哪種事呢？」她說著又移近了些，害我覺得快要失去平衡。我把手撐在一件家具上，不記得是哪件。

她只是看著我，笑了出來，然後便走出工棚。

「我們可以再聊幾句嗎？」她說，聲音輕得像耳語：「關於那一切。」

「好，可以。」我說。

「一小時後，」她說：「在下面的峽谷邊？」

「我可以。」我說。

我不知道見面前還幹了什麼活，那段時間我滿腦子只想著蘇菲亞。身為奴隸意味著日常的渴望：生在一個充滿禁忌食物的世界，裡面都是誘人卻不得染指的東西——你周圍的土地、你縫製的衣服、你烘烤的餅乾。你掩埋渴望，因為你知道它必將導致的後果。但現在這種新渴望提供了不同的未來，我的子女，無論如何辛勞，都將與拍賣臺無緣。一旦瞥見那種未來，天啊，這世界對我來說彷若重新創生。我將奔赴自由，自由不僅存在於沼澤，也充盈於我心，因此等待見面的那小時是我度過最無憂無慮的時光。我甚至還沒逃跑便已離開洛克列斯了。

「所以該怎麼進行？」她問。我們在下面的峽谷旁，越過野草望向樹林另一邊。

「我也不太清楚。」我說。

蘇菲亞帶著疑惑的表情轉向我。

「不清楚？」她說。

「我信任喬吉的安排，」我說：「只能靠他了。」

「喬吉嗎？」

「對，喬吉。我沒問太多——妳一定瞭解為什麼。喬吉參加的這種組織，呃，我想像規矩之一就是保密慎言。所以我的想法很簡單：我們依指定的時間和地點赴約，什麼也不帶，然後就出發。」

「去哪兒？」她問。

我盯著她看了一會兒，然後轉身眺望峽谷。

「沼澤區，」我說：「他們在那底下建立了一個世界，一整個地下社會，在那裡，男人可以活得像個男人。」

「那女人呢？」

「我知道。我有想過。也許對淑女來說不是理想的地方——」

她打斷我說：「阿海，我今天才跟你講過，我不是什麼淑女。」

我點頭。

「我可以適應的，」她說：「只要把我弄出這裡，其他的我自己會看著辦。」

我自己——這三個字懸盪在空中。

「全靠妳自己，是嗎？」我問。

她轉頭看我，面無表情。

「聽好，阿海，我希望你明白一件事。我喜歡你，真的。」她眼睛牢牢盯著我，彷彿要鑽透我，我感覺她現在說的話是發自內心最深處，「我喜歡你，而我喜歡的男人並不多，當我望著你，我感覺到一種熟悉，很像我與莫克瑞在一起的樣子。但若你的打算是帶我逃到這個地下世界，把你自己變成另一個納森尼爾，我對你的喜愛可就大打折扣。那對我來說並非自由，你懂嗎？拿一個白男人換一個黑男人，對女人來說根本不是自由。」

我注意到她的手在我胳臂上，而且抓得很緊。

「假如那是你要的，假如那是你想的，那你必須現在就告訴我。假如你計劃在那裡把我當成禁臠，要我幫你生小孩，現在就告訴我，讓我擁有在此做選擇的尊嚴。你跟他們不同。你一定要幫我這個忙，給我選擇。所以告訴我吧。現在就告訴我你的打算。」

我還記得她那一刻的凶悍。那是個非常平靜的日子。黃昏時分，夕陽正要落下，進入這季節的漫漫長夜，不久我便將學到，這是最適合逃亡的季節。我沒聽見鳥叫蟲鳴，沒有枝椏在風中簌簌作響，因此我所有的知覺都集中在蘇菲亞的話上，有生以來頭一次，我聽見的言語沒在腦中化為圖像，原因我當時並不完全瞭解。我確實瞭解的是她非常害怕——害怕我內心的某種東西；一想到對她來說，我竟可能成為納森尼爾般的存在，她會怕我就像怕他一樣，便令我感到既驚嚇又羞愧。

「不，」我說：「絕不會，蘇菲亞。我希望妳自由，而且我希望我們之間的關係，如果會發生任何關係，永遠是妳選擇的結果。」

她鬆開手，緊握變成輕觸。

「我不能說謊，」我說：「我希望有那麼一天，在逃出去之後，妳會選擇我。我承認我有夢想。狂野的夢想。」

「什麼樣的夢想？」她問，再度抓緊我的手臂。

「我夢想男男女女都能好好梳洗、餵養並裝扮自己；我夢想照料玫瑰園的手可以享有辛勤的成果；」我說：「我夢想能面對我愛慕的女性，訴說我的感情，喊出我的感情，而不必顧慮在我與她之外，這告白可能意味著什麼。」

我們又站了半晌，才一起從峽谷走上來，再穿過樹林。暮色已籠罩洛克列斯。我們在林邊停下。蘇菲亞說：「我最好自己先走。」我點頭，看著她走出去，消失身影。然後我從森林出來，朝大宅走上去，直到能看見那底下通往營窟的地道。而站在地道裡，雙臂交叉在胸前的，正是席娜。

新視角也改變了我心目中席娜的樣貌。我即將逃跑，一個年輕男人帶著年輕女孩，邁向新的人生，那是我們將擁有的第一個真正的人生，也是這些老黑人不敢追求的人生。我曾試圖拯救他們，拯救整個洛克列斯，但那都結束了。他們是待宰的羔羊。老一輩的人都知道接下來會發生的事。他們知道土地在低聲訴說什麼，因為沒有人比耕作者活得更貼近土地。他們徹夜難眠，聽鬼魂呻吟，那是過去的僕隸，已被帶走的人。他們明知接下來會如何，卻還是等著它發生。這突如其來的羞恥和憤慨、暴怒與怨恨——因為他們讓它發生，強忍哀戚地看著子女被帶走——此刻都被我一股腦兒堆到席娜身上，所以當她看見我從樹林出來，我也看見她雙臂交抱，等著我走過去，一臉不以為然的表情時，心中遂升起無可言喻的憤怒。

「晚安。」我說。她翻白眼回應。我進地道，走向寢室，她跟在後面。當我們進到房裡，她撚亮壁爐檯上的燈，關起門，坐到角落的椅子上，我看見燈焰在她臉上投下陰影。

「你是怎麼回事，孩子？」她問。

「我不懂妳的意思。」

「你還在發燒嗎，還是怎樣？」

「席娜……」

「過去這幾星期你都非常奇怪，非常奇怪。所以是怎麼回事？你中了什麼邪？」

「我不懂妳的意思。」

「好，那我這樣問吧：你到底是著了什麼魔，居然跟納森尼爾·沃克的女孩在洛克列斯四處亂跑？」

「我沒有跟任何人四處亂跑。女孩選擇她的同伴，就像我選擇我的。」

「你是這樣想的嗎？」

「對，我是這樣想的。」

「那你果然就跟看起來一樣蠢。」

我的反應是斜睨著席娜再轉開目光，這臉色是我從忤逆父母的孩子身上學到的。如今我明白，當時的我就是個孩子，一個情緒失控的男孩，因巨大沉重的失喪而煩亂。那一刻我感覺到，雖然無以名之，我感覺到當母親墜入記憶的黑洞時，我所失去的一切，因為站在眼前的是我又將失去的人。而我受不了失去她，無法直視她，坦承我的計畫，離開我唯一認識的母親。所以當我開口，不是出於悲傷或誠實，而是滿腔義憤。

「我對妳做了什麼？」我問。

「蛤？」

「我到底對妳做了什麼，讓妳這樣跟我說話？」

「這樣跟你說話？」她說，換上幾近困惑的表情：「你幾時在意過我怎樣跟你說話？你平白無故變成我的責任，這裡面沒一丁點是我求來的，但每天晚上，在為這些傢伙做牛做馬後，我還做了什麼？你的培根和玉米餅是誰煎的？那女孩可曾為你做過這些？誰守護著你，以防你被這些傢伙設計利用？我可曾對你要求過什麼，海瀾？我到底要求過什麼？」

「那為什麼現在又開始要求呢？」我說。然後我狠狠瞪著席娜，久久不移開視線。沒有人該承受那種眼神，任何愛過我的女人都不該，更別說這個曾經那樣照顧過我的女人。

席娜回望我，彷彿我開槍打中她。但那痛楚一閃即逝。彷彿她最後的希望——這邪惡的世界將容得下些許正義、些許光明——已在她眼前幻滅，只留下她早就料到的爛結局。

「有一天你會後悔這一切。」她說：「你對這件事的悔恨，會超過隨那女孩而來的任何惡果，而我向你保證，你一定會嘗到惡果。但此時此刻，你對著在你最脆弱的時候愛護你的人說出這種話，你一定會後悔的。」然後她打開門，回頭丟下一句：「像你這樣的男孩講話應該更當心。你永遠無法知道何時說出的話，會是你對那個人說的最後一句話。」

不用等多久，她預告的懊悔便在我心中綻開了，但它當時被另一部分的我給壓制住，那部分的我只想到即將逃離這老舊的世界、它垂死的土地、擔驚受怕的奴隸，以及低劣又粗鄙的白人。為了地下世界的自由，我將拋下一切，連席娜也不例外。

剩下的日子一天天過去，直到它終於來臨，喬吉的允諾決定了我的命運，那天早晨的到來就像生命本身，漫長又迅疾。我惶惶不安地醒來，賴在床上，希望這個日子可以跟我一起停滯不前，但隨即聽見營窟裡腳步窸窣，樓上大宅嗡嗡作響，可怕的聲響宣告這天已成事實，我的承諾已成事實，不能再回頭了。於是我摸黑起床，拿著陶罐走向水井，半路看見彼特已穿好衣服往菜園去，我記得這景象，因為那是我最後一次看到他。外面遠處，我看見席娜在井邊，形單影隻，汲水洗衣。這工作實在辛苦——打水、燒柴、搗衣、調製肥皂[4]——全由她一手包辦。我記得自己站在那兒，知道我冤枉了她，蔑視她，出言不遜，也深感羞愧，卻用「她以為她是誰？」的憤怒來擊退愧疚。我等她做完，從地道看著這黑人老婦獨自打水，當下便知道我會後悔，我最後對席娜說的那些刻意切割的話，將令我抱憾終身。

等沒人時，我走到井邊把自己的陶葫蘆裝滿，再回去盥洗更衣。我來到地道口，看著太陽升起，照耀洛克列斯，最後一次心情沉重地思索眼前這一步。我想起夏季那些悠長的星期天，我在圖書室讀到的海洋和所有探險家，不曉得他們離開陸地，踏上甲板，眺望必須渡越的汪洋、波濤，準備進入未知的領域時，心中有什麼感受。我想知道他們是否為恐懼所攫，可曾忍不住逃回老婆懷抱，親吻稚女，留下來與妻小同處熟悉的世界。還是他們跟我一樣，察覺自己所愛的世界變幻無常，必然經不住歲月沖蝕，變動才是萬物遵循的法則，他們若不渡水，水一定很快就淹沒他們。所以我必須走，因為我的世界正在消失，一直在消失——梅納德從古斯河呼喚，柯琳從山巒間，而在這一切之上，還有納奇茲。

我把自己從遐想中搖醒。我上樓跟父親說話，他幫我找了件差事——與剩下的侍從一起到廚房幫忙，從明天開始。「最後一個自由的日子。」他說。但我已不在乎這些。我只是點頭，忖度是否有跡象顯示他發覺了什麼。但他心情很好，比我幾週來所見都開朗。他談到柯琳．奎恩，以及她答應這星期稍後來訪，想到那時我已不在這裡，讓我大大鬆一口氣。

我到圖書室翻閱蘭塞和莫頓[5]寫的老書，再下樓返回寢室。之後我一直躲著大家，吃不下，也沒辦法見人。那時我已不再有任何回憶和幻想，只殷殷企盼約定的時刻到來。而它到了，我告訴你，它到了。夕陽西沉，帶來漫長冬夜，大宅安靜下來，白天的嗡嗡聲漸漸消失，最後只剩偶爾的嘎吱一響。我除了雄心壯志什麼也沒帶，衣服、食物、書，連我的銅幣都不帶，我把它從工作褲口袋掏出，最後一次摩娑它，放在壁爐檯上。我在桃樹林邊跟蘇菲亞碰面。我們利用道路指引途徑，但始終藏身林間，以免被巡邏的人發現。我們一如往常輕鬆談笑，但壓低聲音，直到路轉彎，遠遠望見跨越古斯河的橋。感覺過了這一刻、這一處，就沒人敢再折返，我們頓時為恐懼和敬畏所懾，啞然無語。站在那兒遙望那座橋，它只是一抹狹長的黑影，襯著更深黯的夜色。我聽見泥土中爬行的生物彼此叫喚。今夜沒有星星，一片陰霾。

「所以這就是自由了。」我說。

「自由，」她說：「若不能完整，乾脆就不要。沒得商量。再也不將就。死於青春年華，不然就快活到老。」

於是我們走出樹林，步上小徑，在無所遮蔽的夜色下，我牽起她的手，發覺她的手很穩，而我的在顫抖。我們把性命賭在喬吉・帕克斯的信用上。我們相信謠傳，相信地下組織。我們過橋，沒有回頭，走向樹林，避開史塔佛鎮。前幾天我花了些工夫探索林間小徑，發現一條既快又隱密的路，可以把我們帶到與喬吉會面的地點。抵達喬吉和我上星期駐足的小池塘後，我們放鬆了些。

「到了那裡妳要做什麼？」我問。

「不曉得，」她說：「不曉得女生能在沼澤幹嘛。我想工作——為自己工作。那是我最高的志向了。你呢？」

「盡可能離妳遠一點，我想。」

我們一起笑了起來。

「妳知道妳真瘋狂。」我說：「把我弄到這裡，變成亡命之徒。我說啊，假使我們成功了——等我們順利逃出去，我可不要再領教更多蘇菲亞的詭計多端。」

「嗯哼。正好可以減輕我的負擔。」蘇菲亞說：「男人帶給我和家人的只有一堆麻煩。」

我們又笑了一陣。我仰望沒有星光的夜空，再轉頭看蘇菲亞，她正背向池塘後退。然後我聽到腳步聲，還有交談聲，可見不管來者是誰，都不是獨自一人。我想到躲起來，但分明聽見喬吉的聲音穿雜在其他男人當中，於是按兵不動。然後話聲沉寂，只聽見嘎吱嘎吱踩過地面的腳步聲。我牽起蘇菲亞的手，透過林間空地張望，看見喬吉．帕克斯的身影嵌在黑暗中。

我露出微笑，我還記得這個。而我告訴你，如同我向來說的，我什麼都記得，但這次我或許被自己騙了，因為那是個沒有星光的夜晚，連我面前的蘇菲亞都不比剪影清楚多少，但我發誓我記得看見喬吉．帕克斯的臉，那張臉痛苦又哀傷，而我不明白為什麼。然後我再度聽到腳步聲，看見五個白人，一個接一個從黑暗中冒出，我看見其中一人手裡拿著繩索。當他們現身，站在我們面前，時間彷彿凝止為永恆，我聽見蘇菲亞呻吟：「不，不，不……」

然後我看著其中一人碰碰喬吉的肩膀說：「好了，喬吉，幹得不錯。」聽到這話，喬吉轉身背對我們，走回森林，這些人則拿著繩子轉向我們。

「不，不，不。」蘇菲亞呻吟著。

我發誓他們有如幻影，像幽靈在黑夜裡閃閃發光，憑他們的輪廓和姿態，我清楚知道他們是什麼。

譯注

1 醉漢椅（drunkard's chair），一種矮腳扶手椅，因椅面較寬，適合慵懶的坐姿而得名。

2 海波懷特桌（Hepplewhite table），得名自十八世紀末英國設計家海波懷特（George Hepplewhite），屬新古典主義風格，以講究雕飾與優雅的曲線造型聞名。

3 安妮女王鐘（Queen Anne clock），一種有長擺錘、安裝在雕飾木框裡的座鐘，為英國安妮女王執政期間發展出的設計風格，以做工精細、外型典雅著稱。

4 舊時以草木灰泡水製成鹼液，再混以動物油脂，熬煮成肥皂。

5 可能指H. A. Ramsay（生卒年不詳，活躍於十九世紀中葉）和Samuel George Morron（1799-1851）兩位醫師，他們皆曾對種族差異發表重要著作。

第二部

若要告訴你們奴隸制度的罪惡，我希望能一次帶領一個人。

威廉・威爾斯・布朗*

* 威廉・威爾斯・布朗（William Wells Brown, 1814-1884），生於美國肯塔基州，父為白人，母為黑奴，十九歲逃到俄亥俄州，改用濟助其逃亡的友人姓氏，後致力宣導廢奴運動，創作小說、劇本，並撰述非裔歷史。引文擷取自他在一八四七年對麻州撒冷婦女反奴協會（Female Anti-Slavery Society of Salem）的演講內容。

9

萊蘭德的爪牙用槍押著我們，穿過星月無光的夜晚，穿過濃厚密實的黑暗——濃厚得足可觸摸，密實如纏縛我們雙手的繩索。我突然感覺冷，感覺寒風似利劍揮舞，因而開始顫抖，這大大逗樂了俘虜我們的人，我雖看不見他們，卻聽得到他們譏笑我，嘲弄我：「不用再發抖啦，小子」，因為他們以為我在害怕他們可能會做的事。萊蘭德的爪牙確實令人喪膽，而我之所以沒有嚇得魂不附體，只能歸因於各種奔騰的情緒——羞愧、憤怒、震驚——在此刻超越了恐懼。他們可以在外面對我們為所欲為，對她為所欲為，因為這是正常的做法。那是下等人必要的權利：讓不能擁有奴隸的下等人，得以暫時擁有試圖逃跑的奴隸，把所有可怕的激情發洩在他們身上。從我看到喬吉消失、萊蘭德像鬼魂般飄出樹林的那一刻起，就覺得這番發洩必將降臨。但它沒有。他們只是把我們帶出樹林，進史塔佛，直到我們置身監獄，在那裡，他們以鎖鍊取代繩索，把我們留在欄圈裡，當我們是畜生，穿戴冰冷的鐐銬，讓我們度過在一起的最後時刻，那是我們在這熟悉的世間度過的最後時刻。

我還記得鐵鍊沉墜的重量，一條主鍊從頸圈往下延伸，銜接到較細的鐵鍊和腕上的手鐐，再連上另一條鐵鍊和扣住腳踝的銬環。這副冰冷的鐵網圈繞在監獄圍欄的底部欄杆上，所以我既不能挺直背脊，也無法坐下休息，只能一直弓背屈身。我一輩子都是俘虜，但拜出身之賜，那束縛感覺更像一種標記或象徵，相較之下，笨重的鐵網毫無象徵意味。我可以朝某個方向扭轉脖子，結果引發另一種不同的痛楚，因為我看見了蘇菲亞，大概在幾碼外，跟我一樣被銬住。我好想說些什麼，覺得當下該說些激切的話。我想告訴她我多麼懊悔把她帶進這更深、更真切的奴隸處境。我想要為此巨大的背叛向她認錯賠罪。但當我開口，說出來的卻只是最貧乏的言語。

「我……對不起。」我說，低頭看著地面：「我真的好抱歉。」

蘇菲亞沒回應。

當時我好想有把利刃，用來割斷自己的喉嚨。我自知幹了什麼好事，給蘇菲亞帶來什麼下場，實在沒臉活下去。外面好冷。我感覺雙手凍僵，耳朵消溶於黑夜，我知道自己在哭泣，因為感覺到無聲的淚水在臉頰凍結。

那時，沉浸在自己的羞愧裡，我聽到有節奏的低哼，並發現隨著每一聲低哼，圍欄底部的欄杆都會搖晃一下。抬眼望去，我看到發出哼聲的是蘇菲亞。她正拖著沉重的鐵鍊，一次一步地往我這邊挪過來，原因我無法確定。也許她想靠近，好低聲說出什麼古老的詛咒，或者用牙齒撕咬我的耳朵。她使出極大的力道移動，每次往上拉舉，都讓欄杆隨之起伏。我沒想到她這麼強壯。一開始她移動得很慢，每挪一步就中斷一下，但隨著她漸漸靠近，鐵鍊起伏的速度變快，幅度也變大，我還以為她打算扯斷欄杆，讓我們脫逃。但她移到我附近便停下來，筋疲力竭，氣喘吁吁，她靠得很近，我可以看見她的五官，她望著我，起初很溫柔，如此溫柔，致使我的羞愧至少在那刻消失無蹤。然後，她用力繃緊鐵鍊，把頭稍微朝前傾，越過圍欄，越過監獄，我雖看不見，但明白她想指的方向是自由鎮。她回頭看我，從那惡狠狠的眼神，我知道她也想要一把刀，只不過她想割斷的不會是自己的喉嚨。我看到她繃著臉，咬緊牙關。蘇菲亞奮力拉舉最後一次，直到挨在我旁邊，近得我可以感覺到她的氣息吹在我臉頰上，她的手臂貼緊我的，近得讓她能靠著我，就像她此刻做的，近得讓我感受到她的溫暖，近得讓冰冷的黑暗退卻，讓我不再顫抖。

10

萊蘭德監獄成了我的家。蘇菲亞第二天就被帶走，去哪裡我不知道——賣進窯子？送回給納森尼爾？納奇茲？——留給我的只有她那晚的模樣，至今仍歷歷在目：為了片刻的接觸與鎖鍊搏鬥，仇恨的目光不向內凝注，不投向我，不投向她自己，而射向喬吉·帕克斯的卑鄙背叛。即使當時，我也還不知那背叛的程度有多深。但我所知道的，足以讓我醞釀出濃稠如冬日燉鍋的怨恨。後來，許多許多年後，我會瞭解喬吉進退維谷的處境，明白上等人如何縮限其選擇，直到他活在一根纖細危顫、名叫自由鎮的蘆葦上。但當時我只是恨他，靠著奇蹟式的信念支撐自己，相信總有一天我會找喬吉報仇。

我被扔進潮溼陰冷的牢房，有條髒被子和草墊當臥鋪，在提桶上廁所。每天一早被帶出去強迫運動，然後清洗。他們把我的頭髮塗黑，在我身上抹油，然後要我跟其他所有人一起，脫到赤條條，站在監獄的前廳。那些人肉販子、納奇茲的禿鷹進來，對我上下其手。他們構成一幅恐怖的景象，是下等白人中的最下等，因為這些人跟他們的同胞不同，雖出身底層，靠人肉買賣發了財，卻似乎沉湎於自己卑賤的根柢，穿著邋遢，咧著缺牙的嘴，渾身惡臭，隨地啐吐菸草，儼然某種荒唐的炫示。上等人迴避他們，因為販奴仍被視為不體面的行當。上等人不在自家款待奴販，也不邀他們一起上教堂做禮拜。血統不敵黃金的時代總會來臨。但這裡仍是老派的維吉尼亞，有個態度曖昧的上帝認為，那些把人拿出來賣的，還是比實際執行交易的更高尚些。

這樣的迴避令奴販極為憤慨，於是把怨氣出在我們身上。他們從工作中取樂，因此在那間大廳，他們走過來的步伐簡直像在跳舞，當他們抓住我的屁股檢查是否結實，做得可真來勁；當他們對著光線扭轉我下巴，依據其顱相理論檢視我的頭骨，總不忘露出一絲微笑；當他們把手指伸進我嘴裡探查蛀牙，或敲打我的四肢尋找舊傷，還會一面哼著曲調。

進行這些「檢查」時，我會沉入內心世界，因為我很快便學到，要熬過這種侵犯，唯一的方法就是做夢：讓靈魂出竅，飛回洛克列斯和另一段時光，當我高唱工作歌——「我將回返，吉娜，此心不渝，歌詠如常」——或站在愛麗絲．考利面前，看她眼睛閃亮地聽我複述她的故事，或坐在涼亭下，輪流啜飲那罈麥芽酒，懷抱我所有的想望和渴欲。但這只是夢。事實是我身處悲慘的現在，被一群為了自己有權力把人當成肉塊而自豪的傢伙把弄著。

所以我現在嘗到苦頭，掉進奴役的棺材，因為憑良心說，不管我之前在洛克列斯忍受過什麼，都不能與此相提並論，更別說接下來必將發生的事。而且我不是獨自被關。牢房裡還有兩人。一個是髮色淺棕的男孩，我猜還不滿十二歲，他板著臉從不開口，擺出一副久經役使的硬漢神態。但他畢竟是個孩子，從夜裡睡夢中驚惶的嗚咽，以及早晨小小的呵欠便看得出來。每天晚上，我們吃完殘羹剩飯，他母親都會來探視他。她的衣料比僕隸穿的厚重粗布高級，我由此推測她是自由人，但因故無法保有自己的小孩。她會坐在牢房外的地板上，隔著鐵柵握住他的手，就這樣手牽手默默度過一段時光，直到萊蘭德打發她走。這個模式裡有種熟悉得令人心痛的東西，被我久已忘懷的某部分認出，宛如一幕場景，出自另一個不復記憶的人生。

我的另一位獄友是個老人，臉上刻滿歲月的紋路，而在他後背的海洋上，我看見萊蘭德的鞭子多次巡航的軌跡。待在萊蘭德監獄期間，無論我經歷多少磨難，受的苦遠不及這名老人。利潤算計保護了我和那男孩。但這老頭已無利用價值，只值幾毛錢，只能拿來餵狗。不管任何時候，只要心血來潮，這些人就會把老人拖出來，逼他唱歌、跳舞、爬行、學狗吠雞啼，極盡羞辱之能事。假使有人不滿意他的表演，即飽以老拳，用靴子踹他，用韁繩或馬鞭抽他，拿紙鎮和椅子砸他，或掄起手邊任何東西。目睹這一切，我感到椎心刺骨的羞愧，儘管我當時並不明白，我是為自己毫無能力幫他而羞愧。

這是靈魂的黑暗時期。我對這兩人的同情很快被另一種意識吞沒：就是這種愚昧的同情害我淪落至此。我滿腦子瘋狂猜疑。也許他們全是同謀。蘇菲亞可能也參與其中。也許席娜警告過他們。說不定他們正同坐某處，跟柯琳·奎恩一起，甚至跟我父親一起，嘲笑我愚蠢的自由夢。於是羞愧和同情迅速被鐵石心腸取代，這種冷酷至今仍伴隨著我。

夜裡，我躺在潮溼的石地板上。男孩的母親已離去。我可以聽見萊蘭德在前面醉醺醺地玩撲克。

今晚老人不知何故覺得有話要說。黑暗中傳來他低沉沙啞的聲音。他先低聲告訴我，我讓他想起兒子。我不理他，蜷縮在草墊和蟲蛀的毯子間，試圖讓自己暖和一點。於是他又說一遍，這次用長輩跟晚輩講話的語氣。

「不大可能。」

「你不大可能是他，那當然，」他說：「但我仔細打量過你，我知道你跟他一般年紀，帶著他肯定也有的不完美。我們分開了，但我夜裡夢見他時，夢到的是個遭背叛的男人。那男人神情跟你很像。」

我沒答腔。

「你怎麼會來到這裡？」他問。

「因為逃跑，」我說：「我想逃離奴役，還帶著另一個男人的情婦。」

「但他們沒殺掉你，」他說，絲毫不為所動：「一定是因為你還有用處。不過大概會是在他鄉，那裡沒人曉得你是誰，而你那些自以為不得了的罪過，在他們聽來只是個桎梏加身、無力反抗者的謊言。」

「他們為什麼要這樣折磨你？」我問。

「尋開心吧，我想。」他說。

他說著在黑暗中咯咯笑起來。

「我快死了，」他說：「你看不出來嗎？」

「大家還不都一樣。」我說。

「你不一樣。時候還沒到。那邊那個也是，」他說著朝男孩揮揮手：「沒錯，真的，我快回去跟族人團聚了。我知道我注定要死在這裡，受盡折磨，因為我全身上下罪孽深重。」

他愈說愈起勁，雖然是夜晚，我仍看得出老人坐起身，向外凝視大廳，我們可以瞧見那兒的燈火把另一個房間的陰影舐回去，也還聽得到萊蘭德偶爾爆出笑聲。男孩柔和的呼吸不時蜷繞成輕微的鼾聲。

「我一輩子循規蹈矩，」他說：「也不是獨自過活。當我發現自己流落在外，孑然一身，周圍沒人在乎天理公道的時候，就知道我的時候到了。

「世界在變動，不斷前進，這地方卻沒跟上。曾經有段時間，榆郡就像獨生子，最受上主鍾愛。曾經有段時間，這裡是社會頂層，白人終日歡宴，打扮得雍容華貴，穿梭於盛大的舞會，有說不完的閒話。我在那裡。我經常隨主人登上江輪。我目睹他們如何尋歡作樂。你出生在衰落的年代，但我還記得那些日子，盛宴一場接一場，桌上堆滿精緻的麵包、鵪鶉和醋栗蛋糕、葡萄酒和蘋果酒，以及各種數不清的美食。

「這些我們都沒分，我承認，但我們有自己的禮物。我們的禮物是腳下穩定的土地。在那個年代，好男人可以建立家庭，可以親見子女和子女的子女成家。我爺爺看見這一切，他真的看見。從非洲被帶來這裡。他找到了主。他討到老婆，看著子孫在眼前開枝散葉。天地並不厚待我們，然其運轉如此確定可靠，連僕隸也能算出人生的步步發展。我可以告訴你許多故事，孩子。我可以告訴你賽馬會，還有行星[1]疾馳如風的那天。但別管這些。你問我他們為何這樣折磨我，我現在就講給你聽。」

我之前就聽過那些故事。人們已習於包裝往日情懷，從瞭解自己的母親、有表親在鄰近莊園、追述記憶中的輝煌節慶來獲得相對撫慰。但那撫慰並非自由，你可以確知日子會怎麼過，卻從來不安全。就是這確定的體制把蘇菲亞給了納森尼爾，就是它造就了我。奴隸制度裡沒有和平，因為每個受人宰制的日子都是打仗的日子。

「你叫什麼名字？」我問老人。

「那有什麼重要？」他說：「重要的是我愛一個女人，我在愛裡忘了自己的名字。那是我的罪過，我因為這緣故而置身於此，跟你、跟這男孩一起，任憑這些下賤的白人處置。」

說完他試圖站起來——借助鐵柵拉起自己。我起身幫他，但他把我揮開。他勉強倚在柵欄上，用左臂勾住欄杆來支撐。

「我年紀輕輕就結婚，過了許多年任何夫妻都夢寐以求的幸福生活。我們活在奴役當中，你瞧，但心裡從不覺得那是奴役。我們有個兒子。他長成正直的基督徒。周圍的人——無論是上等人、僕隸或下等人都對他讚譽有加。他把土地當成自己的來耕作，以為主人會深受感動而答應給他自由，也許在他們臨終前。

「他是個胸懷大志的男孩。大家都曉得。女孩們為他傾倒，爭著要傳他的種。他不肯結婚，耐心等待值得敬重的對象，並以母親為標準，絕不肯退而求其次。但她死了，我的妻，我的摯愛，就這樣死了。熱病把她從我懷中奪走。她給我的最後一道指令很簡單——『守護那孩子。別讓他因短視近利而糟蹋了自己的種。』

「我謹遵她囑咐，一直讓他走在正道上。當他結婚，娶了在上頭廚屋[2]工作的女孩，感覺簡直像他母親的靈魂回來了，因為那女孩品性高尚，對工作全力以赴的精神也跟我兒子一樣。

「一年又一年過去，我們重新組成了一個不同的家庭。上天賜予我三個孫兒，但只有一個男孩活過週歲。他們死去時，我們一起哀慟，因為流湧在我們之間的愛如此強大，就像那條詹姆斯河，而我們把所有的愛都給了存活下來的孩子。

「但土地已不如往昔，上等人開始做新買賣，買賣的就是我們，每星期點名時都發現又有幾個人不見了。

「有天晚上點完名後，工頭來找我單獨說話。他說：『長久以來，這一帶的工頭們都覺得你是個好人。你和你家人對我們來說就像自家小孩，總是擱在心頭。但你也聽見土壤的聲音，那是死亡之歌。講這話真教我肝腸寸斷，但我們必須送走你兒子。我很抱歉。這是為所有的人好。我來找你，是想先讓你知道，這樣我才對得起良心。我們已盡全力確保他得到一些安慰。我頂多能讓他同妻小一起被送走。我只能做到這樣。』」

這時我自己也站著。我看著老人，生怕他摔倒。大廳的燈火依然閃爍。笑聲減弱了些，聽見的嗓音也變少。

「他們告訴我時，我啥也沒做，」他說：「我走回宿舍，渾身顫抖，兩眼發黑。我出門走進樹林，想跟主訴說。但我告訴你，我講不出話來。我睡在外頭，早上也沒下田幹活。他們一定知道我在難過，因為工頭始終沒來找我。

「那天我在附近的野外徘徊，滿腹心事。我不停地走，但一直沒跑。有個念頭折磨著我。這些人好卑鄙，竟然要拆散一對父親和獨子。我知道自己的身分。這整條命全是賒來的。我生在捕獸籠，根本逃不出去。這就是我的命。但不管我跟自己說多少次，內心有個強大的部分卻從來不信。結果他們竟要帶走我兒子。

「那晚我回家面對他，告訴他他們怎麼說。他的臉就像塊石頭，真的像石頭。毫無懼色，他太堅強，堅強得令我崩潰，泣不成聲。『別哭，爸爸，』他說：『無論如何，我們總會在天上團聚。』

「兩天後，工頭派我去鎮上辦事。出發前，我看見一輛眼熟的輕便馬車停在主屋旁。從馬車中鑽出萊蘭德——我知道分別的時候到了。我邁步走開，試圖安慰自己，心知我兒有賢妻相伴，自然會開展出新的人生。

「但我回來時，兒子走了，媳婦卻還在。夜裡我去找她，怒火中燒，她說他們帶走我兒子和她的寶寶，萊蘭德不肯載他們全家。那女孩當場在我面前崩潰——神智錯亂，嚎啕不止。當她恢復平靜，當她站起身，我看見的不是她的面孔，而是我太太的陰魂。然後我想起她的囑咐——『守護那男孩』。於是我明白我的時候到了。因為一個無法實現亡妻遺願的男人根本不算個男人，根本沒資格活著。

「女孩說她活不下去。她有其他親人，看過他們不少人走上那條路，往納奇茲去。沒人曉得下一個會輪到誰。失去連繫的我們要靠什麼信念活下去？我們的家族樹被劈開，枝離根散，就為了他們要把人當木材賣錢。

「我們哀慟欲狂。我告訴你，那女孩拉起我的手，她一轉身，我又看見我太太的臉。她領我到外面，走進夜色，往廚屋去，我知道她想幹嘛。他們會活剝我們的皮。我把她拖回來，讓她上床睡覺。第二天早上她恢復神智，假裝沒事地繼續過日子，那是我們所有僕隸為了活下去都得套上的偽裝。」

我知道老人的兒子怎麼想，並在他的雄心裡看見自己，他以為可以證明自己品格高尚，從而實現其想望。這並不難理解。但奴役並不討價還價，也不折衷讓步，它吞噬一切。

「隨著時間過去，她開始感激我明哲保身、逆來順受的智慧，假如你能說苟且偷安是智慧。悲傷把我們牽在一起。我們都失去了家人。而各自孤獨生活，在維吉尼亞，這種日子我們過不下去。」

老人講到這裡停下來，我有種可怕的感覺，覺得不用等他開口就知道他要說什麼。

「我愛她再自然不過。男女共組家庭是天經地義。」他說：「那麼大一塊地方，家人都被送走，我們會在一起是很自然的事。我們在一起好幾年。我不會否認，也不會譴責她。我會說我在一個充滿邪惡罪人的世界裡犯了罪，這個世界被建造成要割離骨肉、拆散夫妻，而我們必須拿手邊的任何利刃來反擊。

「一天，有個老早把財產搬去密西西比的白人回來了。他說那裡的人太野蠻，他無法適應，所以把土地賣了。他帶著僕役回來，而在這些人當中，我得知有我心愛的兒子。

「就在那當下，我知道我活不成了。一個男人從死地回生，卻發現妻子被父親占有。我絕對沒臉面對他。那晚我去了廚屋，就像我媳婦、我後來的妻子曾經想做的那樣，放火燒了它。我知道他們會怎麼處置我。我逃不過的。但在他們下手前，我會為我造的孽贖罪。而且我會反擊。」

「所以他們打你，是遵照你主人的指示？」我問。

「他們打我是因為他們可以。」他說：「因為我老了，賣不了幾個錢。我的魂魄早晚會拋下我。這我知道。但誰會在來世迎接我？」

這時他倚著牢房的欄柵開始往下滑。我聽到哭聲，走到他旁邊，他跌進我懷裡，仰頭問我：「我獨子的母親會對我說什麼？她會知道我已經盡了最大努力嗎？還是她——這個把任何黑人都承擔不起的任務交付給我的人，會永遠離我而去？」

我沒回答。我沒有答案。我扶他站起來，感覺他的皮膚像龜裂的皮革勉強包束著他的骨頭。我陪他走回床墊，讓他躺下，聽他低聲啜泣，一遍遍重複：「噢，誰會在來世迎接我？」我一直聽到他睡著，當我隨後也睡著，又夢見數月前看過的那片田野，田裡都是我的族人，還有握著鐵鍊的梅納德，我哥哥。

最先離去的是男孩。我看著他跟其他黑人綁在一起被帶走，朝西行。我從後院望見他，他們經常把我們帶到那裡，忍受一次又一次的評估和檢查。他母親緩緩走在隊伍旁，跟著兒子的步伐。她沒被拴著。她默然無語，一身素白，一有機會就摸摸男孩肩膀，挽他的臂，或牽他的手。長長的行列消失在道路盡頭。現在是早上，天氣晴朗。我還在外面的院子——被把弄、騷擾、侵犯、掠奪。我極力想沉回內心世界，離開現場。但男孩隨著隊伍消失在路盡頭的景象，連同他母親的樣子——如此熟悉，彷若來自前世——把我拉了回來。

隊伍消失半小時後，我還在院子裡，聽見有人嚎哭、尖叫，抬頭一望，看見男孩的母親回來了。「你們這些該死的殺小孩凶手！」她喊：「你們這些天殺的，害死了我的兒子們！我說你們全都會下地獄！願公正的上帝讓你們這些禽獸不得好死，屍骨無存！」

她的嚎啕劃過長空，全院子的人都轉向她。她朝我們走來，尖聲叫喊，詛咒萊蘭德和這野蠻交易的所有參與者。我們很多人被賣掉時，都帶著尊嚴與敬重上路。我突然想到，當周圍盡是無德之徒，堅守道德有多荒謬。所以見這女人大哭大叫，悲不可抑，召喚天譴，我反而覺得痛快。她漸漸走近，身形似乎愈長愈大，每一步都撼動了地面，我想，以致連這些南方豺狼都停下生意來觀看。方才走上這條路的是一名年輕母親，現在回來的卻是別的東西。她的雙手變成利爪，頭髮彷彿自有生命，燃燒起來。萊蘭德在圍欄堵上她，她伸手抓他眼睛，死命咬住他耳朵。他痛得狂吼。其他人隨即湧上，制伏她，把她摔到地上，踢她，啐她口水。我什麼也沒做。要知道我全看在眼底，什麼也沒做。我看著這些人賣掉孩子，把一個媽媽打癱在地上，而我什麼也沒做。

他們把她拖走，一名爪牙拉一隻手臂。她的白衣變得又破又髒。他們拖走她時，我聽見她叫喊，幾乎帶著節奏和旋律，宛如舊時的工作歌：「凶手，我說！拍賣掉我所有的兒子！萊蘭德的走狗，萊蘭德的走狗！願公正的上帝將你們碎屍萬段，任蠕蟲啃食！願黑色的火焰烤焦你齷齪歪曲的骨頭。」

接下來走的是老人。有天晚上他們把他帶出去取樂，再也沒送他回來。他已在我面前做過告解，既然如此，就可以去領取報償了。

我的情況沒那麼簡單。我的苦役才剛開始。我在那裡待了三個禮拜，挨餓挨渴。他們讓我們保持剛好夠做工的精力，讓我們餓得難受卻不致傷身。我被出租到全郡幹各式各樣的活。我開墾冰凍的土地。我清空茅廁，載走糞便。我運屍掘墓。那幾星期，我目睹許多黑人——男、女和孩童——被帶進來又賣出去，很訝異自己竟然留這麼久。我開始懷疑自己被挑出來接受什麼特殊折磨。我年輕力壯，應該不用幾天就能賣到好價錢。但日子一天天過去，人們一個個走掉，只有我留下來。

終於，當春色初露端倪，買家出現了。萊蘭德用鐵鍊把我牽出來。我被蒙上眼、塞住嘴。我聽見一名獄卒說：「話說，老兄，我知道你付了不少錢，但這整筆交易我想你還是賺到了。這男孩年輕又健康，在田裡可抵十個人用。」

半晌無聲，接著換另一名獄卒開口：「我們把他留得比誰都久。路易斯安那有多少人在打這小子的主意啊。幹，卡羅萊納也是。」我感覺有粗糙的手在摸我。有人在檢查我，那時我已適應了這種狀況，這才是最不堪的——一個人竟能在受侵犯時覺得很自然。但現在情形不同，因為我被蒙住雙眼，既看不見可能的買主，也無法預料他會把手放到哪裡。

「你們花的時間，以及任何心力，都已得到豐厚的報酬，」買主說：「但我可沒付錢買你們的態度和談話。把理當屬於我的留給我，我也不打擾你們工作了。」

「只是找點話兒聊聊，」他說：「表示一點誠意而已。」

「可沒人要求你這麼做。」那男人說。

交談就此終止。我被當成貨物般地抬進馬車後方。蒙著眼什麼也看不見，但感覺馬車快速奔馳，一連幾小時，駕車的人不發一語，只有樹林裡零零落落的聲音和底下道路隆隆作響，直到我們到達某個路段，馬車慢下來。我感覺得到我們在往上走，翻過好幾座山丘，然後停下。我被抬出來。有人解開我的束縛。我的手臂可以自由活動，眼罩也被揭開。

我在地面上，抬頭發現已經是晚上了。然後我看見捕獲我的人。我本來想像他是個巨人，但現在見他身材中等，不太起眼——就是個普通人。我無法在一片漆黑中辨識五官，反正也沒時間端詳。我試著站立，但兩腿不穩，摔倒在地。我再度站起來，但這回捕獲者輕輕推我一把，我又摔倒，卻沒撞到我以為雙腳應該踏著的地面，反而繼續往下跌。我再次抬頭，發現自己掉進一個坑，接著就聽見坑口的門在頭頂關上的聲音。

我又爬起來，站不太穩，腳下的地彷彿在搖晃，頭碰到堅硬的泥土頂蓋，幾乎無法站直。我伸手摸到坑壁，上面布滿樹根和木頭，擋住四周的泥土。我估量一下這個地牢：跟我一般高，長寬約我的兩倍。一片漆黑，超越眼罩、夜晚，或許超越失明本身。像某種死亡。我想到《馬維爾世界奇觀》關於海洋那條：海洋之大可以吞沒整座大陸，大陸本身又能吞沒無數的我。我看見年少的自己在圖書室地板上，為了數算海洋寬度用上所有智能，窮盡感知而頭昏腦脹。那一刻，當我陷入黑暗，彷若死亡，感覺自己迷失於海洋，像一具屍體在巨浪中沉沒。

我聽過許多故事，說白人買下黑人，只為體驗最狂野的愉悅——白人把他們關起來，單純為了能這麼做的快感；白人買下黑人，以便享受謀殺的狂喜；白人為了實驗和惡魔科學而買黑人來切割。那時我覺得自己已落入這樣的白人手中，即將承受維吉尼亞、榆郡、我父親和小梅的完美報復。

譯注

1 行星（Planet）是維吉尼亞的一匹著名賽馬，出生於一八五五年。

2 廚屋（cook-house）是搭建在主屋外的廚房，以避免熱氣和油煙擴散到主屋，常見於南北戰爭前的美國南方莊園。

11

時間完全失去意義。幾分鐘和幾小時無所區別，沒有太陽和月亮，日夜都變成虛幻。起初我還留意泥土的氣味，上方偶爾的聲響，但沒多久——無法判斷是多久——它們對我來說都變成無用的噪音。睡眠與清醒世界之間的隔牆消融，我無法分辨夢境與如今開始迷惑我心智的臆想和幻覺。我在那下面看見好多事物、好多人。那些景象中，有一幕特別重要，因為浮現在我腦海的所有景象，只有它很快就顯示並非大腦玩的花樣，而是真正的記憶。

那時我們年紀還小，是我服侍哥哥的頭一年。漫長的夏日週六，洛克列斯的主子們百無聊賴，便在慣常的壓迫中加入異想天開的新點子。因此當時還是孩子的梅納德想了個邪惡的主意：把所有的僕隸從營窟找來，要他們到滾球場的草坪集合。他命令我傳話。於是我照辦，不到半小時就把人全部召集到草坪上，梅納德在那裡宣布，集合的僕隸——老老少少，有些剛從田裡回來，累得半死，有些還穿著在主屋執勤的外套和擦亮的皮鞋——要賽跑來娛樂他。以我們可能遭受的羞辱程度，與我們當時必須應付的各種麻煩來衡量，這並非最糟的狀況。但它**確實是**羞辱，而令我倍覺丟臉的是我還沒搞清楚自己的地位，因為當我看著梅納德將他們分組以便進行競賽，他對我喊道：「阿海，你在幹什麼？過來這邊。」

我張望了一下，不明白是什麼狀況。

「過來這裡。」他又說了一遍。我這才聽懂他的意思。我也得跑。我隨費爾茲先生上的課那年剛被取消。我記得在場每個人都望向我，眼中有同情——也許我並不值得，以及對梅納德的厭惡。於是我跟另外三人排成一行，在八月的高溫下衝向田邊。折返時，我追過他們全部，因為雖然我不知別人怎樣，但我是真的在跑，卯足全力，以至於當我的腳絆到凸出地面的硬物，可能是石頭或老樹根，整個人便飛出去直落進田裡。我一跛一跛地走回起跑線，發現梅納德笑得好開心，正在排下一組。接下來三個禮拜，我瘸著腿在大宅裡走動，善盡我的職責，每跨一步，腳踝的劇痛都在提醒我自己的身分。

這場景不斷在我腦中重播，彷彿架在某種旋轉木馬上，穿插著其他人的畫面：席娜、老彼特、雷姆，以及橋上跳舞的女人，我母親。但大部分時間只是漆黑一片，徹底的黑暗，直到某個時刻——我被扔在那兒幾小時、幾天、幾星期後，我看見一道光從地牢頂切下來。我幾乎像老鼠般竄回箱底最遠的角落。然後有個聲響：什麼東西掉到地上，有人對我大吼：

「出來，」上頭的聲音說：「出來。」

我走上前去，摸了摸梯子的橫檔，抬頭望見暮光，襯著一個人的輪廓，是那個把我帶來這裡的普通人，我的看守者。

「出來。」他說。

我爬上去。爬到坑頂時，沒法在這個普通人面前站直，只能弓著身體。我們在林間的一小塊空地上。我望見遠方垂死的太陽吐出最後一口橘黃氣息，籠罩著林木的黑手指。空地上，俘虜我的人安排了一場荒謬的招待會——兩把木椅，中間擺張桌子。他指指其中一把椅子，但我不坐。普通人轉身走向另一把椅子，又轉過來扔給我一包東西。我伸手接住，感覺它從指尖滑落，於是摸索地面找回它。那是一塊用紙裹著的麵包。我囫圇吞下，瞬時明白我在被關進那個坑之前從未真正體驗過饑餓。不管多久沒進食，這期間長得足以讓挨餓的劇痛從身上消退，如同訪客發覺無人在家便不再繼續敲門。但這小塊麵包喚醒了我的饑餓。我渾身僵緊並開始痙攣，然後望著桌子，看見更多小紙包，還有更重要的東西——一罐水。

我連問都沒問就跑過去喝，讓水灌下喉嚨，從嘴邊淌出，沿著脖子流到長襯衫和外套上，現在我才聞到它們刺鼻的臭味。感官的世界開始回到我身上。我好餓又好冷。我打開另一塊麵包，迅速吞食，接著又一包，想再開一包時，普通人輕聲說：「差不多了。」

我回頭見他坐得離我不遠，雖是黃昏，天色已暗得讓我看不清他的五官。普通人坐在椅子上，不發一語。我等在那兒，頂著寒氣簌簌發抖。然後我看見遠方有光點，愈變愈大，逐漸接近我們。我聽見馬車輪輾過路面嘎吱作響，直到一輛有篷蓋的大馬車停在我們面前。車夫旁的男人提著一盞燈。車夫下車，朝普通人點個頭，普通人便招手叫我上車。我爬上去，看到車裡還有好幾個黑男人。接著就上路了，馬車在我們底下搖搖晃晃，吃力行進。我仔細觀察被聚集在一起的其他人，不知接下來要遭受什麼蹂躪。而且沒有鎖鍊，誰還需要鎖鍊？假如你看過我周圍這些低垂的頭，就會明白這些人不只被剝奪行動自由，還失去了反抗意志。我也是其中之一，跌入絕望的深坑，以致我所有迥異的動機都化簡為只求活命。我淪為一隻動物。狩獵就要開始。

我們行駛了一小時左右，然後又被帶出馬車，排成一列。我們站在那裡，形成一支邋遢的隊伍，普通人審視我們，像將軍檢閱一批新兵。雖然天色更暗了，我卻發現自己的眼睛很適應黑暗，彷彿坑底的時間改變了我，所以現在單憑月光便能清楚打量這個普通人——凌亂的長髮垂在寬邊帽簷下，臉上冒出粗野不馴的灰長鬚。不管如何頹喪消沉，此刻我們的人數是多過他的，但我們知道他不是獨自一人。因為維吉尼亞的白人從來不會真的落單。

其他人到了，從遠處的燈光、逐漸逼近的馬蹄聲與車輪沿路的嘎吱響就知道。現在我看見三輛馬車停在我們面前，從車上走下一些白人，提著燈籠。燈光為他們罩上昏黃的煙幕，看起來像另一個時代的陰間生物——惡魔、蛇髮女妖、幽靈——被召回來對我們這些凡人執行上等人的報復。但我接著就聽到他們講話，從那特殊的抑揚頓挫，我知道自己還在維吉尼亞，而這些「生物」亦非妖術，只是一幫下等白人。他們言談粗魯，外套破舊。此時我心一沉，陷入一波新的恐懼。我寧可遇上神話裡的怪物，也不想面對這些再熟悉不過的人。在崎嶇的社會表面，下等白人僅享有一個小立足點，一個岌岌可危的位置，這只會讓他們在經常懲罰維吉尼亞的黑人時更殘暴百倍。這殘暴是上等人給下等白人的報償，用以籠絡他們。我突然想到這就是今晚的重點：一場展示殘暴的儀式，而我們這些被擄獲者將成為其祭品。

普通人同下等白人簡短寒暄後，再度沿著隊伍逐一評估我們。他的姿態變得有點誇張，相較於先前的嚴肅內斂，現在他卻自命不凡，洋洋得意。他把手伸進外套，頂起吊褲帶。他會停下來打量某人，嘲弄地搖搖頭，咂舌嘖聲。

接著，再次評估我們之後，他開口說話了。

「維吉尼亞的惡棍們，」他吼道：「大公無私的審判之眼已盯上你們。小偷！強盜！殺人凶手！你們這些惡棍因為耍詭計逃避法網、以假名潛入其他土地而罪加一等。」

他又沿著隊伍踱步，但這次停在我左側的某個人面前。「你，傑克森，跟別人談到殺害主人——但講太多啦，小子！你被供出來了，現在得接受維吉尼亞的制裁。」

普通人繼續往下走。「而你，安德魯，以為可以竊取主人的部分棉花收成，是嗎？當東窗事發，就決定要逃跑。」

安德魯沉默地站著，神情凝肅。普通人繼續邁步。

「戴維斯和比利，」他說著走向隊伍另一端：「怎麼，小夥子，我聽說你們很受歡迎啊。是什麼讓你們在巷弄裡殺害一個好人、偷走他的財物呢？」

「那本來就是我們的，」兩人中的一個喊道：「是我舅舅被帶去拍賣前，留下的最後一份禮物！」

黃色光暈中的一名男子打斷他：「才不是你們的，臭小子！」

「你這天殺的，」隊伍裡的男人說：「是我舅舅的！你最好別汙衊他！」

這時站在他隔壁的男人說：「閉嘴，比利。我們已經受夠了。」

另一個男人從黃光下喊：「別擔心，小子，我們會好好教他禮貌的。」

普通人現在朝隊伍中央走去。

「你們全都想逃跑，」他說：「好吧，老天為憑，我不是生來跟任何人或任何黑鬼作對的。」

普通人走回馬車，爬上車座站著。「就這麼辦吧：你們現在由這些維吉尼亞紳士照料。他們已經同意給你們一段時間先跑。假如他們整晚都追不上你，你就自由了。但若他們逮著你，你這條命便任他們處置。說不定你逃得出去，罪孽從此一筆勾銷。但更可能的是，天網恢恢，你逃不到一小時。對我來說都沒差。我做了我該做的事。現在輪到你們。」

然後他坐下，拉起韁繩，馬車隆隆駛離。

我們站在那兒，環顧四周，望著夜色，面面相覷，想看出什麼線索，也許在等待，即使滿懷恐懼，希望發現這只是個玩笑。我們驚愕得無法動彈。我望向那些白人，戴寬邊帽的幽靈，站著等我們理解自己的處境。然後，其中一個白人不耐煩了，他脫離同伴走向我們凌亂的隊伍，手裡拿著一支棍棒。他掄起棍棒砸向一名僕隸的頭——我們已被烙上叛徒的印記。那僕隸似乎無法相信發生的事，因為他根本沒試圖抵擋這一擊。但他被擊中後慘叫，隨即癱倒在地。手持棍棒的人接著轉身對其他人說：「夥計們，最好開始拔腿滾了。」

大家頓時四散奔逃。我也跑，回頭看一眼倒下的人，一團黑影，襯著此刻在我身後聚攏、籠罩一切的無際黑暗。我自個兒跑，我猜我們都是。被聚集到那裡的僕隸沒人試圖合作——或許除了那兩兄弟，戴維斯和比利，但那個人被棍棒擊倒時，如果他們跟我一樣驚駭，如果他們之前跟我一樣被關在地底下，那他們大概也沒時間思索，無暇顧及忠誠。

所以我跑——但既跑不快，最後證明也跑不遠。饑餓偷走我的意志。四肢抽筋，僵硬如木。夜晚的風似刀削，我從快跑逐漸變成跨大步，發覺腳下的地面潮溼而不堅實，連泥巴軟爛的拖拽也害我步伐更沉重。

何況我現在要跑去哪裡？北方只是個空洞的詞吧？地下組織、沼澤區又是什麼？只是惡棍喬吉·帕克斯散播的神話。我哪有希望躲過這幫掠食者？但縱使在恐怖與絕望中，我也沒想過要倒在路上或投降。自由之光已被撲滅到剩下餘燼，但仍在我心中閃耀，乘著恐懼之風，我不停地奔跑，彎腰，跨步，跌跌撞撞，但還是一直跑，整個胸口灼痛得像在燃燒。

我逐漸適應的視力照亮了夜晚，溼寒的冬林在眼前一覽無遺。每跨一步，我都聽見自己的短靴陷進地面，細枝在腳下應聲折斷。遠處傳來一聲槍響，不知他們是否逮到我們其中一個，殺了我們其中一個。胸口的鼓聲愈來愈響，我看見前方一棵倒木的細瘦樹幹擋住了路，一面跑一面告訴自己要跳過去。但身體背叛了我。我跌倒了，鼻子、嘴裡都是泥巴。我還記得當時湧上的解脫感，為了所有的肌肉終得休息而感到解脫。但即使那時，即使倒在那裡，我仍看得見自由之光，朦朧的藍光。我聽到人聲——混雜著哭喊與吼叫，知道他們很快就會追上我。**起來**，我告訴自己。**起來**。慢慢的，我的手指抓住泥巴，掌心往深處推，靠雙手和膝蓋撐起身體。**起來**。我抬起一隻膝蓋，再抬另一隻，就這樣又站了起來。

但我才站直，便感覺到棍棒猛擊後背。我仆倒。他們再度撲上來，拳打腳踢，吐口水，咒罵，侵犯我。我沒反抗。我離開身軀，飛起，甚至騰升翱翔，回到洛克列斯，回到有席娜的大街，回到有老彼特的菜園，回到有蘇菲亞的涼亭下，因此，當他們用繩索綁住我手臂把我拖走，當我感覺馬車輪在底下隆隆作響，我幾乎毫無意識。我記得每件事，我告訴你。我記得一切——除了那些我放棄記憶、離開軀體飛走的時刻。

他們把我五花大綁地帶回普通人跟前。我甚至沒抬眼看他。他們蒙上我的眼，將我扔進另一輛馬車後方，行駛一小段距離後，再把我扔進同一個坑洞，開始我的折磨。

這種獵捕變成家常便飯。他們把我從坑裡拉出來，給我一點麵包和水，讓我和一群叛徒排成一列，宣告完所有人的罪狀後，就叫我們跑。我還記得那些名字，記得普通人如何用低沉沙啞的嗓音讀出——羅斯、希利、丹、艾德嘉。每晚我們都被逼著逃跑。每晚我都被打敗。每晚都被送回坑裡。我死了嗎？這就是父親說的地獄嗎？有些夜裡，我會在外面一連跑好幾小時，我可以發誓，我看到破曉柔和的微光，幾乎觸手可及。然後我會被逮住、毆打、扔回箱裡，那兒有夢境和幻覺的旋轉木馬在等候——我看著蘇菲亞在營火旁跳水舞，我看著杰克和艾拉貝拉在地上畫出的圓圈裡打彈珠，我為梅納德召集僕隸來賽跑。

但我日益強壯，跑得愈來愈快。而且這不是從身體開始，而是從心智，因為我發現在正確的心態下，我跑得更快也更遠，若想贏得這場扭曲的比賽，我會需要所有能運用的資源。因此，我開始在心裡呼唱去年耶誕和雷姆輪流唱和的那首詩歌：

我要離開 去那大宅農場
一路北上 到屋宇暖和的地方
當妳來找我，吉娜，我已遠走他鄉

這首歌賦予我力量，因為它讓我想起雷姆和耶誕節、席娜和蘇菲亞，以及齊聚一堂的我們大家。即使在黑暗中，某部分的我也不禁微笑。

而且我在那些奔逃的夜裡感受到自由，儘管短暫。縱使被追獵，我仍在迎面切削的寒風、刮擦臉頰的樹枝、靴底的泥巴、呼喘的熱氣中感受到自由。沒有梅納德猛拽著我。不用費力分辨父親的動機。毋須毛骨悚然地懼怕柯琳。野外的一切如此清朗。奔跑時，我覺得自己像在進行某種反抗。

而且我愈來愈狡猾。記得有一晚，我肯定在外面待了好幾小時。我知道過了好幾小時，因為等他們把我整治完畢，把挨過狠揍的我拖回來給普通人時，我望見難以置信的景象——旭日升上我現在看得出來的綠丘。想起我曾被承諾的自由，我知道自己快成功了。我學會掩蓋足跡，折回去繞過他們，把他們搞糊塗，我也學到我可以追蹤他們，就跟他們追蹤我一樣準確。我還發覺自己的天賦派上用場——我的記性。來的總是同一班人，進行的方式了無新意。記住地形和他們的習慣使我突然占了上風。我會潛行到他們側邊，攻其不備。有一晚他們分散開來。我撂倒一個，又擊敗一個。他們為此給我一頓額外的痛扁，我也被迫承認自己運作的局限。我在奔跑，但我需要的是飛翔，不僅在腦中，而是在這世界上。我需要超升以擺脫這些下等白人，就像當初從河裡超升而擺脫梅納德一般。

但如何才能超升？什麼樣的力量才能把人拉出深淵？把男孩從馬廄拉出來送進閣樓？我開始重新建構這些事。這兩個不可思議的時刻都出現藍光，並以不同的方式讓我接近母親，或將我帶到她消失蹤影的記憶黑洞。這力量想必與母親有關。我需要這個力量，因為我需要飛翔，否則就會喪命於試圖跑贏這群豺狼。

說不定那力量與我被封鎖的記憶有某種關聯，只要解開封鎖，也許便能釋放力量。因此在坑裡那些無限延伸的黑暗時段，我養成一種習慣：重新建構每一件我聽說過關於她的事，以及我沉入古斯河時所看見關於她的一切。心地最善良的羅絲。艾瑪的姊姊羅絲。美麗的羅絲。沉靜的羅絲。跳水舞的羅絲。

那是個清朗無雲的夜晚，我在奔跑。我可以感覺到春天來了，因為夜晚對我不再那麼嚴酷。我奔跑時心跳不再劇烈。我的腿靈活自如。那些人想必也知道，因為我注意到他們人數增加。之前他們會分頭追捕整排逃犯，現在我開始覺得全班人馬都集中抓我，不太管其他人。所以那晚我聽見他們逐漸逼近，接著森林敞開，我看見一汪池塘閃閃發光，寬闊而幽暗。我必須努力繞過水邊。我聽得見身後那些人在呼叫吶喊。我沿著池塘奮力推進，那些人的聲音持續逼近，我不敢回頭看。然後我的腳絆到什麼，一根樹枝，還是樹根，我不確定，而一陣劇痛，來自舊傷的疼痛，從腳踝往上竄。我覺得自己在墜落，隨即掉進沼澤，感覺到臉上冰冷的泥水。我爬了一下，但因痛得神智昏亂，且心知獵捕已結束，於是開始呼唱，但這次不是在心裡，而是放聲唱給所有人聽：

我要離開 去那大宅農場
我要北上，但此去並不久長
我將回返，吉娜，此心不渝，歌詠如常

追我的人那一刻看見什麼？甚至有聽見我大聲唱歌嗎？他們已經追上我，準備痛扁我，也許正伸手抓我。他們是否看見空氣在眼前打開，那道來自我們所有故事的藍光劃過世界，照亮黑夜？我看到的是樹林往後折疊，迷霧翻騰，下方有塊滾球場的草坪，我立刻認出它屬於洛克列斯。起先我這麼以為，但隨著景象來到我面前──那是我當時的感覺：彷彿世界在移向我，而非我移向它──我發覺這不是我生活的洛克列斯，因為其中有些僕隸，我知道已不再跟我們同在。我看到指揮他們的是小梅，就像我記得他那些年的樣子，沒頭沒腦地笑著。他指著大宅，大喊些什麼，我跟著朝那方向望去，發現他在對我喊叫，不是漂浮在上方的我，而是地面的我，過去的我，在服侍他的頭一年，被剝奪了費爾茲先生的教導，還在摸索自己的地位。

此刻對我來說並不像旋轉木馬又繞一圈，而是全新的景象。如同睡著時從未意識到自己在做夢，不管夢境多荒誕無稽。邏輯與預期的本質被拗折，荒謬的事看起來很正常，所以我只是觀察著另一段時光裡的自己和梅納德，感覺理所當然。即使我看著年少的自己被迫站到一群僕隸當中，排成一列準備起跑，即使我看見自己拔腿飛奔，即使我覺得自己在跟他們賽跑，雖然腿動都沒動，我仍舊不明白。我看著自己脫穎而出，跑得比別人都快，碰到田的頂端後，我看見自己折返，接著絆倒，尖叫，摔跤，抓著自己腳踝。我還記得當時很想安慰這孩子，這個來自另一段人生的自己。但當我移向他，世界再度退散，我又回到原來的時間。

但不在我原來的地方。腳踝又一陣劇痛。我躺在地上哀嚎。我試圖爬行，然後站起來。我邁出一步，痛徹心扉。我跌倒，再次覺得自己一直往下滑。我最後一次抬頭，看見其中一個男人站在我旁邊。

不，這次是不同的人。

「安靜點，小子，」霍金斯說：「再喊下去，死人都要被你叫醒了。」

12

我被自己的腳踝痛醒，不再像之前尖銳的刺痛，而是悶悶抽痛。我睜眼看見日光，久違了幾星期的美麗日光，像號角聲穿透窗戶，如此響亮，致使其餘的世界變得一團模糊。我的眼睛緩緩移動，那團模糊開始有了形狀——床邊的桌上有個船形菸罐，上頭勾著一支菸斗，對面壁架上擺了座大鐘，我頭頂有天蓬，緋紅的簾幕拉到兩旁。我低頭看見自己已被徹底清洗過，換上棉內褲和絲綢睡衣。我想到我可能還在地底下，這只是又一輪旋轉木馬。或者我已從煉獄般的地牢超升，終於去領取我的報償了。但腳踝的悶痛告訴我周遭世界是真實的。而且我發覺我不是獨自一人，因為那團模糊中還冒出幾個人影。一是霍金斯，這人已兩次在神奇脫逃的彼端找到我。他坐在椅子上，而他旁邊，我看見梅納德．沃克遺下的新娘，柯琳．奎恩，但不再是一身喪服。

「歡迎。」她說。

她微笑著，笑容甚至充滿喜悅，我發覺之前從未見她這樣笑。彷彿她發現了許久前丟失的東西，也許是把鑰匙，或是最後一片拼圖，解決了長期以來令她苦惱而狼狽的問題。但還有別的，跟她的態度有關，因為她是**衝著我**微笑，而不是**高高在上地對我**微笑。她舉止一向古怪，不像我見過的任何上等人。但這還是不一樣，因為她的態度裡沒有主人的派頭或決斷，也毫不強勢，只有深深的喜悅，為了達成某個看不見的目標而心滿意足。

「你知道自己發生了什麼事嗎？」她問：「你知道自己在哪裡嗎？」

房裡有股春花薰香的味道——薄荷、百里香和其他什麼混合的沁鼻甜香——這香氣絕不可能來自洛克列斯，那裡充斥著男孩味，不會容許這類東西。

「你知道你離開了多久嗎？」她問。

我不吭聲。

「海瀾，」她說：「你知道我是誰嗎？」

「柯琳小姐。」我回答。

「不用叫『小姐』，」她說著收起開心的笑容，換上認真的表情：「柯琳。叫我柯琳就好。」

讓這一刻更不自然的是，我抬頭看見霍金斯並不像僕隸那樣侍立，而是直挺挺地坐在她旁邊。

她又問了一次：「你知道自己在哪裡嗎？」

「不，」我答道：「我不知道我離開多久。我不知道自己去了哪裡。我甚至不知道為什麼。」

「海瀾，」她說：「我們要做個約定，建立某種默契：我會對你說實話。反過來，你對我也一樣。」

現在她牢牢盯著我。

「你很清楚自己為何被送走。」她說：「你逃跑，還帶著另一個人。事到如今，你肯定已猜到我們的情報網遠勝過你自己的。我會告訴你任何事，但你對我也必須同樣坦誠。」

我在床上慢慢坐起，背和腿一陣劇痛。兩腳傷痕累累，酸疼不堪。我摸摸臉，發現左眼上方有個硬塊。我想起每晚遭受的折磨，在坑裡度過的時間。

「嗯，對於那個，我們很抱歉。得確定才行。」霍金斯以眼神表示默認，說：「我們大概知道是怎麼回事，但要確定，得把你抓走才行。」

我們很抱歉，他這麼說，表示霍金斯，一名僕隸，在這裡有某種權力，不僅在這個房間，還包括我所經歷——有多久？一個月？好幾個月？——的各種煉獄。

「海瀾，」柯琳說：「你跟梅納德一起沉入古斯河。不，你帶著梅納德沉入古斯河。他在這件事上毫無選擇。也許你想要它發生，但不論想要與否，你害死了一個人，而且在這麼做的同時，讓長期謀策的計畫灰飛煙滅。因為你的衝動與欲望，因為你的罪行，仁人志士如今必須另起爐灶，為美國正義奮戰的各路軍隊正潰散奔逃。你不瞭解。但我想你終究會明白，因為我相信，你狂野的衝撞裡蘊含著某種企圖，甚至比我們自己的企圖還遠大。」

柯琳說著用左手取下勾在菸草罐上的菸斗，右手掀開蓋子。菸草的氣味飄散出來。她點燃菸斗，深吸一口，吐出一縷煙。然後她將菸斗遞給霍金斯，他重新點燃它，抽了一口，把菸斗遞還給她。白色的煙霧從他們身上裊裊升起，像塵埃懸浮在透窗而入的陽光中。我回想上次會面，在洛克列斯昏暗的客廳，她聲音抖顫，我記得她當時就很古怪，她一向古怪，似乎摒棄時尚，偏好老派的維吉尼亞風格，引人注目又不對勁。而今我突然明白真相，不禁納悶之前怎麼都沒看出來。那是個謊言，整件事——傳統、服喪，也許連婚事本身都是謊言。

我出神時想必喪失了所有掩飾能力，因為柯琳看著我笑了起來，說：「你在想我是怎麼辦到的，對嗎？」

「是的。」我說。

「是啊，沒錯，我瞭解，我真的辦到了，」她說：「很少有莊園主人或夫人能夠真正騙過僕婢。要如此堂而皇之地受騙，活在偽證和捏造之中，是件很奢侈的事。不管你有什麼抱負，海瀾，我知道你從未享受過這種奢華。你是個科學家。你必須是。

「但這些傻瓜，這些傑弗遜，這些麥迪遜，這些沃克們，全都為理論所惑，然而，我深信最卑賤的農工，在密西西比最悲慘的土地上，對這世界的瞭解都勝過任何腦滿腸肥、高談闊論的美國哲學家。

「而我國的老爺和夫人們都明白這點，所以才會對你們族人的舞蹈和歌唱如此著迷。那是一座不落文字的圖書館，充滿對於這悲慘世界的體認，非語言本身所能表述。權力把主人變成奴隸，因為它將他們隔絕於其自稱理解的世界之外。但我放棄了我的權力，你瞧，放棄它，好讓我能開始看見真相。」

她手持菸斗，搖搖頭：「沒錯，你確實看見，你確實瞭解，但你還缺乏智慧。你一意孤行，依附一個其實是壞蛋的男人……話說回來，你天賦異稟，這個把你從河裡拉出來的傳送力，你不是頭一個，知道嗎？你曉得那個故事——珊蒂・貝斯和四十八個黑人——」

「那從未發生過吧？」我打斷她。

「它確實發生過，」柯琳說：「它的影響就是你出現在我們面前的原因。你知道在她離開前，史塔佛並沒有自由鎮嗎？你知道喬吉的整個背叛——披著解放者外衣的奴役——其實是這個國家的老爺們背信棄義？」

提起喬吉的名字，回憶便湧上心頭，往事歷歷，我曾把這個男子當家人。我想到安柏和他們的寶寶。安柏曉得嗎？我想起最後一次交談時，她如何試圖勸阻我。我想知道喬吉究竟在哪個時刻決定要交出我。我想知道在我之前他已交出多少人。

「這詭計很高明，」霍金斯說：「你不得不承認——他們給喬吉和他的同夥庇護，他則提供情報，當他們的眼線。所以下次再有個珊蒂．貝斯出現，他就等在那裡。」

「但那不可能發生，對吧，海瀾，」柯琳說：「因為珊蒂憑藉不同的力量運作——就是將你拉出古斯河、讓你擺脫我們巡邏隊的那種力量。」

我環顧房間。事物開始會聚成形，我腦中慢慢浮現一連串問題，但我只問得出一個。

「這是什麼？」

柯琳伸手拿一個手提包，從裡面掏出一張紙，舉高給我看。

「你父親把你給了我，包括身體和靈魂，」她解釋：「他簽字轉讓你，因為你的逃跑使他蒙羞。失去梅納德已令他心碎，如今又再受此重擊，他的反應是暴怒，想跟你斷絕關係。但我說服他你很有價值，失去這樣的人才太可惜，於是他把你轉讓給我。當然，以相當豐厚的價錢。」

她起身走向房門。

「但你不是我的。」她說著打開門。我看得到樓梯和欄杆上部。「你不是奴隸。不是你父親、我或任何人的奴隸。你問我這是什麼。這是自由。」

這些話並未讓我欣喜。我滿腹疑問。我之前在哪裡？為何把我丟在洞裡？我在下面待了多久？那個普通人怎麼了？最重要的是，蘇菲亞的下落呢？

柯琳回到座位上。「然而自由，真正的自由，也是個主人，你瞧——比任何嚴苛的奴隸監工更頑固，更緊迫盯人。」她說：「你現在必須接受的是，我們全都受制於某種東西。有些人汲汲於世俗財產和隨之而來的一切。另一些人誓言為正義效命。每個人都必須指定一位主人來服侍。所有人都必須選擇。

「我們選擇了這個，霍金斯和我。我們所接受的福音說，我們的自由就是對不自由宣戰。因為這是我們的天職，海瀾。地下組織。我們就是你在尋找的對象。但你先找上喬吉·帕克斯。我對此感到抱歉。為了把你帶回來，我們付出高昂的代價，冒著暴露身分的風險。這不是為了你的利益，而是因為我們早就在你身上看到不可思議的寶貴特質，某種來自失落世界的神器，一項可能在這無比漫長的戰爭中扭轉局勢的武器。你知道我在說什麼，不是嗎？」

我沒回答，反而問道：「蘇菲亞在哪兒？她怎麼了？」

「我們的力量也有局限，海瀾。」柯琳說。

「但妳說你們是地下組織，」我說：「如果你們真是妳所說的，為什麼你們不放她自由？為什麼要把我留在監獄？為什麼要把我丟在那個洞裡？妳知道我的遭遇嗎？」

「知道？」霍金斯問。「你的遭遇是我們造成的。是我們一手安排的。至於你的自由，我們成為地下組織是有道理的。長久以來我們為戰鬥而活，是有道理的。凡事自有準則。你在找到我們之前先找到喬吉，也是有道理的。」

「每天晚上，那些人獵捕我，」我說，心中怒火愈燒愈烈：「而你們讓他們這麼做。不，更糟。你們派他們來做這些？」

「海瀾，」柯琳說：「我很抱歉，但那獵捕只是預告你今後的生活，而那地牢只是讓你一窺失敗的代價。在找上喬吉．帕克斯的那一刻，你的人生便結束了。難道你寧願我們不管你死活？霍金斯說的沒錯。我們得確定才行。」

「你們得確定什麼？」我問。

「確定你真的擁有珊蒂．貝斯的力量，傳送的力量，」柯琳說：「而你確實有。我們至今已見它顯現兩次。第一次肯定是天意讓霍金斯發現你。經過一番打聽，我們從別人那兒得知你有次說溜了嘴，提到小時候發生過類似狀況。我們需要等待它再發生。我們計算這力量可能把你送去哪裡，於是就在那兒等候你到達。」

「到達哪裡？」我問。

「洛克列斯，」她說：「我們認為你可能會試圖回到你這輩子唯一知道的家。我們每晚都派幹員監視你。」

「然後你就到了這裡。」霍金斯說。

「我在哪裡？」我問。

「安全的地方，」柯琳說：「我們把新加入聖戰的同志都帶來這裡。」

她說完停頓片刻。我在她臉上看到一絲同情，知道她一點都不喜歡這樣，也多少懂得我的痛苦和困惑。

「有好多你必須瞭解的事，我知道。我們會解釋，我保證。但你得信任我們。你必須信任我們，因為沒有回頭路了。此時此刻，這世上沒有別的真相。而你很快就會明白，沒有什麼比我們的理想更真實。」

說完，柯琳與霍金斯一同起身。「很快，」他們往外走時她說：「你很快就會明白一切。你很快就會大澈大悟，然後你的澈悟將成為新的約束，而在這約束中——在這崇高的天職中——你將找到你真正的本性。」

她在門邊停下來，說出感覺像預言的話。

「你不是奴隸，海瀾．沃克，」柯琳說：「但我以加百列之靈起誓，你將服侍。」

13

那晚，我還躺在床上，聽見樓下傳來話聲，聞到我希望是晚餐的味道——從洛克列斯逃跑後，我就沒好好吃過一頓飯了。所有這些加起來，把我從昏沉中喚醒。我看見五斗櫃上有兩只盛滿水的面盆、一支牙刷、牙粉和一套衣服。我盥洗更衣，然後一跛一跛地下樓，穿過門廳，走進一間開敞的飯廳，在那兒看到柯琳、霍金斯、艾咪、另外三名黑人，還有一人竟是費爾茲先生。

我在門口站了一會兒，直到他看見我。他本來被霍金斯講的故事逗得呵呵笑，但一看到我便斂容正色，望向柯琳，柯琳也看向我，於是整桌人都帶著無比嚴肅的神情轉向我。他們坐在一桌名副其實的盛宴前，但所有人，不分黑白男女，都穿著工作服。

「請坐，海瀾，」柯琳說：「一起吃吧。」

我小心翼翼地走過去，坐在靠近桌尾、艾咪旁邊、費爾茲先生對面的空位上。晚餐有秋葵燉紅薯、蔬菜和烤鮮魚，還有鹹豬肉和蘋果。某種禽類的肚裡塞著米飯和蕈菇內餡。麵包、布丁、糰子、酒漬果乾蛋糕、麥芽酒。這是我吃過最豐盛的餐點，但更不可思議的是飯後發生的事。

柯琳率先起身，其他人跟著，全都開始清洗碗盤，整理飯廳。這景象真是令人難以置信。沒有分工。大家一起行動，除了我。我試圖幫忙，但被婉拒。清理完後，他們到客廳去，我看著他們玩「瞎子唬人」[1]直到深夜。從其歡快的氣氛和零星談論，我得知這並非平常的夜晚，發生了值得慶祝的改變，而那改變就是我。

那晚我待在屋裡，在客房睡了很久，直到次日下午。即便在耶誕假期間，我也從未享受過這種奢侈。我梳洗著裝，然後下樓。屋裡很安靜。廚房桌上有盤黑麥鬆餅，附了張字條，要我盡量吃。連吞兩個鬆餅後，我清洗碗盤，走出前門，在門廊坐下。從外面看，這房子樸素古雅，外牆覆以白色隔板。前有花園，開滿雪花蓮和藍鈴花。花園再過去是一片樹林，我看見遠方雄偉的峰巒，認出它們是西邊的山脈。我推測自己大概在維吉尼亞邊界，很可能是柯琳家的祖產布萊斯頓，也就是幾個月前她跟我說過、要把我送去的宅邸。

遠遠的，我看見樹林裡冒出兩個人影。他們朝房子走來，我很快便看出是兩個白人——一老一少，也許是父子。他們一看到我便停下腳步。年輕的那位點頭招呼，但年長的男人一把抓住他的胳臂，把他拉回樹林。我在那兒坐了一個鐘頭，眺望遠方，不知何時掉進一場白日夢，接著墜入真正的夢鄉，顯然我比自己想的更疲憊。我又回到我的牢房，但這次同彼特和席娜一起，當那些男人把我拖到前廳，彼特和席娜在笑，當那些男人檢查我、侵犯我，整個被折磨的過程，我都聽得見他們的笑聲。當時的我還無法如實看待此事——視之為侵犯。我花了一段時間才學會直接述說他們對我做了什麼，如實講述我在萊蘭德監獄的遭遇，而不覺得自己的男子氣概瞬間從身上流失。我過了很久才明白這故事其實是我最大的力量。但那時，當我從夢裡醒來，只感到怒火中燒。我從來都不是粗暴的孩子，很少發脾氣。但這之後許多年，我發現自己會沒來由地充滿最具毀滅性的想法和感受，而且無法坦承原因。

背後的關門聲喚醒了我。我回頭看見是艾咪。她走出來，在門廊站了一會兒，遙望日落西山。她沒穿喪服也沒戴黑面紗，只在有裙撐的灰色連衣裙外罩上白圍裙，頭髮攏到軟帽後。

「我猜你心裡有不少疑問。」她說。

沒錯，我滿腹疑問，但一個也不想提。我覺得自己已問得夠多，意思是我已經告訴他們夠多了，因為我從之前的人生學到，詰問從來不是單向的。於是艾咪說：「好吧。我瞭解。我要是你，現在也一定不太想談。儘管如此，我還是要說。因為關於這個地方，這個新的人生，有些事你應該知道。」

我從眼角瞄到她正在看我，但我繼續注視著山巒和逐漸隱沒的夕陽。

「你大概猜到自己在哪兒——布萊斯頓。柯琳的地方。但你沒猜到、也不可能知道她的地方究竟是什麼。我告訴你也無妨。你很快就會明白。

「布萊斯頓本來屬於柯琳的父母。由於她是獨生女，他們過世後，這片地產便由她繼承。我猜你現在已明白柯琳並非她看起來的樣子。噢，她是徹頭徹尾的維吉尼亞人。但基於她在此地的見聞，以及從北方獲得的知識，她對奴隸問題可說採取了不同的看法。而她的看法，同時也是我和我哥的看法，充滿了爭議與憤怒。」

艾咪說著輕聲笑起來，她停頓一下又說：「我不該笑的。這並不可笑，只不過確實有好笑的時候，而我得說我老是覺得好笑。置身此地、跟他們對戰是一種福氣。你稱為地下組織的那支軍隊，我們就是它的前哨。住在這兒的每個人都是軍隊的一員，雖然我們不能露出蛛絲馬跡。如果你跟我一道逛逛，會毫無意外地看見果園欣欣向榮，田野青翠茂盛。若要款待外客，你會看到我們都在幹活，唱著歌兒，其樂融融。但要曉得，你在這兒見到的每個唱歌和幹活的人，全是我們的夥伴，致力將自由之光延伸至馬里蘭、維吉尼亞、肯塔基，甚至田納西。

「他們都是幹員，儘管運作方式不同。有些人負責內勤，跟你一樣有學問，且善用此才能。文件在這裡很重要——包括自由憑證、遺囑和各種證明。雖說是內勤，但相信我，這幫人可不是好惹的。內勤幹員總是保持消息靈通。他們做研究。他們熟悉八卦。他們遍覽群刊。他們認識地方上每位有力人士，但地方上沒人真正認識他們。另外還有別種幹員。」

艾咪打住話頭，我轉過去，看見半抹微笑爬上她嘴角。她正凝視群山，望著它們吸盡最後一絲餘暉。

「你看見那片景色嗎？」她問。我沒答腔。「我們為的就是那個。擁有自己的時間，可以坐在這兒看日落，不受壓迫，沒人使喚你，或威脅要抽你一頓九尾鞭。對我來說，生活並非一向如此。我跟哥哥原本隸屬於世上最惡毒的男人，那人把柯琳嫁掉，不過，反正我們擺脫他了，而我在這兒跟你一起，得以享受像這樣平凡自然的小事。

「但有些人沒辦法待在屋裡，因為覺得牆壁的壓迫感太大。他們念念不忘第一次逃跑的情景，那對他們來說如此榮耀，反抗著從小被灌輸的一切。那是他們感受過最大的自由，因而不斷追逐那種自由。這就是外勤幹員。外勤幹員的不同在於，他們進入農園，帶領僕隸出逃。外勤幹員勇於冒險。獵奴人令他們感覺充滿活力。沼澤、河流、荊棘、廢墟、閣樓、舊穀倉、苔蘚、北極星——那就是外勤幹員的世界。

「我們彼此需要，合作無間。同一支軍隊，海瀾，同一支軍隊。」

她說完又靜默下來。我們坐在那兒望著夜空和閃爍的星星。

「那妳呢？」我問。

「嗯？」

「內勤還外勤？」我說：「妳是哪個？」

她看著我，哼了一聲，笑道：「那還用說，我當然是外勤幹員。」

然後她回頭望向群山，它們此刻只是遠方深藍的輪廓。「海瀾，我現在就可以跑，即使擁有自由，不用逃離什麼，還是可以跑，翻越那些山，渡過所有的河，穿過每一座草原，睡在沼澤，吃樹根維生，而在那一切之後，還可以繼續再跑。」

於是我被訓練成幹員，在柯琳家祖地，布萊斯頓山區，與地下組織招募的其他新幹員一起受訓。請原諒我不多談這些夥伴。本書提到的人，還在世者皆蒙其允許，其餘則已踏上最後旅程，去見那至高無上的靈魂判官。我們尚未遠離尋仇報復的年代，所以即使到現在，許多同志仍須暗中活動，不能公開身分。

我開始過著雙重生活，重拾往常對木工和製作家具的興趣，並跟以前一樣，幫忙在布萊斯頓工作的人，雖然他們的工作方式在我看來奇怪無比。無論哪方面的勞動都不分工。廚房、牛乳廠、機工坊，全都由大家共同操作，不分性別或種族。所以，如果柯琳．奎恩沒在外頭辦事，看到她在田間耕作，或在我們每晚聚集的狹長飯廳跟霍金斯一起端菜上桌，也就很稀鬆平常。

晚飯後，我們回營房換下餐服，穿上夜間制服：法蘭絨襯衫、鬆緊帶長褲和帆布便鞋，然後就去報到，開始第一階段的訓練。我們每晚跑一小時，據我估計約六、七英里。中間穿插各式各樣的柔軟體操——舉臂、臥撐、單腳跳等等。跑完後還要做更多——側身弓步、抬腿、曲膝等等。這套訓練出自德國的「四八分子」[2]，他們曾在祖國為自由而戰，如今在這裡的地下組織找到共同的奮鬥目標。不管來源為何，它們使我變得更強壯。胸口的灼痛已消減為極輕微的不適，而且我發現自己能馬不停蹄地跑過廣大的區域。

這些教練裡沒有僕隸，只有上等人和下等人。我懷疑他們有些也在之前經常追捕我的人當中。我不知自己能否釋懷。我覺得對他們來說，至少對我認為是狂熱分子的這部分維吉尼亞人來說，我是任其擺布的。雖然我明白他們必須如此，別無選擇，但這仍在我們之間造成某種距離，因為他們的戰爭是對抗奴役，而我則是為了那些被奴役的人而戰。

結果卻出現一個例外，儘管我現在想，會不會因為他不是維吉尼亞人，而是北方人。那是費爾茲先生，我每週見他三次，每次一小時，在體能訓練後，到主屋地下第二層上課；這個不規則延伸的地底空間只能經由活板門進入，你得先踏進一個底部被鋸掉的桃花心木大嫁妝箱[3]，才能打開這扇門。走下兩段階梯後還有一道門，門後是一間有麝香味、用燈籠照明的書房，每邊各有兩排書架，上頭塞滿了書。房間中央有張長桌，座位間距相等，每個座位前都擺放著紙筆。最遠的角落有兩張大寫字桌，儲藏格裝滿各式各樣屬於地下組織的文件，那是內勤幹員的工具，有些夜晚，我會在下面看到他們埋首於長桌，靜靜施展其密技。我會跟費爾茲先生坐在桌旁，繼續我們中斷的課程，他一副什麼都不曾發生的樣子，彷彿中間這些年根本不存在。

我學習的範圍擴大了，這令我非常開心：幾何、算術、簡單的希臘文和拉丁文，還留一個鐘頭給我自由運用，選擇我想看的書。而今思之，我自己寫的書，亦即你手上這本，就是從那些時刻——從那間圖書室誕生的。因為最後我不僅開始閱讀，也動手書寫。起初只是一份學習紀錄。但這紀錄很快便擴及我的想法，再從想法延伸到印象，於是我擁有的不僅是一份大腦的紀錄，也是心靈的紀錄。這主意從何而來？我猜得感謝梅納德。在他從父親的寫字桌儲藏格竊取的物品當中，有一本祖父約翰．沃克的日記，他與同世代的人一樣，相信自己正處於一場將改變世界面貌的偉大鬥爭。我沒那麼自命不凡，但我確實感覺到——儘管很模糊，我已經捲進了某個超越我渺小生命的重大事件——儘管完全是誤打誤撞。

這樣的日程持續了一個月，幾乎固定不變，直到某天晚上我到地下室時，等在那兒的不是費爾茲先生，而是柯琳。

「你覺得這裡怎樣？」她說。

「奇怪得很，」我說：「完全是另一種生活。」

柯琳輕輕打個呵欠，坐下來，手肘支在書桌上，掌心托著下巴，疲憊的眼睛注視著我。她的一頭黑鬈髮攏到腦後，臉上燈影搖曳。她沒比我大幾歲，神色卻十分蒼老。我回想她和梅納德在一起的樣子，覺得自己深受其瞞天過海的本事吸引。我當初對她的瞭解何其淺薄，她的智識，她的精明，她的狡黠。接著我感到一股驚懼竄過全身。柯琳．奎恩，戴著上等人的面具，神祕而強大。我對她的能耐其實一無所知。

「就連妳，」我說：「也令人費解。我簡直……我永遠也想像不到。花一千年也想不到。」

「謝謝你。」她說，而且她笑了，顯然為自己騙過所有人而得意。「你喜歡寫東西嗎？」

「我最近見識了這麼多，」我回答：「覺得需要記錄下來，尤其是我在這裡的經驗。」

「小心點。」她說。

「我知道，」我說：「我會把它帶進墳墓，絕不會流傳出去。」

「嗯，」她說著眼睛亮起來：「我聽說你把圖書室變成了寢室，有些夜裡你流連忘返，他們簡直得把你硬拖出來。」

「它讓我想起家。」我說。

「如果能夠的話，你會想回去嗎？回家？」她問。

「不。絕不。」我說。

她仔細端詳我半晌，我不確定原因。他們老是在那裡研究我。我感覺得到，連跟我一同受訓的幹員，似乎也不斷拿問題刺探我，在他們以為我沒注意時盯著我。我盡可能沉默以對，但柯琳有某種特質讓我禁不住開口。她本身的靜默傳達了一種深沉而特別的寂寞，雖然我們從未直接談過這寂寞的根源，我感覺它跟我自己的寂寞類似。

「當我在下頭，我是說之前還在洛克列斯的時候，」我說：「我擁有一些自由——應該說比大多數人都自由。但我仍舊是另一個男人的財產。就連在此時此地，對著妳把這事照實說出，都讓我覺得低人一等。」

「的確。」她說：「而我們之中有些人從羅馬時代就低人一等。我們之中有些人生在這個社會，被教導不該妄想具備知識，而應努力讓無知成為我們的裝飾。」

她輕笑幾聲，停下來等我聽懂她的意思，看我理解了才說：「女人的心智軟弱——他們過去是這麼說的，你瞧。而今他們主張凡有志躋身名媛之列者皆須對書籍有所涉獵。但不要太多。不要艱深的研究。不要任何可能讓嬌嫩的少女心受損傷的內容。小說、故事、格言，諸如此類。不要論文，不要政治。」

柯琳起身走向書桌，從抽屜裡取出一個大信封。

「但我沒讓他們對我發號施令，海瀾，」她拿著那個信封說：「我也不只是閱讀而已，孩子。我學會他們的語言和作風——甚至包括那些超出我身分地位的，尤其是那些超出我身分地位的，這便是我自由的種子。」

她走回來，把那包東西放在我面前。

「打開它。」她說。

我照做了，發現裡面是一個男人的生活：有家書，有授權文件，有買賣證明。

「這些讓你保管一星期，」她說：「我們不能一直留著這男人的物件。我們這裡有的只是選樣，隨處各取一點，以免讓他警覺東西不見了。」

「我要做什麼呢？」我問。

「當然是研究他，」她說：「這堂課要學的是他們的行事作風。透過這種方式來理解所有超出你身分地位的事。他是一位紳士，上過學，受過教育，如同這個國家的許多大奴隸主一般。」

我的表情一定很困惑，因為柯琳接著說：「你以為你一直在下面這裡學的是什麼？」

我不語。她繼續說：「我們做的不是無謂的鍛鍊，也不是基督徒在增益身心。首先你學習他們知道的一般性知識，然後你研究他們的特點——他們的用詞和筆跡。瞭解一個男人的專門知識後，對其習性作風也就瞭然於心。接著你便可以開始偽裝，有如打造出一套合身的戲服，海瀾，扮演得維妙維肖。」

第二天我便著手研究，很快就確定全部文件皆出自同一人之手。仔細讀它們時，一幅肖像開始浮現。從這位作者的生活瑣務——帳簿上的結餘、與妻子的通信、日記裡記下的某些死亡、接連幾年的收成帳目——這個男人被召喚到我面前，連同他的習性和怪癖。我看見他的日常習慣、例行作息、他獨特的人生觀，到最後，與他素昧平生的我，幾乎能描繪出他所有的特徵。

一星期後，柯琳再度來圖書室見我。我把查出的所有內容都告訴她，而在她的嚴密詰問下，我甚至說出更多。他的妻子最喜愛什麼花？他們多常分隔兩地？這男人愛他父親嗎？他的頭髮是否已花白？他在社會上名望如何？他的財富可以追溯到多古老？他是否有任意施虐的習慣？我回應了每一道訊問——憑著天賦的記憶力，我吸納了這男人生命中的所有事實。但柯琳進一步提的問題超出可以交付記憶的事實，邁入詮釋的領域。他是個好人嗎？他一生追求的是什麼？他是那種很會記恨的人嗎？第二天晚上她繼續追問，逼我建構出這個男人，連他背心上最後一條鬆脫的線都不放過。隔天晚上的詰問中，我發現推測性的問題變容易了，等到最後一晚，它們變得好簡單，感覺好像在講我自己的人生。那就是這一切訓練的目的。

「現在，」她說：「憑你讀過的資料，足以得知此人擁有一項他最珍愛的財產。」

「是那名騎師，」我回答：「列維提．威廉斯。」

「沒錯，就是他。」她說：「這個人將需要一張當日道路通行證、一封接下來要用的介紹信，最後還要有他主人簽名的自由憑證。你負責製作這些。」

她從手提箱取出一只錫盒遞給我。打開後，我看到一支精緻的筆，拿在手中，便知道它與我的研究對象經常使用的筆重量相當。

「海瀾，這整套偽裝必須做得天衣無縫，」她說：「當日通行證必須寫得同樣匆忙草率，介紹信必須具備所有的花腔官調，自由憑證則須展現出這群無恥之徒自以為理所當然的傲慢。」

還有複製簽名和筆跡的實際挑戰。但我的記性與模仿天賦在此過關斬將，就跟多年前費爾茲先生給我看橋的圖像時我所做的差不多。比較棘手的是這個人的信念和熱情，以及我能否輕鬆自信地傳達它們，彷彿出自內心。我始終不曾忘記那堂課。它決定了我成為什麼樣的人，解開並看見什麼樣的事。

我不曉得那些文件是否讓列維提・威廉斯獲得自由。我們所做的每件事都極其機密。然而，偽造這些文件的過程中，我仍感覺自己內在生出了新東西，那個新東西就是力量。力量從我的右臂向外延伸，透過筆尖發射出去，穿越荒野，射中那些害我們受苦的人的心。

這很快就變成經常性的勞作。每隔幾週，柯琳會給我一個新包裹。我每星期都讓自己扮成另一個人，以至於完成任務時，我有時不太確定自己與那奴隸主的界線在哪兒。我認識他們。我認識他們的兒女、他們的妻子、他們的仇敵。他們的人性讓我感到傷痛，因為這兒也有親情牽絆，這兒也有年輕戀人沉醉於談情說愛，這兒也有悔憾，有人悚然理解到奴役之罪惡。這兒也有恐懼，害怕在最後的審判中，他們也將淪為奴隸，受役於某種力量、某個上帝、某個舊世界的惡魔——被他們在不知不覺中釋放到新世界。我幾乎要愛上他們。這正是我的工作所要求的：我必須超越個人的一切仇恨與痛苦，看見完整的他們，然後用我的筆，出手摧毀他們。

每個被送往自由的靈魂都是對他們的一記重擊。而且我們做的遠不止此。我們返還的是編輯與擴增過的文件。我們偽造的內容助長了世仇。我們更改調查報告。我們提供通姦的證據。我的憤怒如今自由投射，不限於梅納德和我父親，而指向整個維吉尼亞，每天晚上我都在燈下、在圖書室的長桌上盡情發洩心中的怒火。

做完工作，我會回到床上，筋疲力竭。入睡後我逃離每天研究的這些人，夢見遙遠的地方、一小塊田、一條帶走所有煩惱的潺潺小溪。我夢見蘇菲亞。那些是比較好的日子。比較糟的日子，我的夢境熾熱，我看見監獄、那男孩，他母親將天譴傾洩在萊蘭德的爪牙身上——「萊蘭德的走狗！願黑色的火焰烤焦你齷齪歪曲的骨頭。」我看見一個男人愛一個女人而毀了名聲。我看見自己遭受的所有背叛，那咯咯笑，那呻吟，那繩索。那些日子我懷著一種不同的感受醒來，特定且直接，因為我醒來時想著若教我再遇上喬吉．帕克斯，所有我會做的事。

但我被帶來地下組織並不是為了復仇，甚至也不只是為了偽造文書，而是為了他們相信我具有的力量。要是我們能學會觸發它、控制並駕馭它就好了。有個人熟諳此力量，一個像我這樣的人，但與我不同的是她能運用自如。在她活動的區域，她因各種離奇的事蹟而備受愛戴，遠近馳名，以致波士頓、費城和紐約的黑人為她冠上「摩西」的名號。她所施展的力量被稱作「傳送」——柯琳便是用這個詞來描述我的力量——因為它似乎能隨心所欲地將僕隸從南方層層桎梏的田野「傳送」到北方的自由土地。但這位摩西守口如瓶，拒絕對維吉尼亞地下組織透露其運作方式。所以我只能自己想辦法，更正確地說，我只能聽憑他們擺布。

我們決定做實驗。首先，我們一致同意我需要某種刺激，甚至某種威脅或痛楚，才能觸發這力量。根據我的陳述，他們也認為這力量與我生命中某些難以忘懷的時刻息息相關——而在我自己心裡，我記得它可能特別與我的母親相連。但如何喚起那些記憶，讓它們發揮作用呢？柯琳和她的助手運用各種伎倆來突破我的心防。霍金斯讓我戴上鐐銬，要我細述喬吉．帕克斯的背叛。費爾茲先生蒙住我眼睛，把我帶進森林，盤問我衝進古斯河那天的每一項細節。艾咪和我在馬廄碰面，我鉅細靡遺地描述我所知道父親對母親犯下的罪行。有個星期六我駕馬車載柯琳，回憶帶蘇菲亞去見我叔叔時的所有感受。但傳送的藍光並沒來到我面前，當我講完故事，儘管主持人聽得入迷，我的心也因這些記憶碎成片片，我卻始終置身原處。

那天下午，試圖引發傳送的努力又告失敗，結束車程後，柯琳和我一道走上主屋，進入用餐區。費爾茲先生和霍金斯在那兒喝咖啡。他們同我們打過招呼便離開。入夏後白日悠長，這表示我們的演練少了些掩護。我還記得那年土地甦醒、而我也跟著甦醒的奇妙感受。但仍然沒有傳送。

我們坐在桌旁繼續交談，直到聊完所有的小事。然後柯琳說：「海瀾，說真話，不論按照任何標準，你都已成為一名優秀的幹員。這對我們將是一大助益，因為我們可以根據需要來安排你的職務，不必擔心你無法勝任。也許你覺得沒什麼——但其實很了不起。並不是人人都能做到，你曉得。」

事實上，這番稱讚對我意義重大。我這輩子都在服侍父親和哥哥。我邁出的每一步、我達成的任何成就，連那些拜父親之賜才能做到的，都被視為對常理正道的威脅。這是我有生以來頭一次與周遭的世界同調。

但我想知道那些沒成功的人怎麼了，他們被託付維吉尼亞地下組織的所有祕密，結果卻成為這組織的負擔。如今我知道許多——太多了，我想，因而絕不能被釋放回原來的世界。

「老實說這完全出乎我們意料，」她繼續說：「我們知道你博學強記，知道你成長的環境貼近上流社會，但沒想到你戴起這副面具這麼輕鬆自如。我們知道你曾被獵捕，但不曉得你在底下的那段時間究竟變得有多狡獪。」

她說到這兒停下來，我知道我們要進入這次談話較晦暗的部分了。她低著頭，費力尋找適當的言詞。我隨即想到之前在洛克列斯、我父親的圖書室裡，她曾對我展現的威儀，那氣勢卻偏偏在此刻棄她而去，我頓時明白那其實全是幻覺，這整套秩序其實是人為操弄，是巫術，全由精細繁複的展示、儀式和賽馬日、各種花樣和遊行、香粉與胭脂撐起，全是詭計，而今剝除了這些，我發現我們其實只是兩個人，一男一女，坐在這裡。我突然想減輕她明顯的不安，於是做了我經常拒絕做的：開口說話。

「而那還不夠，」我說：「奔跑、閱讀、書寫，那不是我被帶來這裡的原因。所以那還不夠。」

「沒錯，」柯琳說：「那還不夠。海瀾，這世上有些敵人不是跑贏他就行了。我們有各式各樣的同胞被關在奴役的棺材深處，我們搆不著的深處——傑克森、蒙哥馬利、哥倫比亞、納奇茲。但這種力量——這種『傳送』——是可以在瞬間完成一週行程的鐵路。沒有它，我們依然能威嚇敵人。有了它，我們毋須顧慮距離，在哪裡都可以出手攻擊。簡言之，我們需要你，海瀾——不僅是偽造信件和奔跑的海瀾，也是能讓這些人、我們的同胞重返自由的海瀾，那是人人被賦予的自由。」

我十分明白她的意思。但我還在想著那些沒能達到期望的人。

「假使我再也無法辦到，妳會怎麼處置我？」我問：「把我永遠留在這裡偽造文件？把我拖回那個洞裡？」

「當然不會，」柯琳說：「你是自由的。」

自由。她說這話的語氣引起我注意。它激起某種怨憤，雖然我當時說不出原因。

「妳說『自由』。但我還是要服侍。這是妳自己說的——而且是照妳的決定與判斷來服侍。我做妳要我做的事，去妳要我去的地方。」

「你太抬舉我了。」她說。

「不然還有誰呢？」我問：「除了我在這裡看到的，這個地下組織是什麼呢？誰被帶出來了？我不曾看見他們。我的親友呢？蘇菲亞呢？彼特呢？席娜呢？我母親呢？」

「我們有規定的。」她說。

「規定什麼？」我說。

「規定誰能被救出來，怎麼救出來。」她說。

「好，」我回答：「那就讓我看看。」

「看什麼，規定嗎？」她答道，滿臉困惑。

「不，」我說：「讓我看實際行動。讓我看我們帶出來的這些人。不。有更好的做法。妳說我的表現超出所有期望，那就讓我親自做這件事。」

「海瀾，」她說，聲音放低，充滿憂慮。我想她知道她可能要失去我了。她知道如果不向我證明這不全是騙人的詭計，我會一走了之，任何傳送的希望也將隨之消失。

「好吧，」她說：「你要我證明給你看，我就證明給你看。」

「不耍花招？」我問：「這次玩真的？」

「比你想的還要真實。」她說。

譯注

1 一種紙牌遊戲，參見第一章注3。

2 四八分子（Forty-Eighters），指一八四八年歐洲諸國爆發大規模革命時，參與和支持革命的人。德意志邦聯內的「四八分子」以建立統一的民族國家、實現民主、保障人權為訴求，革命失敗後，許多「四八分子」逃亡至美國，散居威斯康辛至德州各地。

3 嫁妝箱（marriage chest），一種義大利風格的巨大木箱，雕飾繁複華麗，流行於中世紀晚期之後，是貴族和富商給新娘放在新房的貴重嫁妝。

14

但在柯琳的立場，要接納我進入地下組織最深的密室，她必須確保我絕不會離開。基於這個理由，她要求我做一件事，以便將我與反奴大業永遠綁在一起。她要我毀掉喬吉．帕克斯。

我夢想過這件事，在牢中，在坑底，然後在這裡，早就想好我要對喬吉做的一切，以出盡心中怨氣。而今事到臨頭，劍在手中，接下來必將出現的情景一一攤在眼前，我卻發現自己的怒火全化為烏有。

「你不是他背叛的第一個人，」柯琳說：「也不是最後一個。此刻，他正在史塔佛那邊，繼續幹他的陰險勾當。」夜深了。我剛完成今晚的功課，跟霍金斯和柯琳一起在地下圖書室。從他們說的話，我明白自己尚未如實面對喬吉所做的一切。某部分的我依舊視他為被打造成神話的那個人——為自己爭取到自由的僕隸喬吉。完全承認他的背叛，就等於承認我們被宰制得多完全，被他們欺騙得多徹底，以至於連我們自己的英雄、自己的神話，都只不過是進一步維續奴役的工具。

他們向我解釋計畫內容：要運用我們模仿和造假的本領來構陷喬吉背叛，不是背叛僕隸，而是背叛喬吉自己的主子們。

「你們明知道他們會怎麼處置他。」我說。

「如果他走運，他們會吊死他。」霍金斯說。

「假使他運氣不好，」我說：「他們會給他銬上鐵鍊，拆散他的家庭，把他送往納奇茲，狠狠操他，讓他生不如死。更別說萬一有僕隸發現他淪落到那裡的原因。」

「他們大概會放出風聲。」霍金斯說。

「這樣就太過分了，」我說：「還是你們都已越界，也要我跟著做。」

「我說我們乾脆殺了他。」霍金斯說，毫不理會我的疑慮。

「你知道我們不能那麼做。」柯琳說。

她說得對——但不是出於任何道德原則。這太明顯了，即使報復行動沒找上我們，也肯定會找上此區的每一名僕隸。不，喬吉．帕克斯必須被處置，而且執行者必須是他的主子們。我們只會給予溫和的鼓勵。

「這些人，我很瞭解他們，」柯琳邊說邊搖頭：「無論他們跟喬吉有什麼協議，我向你保證，比起自由人，他們還更信任奴隸。而且喬吉是個出名的騙子，縱使為他們效命，仍是個屈服於權勢的人。要想像他也會屈服於另一種權勢，應該沒那麼難吧？」

「地下組織。」我說。

「或是他們以為的地下組織。」柯琳回答：「要是有份警告出現在某個顯貴人家，暗示他作惡多端，企圖同時為兩邊工作，忘恩負義地聽命於這個地下組織，會怎樣呢？要是隨後在喬吉家裡、或他身上找到一包文件，裡面有偽造的通行證、自由憑證、廢奴文宣，以及表明將前往北方的信函，又會如何？」

「那他就死定了。」我說。

「沒錯。」霍金斯說。

「不管透過吊索或鐵鍊，」我說：「我們打算害死這個人就是了。」

「這個人當初想害死你。」柯琳說，她灰色的眼珠充滿低抑的憤怒：「他想害死你，海瀾。在你之前他已害死許多人，如果我們什麼也不做，他會繼續害死更多人。這是一個把自由的最後希望拿來當柴燒的人。小女孩、老頭子、整個家庭，全被他燒毀。你可曾深入南方？我去過。那是煉獄，比傳說的更悲慘。無止盡的勞苦。無止盡的屈辱。沒有人該受這種折磨，但如果有，頭一個會是那些奴隸主自己，再來就是喬吉．帕克斯這樣的人。」

這邏輯很清楚。但我覺得自己正滑入某個更黑暗的東西，遠超出我那晚與蘇菲亞出逃時為自己想像的浪漫。奴役是個陷阱。連喬吉也身陷其中。所以柯琳．奎恩憑什麼論斷這樣一個男人？而我這胸無大志、只為兒女私情和保命而逃跑的傢伙又憑什麼？我於是瞭解了地下組織的戰爭。它不是古老而高尚的那種。沒有軍隊在戰場邊集結。每一名幹員要對付上百個上等人，而每個上等人都有上千個下等白人為其效命。蹚羚不是獅子的對手——所以牠跑。但我們不只是跑。我們謀劃。我們煽動。我們破壞。我們下毒。我們摧毀。

「這關係到我們，」霍金斯說：「你明白這關係到我們嗎？他在外頭拆散家庭，把人送進牢獄、送去拍賣，全都是假借我們的名義。」

「我們並不想要這樣，海瀾，」柯琳說：「你說得對，這不是我們的正規工作。但你要我們怎麼辦？有什麼選項是我們還沒想到的？」

沒有。

這時柯琳拿出另一份卷宗，放在我面前桌上，我知道裡面是什麼——跟往常一樣各種偷來的文件，有助於我融入上等人的思考方式。然後柯琳看著我，目光如炬，全無憐憫或悲傷。

一個月後，我穿著法蘭絨衣褲走出寢室，準備做晚間的例行操練。時值盛夏，夜晚縮短了，七月的白晝彷彿沒有盡頭。從寢室出來的路上，我看見霍金斯和費爾茲先生一同走近，兩人都穿便服。霍金斯閒聊著，費爾茲先生來回掃視。我感覺有什麼事要發生。霍金斯上下打量了我一番，說：「今晚沒事。明天也沒有。休息一下吧。」

我多看了他一下，確定自己是否正確理解他的意思。

「我們有個行動。」他說。

但我沒休息——不管是那天晚上、夜裡，或第二天早上。對於地下組織的外勤運作方式，我只有極模糊的概念，因而絞盡腦汁試圖想像。接下來那晚他們跟我在外面碰頭。我穿著舒適的長褲、襯衫，戴了帽子，套上我認為適合跑步的短靴。我極力掩藏心中的興奮，但與霍金斯對上眼後，他放聲大笑。

「怎麼了？」我問。

「沒什麼，」霍金斯說：「只是你回不去了。你不能退出。你知道吧？」

「早就過了退出的時候。」我說。

「的確，」霍金斯說：「但我們讓你背上的是很重的負擔。這會兒我看著你，感受到你即將感受的一切。我也回想起最初被帶進這一切的自己。你馬上就會明白。」

「他不可能知道的，」費爾茲先生說：「何況就算知道，現在他還有什麼選擇？」

我們從住處走向布萊斯頓的主屋，在其中一棟廂房集合。

桌上有三個杯子和一個廣口瓶，霍金斯從瓶中倒出三杯蘋果酒。他啜飲一口，吸了口長氣，然後說：「某方面來講，這任務很簡單。從這裡往南大概一天路程。再花一天回來。只帶一個男人。」

「從另一方面講呢？」我問。

「那是一個男人，一個真的人。」他說：「這可不是跑跑跳跳，或在下頭圖書室施展什麼法術。外面是真的巡邏隊，貨真價實的獵奴人，他們最想做的就是把你殺掉。」

霍金斯用兩手梳過頭髮，搖搖頭。我覺得他比我自己還為我擔驚受怕。

「好吧，聽著，」他說：「這個人叫帕內爾．瓊斯，幹了讓當地僕隸不滿的勾當。他耍詐行騙已有一段時間：從主子那兒偷東西，轉賣給下等白人。他的主人發覺不對勁，但查不出實情。」

「於是就拿所有人出氣。」我說。

「當然，」費爾茲先生說：「而且加上利息，讓整個莊園加倍工作以彌補損失，如果他們沒達到要求，就得挨揍。」

「瓊斯還繼續在偷？」我問。

「沒有，他停手了。」費爾茲先生說：「但沒差。他主子照樣要全部的人連坐受罰，現在這成了宅裡的新規矩。」

「主子拿僕隸出氣……」霍金斯說。

「……僕隸就拿瓊斯出氣。」我說。

「還連本帶利，讓他吃足苦頭。他現在舉目無親，家鄉不再是家鄉。」霍金斯說：「他想逃出去。」

「聽起來就是個大混蛋，」我搖搖頭說：「一定有更值得為其主持公道的僕隸吧。」

「當然有，」霍金斯說：「但我們不是為瓊斯主持公道。我們針對的是他的主人。」

「什麼？」我說。

「你要知道，瓊斯這個人，不管行事多卑劣，在田裡可是第一把好手，」霍金斯說：「不只這樣。他稱得上是天才——會拉小提琴，甚至跟你一樣會做木工。」

「那跟自由有什麼關係？」我問。

「毫無關係。」霍金斯說：「重點不是自由，而是戰爭。」

我停下來，仔細打量他們兩個。

「不，別來這套，」霍金斯說：「別再開始胡思亂想。記住你上回胡思亂想的下場。這裡有更大的目標，更高遠的計畫。」

「那又是什麼？」我問。

「海瀾，」費爾茲先生說：「這是為你好。為我們大家好。你不會想知道全部的。這點請信任我們。」

他沉默片刻，看我是否聽懂他的意思，接著說：「信任很難，我瞭解。相信我，我真的瞭解。打從我們第一次相遇，你面對的就全是欺騙。我很抱歉。這種生活並不總是光明正大。所以，如果你能得知一點真相，或許會有幫助，即使那跟我們今晚的行動無關。我想讓你知道我真正的名字，海瀾。我不叫以賽亞．費爾茲，我叫米凱亞．布蘭德。『費爾茲先生』是我在維吉尼亞工作時用的假名。只要我們還在這裡，希望你都這樣稱呼我，但它並不是我的本名。

「所以，這個對我來說極為寶貴、可置我於死的祕密，我現在告訴了你。你能信任我們了嗎？」

於是我們啟程——霍金斯、我自己和米凱亞．布蘭德。我們沒奔跑。做了那麼多訓練，我們卻只是走路而已。但我們加快步伐，避開主要道路，穿過人跡罕至的野林，翻越山丘，直到林地漸漸平緩，根據這點，以及我們相對於星星的位置，我知道我們一定在往東走。地面乾燥，夜晚很暖和。那時我已知道這是最不適合傳送的季節，純粹是因為能在夜色掩護下趕路的時間很短。冬天是外勤幹員的旺季。夏季裡，由於時間變少，準時抵達和離開至關緊要。我們大概朝東南方走了六小時左右。

瓊斯出現在約定的地點——森林中兩條小徑交口，右邊有根木樁作標記。我們站在樹林裡，見他緊張地來回踱步。這是我第一次出任務，要負責跟對方接頭。我們共同行動，但一開始只有一人出面接頭。這樣萬一被出賣，只有一個人會犧牲。

我從樹後面出來，走近他。瓊斯停下腳步。他照著我們的囑咐前來。沒帶包袱，沒帶額外財物，只有手中的偽造文件，以防遇上萊蘭德。我打量著他，坦白說心情很複雜。像他這樣的人一直都有，為了自己享樂而危害整班僕隸。在我外婆珊蒂・貝斯的年代，他們有辦法對付這種人：樹林裡意外跌跤，受驚的馬兒，一小撮商陸[1]。現在我得設法解救這個卑鄙小人，而善良的男、女、孩童卻還被埋在底下。

我瞪著他說：「今晚湖上沒有月光。」

他說：「因為這湖已受夠了陽光。」

「來吧。」我說。他停了一下，望向樹林招手示意。接著走出一名女孩，約莫十七歲，穿著耕田的工裝褲，頭髮紮在布巾下。這正是帕內爾・瓊斯這種人被餵食商陸的原因。別人出於同情的每個舉動，都會被他們當成不利用可惜的工具。給他們一頭小牛，他們會索討整群牛。我想了一下要不要把他們留在那裡，但這得由我的上級決定。所以我沒說什麼就帶他們返入森林，到霍金斯和布蘭德等候的小空地上。

「見鬼了，她是誰？」霍金斯說。

「她跟我一道。」瓊斯說。

「你他媽胡說些什麼？」霍金斯說：「我們安排好要運一件貨，你現在卻想扔更多過來？」

「她是我女兒露西。」他說。

「就算是你娘我也不管，」霍金斯說：「你明知道計畫。你到底在搞什麼鬼？」

「沒有她我不走。」瓊斯說。

「沒關係，」布蘭德說：「沒關係。」霍金斯和布蘭德是朋友。我之所以知道，是因為霍金斯能逗布蘭德笑，不只是咯咯輕笑，而是哈哈大笑，而米凱亞．布蘭德並不常笑。

霍金斯無奈搖頭，然後看著瓊斯說：「如果我們嗅出一絲萊蘭德的氣味，我會丟下你們兩個，懂嗎？我們知道往北方的路，你們不知道。如果我察覺到一點蹊蹺，就會把你們扔在這裡，留給那些獵奴狗。」

但沒什麼奇怪的事——至少沒霍金斯懷疑的那種。我們連夜趕路，破曉前已走了滿長的距離。霍金斯和布蘭德仔細勘查過地形，找到一個山洞可供中途歇息，我們剛好在太陽升上山頭時抵達那裡。我們輪流睡覺和看管運送的「貨」。恰恰與霍金斯說的相反，我們不能丟下他們，不能冒險讓我們的做法被洩漏出去。如果他們變成太大的負擔，我不敢想像會如何處置。

我們每三小時換班。我輪最後一班——從傍晚到天黑。大家都睡著了，除了我和露西，她沒辦法配合行程調整作息。我看著露西步出山洞走到外頭，我沒阻止她，只是跟在後面。她不是瓊斯的女兒，這點我看得出來。他們長得一點都不像。他膚色偏黃，她則是純正的非裔黝黑。但不僅如此，他們走路、牽手和竊竊私語的方式，在在顯示並非父女。

「我不曉得他為什麼撒謊。」她說。

「緊張吧。」我說。我們離洞口不遠。我坐在她後方一截樹樁上。她正望著夕陽西下。

「他不想這麼做。」露西說：「別怪他。全是我的主意。你知道他有家庭吧？一個真正的家庭——老婆在別處，兩個女兒。」

我不知道自己究竟哪裡特別，會讓人想對我吐露心事。但我從她提到帕內爾・瓊斯的家庭，就知道話題會朝哪裡發展。果不其然。

「希斯老爺，我們的主人，曾經有個年輕太太。」她說：「她殘酷得不得了。身為她的侍女，我最清楚。她是那種會因為雨太大或牛奶太燙就抽你鞭子的人。她是個蛇蠍美女，鎮上的男人都知道。希斯老爺把她看得很緊，生怕失去她。他是那種嫉妒心很重的人。結果呢，年輕太太有天開始信教，依我看並非真心，只是為了藉此多見見世面。

「她與一位老牧師走得很近，他每天都來傳道。我看得一清二楚——希斯老爺卻不明白——他傳的可不只是道。」

說到這兒，露西為自己的暗示發笑，轉頭看我是否聽懂，我雖明白她的意思，卻面無表情，這反而讓她笑得更起勁。她接著說：「你知道有天他們離開了？說走就走，就這樣跑掉。收拾細軟，我猜是另起爐灶。我恨那女孩，但願下輩子換我握鞭子，她在鞭子底下。但我仍然看得出其中的美，你懂嗎？

「我們談論它，」她說：「夢想它，一直夢想著它。很令人心動，我跟你說。但我們知道這絕不會發生在自己身上。我們是做苦役的人。」

說完她掉過頭去，我聽見她輕聲啜泣。

「然後事情就發生了。」她說：「聽著，我看起來年輕，但沒那麼年輕。我被男人拋下過，知道那是什麼樣子。我知道那種表情。他帶著那副表情來找我，還沒開口就泣不成聲，因為他知道我知道他要走了。不怪他。他不肯說去哪兒，連怎麼走都不肯說，只說第二天早上他就不在了，而且不會帶我走。

「他們說帕內爾是卑鄙小人，這麼說我也是。而且他是我的卑鄙小人。他犯的罪是不想過這種日子——當整座大宅都錯得離譜，誰過得下去呢？他們為了希斯老爺對他們做的事而怪他。但我只怪希斯老爺。

「昨晚我跟蹤他。在他走上小徑、跟你們碰面前逮著他。我告訴他，要嘛他帶我走，不然我就回去通報他們他要逃跑。我本來絕不會這麼做的。我不是那種人，但……我跟你講這些是要說，這全是我的主意。他太軟弱，沒辦法丟下我不管。」

「儘管如此，這麼做還是不對。」我說。

「我幹嘛在乎對不對？」她說：「我幹嘛在乎你或你的同伴？你明知他們在那裡怎麼對待我們。你忘了嗎？你不記得他們對下頭這邊的女孩做了什麼？而且一旦做了，他們就掌控了你。他們用嬰兒抓住你，用你自己的骨肉把你綁在那地方，直到你再也沒辦法放手離開。說起來我跟帕內爾一樣有權利逃跑。跟你或任何人一樣有權利。」

露西沒再哭了。她如釋重負地走回山洞，其他人正準備起身。霍金斯警惕地看我一眼。我瞧見了，但沒理會。我的注意力集中在露西身上，她那時已走到微笑的帕內爾．瓊斯旁邊，笑著擁抱他。

那晚我們走得很快。午夜時月亮高掛，我可以望見遠方群山。於是我知道我們在布萊斯頓附近。我們越過它繼續走。一、兩個鐘頭後，我們來到一幢小木屋前，煙囪冒著煙，窗戶裡火光閃爍。

霍金斯吹了聲口哨，等一會兒，又吹一聲，再等一下，然後吹最後一聲。屋裡的火熄滅。我們又等了幾分鐘，才隨霍金斯繞到屋後。一扇門打開，走出一位白人老太太。她朝我們走來，說：「兩點五十分的車整個禮拜都誤點。」

霍金斯說：「不，我想是時刻表改了。」

聽到這話，老太太說：「你說只有一個人的。」

「我是這麼說沒錯。」霍金斯說：「這不是我的主意。妳要拿他們怎麼辦隨便妳。」

她打量了我們這群人一下，說：「好吧。你們都快進來。」

我們進屋，幫老太太重新生火。霍金斯跟她一起走到外面，講了幾分鐘後回來。霍金斯說：「我想我們該動身回家了。」

米凱亞．布蘭德轉向帕內爾．瓊斯。在火光映照下，我可以看見他溫柔的神情。「別擔心，」他說：「你會好好的。」

瓊斯點點頭。我們往外走時，他說：「等我們安全了，我可以捎個訊給我爹嗎？」

霍金斯對著自己笑起來，轉身回他：「當然可以，但若教地下組織發現，那就會是你的遺言。」

既然我完成了任務，也對付過對喬吉．帕克斯，柯琳他們覺得時候到了，該讓我多見識地下組織的工作，走出奴役國度，進入北方。費城將是我的新家。

接到通知後，我只有幾天時間準備，這已經算很幸運了。地下組織不會給我再考慮的機會，因為我們雖然都夢想去北方，一旦夢想降臨到現實中，各種恐懼可能會令人無法承受。我們內心總有一部分並不想贏，情願留在卑賤而熟悉的處境。因此沒時間讓我左思右想、屈服於自己怯懦的部分。我在討教與反省中度過最後的時日。我跟米凱亞．布蘭德談接下來會發生的情況。我到樹林散步，想著自己曾習以為常、但很快便將拋卻的一切。

換地方工作的幹員必須使用新身分，並配備證明文件。內勤幹員從不製作自己的文件，而由其他工作站的內勤提供，因為這組織認為沒有人能編造自己的人生。他們從我的職業根柢著手——我在一家本地公司做木工，公司其實是幌子，用以掩護地下組織的各種運作。我是個已經花錢買回自由的男人，但最近通過的某些法令扼殺了南方自由黑人的權利，因而不得不逃亡。他們給了我兩套工作服和一套上教堂穿的正式服裝。我的名字維持不變，但加了沃克這個姓氏。

還有究竟如何到那裡的問題。萊蘭德的爪牙在道路、港口和鐵路撒下天羅地網。對我們有利的事實是不會有我逃跑的通報，因而也不會有萊蘭德在搜尋我這模樣的人。我們決定搭火車。霍金斯和米凱亞．布蘭德陪我同行。我們的計畫很簡單：我是自由人，霍金斯是奴隸，屬於這個叫布蘭德的白人，亦即他的所有人。萬一我的文件在任何時候遭質疑，布蘭德可以出面證明我的身分。

「表現出自由人的樣子，」霍金斯囑咐我：「抬頭挺胸，直視他們——但別看太久。你依舊是黑人。對女士欠身行禮。務必帶幾本書，反正你那麼喜歡書。記得要有自信，否則他們一眼就看穿你了。」

出發那天，我謹記這些叮嚀，當我覺得緊張，比如買車票時，比如把行李箱交給服務員堆放時，比如火車啟動，南方和我熟悉的一切漸漸消逝時，我就告訴自己這件對我來說必將成真的事：我是自由的。

譯注

1 商陸（pokeweed），一種植物，根、莖、葉、漿果均具毒性，食用後可能造成嘔吐、腹痛、下痢等，但不致死。

15

我離開時沒帶什麼私人物品，也沒有正式道別。動身前夕，我沒看見柯琳或艾咪，她們想必各有任務在身。來到布萊斯頓四個月後，我在炎夏的一個週一早晨離去。我們走了一整天路，霍金斯、布蘭德和我，在一間小農舍過夜，農舍主人是一位支持我們理想的老鰥夫。然後，星期二，我們分頭前往克拉克斯堡鎮，從那裡踏上第一段旅程。計畫是經由西北維吉尼亞鐵路穿越本州，在馬里蘭州西部轉乘從俄亥俄州開往巴爾的摩的火車，繼續東行，然後北上進入自由之境賓州，最後抵達目的地費城。有一條較短的北向路線，然其鐵道沿線最近有萊蘭德的爪牙在找麻煩，而且我們覺得他們不會料到有人敢採取這種大膽的走法，直接通過奴隸港巴爾的摩。

到達克拉克斯堡車站時，我看見霍金斯和布蘭德坐在紅色遮陽篷下，霍金斯用帽子給自己搧風，布蘭德望著鐵軌，背對火車駛來的方向。一群烏鶇停棲在遮陽篷上。月臺上，我看見一位戴軟帽的白人婦女，身穿有裙撐的藍色連衣裙，手牽兩名穿戴整齊的幼童。隔著一段距離，在遮陽篷的陰影外，有個下等白人在抽菸，我猜他所有的家當都裝在那只毛氈包[1]裡。我站到一旁，不想讓人以為我自認有資格享受涼蔭而起疑心。下等白人抽完菸，跟婦人打招呼。烏鶇從遮陽篷振翅飛起時他們還在聊，巨大的鐵貓在彎道上咆哮，發出震耳欲聾的匡噹響，黑煙瀰漫。我看著車輪愈轉愈慢，最後停在尖銳刺耳的煞車聲中。我從未在書本外見過這樣的東西。我提心吊膽地向列車長出示車票和證件，他幾乎連看都沒看。現在的人可能很難相信，畢竟這是黑暗的年代，但那時並沒有「黑鬼車廂」。何必呢？上等人隨身帶著僕隸，就像淑女離不開手拿包，僕隸甚至還更貼身，因為歷史上的這個時期，在全美國，一個男人所能擁有最寶貴的東西，莫過於另一個男人。我朝車廂後方移動，穿過兩排座位間的通道。火車停了幾分鐘。我盡量不讓自己顯得緊張。但當我聽到列車長高喊、巨貓再次咆哮，感覺自己每一寸都放鬆了下來。

整段路程花費兩天，因此我在週四早上抵達俯臨斯庫基爾河的格雷渡輪[2]車站。我步出車廂，置身於各自尋找親友的人群中。我一下車便看見霍金斯和布蘭德，但他們離我遠遠的，因為眾所周知，即便這個城市也有萊蘭德在四處搜捕逃奴。他們沒說來接我的人是什麼模樣，只叫我等在那兒。對街有輛由兩匹馬拉的公共馬車。好幾位火車乘客登上那輛車。

「沃克先生？」

我轉身看見一位穿著像紳士的黑人站在我面前。

「是的。」我說。

「我是雷蒙・懷特。」他說著伸出手，面無笑容。

「這邊請。」他說。於是我們過街上了公共馬車。車夫啪地一甩鞭，馬車起動，朝著與河流相反的方向駛去。一路上我們沒怎麼交談，鑑於我們是透過地下組織的安排而相會，這也是意料中事。儘管如此，我仍仔細打量了這位雷蒙・懷特一番。他的衣著無可挑剔：灰西裝剪裁完美，從肩線到收腰的角度皆恰到好處。他的頭髮整齊並分線，面容有如石塊刻上五官，整段路都不曾因痛苦、惱怒、歡喜、幽默或擔憂等表情而牽動。但我想我在他眼神裡看到一抹悲傷——無論雷蒙如何優雅自制，他的眼神卻訴說著故事，我知道他的人生一定與奴役有關聯，即使不清楚如何相關。從那份悲傷，我推斷他的傲氣、他的高貴絕不只是因為出身，而來自苦勞與掙扎。

公共馬車轉了個彎，背向河駛進城中心。街上到處是人。我可以從車窗望見他們，好多好多人，在我眼中宛如賽馬日招來百倍人潮，彷彿全世界的人都聚集到那裡，成群穿梭在作坊、皮貨店和藥房之間，走在鋪石街道上，呼吸刺鼻的空氣。各種階層的人呈現出百般樣貌——父母與小孩、富人與窮人、黑人與白人。我看到富有的多為白人，貧窮的大半是黑人，但這兩階級也各含兩個族群的成員。親眼目睹這景象著實令人震驚，因為如果白人在此握有權力，而他們確實有，他們似乎並不獨占它。我告訴你，那天我看到白種人裡極悽慘的實例，也看到黑種人中極奢華者，程度皆是我前所未見。這裡的黑人不僅存活下來，像在史塔佛那樣，他們的裝束有時比我看過父親的任何穿著都講究。況且他們出現在繁華熱鬧的城市，戴著帽子和手套，女士們撐起洋傘，像王公貴族般走動。

這幅驚人的畫像卻以人類有史以來最難聞的臭味為背景。說我在這城市嗅到空氣，不如說我摸到它。它似乎從陰溝生出，升上來與街上的死馬味混合，最後溶入製造與生產過程的煙，直到這臭氣——有如任其腐爛的果園——成為無形的霧，籠罩整座城市。我聞慣了牲畜的各種惡臭，但那旁邊便是花園、草莓叢和樹林。費城的氣味卻缺少這種平衡；它無處不在，瀰漫於每條街、作坊和小酒館，我後來發現如果不當心，它還會飄進家裡和臥室。

約莫二十分鐘後，我們下車走進一排連棟磚屋的邊間，發現布蘭德和霍金斯已經入內。他們才剛過門廳，在小客廳跟一位衣著體面的黑人喝咖啡。看見我們，他們全都抬頭微笑。我不認識的那位起身大步走來，熱情地跟我握手，笑容可掬。我從五官看出他與雷蒙・懷特是親戚：同樣一張石刻般的臉，但少了那種堅忍的神情。

「歐薩・懷特。」他自我介紹。「火車上沒遇到麻煩吧？」

「據我所知沒有。」我說。

「來，請坐。」歐薩說：「我給你們倒杯咖啡。」

我坐下，雷蒙和布蘭德閒聊了幾句。歐薩端著咖啡回來，大家開始交談。

「好好照顧這個人，聽見嗎？」霍金斯邊喝咖啡邊說：「他是個真正的人才。不是隨便說說而已。看他被埋在河底下又把自己挖出來。我們想盡辦法折磨他，他也沒倒下。從這點就看得出他不簡單。」

這是霍金斯對我說過最親切的話了。

「你知我致力反奴，」雷蒙說：「畢生獻身於此。非常歡迎他來助我們一臂之力。」

「我們真的很需要你，」歐薩說：「我不認識你，海瀾・沃克，我也不是在這裡長大的。但我學到不少，相信你也會。」

霍金斯點頭，喝了口咖啡。比起由北方培養出來的雷蒙，霍金斯似乎與奴隸出身的歐薩相處得更自在。經過這麼多年後，我回顧當初，認為關鍵在於我們的運作方式。在維吉尼亞，我們是罪犯，這很快就變成一種光榮，我們相信世界遵循惡魔的法則，因而樂於遊走在其道德規範之外。我們不是基督徒。基督徒那套在北方才行得通，那裡的地下組織如此強大，根本不必隱匿於地下。還記得許多夜晚，我坐在費城的小酒館裡，聆聽幾天前才被傳送過來的人吹噓逃亡細節。城裡所有街廓都住滿逃奴，他們加入教會，組成警戒委員會，守望相助，提防萊蘭德。在北方，地下幹員不是罪犯，事實上他們幾乎自行其是，無視法紀常規。他們攻進監獄，襲擊聯邦法警，並與萊蘭德的爪牙交火。霍金斯之流在暗影中執行任務，雷蒙之輩則在廣場上吶喊叫陣。

但歐薩的情況不太一樣。他的某種特質，與他沒明說的出身背景和粗獷舉止有關，讓霍金斯油然生敬，無論這敬意如何深藏於心、不被承認，因為霍金斯是個致力解救靈魂的人，他無意探究靈魂，更別說他自己的靈魂。我知道布萊斯頓在柯琳轉變它之前的樣子，知其暴虐凶殘，因而也明白「探究靈魂」毋寧是一種奢侈。

「好吧，」霍金斯說著站起身：「這孩子啥也不懂，就交給你們調教了。我們的職責已盡。但願他在這裡為大業效命，能做得跟之前在南方一樣好。」

我起身，霍金斯轉過來同我握手，說：「我們短期內應該不會再相見了，也許後會無期。我只能說，要乖乖聽話。」

我點點頭。霍金斯跟其他人握手道別，包括布蘭德，他們決定他應該在費城多待幾星期，處理他自己的事。霍金斯離去後，歐薩帶我到樓上的寢室，雷蒙和布蘭德留在樓下談話。我的房間很小，但在幾個月的共同生活後——那之前我住在坑裡，再往前則是監牢——這簡直是天堂。歐薩離開後，我橫躺在床上，隱約聽見布蘭德和雷蒙的交談聲從樓下飄上來，還有聽起來頗為歡鬧的笑聲。稍晚，我和歐薩在附近的小酒館用餐。他解釋我可以利用接下來的長週末熟悉這座城市的環境。我打算第二天去探索，因而直接回家睡覺。歐薩也睡這裡，他的臥室就在我隔壁。雷蒙和妻小一起住在城外。

為了見識費城，第二天我起了個大早。我走到班布里奇街——那是城裡主要幹道之一，緊鄰我們位於第九街的辦公室——觀看五花八門的人類生活，才早上七點鐘，街上已湧現各種想望、需求和意圖。我看到對街有家麵包店，從窗戶可以望見一個黑人男子在工作。我走進去，迎面撲來一陣甜香，那是城市煙霧的完美解毒劑。櫃檯上擺滿賞心悅目的點心：各式各樣的蛋糕、油炸餡餅、糰子，底下墊著羊皮紙。櫃檯後面還有更多糕點，堆疊在烤盤中，分層懸放在出爐架上。

「你是新來的對吧？」

我抬頭看見那個黑人正對我微笑。他大概長我十歲，望著我的目光充滿善意。他發問時我想必露出畏縮的神色，因為他說：「我不是要刺探。事實上根本不必刺探。我一眼就能看出新來的人。再微不足道的東西也能讓他們眼花撩亂。沒關係，孩子。新來乍到沒什麼不對。眼花撩亂也沒什麼不對。」

我一聲不吭。

「我叫馬爾斯，」那人說：「這是我家。我和我太太漢娜。你是從第九街那邊過來的對吧？跟歐薩住在一起？雷蒙和歐薩都是我表親，跟我親愛的漢娜同宗，你跟他們一起，所以也算是我的家人。」

我仍然不發一語。當時的我真是無禮，對任何人都深懷戒心。

「這樣吧。」他說著把手伸到背後，從一捲羊皮紙撕下一張，走進裡面，回來時紙中包著東西。當他把那包東西遞給我，摸起來還是溫熱的。

「吃吧，」他說：「試試看。」

我打開紙，一股薑的香氣飄散出來。這氣味頓時喚起一種感受，既悲傷又甜蜜，因為它依附在一段失落的記憶上，而我覺得那記憶就潛伏在我腦中的迷霧曲徑深處。

「我該付你多少錢？」我問。

「付我？」馬爾斯說：「我們是家人啊。我怎麼跟你說的？在北方這邊，我們都是一家人。」

我點點頭，勉強擠出一句謝謝，便退到麵包店外。我在班布里吉街站了半晌，望著這座城市，紙包的薑餅在手中依然溫熱。真希望我離開前露出微笑。真希望我說了什麼答謝他的好意。但我才剛逃出維吉尼亞，剛脫離那個坑洞，喬吉．帕克斯仍盤據我的心思，蘇菲亞仍不知下落。我走過班布里吉街，繼續西行，穿過以數字為名、一路疊加下去的街道，心想這城鎮的規模有夠誇張，那麼多條街道，顯然把名稱都用光了。我一直走到碼頭，看見黑人與白人一起在船上卸貨和幹活。

我順著先往內彎、再往外轉的河道往前走。兩岸作坊、小工廠和乾船塢[3]林立。河上吹來涼爽的微風，令城市的氣味不再那麼濃重窒悶。我來到一個行人徒步區。這裡有大片被步道切割的綠地，步道上設置了一排長凳。我坐下。現在是早上九點左右。星期五，一週的最後一個工作天。天色晴朗蔚藍。徒步區充滿各種膚色和樣貌的費城人。戴船夫帽的紳士護送淑女。學童在草地上圍坐成圈，認真聽老師講話。一名男子笑著騎獨輪車經過。我頓時想到這是我這輩子最自由的時刻。而且我知道我當下就可以離開，可以拋棄地下組織，消失在城市中，隱身於這盛大的賽馬日，乘著有毒的空氣飄逝。

我打開羊皮紙，把薑餅送進嘴裡，吃著吃著，心裡有什麼東西自動裂開。之前在馬爾斯麵包店看見的小徑，被薑香喚起的小徑，此刻又出現在眼前，這次沒有迷霧，而且那其實不是小徑，只是一個地方。一間廚房，我立刻認出它屬於洛克列斯。我也不在長凳上，甚至不在徒步區附近。我站在廚房裡，看見廚檯上有餅乾、糕點和各種甜食，擺在墊羊皮紙的托盤上，就像方才馬爾斯的麵包店那樣。廚檯旁還有一個工作檯，後面站著一位黑人婦女，一面揉麵團一面輕聲哼歌，她看見我時微笑著說：「你怎麼老是悶不吭聲，阿海？」

說完她繼續揉麵哼歌，過一陣子才再抬頭看我，笑了起來。「我看你一直盯著豪爾老爺的薑汁脆餅，」她說：「就算悶不吭聲，你也一定會害我惹上一身麻煩。」

她搖搖頭，暗自發笑。但片刻後，我見她伸出食指豎在緊抿的唇前，做出警告的表情。她走到門口往外窺，再轉身走到另一個擺滿點心的檯子，從羊皮紙上撬起兩片薑汁脆餅。

「家人要彼此照應，」她說著把它們遞給我：「何況在我看來，這一切不管怎麼說都屬於你。」

我從她手中接過兩片餅乾。我一定知道怎麼回事。我一定明白，這當下無論我身在何處，都不是現今的洛克列斯，也許連過去的洛克列斯都不是。我彷彿置身於一場夢境。而我面前的婦人，我叫不出名字，卻感到一種認出她的痛楚，還有更椎心的——失去的痛楚。這感受如此強烈，致使我跑過去擁抱她，左手還拿著薑餅，緊緊抱住她不放。當我鬆手退開，她的笑容燦爛如陽光，跟早上麵包師馬爾斯給我的笑容一樣。

「別忘了，」她說：「家人。」

接著我看到迷霧復返，從四面八方飄進廚房，直到廚檯在我面前消失，托盤在我面前消失，婦人在我面前消失，她一面淡出我的視線一面說：「好了，回去幹活吧。」

然後我就回來了，坐在長凳上。我覺得好累。看看雙手，空無一物。我抬頭越過徒步區望向河邊。踩獨輪車的人又騎過去了。他揮手。我看看左邊的長凳，再看看右邊。兩邊長凳一張接一張，看起來都一樣，除了這個——在隔著三個座位的長凳上，我看見被吃掉半塊的薑餅，原先包著它的羊皮紙掉進草叢裡，在夏日的微風中輕輕飄動。

譯注

1 以地毯零頭布製成的手提旅行袋，因較木製與金屬行李箱輕便，在十九世紀歐美頗受歡迎。

2 格雷渡輪（Gray's Ferry，亦稱 Grays Ferry），是費城南部的一個街區，以同名大道（Grays Ferry Avenue）為北界，西臨斯庫基爾河（Schuylkill River）。

3 乾船塢是一種船塢設計，可將水灌入塢內，令船隻浮起，以利進出，或將水抽除，讓船隻停放在乾平臺上，以便修繕。

16

現在我知道了。那就是傳送。那力量依然與我同在，即使我不太明白如何召喚它。我拖著疲憊的身軀回到住處，儘管太陽還沒下山，一進房倒頭便睡，直到次日清晨才醒來。我考慮再度嘗試運用那種力量，但想到伴隨著每次傳送而來的疲倦不適，便打消了念頭。我決定再去一趟馬爾斯的麵包店，為自己的無禮道歉。之後也許逛逛這城市，感受一下自由，也許這回往東，朝德拉瓦河走，說不定還會過河，到雷蒙一家居住的小村肯頓。但當我正套上短靴，便聽見有人敲我的房門，接著傳來歐薩的聲音。

「海瀾，你在嗎？」

我打開門，看見歐薩已經在下樓梯。他回頭仰看我，腳步不停地說：「得走了。」

我隨他下樓進客廳，發現雷蒙拿著一封信來回踱步。他一看見我們就走到門口，抓起帽子，一言不發地衝出去。我們跟著他走上第九街，再轉進班布里吉街，那時費城的人潮和瘴氣已淹漫整條路。

「本州的法律很清楚，」我們趕上他時，他說：「不論男女，任何人都不能被當成奴隸——即使他們是以奴隸的身分被帶到這裡。一旦有人提出請求，我們就必須給予庇護。但必須經過請求。

我們不能誘導他們投奔自由。他們不能被勸誘。」

「但那些奴隸主，」歐薩看著我說：「他們隱瞞法律。他們對家僕撒謊，嚇唬他們。威脅他們的親友。」

「但若有人對我們明確表達意願，」雷蒙說：「我們就有權確保那些意願得到尊重。這個叫布朗森的女人提出這樣的要求，而她的挾持者拒絕遵從。原諒我這麼匆忙，但時間緊迫。如果我們要讓這男人遵從法律，就得趁現在。」

我們朝東行，走的正是我早上起床時想的路徑。沒多久我們就抵達港區，我可以看到德拉瓦河輕柔地拍打船隻。今天是週六。又一個大熱天，這城市比我在維吉尼亞知道的任何地方都熱。遮蔭在這兒一點用也沒有。熱氣跟臭味一樣纏著人不放，只有到了這水岸邊才能暫時擺脫。我們往南走過幾個碼頭，來到一艘江輪的跳板前。我們快步上船。雷蒙環視乘客，但不見與他所言布朗森太太相符的人。然後有個黑人男子說：「他們在底下，懷特先生。」

我們走到船後方，找到通往下層的梯子，並在船艙裡看到另一群乘客。我比雷蒙更早認出「布朗森太太」。我不需要任何描述。短短兩天內，我已看過夠多的僕隸。他們穿得跟本地自由黑人一樣體面，也許還更講究，彷彿其挾持者試圖遮掩延伸在他們之間的鎖鍊。但若觀察得夠久，便可從其舉止，尤其是那種隨侍在側的姿態，看出他們被別的力量掌控。這位布朗森太太衣著體面，甚至刻意裝扮，如同蘇菲亞為納森尼爾刻意裝扮那般，而且我看見她的胳臂被一名又高又瘦的白種男人牢牢抓住，她的另一隻手則更緊緊牽著一個頂多六歲的男童。我盯著她的眼睛，她認出還在尋覓的雷蒙，接著發現我在看她，便轉開目光，注視著兒子。

那時雷蒙已搞清楚情況。他走過去說：「瑪莉．布朗森，據我所知妳提出了一項請求。我們在此確保這項請求依法執行，而本州法律既不遵從」──講到這裡，雷蒙瞪著那名又高又瘦的男子──「亦不認可蓄奴的習俗。」

我離開了維吉尼亞，脫離了必須隱密行事的世界，在那裡我是罪犯，必須遵循我正設法摧毀的常規。但此刻我在費城，看著一位地下幹員在光天化日下執勤，毋須編排步驟，不用化身偽裝。雷蒙的話宛如炸彈引爆。挾持瑪莉．布朗森的白人也感受到了。

「混帳東西，」那白人說，猛拽瑪莉．布朗森的手，害她一個踉蹌差點摔倒：「我是要帶我的財產回我老家。」

雷蒙無視他。

「妳不必聽從任何命令。」他對瑪莉說：「只要有我在，他就不能夠扣住妳，妳若跟我走，向妳擔保本州法律會站在我們這邊。」

「該死的混帳，她是我的！」那人說。他口氣非常強硬。但我發覺他已不再抓著瑪莉的手臂，不曉得是她悄悄掙脫，還是他把怒火集中在雷蒙身上，忘了要抓住她。此時我們旁邊已圍了一小群人，有些是來支援，有些則來瞧瞧騷動的緣由。他們互相報知細節，咕噥著，朝那男人指指點點，他似乎沒察覺自己僅有的一點威勢正漸萎蔫，但瑪莉全看在眼裡。群眾鼓舞了她。她牽起小孩走向雷蒙。那男人怒不可遏，叫瑪莉回來，但她不理睬，站到雷蒙後面，再把孩子拉到自己後面。

「臭小子，」那男人怒瞪著雷蒙說：「假使在我家，我會教你乖乖就範，再也不敢造次。」聽到這話，群眾的咕噥擴大成譏嘲、叫罵和威脅。

一些特別有福的黑人，其淒風苦雨的人生會出現某個瞬間，天啟的瞬間：雲散天開，一道陽光穿空射下，傳達上天的無限智慧，這一刻並非來自基督教信仰，而來自一個黑人對白人說話的景象，如同雷蒙・懷特此刻轉身對那白人說的：

「但你不在家裡。」

然後他回頭望向群眾，男人順著他的目光，開始明白自己的處境。憤怒與決心棄他逃逸，恐懼與驚慌襲來，削瘦的白人似乎每一秒都變得更蒼白瘦弱。被男人的恫嚇激怒的群眾，此時交頭接耳商量接下來該怎麼做。

看著船開走後，歐薩和我把瑪莉・布朗森母子帶回第九街。雷蒙先去為瑪莉張羅住處，希望能盡快幫她找到工作。在費城，依慣例會將每個通過費城工作站的人所經歷的苦難記錄下來。這又是另一個我們在維吉尼亞完全無法想像的概念，在那裡，這類紀錄可能會連累逃奴。但雷蒙相信自己置身於歷史中，並堅持所有相關事件都該被好好記錄。

歐薩煮了咖啡，給瑪莉的兒子一組玩具——木刻的牛、馬等農場動物。我趁著空檔去馬爾斯的麵包店，他介紹我認識他太太漢娜。見到她時我努力扮出笑臉，並竭力為自己前日的態度道歉。

他拿給我兩條溫熱的麵包，說：「沒什麼好道歉的。就像我說，我們是家人。」

回到住處，瑪莉正在客廳地板上陪兒子玩。我帶著麵包進廚房，想找一把刀、一只大淺盤和幾個小碟子。廚檯上有罐果醬和一塊乳酪，我用這些做出一套豐盛的餐點，擺到餐桌上。歐薩為大家端上咖啡，並請瑪莉和她兒子入座。用餐的氣氛輕鬆溫和，甚至帶有慶祝意味。

吃完飯後，瑪莉幫忙清理。我們隨後到起居室進行訪談。我看著瑪莉的兒子兩手各拿起一個木頭騎兵，做出威嚇的表情，接著大喊一聲「噗噓」，將兩匹馬撞在一起。

「他叫什麼名字？」我問。

「屋大維，」她說：「別問我為什麼，這名字不是我取的，是老主人決定的，就像他決定所有事情一樣。」

歐薩請瑪莉坐上沙發。我上樓回房拿來紙和兩支鉛筆，然後在桌旁坐下。歐薩負責問問題。我負責記錄。

「我的名字是瑪莉．布朗森，」她告訴歐薩：「我生下來就是奴隸。」

「但再也不是了。」歐薩說。

「再也不是了。」瑪莉重複他的話。「我想為此謝謝你們大家。你不曉得我在南方經歷了什麼，我們所有人經歷了什麼。只要能脫離那男人掌控，我什麼都願意做，只是不確定該怎麼做。你知道這甚至不是我第一次來這城市，也不是我頭一次有逃跑的念頭。我不曉得之前為何沒這麼做。」

「妳來自哪裡，瑪莉？」歐薩問。

「地獄，」她說：「我是直接從地獄出來的，歐薩先生。」
「為什麼這樣說呢？」歐薩問。
「我還有兩個兒子，除了在這兒的屋大維，還有兩個兒子和丈夫。他跟我一樣是廚子。大宅裡上上下下的人都喜歡我的手藝。」
「妳喜歡自己的工作嗎？」
「我從來不是為自己做的，沒什麼喜不喜歡。但你要知道，我跟別人不一樣。事實上，我跟老主人有個默契。我會做飯，但廚房裡還有其他人手。所以老主人有時會讓我去別家打工，再跟我平分賺來的錢。我打算攢夠了錢就為自己和家人贖身。我先出來，這樣就不必再讓人抽成，然後我會贖我的男人，福瑞德，那是我丈夫的名字。我會接他出來，這樣就多一個人工作，然後我們再一起把孩子都接出來。」
「後來怎麼了？」
「老主人死了。那地方被瓜分，由其中一個下等白人接管——就是你剛才見到的那人。後來我就沒那麼喜歡我的工作了。他把所有的錢據為己有，說他完全不知老主人跟誰有協議，也不曉得什麼銀行帳戶。於是我開始偷懶，慢吞吞，馬馬虎虎。但被他發現了。」
瑪莉．布朗森說到這兒打住。她強自鎮定，控制住情緒再往下說。
「我就是從那時開始挨打的。他設定每週要賺的數目，說我若沒達標準，就讓我皮開肉綻。他威脅要賣掉我丈夫、兒子——所有的兒子。我拚命幹活，歐薩先生，他還是賣了他們。他放過我最小的兒子」——她朝男童點點頭，他還在地板上玩木頭動物——「但那不是同情或關心。那是控制。他拿那個孩子來威脅我，讓我總是害怕失去他而不敢輕舉妄動。」

「他為什麼會帶妳進城？」歐薩問。

「他有親戚在北方這邊，」她說：「他向他們吹噓我的手藝。要我為他姊姊工作，在他姊姊的廚房。」

「在北方這邊？」

「沒錯。但我給他好看，不是嗎？」

「肯定是的。」

「鎖鍊的力量很強大，歐薩先生，非常、非常強大。我想到自己來過北方那麼多次都沒逃跑。我想到他們對我的控制。我知道這孩子再過一年就要下田了，我知道那時他也會被他們控制。」

她掩面輕泣。歐薩坐到瑪莉．布朗森旁邊，伸手擁住她，輕拍她的背。瑪莉．布朗森在他懷裡嚎啕慟哭，我在哭聲中聽到一首為她丈夫、兒子和她失去的一切而唱的歌。

我從未見過哪個幹員做歐薩此刻做的事——安慰她，待她如一位有尊嚴的自由婦女，而非逃跑的奴隸。他摟著她輕輕搖晃，直到她平靜下來，然後他起身說：「這幾天我們會為妳和兒子找到住處。雷蒙已經去打點了。在一切安排妥當之前，歡迎你們母子待在這裡。」

瑪莉．布朗森點點頭。

「這是個很好的城市，太太，」歐薩說：「我們在這裡很強大。但若妳不想待下來，我也能理解。無論如何，我們都會盡力提供協助。如同妳很快就會發現的：找到自由只是第一步，活得自由完全是另一回事。」

大家沉默片刻。我停下筆，以為訪談結束了。瑪莉·布朗森已停止哭泣。她用歐薩的手帕擦擦臉，然後抬起頭說：「除非我跟兒子們生活在一起，否則不可能活得自由。」

此時她已控制住情緒。我看得出她的痛苦和恐懼正轉成別的東西。「我不想聽你談你們的教會。不想聽你談你們的城市。我的兒子——他們才是我唯一需要的城市。你們設法救出我和屋大維，老天在上，我很感激。我從小被教導要知恩報德——我很感激。但我其他的兒子，**所有我失去的兒子**，那才是我最關切的事。」

「布朗森太太，」歐薩說：「我們不是那樣運作的。那不在我們能力範圍內。」

「那就別說你們擁有自由的力量。」她說：「如果你們無法阻止他們拆散母子、夫妻，那你們什麼力量也沒有。這孩子是我的一切。我為他而逃跑，好讓他知道還有別的世界。若只有我自己，我到死都會跟出生時一樣——是個奴隸。你要知道，這孩子使我自由。我欠他太多，尤其欠他一個爸爸和哥哥們。如果你們無法阻止他們像這樣拆散我們，如果你們不能讓我們團聚，那你們的自由是薄弱的，你們的教會和城市對我毫無意義。」

接下來的星期一，我開始到木工店上班，就在斯庫基爾碼頭附近，二十三街與刺槐街口。店主跟雷蒙·懷特相熟，在店裡幹活的員工很多都是逃奴。我每週在那裡工作三天，為地下組織工作三天。

下班後我通常會獨自漫步城中，體驗各種持續到深夜的聲響、氣味和感官知覺以不可思議的方式交糅熔煉。人們也不可思議地混融在一起，儘管如此，我置身其中，不知何故仍覺孤單。是瑪莉．布朗森的緣故吧，她的渴望，渴求一種能延及其所有骨肉的自由。因為，當你最心愛的人們還在被奴役，你在這樣一座城市裡的自由有何意義？沒有蘇菲亞、沒有母親、沒有席娜的我又算什麼？席娜。**像你這樣的男孩講話應該更當心**，她曾說，**你永遠無法知道何時說出的話，會是你對那個人說的最後一句話**。我應該更當心的，那時我就知道錯了。但我的心老得比年歲還快，因此當我想起席娜的話，湧上心頭的悔恨遠超過二十歲年輕人的感傷。在我短暫的人生中，做過最差勁的事便是那樣對待她。我現在明白當時我就只是個貪逐夢想的男孩。而今夢想已逝，就像瑪莉．布朗森的兒子們已遠去，被帶進深淵，去到地下組織用盡方法也無法尋回的地方。

某個星期五早晨，我正要出門工作，歐薩過來對我說：「一個人不能離開家人太久。」

我瞪著他沒說話。

他微笑。「再說，跟一些關心你的人聚聚應該不錯吧，海瀾。一起吃晚飯？今天晚上？在我媽媽家。你說怎樣？全家大小都會到。我們家的人都很好，我跟你說，而且會非常歡迎你，把你當自己人。」

「好啊，歐薩。」我說。

「太好了。真是太好了。」他說。接著他告訴我怎麼過去，並說：「晚上見。」

懷特一家住在德拉瓦河對岸。傍晚我搭上渡輪，下船後沿鵝卵石路前行，直到它變成泥土路，再變成沙塵。城市的炎熱，潮溼又濃稠的空氣，都消失在我身後，一路微風迴旋，令人神清氣爽。出城真好。自從來到費城，這是我第一次置身於近似鄉村的地方，現在我明白自己想念南方老家什麼了——田野上的風，穿透樹林的陽光，悠長拖沓的下午。在費城，所有的事都同時發生，生活全攪和成一團莫名其妙的感受，令人難以招架。

雷蒙和歐薩的父母住在一幢大房子裡，四面迴廊，前有池塘。我在門廊上站了一陣子，盯著前門。我聽得出屋裡有孩童和母親，父親和兄弟，談笑聲混融成一股歡愉的氣氛，令我想起在下頭大街過耶誕節的情景。我人都還沒進屋，就感受到他們流露出的深厚情感。我之前也有過類似感受。在古斯河底。我在那裡與我不復記憶的母親團聚。我在那裡看到表親們，還有哈納斯和小皮。一回想起這種感受，便彷彿再次歷歷在目。夏日微風變得涼颼颼，我不住打哆嗦。眼前的一切變成藍色。懷特家大門延伸成許多扇門，排成一列，像風箱般拉展開來。我感覺自己在墜落。一扇門打開了。我往裡看，見母親的手從煙霧裡伸出。她走向我，伸手要拉我的手，她抓住時，藍光消失，夏日午後的黃色熱氣復返。我看見門口有位婦人，不是我母親，但若她還在，應該也是這年紀。我看到歐薩就在她後面，他望見我，停下腳步，揮手，面露微笑。

「海瀾？」那婦人問。沒等我回應她便說：「一定是你沒錯。你看起來好像見著鬼了。」

她緊緊握住我的手，盯著我的眼睛。「嗯哼。饑餓會把人變成這樣。雷蒙和歐薩讓你在那兒吃些什麼啊？哎呀，別只是站在那裡——快進來！」

我跟著走了幾步，直到婦人停下來說：「維奧拉．懷特。我是雷蒙和歐薩的媽媽。但你叫我維奧拉阿姨就好，因為對你來說那就是我的身分。任何跟歐薩和雷蒙共事的人，對我來說都是家人。」

我隨維奧拉．懷特——我得花些時間才能習慣說「維奧拉阿姨」——進入前廳，見到一大堆表親和阿姨。雷蒙站在壁爐檯前，與一位年長男士交談。麵包店老闆馬爾斯衝過來，把我拉進一群熱鬧的親戚中，向他們介紹我，並講述那塊薑餅的事。

「這孩子試圖耍酷，一副不受吸引的樣子，」馬爾斯告訴太太漢娜：「但他一把臉湊近羊皮紙，我就知道他上鉤了。」

漢娜笑了，出乎意料地我也笑了。這裡有什麼正在發生。牆在崩塌，我在大街築起的牆。我的沉默，察言觀色，便是一堵牆。就連大街上也有愛，我告訴你，那是我見過最深刻、最沉重的愛。但大街殘酷而難以捉摸。激情變形為狂怒與暴力，就算在我們之間也一樣。但我在洛克列斯賴以生存的態度，對懷特家的人卻顯得殘忍而不必要，於是我發現自己尷尬而猶豫地微笑、大笑，以及最重要的：談話。

晚飯後，我們在後廳喝咖啡和茶。那兒有架鋼琴，其中一個小女孩坐下來開始彈奏。比任何精湛技藝更教我難忘的是懷特全家人眼中的光芒，他們都以這孩子的才華為榮。我記得我小時候也頗具天分，但我自己的父親卻寧願它們生在小梅身上。我只是一項娛樂，用來製造歡笑。望著小女孩在自得其樂的同時備受鼓勵，為她擁有的任何天賦獲得讚賞——每個人都有些天賦的——我看見自己被剝奪的一切，以及數百萬被蓄養為奴的黑人小孩經常被剝奪的一切。但更重要的是，有生以來頭一次，我目睹黑人置身於真正的自由，那是瑪莉・布朗森所企盼，是我穿行城市時所渴望，是我在古斯河底瞥見的自由。

整晚的談話中，我注意到「莉迪亞」和「蘭伯特」這兩個名字不時出現，從它們被提到的方式，聽得出他們是仍受奴役挾制的家人。小女孩演奏完後，我發現歐薩坐在寬敞的門廊上，隔著路眺望夏日暮光中的蓊鬱樹林。我坐下來說：「我要謝謝你邀我過來，歐薩。這對我意義重大。」

歐薩對著我微笑。「這沒什麼，海瀾，我很高興你來了。這工作有時沉重得教人吃不消。」

「你母親，」我說，回頭望向屋裡：「我想她知道吧。」

「他們都知道。當然，小孩子只知道一點點。但他們怎麼可能不知道呢？他們可是我們最初投入這工作的原因啊。」

「說的也是，你有個美滿的家庭。」我說。

聽到這話，他沉默了半晌，目光又轉回那片樹林。

「歐薩，」我說：「誰是蘭伯特和莉迪亞？」

「蘭伯特是我哥哥，」歐薩說：「莉迪亞是我太太。我還在南方時蘭伯特就死了。莉迪亞還在那裡，不過我已經好幾年沒見到她了。」

「有孩子嗎？」

「有，兩女一男。你呢？」

我停頓了一下。

「沒有，只有我一個。」

「是喔。不曉得我若沒小孩會做什麼。不曉得我會成為怎樣的人。這整件事，加入地下組織，都是因我的小孩而起。」

歐薩起身，透過門朝屋裡看。我們可以聽見碗盤碰撞的輕響，持續進行的嚴肅談話偶爾被孩童的咯咯笑聲打斷。然後他走到門廊邊，倚著木欄杆坐下。

「我跟他們不同。我不是在這裡長大的。」他說：「我爹現在老了，彎腰駝背，但他年輕時可是條好漢。他生來就是僕隸，但二十一歲時，他走到老主人面前，直截了當地告訴他——『我現在長大了。我寧死也不願套上枷鎖。』老主人想了一天，再見到我爸時，他一手持步槍，另一手拿著爸爸的文件。他告訴我爸，就跟我爸對他說話一樣直接：『自由就是一副枷鎖，小子。你很快就會明白。』然後他把文件交給爸爸，說：『現在滾出我的土地，下次再讓我遇上你，我們之中只有一個會活著離開。』」

歐薩說著笑了起來。「但還有這個女孩維奧拉——我媽媽，也是那裡的僕隸。當時他們有兩個小孩：我和哥哥蘭伯特。我爹的打算是先去北方，找到工作，再買回我們的自由。他從碼頭工人幹起，存錢等有天能把我們全接出去。但媽媽自有主張。她帶著我和蘭伯特逃跑，透過當時的地下鐵道。當她出現在費城碼頭，簡直把我爹嚇死了。

「他們正式結婚，又生了兩個孩子——雷蒙和帕西。剛才彈琴的就是帕西的女兒，這女娃唱歌如黃鶯出谷。老主人放我爹走——別問我原因——誰曉得白人在想什麼？但我母親，一個女孩，要那樣為自己的人生做主，這可就太過分了。或許問題出在她的做法——說走就走；也可能是我們：媽媽是那隻鵝，我們卻是金蛋。

「那男人派獵奴人北上進城。他們捉了我、哥哥蘭伯特、媽媽、雷蒙和帕西——除了我爹以外的全家人。我們被帶回去。回到那裡時，媽媽辯稱逃跑全是爸爸的主意。她告訴老主人她一點都不想淌這趟渾水。她也百般奉承，讓他相信自己是善良的白人。我猜老主人信了她。也許他需要相信她，需要認為自己做的是好事：拆散一個家庭並壓制他們。

「無論如何，沒多久媽媽又跑了。不過這次情況不同。她在夜深人靜時叫醒我。我應該才六歲吧，蘭伯特大概八歲，但那情景至今仍歷歷在目，彷彿在我面前搬演——記憶鋒利如斧。她在我們床邊說：『寶貝，我得走了。為了雷蒙我非走不可，為了帕西我非走不可。不然他們會死在這裡。真的很對不起，寶貝，但我非走不可。』

「如今我知道她為何這麼做。即使當時我也明白原因。但我心中有團沉重的怨恨在悶燒。你能想像怨恨自己的母親嗎，海瀾？那之後，老主人把我們賣到南方——兩個茫然無依的男孩被送進深淵。這麼做是為了懲罰我媽媽，要她明白：不管她打算如何回來接我和蘭伯特，都沒希望了。我在南邊建立了完全不同的人生。我遇見一個女孩——我的莉迪亞，組成家庭。我努力幹活。我是個在奴役中備受器重的男人，換句話說，我從沒被當成男人看待。

「蘭伯特知道。或許因為他較年長，他知道我們被剝奪的一切。他心中的仇恨如此強烈，完全吞噬了他。所以蘭伯特……蘭伯特死在南方，遠離家鄉，遠離生下他的母親和養育他的父親。」

歐薩說到這兒情緒激動。我看不見他的臉，但聽到他的聲音中斷，感覺到劇痛的光環在他周圍燃燒。

「我心裡有好多洞，被切掉一塊又一塊。所有失落的歲月，我母親、我父親、雷蒙和帕西，我的妻兒。我失去的一切。

「不管怎麼說，我脫身了。我的主人需要錢更甚於需要保有我，透過其他人的好意相助，我得以脫身。我北上到費城來尋親，因為沒有其他線索，只有傳言提到我們之前待過這裡。不久我便從一些黑人那兒聽說，若要尋親，可以找雷蒙．懷特這個人幫忙。於是我找上他。」

「你們還認得彼此？」我問。

「一點都不認得。何況我沒姓氏。他陪我坐下，就像幾週前我們和瑪莉．布朗森那樣，我對他講述全部的故事。後來雷蒙跟我說，每個細節都讓他震顫不已。但你曉得雷蒙，他就像塊岩石。於是我坐在那裡告訴他我知道的一切，也不曉得他有什麼感想，因為從頭到尾他都只是靜靜聽著。然後他要我明天再來找他。同一時間。

「第二天我回來，她就在那兒，海灡。我馬上就認出她，甚至不需在記憶裡搜尋，連想都不用想。那是我媽媽。然後媽媽告訴我這個男人，這塊岩石，就是我弟弟。那是我唯一看過雷蒙含淚的一次。

「小時候，蘭伯特和我想過千百種逃脫的計策。我們知道家人在某處，擁有自由。但當計畫一一破滅，絕望就像陰影籠罩我們。你瞧，我們跟你這樣的人不同，海瀾。從母親消失那天起，我們就知道自由是我們與生俱來的權利。如果自由是我媽媽的權利，也是我爸爸的權利，那它終究必是我們的權利。」

「我想我們都對此深信不疑，」我說：「只是有些人把它埋在心底。」

「但對我們來說它從未被埋藏。蘭伯特記得最後那晚發生的一切。他記得媽媽撫摸他額頭，那是她的手最後一次撫摸他。蘭伯特過世時，海瀾，我知道我不能死。我知道我無論如何都得活下去，然後逃出來。而且我知道在那場冒險中，任何憤怒都是浪費力氣。我回想媽媽離開那晚說的話。加入地下組織、從事這工作的時候，我腦中老想著那些話。『為了雷蒙我非走不可，為了帕西我非走不可，』她說：『真的很對不起，寶貝，但我非走不可。』而我，年幼且深愛媽媽的我說：『媽媽，為什麼我們不能跟妳一道走？』我媽媽她說……她說：『因為我只能帶得了這麼多，只能帶他們走這麼遠。』」

17

現在傳送發生得更頻繁了。世界會沒來由地突然隱沒，不久後我會返回，被扔進後巷、地下室、曠野、儲藏室。每次的傳送似乎都由一段記憶啟動，有時完整，有時只是碎片，比如某個女人偷偷拿薑汁脆餅給我的景象。但我用大街上聽來的故事當黏膠，把碎片拼貼成粗略的圖像：悄悄塞給我薑汁脆餅的女人是我阿姨艾瑪。我記得他們描述她在洛克列斯的廚房如何大顯身手。我也確信這位艾瑪阿姨就是在樹林裡跟她姊姊，亦即我母親一同跳水舞的阿姨。

我開始覺得有什麼東西在試圖對我顯現，感覺腦中有個許久前鎖起的部分在尋求解放。也許我該如釋重負，欣然迎接解開謎團與獲得新知的過程。但傳送的感覺有如打斷骨頭再重新接合。每次發作都令我疲憊不堪，且莫名加深了原先的失落感，以致我一直處在低沉而持續的痛楚中，那抑鬱深不見底，隔天早晨我必須使盡全力才起得了床。每次傳送過後好幾天，我都還在設法走出無比鬱悶的心情。這感覺不再像自由，再也不像了。

於是有一天，我走出第九街的辦公室，打算離開費城和地下組織，離開會觸動這些回憶、致使我陷入憂鬱的事物。我沒仔細思考這個決定，也沒收拾行李，只是踏出大門，再也不想回來。我推斷我的出走一開始不會驚動任何人，因為大家都知道我喜歡在城裡漫步。只不過我會一直走下去。

我想遠離辦公室，朝斯庫基爾碼頭走去。我在城裡看到的所有人當中，水手似乎最自由，除了彼此之外無牽無掛，透過孩子氣的打鬧和總是引起哄堂大笑的粗鄙嘲弄來維繫感情。他們有時會打架，但不管吵些什麼，這些人在我眼中就像兄弟。即使自由自在，他們還是會讓我想起老家。或許是他們剛硬黝黑的面孔、粗糙的雙手、彎曲的指頭、瘀傷磨損的指甲。也可能是他們唱歌的方式，因為他們的唱法與僕隸相同。

我站在碼頭邊看他們幹活，希望有人出聲叫喚，也許要我幫個忙，但沒人開口，所以我就走了，那整天我只是到處亂晃。我過了河，經過一座墓園和幾條鐵軌，停在一間救濟院前，看著城裡的窮人來到這裡。我繼續走，直到我站在科布斯溪前，面對城市西南隅的一片森林。時間已晚。我沒有計畫，天也快黑了。我真的無路可逃，逃不出地下組織，也逃不出記憶的羈絆。於是我掉頭，在走回第九街、返歸宿命的路上，這些想法盤踞我的心思，使我沒像被訓練的那樣保持警戒。突然間，我跟一個白人面對面，他像是從黑夜本身變出來的。他問了我什麼，但我聽不見。我傾向前請他再說一遍，接著便感覺一記重擊落在後腦杓上。一道亮光閃過。再一記重擊。然後便失去知覺。

醒來時，我又被拴上鎖鍊，蒙住眼睛，塞緊嘴巴。我在一輛拖車後方，可以感覺到底下的地面在移動。我清了清腦袋，很清楚自己遇上什麼狀況，因為我聽說過各種故事。抓我的是捕伕人——北方的萊蘭德爪牙。大家都知道他們會當街擄走黑人，運到南方賣錢，不管其身分是自由人或逃奴。

我聽得見他們此起彼落的笑聲，無疑在數算這次收穫。車裡不只我一個。旁邊有人低聲哭泣，是個女孩。但我保持沉默。我想脫離地下組織，現在如願以償。一小部分的我覺得鬆了口氣，因為，至少，我正返回自己熟悉的奴役世界。

馬車走了好幾小時，經過許多偏僻的道路。我推斷萊蘭德會想避開城鎮、公路和渡口，因為就像我們很怕萊蘭德，萊蘭德肯定也怕警戒委員會，他們是地下組織的盟友，守望相助，提防企圖把自由人拖下煉獄的捕伕人。我們停車紮營，我感覺胳膊被粗糙的手抓住——被拉著走了幾步，再甩到地上。「小心點，狄金斯，」我聽到其中一人說：「你若傷了那小子，我可饒不了你。」這個叫狄金斯的人扶我站起，靠著一棵樹。我可以動動手指，但也就這樣。正當我仔細聽他們的聲音，試圖計算人數時，卻透過蒙眼布看見亮光。營火。這些人圍成圈閒聊起來。現在我算出有四個聲音，從他們說的話和動作聲響判斷，他們顯然在吃飯。他們的最後一餐。

我根本沒聽見他走近，萊蘭德想必也沒有。只聽見手槍射擊的爆響——兩聲——尖叫、掙扎，再兩聲槍響，隨後有幾聲孩子般的嗚咽，但不是我在馬車裡聽到的那個孩子，又一聲槍響，接著是片刻沉寂。然後我聽見有人在翻找東西，並再度感覺有手在摸我。鎖發出卡噠一聲，鍊條鬆開。帶著連自己都嚇到的怒氣，我把那雙手和它們的主人推開，扯下眼罩和塞嘴布，在火光中看到他——費爾茲先生，米凱亞·布蘭德，正面無表情、極其冷漠地望著我。

我爬起來，倚著樹讓自己站穩。還有兩人跟我一樣被綁銬，布蘭德手腳麻利地穿梭其間。我轉開視線，見地上有四具屍體。我要如何解釋那瞬間發生的事，那不分青紅皂白、無意識的狂怒？我彷彿抽離自身，旁觀這幕場景。我看見自己用全身力氣踢其中一具屍體。布蘭德過來阻止我，我再次推開他，更加發狠地踢那個死人——也許是狄金斯。這次布蘭德沒試圖阻止我。那一刻，我對每件事的憤怒，從我母親到梅納德到蘇菲亞到席娜到柯琳，所有的謊言，失去的一切，他們在監獄大廳對我做的種種，一次次侵犯，我對牢房裡的男孩、愛上媳婦的老人、以及被追進樹林的那些日子的無能為力——全湧上來發洩在一個死人身上。

最後我終於累了，彎下腰跪在地上。營火愈來愈微弱。但我可以看見布蘭德站在女孩和男人旁邊，男人擋在女孩前面，免得她被我的怒火波及，我這才想到那男人是女孩的父親。

「你踢夠沒？」米凱亞．布蘭德問。

「沒，」我說：「永遠都不夠。」

我們的內心都是分裂的。有時我們的某部分開口說話，為著多年後才明白的理由。帶我離開地下組織的是我心裡熟悉的老聲音。就是這聲音暗自盤算如何從大街出人頭地。就是這聲音將我母親打入「底下」。就是它對席娜出言不遜，並冷酷無情地拋下她。那是自由的聲音，一種冰冷的維吉尼亞式自由——給我和我所選擇者的自由。但如今有新的聲音冒出，因維奧拉．懷特家的溫暖而變響亮，也因為艾瑪阿姨的鬼魂在我內心深處告誡：**別忘了，家人**。

我們穿過樹林，走到一個小鎮，布蘭德把馬匹、馬車和拖車都留在鎮上。我現在才察覺先前承受的重擊，因為我的頭持續抽痛，節奏似乎與步伐一致。我和那對父女一起坐進拖車。地平線剛露出一扇橘藍交映的曙光。我們走了幾英里後停下。我回頭看見布蘭德跟一名站在路上的女子交談，她嬌小的身軀整個裹在披肩裡。接著她轉身走向拖車後方。走得夠近時，她伸手摸我臉頰，然後額頭，再來是後腦，那裡一碰就疼。我從她的面容看出她只比我大一點，然而她的態度，她的自信與氣勢，在在讓我覺得她年長許多。

「你逮到他們了，對吧？」她回頭對布蘭德喊，儘管手還留在我臉上。

「沒錯，」布蘭德說：「他們甚至沒跑多遠，那群笨蛋就決定停下來擺宴席了。」

她轉身對布蘭德說：「幸好如此。」又轉回來輕聲對我說：「但你，小夥子，你在做什麼呢？哪有幹員會讓那些獵奴人這樣欺身偷襲的？嗯哼。差點就把你帶走了。」

我沒吭聲，但羞愧得滿臉發燙。她笑著把手抽回。

「好了，」她對布蘭德說：「你們快上路吧。」

隨著馬兒邁步，拖車也開始嘎吱作響。女子朝我們揮揮手，隨即走進後方樹林。我可以感覺到車裡有股興奮之情。男人和女孩聊了起來。看我沒加入，男人靠過來說：「你不曉得那是誰嗎？」

「不太清楚。」我說。

「摩西。」他說。他等了一會兒，彷彿正從說出真相的震撼中恢復。

「我的老天……」他說著又打住。「那是摩西啊。」

她的名號似乎與傳說一樣多。將軍。黑夜。消失者。召喚迷霧、分開河流的岸上摩西。這就是柯琳與霍金斯提到的那位，在世的傳送大師。我當下沒意識到這一切。發生了太多事，而我基本上還在驚魂未定的狀態。

一小時後，女孩伏在父親膝上睡著。布蘭德停車，要我到前面坐他旁邊。我們靜靜行駛了幾分鐘。我打破沉默問了個問題。

「你怎麼找到我的？」

他哼了一聲笑道：「我們全都被監視著，海瀾。」

「如果你們有在監視，」我說：「為什麼不在他們打昏我、把我拖出城之前就阻止他們？」

布蘭德搖搖頭。「那幫人，捉拿你的那幾個，已經在費城運作一段時間。他們專挑自由黑人下手。孩童的價碼尤其高。我們無法徹底遏止他們，但有時逮到機會，可以送個訊息，讓他們明白幹捕伕這行究竟有多危險。」

「所以這全是你們策劃的？」我問。

「不是。但你問我們為什麼沒阻止他們。這就是原因——送出訊息，發出警告，讓他們的同夥瞭解這門生意的風險。我們沒辦法在城裡傳送這種訊息。但到了荒郊野外，沒人曉得……」

「謀殺。」我說。

「謀殺？你知道他們會怎麼處置你嗎？」

「是的，我的確知道。」我說，霎時回到那可怕的夜晚，被拴在圍欄上，身邊是蘇菲亞。我憶起當時多想向這一切屈服，死在那裡，而她如何支撐我，不用言語地對我說話，當我最需要她時她多堅強，當她需要我時我多愚蠢。現在她不見了，而他們，萊蘭德，那群走狗，天曉得對她做了什麼。

我說：「你只知道我一半的故事。你知道那個跟我一起逃跑的女孩——蘇菲亞。但你並不真的瞭解我對她的感情，以及她落入他們手中，我卻在北方這邊呼吸自由空氣，這讓我多心痛。我只能告訴你，她比我好。事實上，有時我認為你們找錯了人當幹員。應該找她才對。」

我哭了起來。雖然是靜靜啜泣，但已夠令人難堪，我努力止住淚水，強自鎮定。

「她在我身上看到許多優點，」我說：「但我搞砸了，蘇菲亞也被我連累。如今我人在這兒，來到北方，她卻……我甚至不曉得她在哪裡。我只知道她該遇上比我更好的人。她不該遇上一個會把她直接領進萊蘭德虎口的人。」

說到這裡我再也控制不住，放聲哭泣。我已將一切和盤托出。我把心愛的女人直接帶進深淵。這件事讓我背負的重擔如今公開讓大家知道了。布蘭德沒有試圖勸慰。他一直盯著路面，等我停止哭泣才開口。

「你知道你對蘇菲亞這女人的感情？」他問：「你知道你一直想著她後來怎麼了，簡直要崩潰？你知道自己浪費了多少時間設想當初還能有什麼不同的做法？你知道有多少夜晚你徹夜不眠懷疑她到底是否還活著？海瀾，一整個被壓制的國家都懷著這樣的感受。全國的人都仰望蒼天，想知道他們的父親和兒子、母親和女兒、表兄弟姊妹、姪兒外甥、朋友、戀人的下落。

「你說我剛才在那裡謀殺了那些人。但我告訴你，我救了其他許多無名者的命。那些會把你殺掉——把你從所有親友身邊剝離——然後忘得一乾二淨的人，不能讓他們活著，至少要教他們活得心驚肉跳，疑神疑鬼。如果你非得稱此為謀殺，那麼我很樂意接受這種說法。」

我們默默行駛了一會兒。

「謝謝你，」我說：「這該是我說的第一句話。謝謝你。」

「不用謝我，海瀾。這項工作，這場戰爭，讓我自己的人生有了意義。我不知道沒有它我會怎樣。而我得說，我認為你若給它一個機會，很可能也會找到意義……」

布蘭德還在說話，但我頭痛得什麼也聽不清，沒多久，讓我如釋重負地，世界漸漸消逝，我失去了意識。

第二天我很晚才醒來，全身隱隱作痛。我穿好衣服，走下樓，發現雷蒙、歐薩和布蘭德正聚在一起討論。他們叫我過去，我在他們面前坐下。仔細端詳他們的面孔，感覺他們好像為某件事感到羞愧——也許是我被俘的蠢笨。我當時以為他們奉命要做什麼可怕但必要的事。

「海瀾，」雷蒙說：「布蘭德是我的老朋友。我信任他就像信任自己的家人，而且不瞞你說，甚至超過家中某些成員。你也很清楚，他並非專屬此工作站的幹員。他在各地的地下組織都有熟人，同那些熟人打交道時，偶爾會接下我並不贊同的案子。我明白你也是那些案子之一。」

我開始覺得氣氛不太一樣。

「我很清楚柯琳．奎恩的名聲和作風。那不是我的作風，海瀾，無論他們的目標為何。」雷蒙說著搖搖頭，望向地面。「這種動輒把人埋進地洞的做法，還有獵捕和追逐，都是我深惡痛絕的。本著這種精神，我不得不說我們欠你一個道歉。我覺得他們對你做的，不管為什麼目的，都是錯的。」

「又不是你做的。」我說。

「沒錯，但我們為同樣的理想奮鬥，同屬一支軍隊。雖然我管不了柯琳的帳，卻可以處理我自己的。這是錯的，不僅就她個人而言，對我們的理想來說也是如此」——雷蒙停頓了一下才把目光調回我身上——「不管你身懷什麼厲害的力量。」

「我瞭解，」我說：「沒關係。我瞭解。」

雷蒙深吸一口氣。「不，海瀾，」他說：「我不認為你真的瞭解。」

「我知道的比你以為的還多，海瀾。」布蘭德說。

「你的意思是？」我問。

「意思是我全都知道。我知道蘇菲亞，也很清楚你的感受。瞭解這些是我的職責。因此我不只知道你當時的感受，也不只瞭解你現在的感受，我還知道蘇菲亞被拘押的確切地點。」

「什麼？」我說。我的頭幾乎跟昨晚一樣劇烈地抽痛起來。

「我們必須知道，」布蘭德說：「如果不確知你跟誰一起逃跑，以及其下場，我們算哪門子幹員呢？」

「我問過柯琳，」我說：「她說這超出她的權限。」

「我知道，海瀾，我知道。這是不對的。我無法為它辯護。我只能告訴你你一定已經知道的——當你像柯琳．奎恩那樣，在敵方的地盤上作戰時，會有不同的算計。非如此不可。你是那算計的一部分。」

我竭力不理會自己的頭疼，說：「在哪裡？」

「你父親家。洛克列斯。柯琳說服他讓蘇菲亞回去。」

「但你們沒救她出來？地下組織如此神通廣大，而你們卻……」

「維吉尼亞有它的規則。我們從他們那裡能拿多少算多少。我們不能什麼都要。」

「所以就這樣，」我說：「你們打算丟下她不管？」

「不，」歐薩說：「我們絕不會丟下任何人不管。絕不。他們有他們的規則。老天在上，我們也有我們的。」

「海瀾，」雷蒙說：「我們不只想跟你道歉而已。我們帶來的不單是消息，還有相應的行動。」

「你瞧，我們不僅知道蘇菲亞在哪裡，」布蘭德說：「也確切知道要怎麼把她帶出來。」

18

接下來幾天，不論走在費城街頭，或用鑿子和車床做木工，或執行偽造信件與通行證的任務時，我滿腦子都是蘇菲亞。我想到她在營火旁跳水舞。我看見我們在涼亭下，輪流啜飲那罈麥芽酒。我記得她修長的手指，拂過工棚裡積滿塵埃的家具。我想到峽谷邊的我們，多希望我在那裡擁抱了她。我想著在北方這邊生活的各種可能——我們自己的家庭，薑餅的回憶，晚飯後唱歌的女兒，沿斯庫基爾河畔散長長的步。我多想對她展示這世界，好奇她會如何看待這一切——火車、擁擠的人群、公共馬車——所有我日漸熟悉的一切。

遭捕伕人綁架兩星期後，我被叫到河對岸的雷蒙家。他出來門廊迎接我，告訴我他一個人在家，太太和小孩都進城了，我從他臉上表情看出這是刻意安排。總是有那麼多祕密。

我們走進屋裡，爬上二樓，他伸手抓住一個金屬環，環上有鉸鏈連到天花板上的木板蓋，他輕輕拉那個環，直到天花板打開，一道長梯滑下。我們爬上梯子，鑽進閣樓。雷蒙走到角落，我看見那裡有好幾個小板條箱。他挑了兩個。我們把它們從閣樓抬下來，闔上天花板，再把它們拿到客廳。

雷蒙打開箱子說：「來看看，海瀾。」

我翻了一下，發現各式各樣的文件，與逃亡者的通信——裡面寫著鼓勵安慰的話、家人消息、關於萊蘭德行動的重要情報、「奴主勢力」[1]的陰謀詭計，以及最常出現的：讓親屬獲得自由的請求。我看見他在信上做記號，標記已回應和希望能回應的。這些文件極具價值，他有好多箱，我們可藉此瞭解敵方的許多作為，但若敵人拿到它們，也會得知我方許多機密。一旦落入惡人手中，無數的幹員都會暴露身分。

「這裡面的故事超乎任何人所能想像——連我們這些實際參與者都難以置信。」雷蒙說。我還在翻看它們，驚異其數量如此龐大。看來每個逃離奴役、被費城站援救的人幾乎都提供了證詞。我突然想起我自己記錄的瑪莉·布朗森訪談內容大概也收在這裡。「不忘初衷是件好事。我跟各種來路的幹員都合作過，很難說他們的動機都很純正。」

「或許沒有人是純然無私的，」我說：「我們的所作所為，可能各有自己的理由。」

「的確。」雷蒙說：「若不是因為家人的關係，我敢說自己此時此刻會在這裡嗎？還會像現在這樣投入嗎？當然不會。而家人是我們給你的承諾，不是嗎？你心愛的蘇菲亞——與你一同逃跑，那情況跟我檔案裡的所有故事沒什麼差別，事實上，跟我自己的父母沒什麼差別。」

「有一點不同，」我說：「我們從未走到認定彼此的地步。我們還年輕。我知道這樣講很奇怪，畢竟離我被捕還不到一年。但我們之間有什麼，懷著些許情愫，我相信假以時日會發展成家庭。但也許不會。說不定這一切全是我的想像。」

「就算這麼說，」他說：「最起碼你該有一探究竟的機會。」

「這我同意。」

「營救蘇菲亞牽涉到一些複雜的狀況。但你已經被唬弄太多，海瀾，所以我會先說與你直接相關的，其餘的之後再告訴你。」

我深吸一口氣，做好心理準備。

「我們還沒跟她聯絡——你可以想像，這事得審慎進行，需要一點時間。但布蘭德已想出一個傳送她的計畫。事實上，他自告奮勇，打算親自執行。但這裡有個問題——不在蘇菲亞，而在我們。你剛好在一個特別的時間點找上我們，因為我們正忙於另一項任務。」他說：「歐薩跟你提過他太太吧？」

「莉迪亞？」我問。

「是的，莉迪亞。不只莉迪亞，還有他們的孩子……我的姪兒姪女。長久以來我們一直計劃要救出他們。歐薩的出現，對我們來說彷彿是從夢裡走出來的。我們以為失去他了。但由於幸運與神恩，他回到我們身邊。儘管他很高興跟我們團聚，儘管我們很高興有他，我們卻不完整。

「莉迪亞在阿拉巴馬，她的主人回絕了我們為她贖身的所有懇求。更糟的是，我們相信那些懇求只令他起疑而提高警戒。莉迪亞和孩子們真的是在棺材裡，海瀾，而且每過一天，棺材就蓋得更緊一點。」

「我明白，」我說：「要救每個人——但每個人各有適當時機。」

「沒錯，」雷蒙說：「每個人各有適當時機。但不僅如此。這次行動不只是私人性質，而且代價高昂。我們需要有人協助布蘭德，確保他能在適當的時候前往阿拉巴馬。」

「當然，那正是我在這裡的原因。」

「不，這是私事。這不是你所瞭解的地下組織發派的任務，當然更不是柯琳會採取的行動。有些人會反對這麼做，所以我需要你瞭解——這完全由你的自由意志決定。事實上，就算你不能在這件事上幫我們，我們仍會繼續營救你的家人。如同我所說，我覺得你承受的已超出你應得的。我們為你這麼做，是要彌補過往的不義，不管柯琳怎麼想。」

「是啊，我也料到，」我說：「這其實不是柯琳的作風。她是個好人，我想。而且他們無疑在打一場了不起的仗。但我在北方這邊看到的，從你媽媽、表親和伯舅身上看到的，不只是戰鬥而已。我看到未來。我看見我們奮力爭取的願景。我很感謝柯琳，很感謝這場戰鬥。但我最感謝的是看見那即將到臨的一切。」

此時此刻，我做了一件非常奇怪的事——我露出笑容，而且是開朗大方的笑容，湧自一種我難得體驗的感受——歡喜。想到即將到臨的未來令我歡喜。想到我在其中扮演的角色令我歡喜。

「所以我要加入，雷蒙，」我說：「不管那意味著什麼，我都要加入。」

「好極了。」雷蒙微笑著說：「歡迎你留下來看這些書信，想待多久都可以。你剛剛看到了，樓上還有更多。我太太很快就回來，孩子們下午會到家，但別因此而停下來。依你的需要盡量探索。願我們永不忘初衷，海瀾。」

接下來一整天我都沉浸在雷蒙的檔案中，其驚險刺激不下於《艾文侯》或《羅布．羅伊》[2]等歷史小說。晚上我和他們全家一起用餐，並接受邀請留宿，得以就著提燈的光繼續閱讀。次晨我吃過一頓簡單的早飯後離開。我覺得被自己狼吞虎嚥讀完的所有內容撼動，因為直到現在，透過那些檔案，我才逐漸明瞭地下組織運作的幅度有多廣，而其案主為了逃離奴役歷經多少艱辛。在我手中，在那些檔案裡，上演著一齣齣傳奇——「木箱」布朗的復活，[3]愛倫．克拉夫特的歷險，[4]賈姆．洛格的遁逃。[5]這些故事真是不可思議，讀過它們後，我開始明白雷蒙和歐薩為何如此膽大，敢企圖把人從阿拉巴馬棺材解救出來。他們已經夠冒險犯難了。在維吉尼亞，成功的關鍵在於速戰速決、神不知鬼不覺。雖然雷蒙不會想讓這些檔案公諸於世，至少時機未到，但自由州的安全為他壯膽。對他來說最重要的是自由。自由是他的福音，也是他的糧食。

翻閱一頁頁文字，感覺這些故事就在我面前上演。我看見他們，彷彿自己在現場，因此，走去渡輪途中，搭乘渡輪時，以及返回費城工作站的路上，眼前的地景不斷疊覆著成群結隊的黑人，搬演他們大逃亡的場面；於是我看見他們全出現在我面前，看他們迢迢北上，從里奇蒙和威廉斯堡，從彼得斯堡和黑格斯敦，從朗格林和達比，從諾福克和榆郡。[6]我看見他們從昆達羅飛奔而來，在格蘭維爾尋求庇護，夜宿桑達斯基，而在離米勒斯維爾不遠、距西達斯只有一小段路的「手中鳥」西郊歡欣慶祝。[7]

我看見他們帶著愛爾蘭女孩[8]一起逃，帶著可以紀念他們失去的孩子的東西逃亡，帶著鹹豬肉和餅乾逃跑，帶著小麵包逃跑，帶著牛肉片飛奔，大口喝完主人的甲魚湯，猛灌幾口他的牙買加蘭姆酒，然後走入寒冬，不加思索，不著鞋靴，但朝自由前進。黑人少女懷著對神聖婚姻的憧憬而逃，揣著雙管手槍和短劍，遇上獵奴人便拔槍高喊：「射啊！射啊！」他們背著被下藥而沉睡的幼兒出逃，攙著步履蹣跚的老頭走進冰霜，老人凍死林中，無法安葬，臨終時喃喃說道：「凡人使我們為奴，但上帝意欲我們自由。」

這所有文字中，在每個故事裡，我看到的魔幻不遜於我在古斯河所見，有些人確實被傳送，就像我從河深處被傳送出來一般真確。我看見他們出現在鐵道、駁船、獨木舟、小艇和買通車夫的馬車上，騎著馬越過凍硬的積雪和三月融冰而來。他們穿上華服，假扮成淑女紳士前來；纏著減輕牙痛的繃帶前來，吊著固定斷臂的懸帶前來；衣服破爛得連洗衣婦都懶得洗，但還是來了。他們賄賂下等白人，偷竊馬匹，在狂風暴雨和黑暗中渡過波多馬克河。跟我一樣被記憶驅使著前來，記憶中的母親或妻子被賣到南方，只因犯下不肯屈從主人淫慾的重罪。他們前來，為寒霜所吞噬。他們帶著酒鬼和監工以鞭笞為樂的故事前來。他們像一袋袋咖啡被裝進船艙運來，甘冒被松節油和鹽水塗抹傷口、燒灼皮肉、留下惡痂的酷刑，他們深受罪惡感折磨，因為發現自己完全喪失反抗意志，竟在挨鞭前鞠躬，還把兄弟壓住，以便主人抽打。

那天，在那些故事裡，我看見他們衝進森林，緊抓著布魯塞爾毛氈包[9]，高喊「我絕不被捉回去！」我看見他們登上渡輪，對自己低聲吟唱：

上帝創造鳥兒和綠樹
萬物皆有伴，惟我心悽悽

那天我看見他們在費城碼頭祈禱：「隱藏被逐者，莫出賣逃民。」[10]我看見他們在班布里奇街頭徘徊，為所有死去的親友哭泣，那些已航向最終港口、永不復返的人。他們全都從文件、從回憶來到我面前，他們全都從地獄魔窟、從奴役的深淵被拉上來，從怪獸嘴裡、從命運的巨輪下被拖出來，在地下組織的魔法前歌唱。

第二天晚上，我去找米凱亞．布蘭德。之前在城裡被當街擄走的經驗仍令我驚惶。我從遠處分析每個路人。若有人從後方走近，我便停下讓他們先過。某種特定型態與穿著的下等白人特別令我起疑，因為獵奴人經常找同類狼狽為奸。費城到處都是下等白人，事實上他們是人數最龐大的階級，尤其常在布蘭德家附近的斯庫基爾碼頭出沒。這裡也有黑人。我站在布蘭德家斜對面觀察了整整十分鐘，看見一個衣衫襤褸的黑人男子從隔壁排屋衝出，飛奔過炎熱的街道。一名黑人女子緊追在他後面，叫罵著各種粗話。她身後有位年紀更大的黑婦人邊追邊喊，最後是兩個黑人小女孩站在門口嚎啕大哭。我正在猶豫是否該做些什麼，那位年長婦人——也許是祖母吧——就回來把小女孩趕進屋內，門仍舊開著。

我聽過不少這樣的黑人故事，不像雷蒙和他的家庭，他們生活拮据，若膽敢從事被認為是「白人的工作」，就會遭毆打並失業。我起初沒注意到他們，因為其他黑人的相對富足吸引了我的目光。但望著對街的情景，我想起歐薩曾警告地下組織的案主可能會面臨此命運，這些黑人本身通常是逃奴，是一些與社會脫節，不上教會，因而覺得自由難以消受的男女。我頓時想到，我所感受的恐懼，我對每張面孔的仔細研判，是他們終生要承受的，甚至更糟，因為他們若被獵奴人逮著，沒有布蘭德會來營救。

說到布蘭德，他就在家裡等我。一位年輕女士來應門，面露微笑，然後喚他的名字。她說她叫羅拉，是布蘭德的妹妹。房子不大，在這區算是屋況較佳的，但比不上河對岸的雷蒙家或懷特家。不過屋裡很乾淨，設備齊全。

我們握手寒暄。達成這個小任務——平安無事地走到布蘭德家——讓我從心底鬆了口氣。放下這事後，我隨即意識到自己急切難耐，想著手為莉迪亞謀取自由，進而為蘇菲亞，**我的蘇菲亞**，謀取自由。存在於我心目中的蘇菲亞，並不是作為一個自有想法與主張的人，她本身就是一種主張、一種想法，因此想著**我的蘇菲亞**，固然是想著一個我對她懷有真摯情感的女人，但也是想著**我的憧憬**和**我的救贖**。我必須告訴你這點。你必須瞭解，我當時對**她的夢想**、**她的救贖**幾乎一無所知。如今我明白她曾經試著告訴我，但一向以善於傾聽自詡的我卻根本聽不見。

無論如何，這便是我去見米凱亞．布蘭德的心情，焦慮而急躁，因此坐下來不過五分鐘，我便直接而魯莽地說：「所以我們要怎麼做？」

「你是指找到蘇菲亞嗎？」布蘭德問。

「呃，我想的是莉迪亞和孩子們。但若你想要，也可以先談蘇菲亞。」

「蘇菲亞的事不難。我得說服柯琳，調集一些資源，但這些都辦得到。」

「柯琳……」提到她的名字，我的聲音低了下來：「她是把蘇菲亞留在那裡的人。」

「那是她的工作站，海瀾。她理當被通知，不僅如此，她的意見也應該被徵詢。」

「柯琳……」我搖搖頭。

「你知道那女人所有的事嗎？」

「不，」我說：「我只知道她讓蘇菲亞被困在棺材裡。」

這時發生了某種狀況，我當下並未察覺。我不曉得那算不算著魔，但我知道我感覺心中升起一股怒氣，那憤怒跟我有關，跟我被侵犯有關，跟監牢和他們對我做的事有關。但那不是我的憤怒。此刻發言的與其說是我的聲音，不如說是最近才印在我腦中的。那聲音現在說：**你明知他們在那裡怎麼對待我們。你忘了嗎？你不記得他們對下頭這邊的女孩做了什麼？而且一旦做了，他們就掌控了你。他們用嬰兒抓住你，用你自己的骨肉把你綁在那地方……**

那一刻，布蘭德臉上一貫的平靜安詳破裂了，露出我從未在他身上見過、也不曾再看到的恐懼。接著牆壁消失，取而代之的是龐然無際的虛無。桌椅猶在原處，和布蘭德本人一起籠罩在我已熟悉的藍光裡。我意識到自己的存在，也意識到深刻的憤怒，但更真切感受到的是喉嚨深處的疼痛——從我讓梅納德沉入河底的那天起，這種感受便揮之不去。最重要的是，有生以來頭一次，我清楚覺知到當下正發生的狀況，因而想試著駕馭它，引導它，就像引導一場夢那樣。但我一這麼做，當我試圖直接影響周遭的環境，世界便回復原貌。龐大的虛無閃爍，直到牆壁的輪廓重現。藍光漸淡，我看到我們又坐回椅子上，只是位置對調，我坐在布蘭德的座位，他坐在我的座位。我起身觸摸牆壁。我走出房間，跌跌撞撞地踏進門廳，靠在牆上，跟之前一樣失去方向感，儘管沒那麼疲倦。我返回飯廳坐下。

「就是這個，對嗎？」我說：「這就是柯琳要的。」

「是的，就是這個。」他說。

「你以前看過嗎？」

「看過，」他說：「但不像這樣。」

我沉默良久。現在換布蘭德起身離開房間，我把這當成好意，因為在我看來，他知道我需要一點時間恢復平靜。他回來時帶著妹妹羅拉。她說馬上要吃晚飯了，請我留下來。

「跟我們一道吃吧，海瀾，」米凱亞·布蘭德說：「別客氣。」

我說好。

晚飯後，我們一起散步，靜靜走在傍晚的費城街頭。然後我終於開口問：「你看過誰這麼做？摩西？」

他點頭。

「那就是她嗎？那天晚上那位。」

「是的。」

「你就是這樣救了我們？」

「不。對付那幫人不必用上這麼神妙的手法。」

「布蘭德，如果摩西有這種本領，為何不派她去找歐薩的家人？」

「因為她是摩西，不是耶穌。她有自己的承諾要遵守。凡事皆有限度。我尊重柯琳。我尊重她想對你做的事。但她並不真正瞭解這種力量，也不瞭解它如何運作。」

我們又默默走了一段路。夕陽在我們背後落下。自從在碼頭附近被萊蘭德的爪牙擄去後，我便不曾在晚間出門散步。但我在米凱亞．布蘭德身邊有種安全感。事實上，如果我有朋友的話，他是我在地下組織最老的朋友。而且，是他以其獨特的方式，相信我確實有不尋常的本領。

「你到底是怎麼與柯琳糾纏到一塊的？」我問。

「你講反了。」布蘭德說：「我遇見柯琳時她還是學生，就讀於紐約一所學院，這些維吉尼亞特定階級的人經常會把女兒送去那兒接受名媛教育——法語、家政、藝術，讀一點書。但柯琳很早熟，深為這城市著迷。她常溜出去聽廢奴運動者演講。我們就是這樣認識的。

「你知道，當時我們有些人早就想將戰爭擴展到南方。她很容易被招募，然後培養成我們的主要武器，刺進奴隸制度這個惡魔的心臟。而她確實是武器——他們循規蹈矩的南方佳麗，其文明的裝飾，掉過頭來對付他們。她再三證明了自己，海瀾。你無法想像她的犧牲。」

「她自己的父母。」我說。

「許多犧牲，海瀾，」他說：「巨大的犧牲，那種雷蒙和歐薩、連我們摩西都絕不會同意，而我也絕不會要求他們做出的犧牲。這差不多是我遇見你的時候。當時我在執行偵察任務，以費爾茲先生的身分。我第一次聽到珊蒂．貝斯的故事便是在洛克列斯，但即使那時，我也沒想到你這個記性超強的男孩會與傳送有關。柯琳也曾考慮其他世家，但只有洛克列斯有我們相信比較好騙的繼承人。當她貼近觀察，卻發現維吉尼亞站要掌控的將不只是榆郡的一座古老莊園，還有一個能讓我們駕馭某種強大力量的人。」

「但你們已經有了摩西。」我說。

「不，海瀾，」他說：「沒人能擁有摩西。柯琳當然更不可能。摩西有她效忠的對象，而他們與費城這邊的工作站關係最緊密。柯琳尋求類似的力量，但希望它屬於維吉尼亞。」

「所以每個人都清白無辜，是嗎？沒人可怪罪？」我說。

「不，海瀾。她並不清白無辜。她只是沒有錯。你可曾想過，假如她被發現了，他們會怎麼處置她？尤其是對於這樣一個嘲弄他們最神聖的原則、企圖摧毀他們整個生活方式的女人，他們會怎麼處置她，你明白嗎？」

這時我們已繞回第九街辦公室，我家前面。一直沉浸在自己感受中的我恍然想到：布蘭德是在送我回家。我望著他，輕輕笑起來，搖搖頭。

「笑什麼？」他說：「我們可不能讓你再次被綁架。」

我又笑了起來，這回更大聲一點。於是布蘭德攬住我的肩，跟我一起開懷大笑。

譯注

1 奴主勢力（Slave Power）指美國南北戰爭前，南方奴隸主在聯邦政府的政治勢力。憑藉無薪奴工所產生的財富優勢，蓄奴階層具有超乎其人口比例的政治影響力，對政治平衡造成威脅，連非廢奴運動者亦感到疑忌。

2 《艾文侯》（*Ivanhoe*）與《羅布．洛伊》（*Rob Roy*）是蘇格蘭作家司各特爵士（Sir Walter Scott, 1771-1832）撰寫的歷史小說，前者講述十二世紀薩克遜武士艾文侯營救英國國王理查的經過，後者描寫的十八世紀傳奇人物羅布．洛伊有「蘇格蘭的羅賓漢」之稱。

3 亨利．布朗（Henry Brown）出生於維吉尼亞州，一八四九年將自己裝進木箱，當成貨物，經鐵路運抵費城，由賓州一位反奴領袖簽收。為慶祝成功，布朗後以Box（木箱）為中間名，他從木箱現身的情景也被同時代畫家羅斯（Samuel W. Rowse）製成石版畫，題為〈亨利．木箱．布朗在費城復活〉（The Resurrection of Henry Box Brown at Philadelphia）。

4 愛倫與丈夫威廉．克拉夫特（Ellen and William Craft）一八四八年從喬治亞州逃往北方，具有歐裔血統、膚色白皙的愛倫跨越了種族、階級與性別界線，喬裝成白人男性莊園主，威廉則假扮其貼身男僕，他們搭乘火車與汽船，於耶誕節當天抵達費城。

5 賈姆．洛格（Jarm Logue）出生於田納西州，一八三四年在母親協助下沿地下鐵道北行，最後越過邊境抵達加拿大。

6 里奇蒙（Richmond）、威廉斯堡（Williamsburg）、彼得斯堡（Petersburg）、諾福克（Norfolk）和榆郡在維吉尼亞州，黑格斯敦（Hagerstown）和朗格林（Long-green）在馬里蘭州，達比（Darby）在南卡羅來納州，皆為當時大種植園或販奴市場所在的蓄奴重鎮。

7 昆達羅（Quindaro）在堪薩斯州，格蘭維爾（Granville）和桑達斯基（Sandusky）位於俄亥俄州，在協助黑奴逃往自由州的祕密網絡「地下鐵道」中，這三個城鎮是重要據點。米勒斯維爾（Millersville）與手中鳥（Bird in Hand）位於賓州，距費城約六十英里，西達斯（Cedars）鄰近費城。

8 自十七世紀起，便有愛爾蘭罪犯、遊民和窮人被遣送或拐賣至美洲為奴，與來自非洲的黑奴一同工作，並在奴隸主允許甚或刻意安排下通婚而生下混種後代。

9 布魯塞爾地毯（Brussels carpet）是一種機器製造、不將毛圈切斷的厚絨地毯，此技術據稱源自布魯塞爾，流行於十九世紀前葉而在世界各地生產。由於材料較易取得且耐用，這種地毯的零頭布也被拿來製成手提行李袋。

10 語出《聖經．以賽亞書》第十六章第三節。

19

那晚我徹夜未眠，反覆回想我在布蘭德家引發的小型傳送。這力量內在於我，但與其說我掌握它，不如說我被這力量掌控，因為當它顯現，當藍光降臨，層層濃霧罩在我身上，我只是自己身體裡的一名過客。我需要瞭解，為此我需要某個已瞭解的人，而這樣的人只有一個，那就是摩西。

但首要之務是莉迪亞．懷特和孩子們的命運。第二天，我和米凱亞、歐薩與雷蒙在客廳裡，討論各種可能救出他們的方法。

「我們需要一組通行證，」布蘭德解釋：「而且必須用丹尼爾．麥基南這個男人的名義。海瀾，之前挾制歐薩、現在扣住他家人的就是麥基南。我們需要盡可能精準地製作這些證件。他們有一段很長的路要走，再微小的疏失都可能害我們的幹員任務失敗，甚至喪命——比如在含糊不清的法律所禁止的時段出現在路上，搞錯當地渡輪的抵達時間，或只是運氣不好。」

「我可以製作這些通行證，」我說：「但我需要一份看得出他筆調的原始樣本。愈多愈好。也許可以用歐薩的自由憑證？」

「不成，」歐薩說：「那樣行不通。我當時是跟另一個人串通，讓他從麥基南手中把我買下，我的憑證是這個人發的。」

「還有別的方式。」雷蒙說：「曾經有段時間，不太久以前，只要過了河到對岸，便可以合法擁有一個人——就某些方面而言，現在依然是這樣。儘管如此，從奴隸制得到最多好處的人當中，有一位對我家來說特別重要——傑迪凱亞・辛普森。辛普森先生擁有我、我母親、我父親和歐薩。」

「這就是你母親逃離的人嗎？」我問：「把歐薩賣到南方的人？」

「就是他。」雷蒙說：「傑迪凱亞・辛普森已經過世很久。但他兒子接管了老家，在費城這裡也有房子，就在華盛頓廣場北邊。伊隆・辛普森因其財富而躋身本市最受敬重的圈子，被尊為紳士。但我們知道他根本不值得敬重。比方說，我們知道他會把家奴賣到南方，持續靠奴隸制獲利。」

「你們在路上遇見過他嗎？」我問。

「沒，還沒有。」雷蒙說。

「但我們盯上他，」歐薩說：「無論在費城這兒或他南方老家，所以才會知道伊隆・辛普森與丹尼爾・麥基南仍有生意往來。」

大家靜下來片刻，等著看我是否搞懂了他們的計謀。但他們其實不必等，他們說話的同時，那計謀便在我腦中成形。所以我朝歐薩點頭表示理解。

「一封信，一張買賣收據，什麼都行，」我說：「我只需要辛普森和麥基南之間的通訊資料。也許來闖個空門？」

「不，」雷蒙說：「布蘭德有更巧妙的辦法。」

他們三個相視而笑，像是守著什麼祕密的孩子。

「告訴我吧。」我說。

「不如我帶你去看。」布蘭德說。

於是那晚，我跟布蘭德站在小巷裡，從街上看不到的位置，透過煤氣燈的光暈注視街道。我們盯著伊隆・辛普森家。這裡離華盛頓廣場不遠，此區有陳設考究、安裝了護窗板的褐石建築[1]，還有一個為追念這個國家誕生而命名的公園。這裡是本城上等人聚居之處——也是我們的亡者葬身之所。

那時我已讀過不少費城的資料，因而知道在另一個時代，當奴役仍存在於費城，該市曾遭一波熱病蹂躪。與這場熱病搏鬥的人士當中，有一位名醫班傑明・洛許，他在保衛此城時提出的理論，不免令人對其聲譽存疑。他告訴費城民眾，黑人對此熱病免疫，不僅免疫，其存在還可改變空氣品質，將病源吸收並封禁在我們發臭的黑色軀體內。於是，為了我們身體所謂的黑魔法，數百名僕隸被帶進城裡。他們都死了，當屍體開始四處堆積，當權者便尋找掩埋的空間，要遠離被疾病擊倒的白人。他們選了一塊沒人住的地，把我們扔進坑裡。多年後，這場熱病已被遺忘，戰爭早已締造出一個新的國家，他們在那些人上方蓋起一排排設備齊全的房屋，並以領導解放的將軍為一座廣場命名。[2]我頓時想到即使在這裡，自由的北方，這世界的種種奢華也建立在我們的屍骨上。

「你怎麼走到這一步的？」我問。我們已經在那兒站了好幾個鐘頭，布蘭德和我，監視著那棟房子。

「你是要問一個白人怎麼會加入地下組織？」

「不。單只是你。你怎麼走到這一步的？」

「我自幼失怙，母親無法撫養我們。我奮力求生，什麼工作都做，即使年紀那麼小。但羅拉和我被迫分開，等我長得夠大，便盡可能遠離家鄉。當時的我是個追求冒險的年輕人。我到南方，打過塞米諾戰爭[3]，從此徹底改變。我目睹印第安人的營帳被燒毀，無辜的人被射殺，小孩被偷走。於是我明白，比起更大的鬥爭，我自己的掙扎其實微不足道。

「我發覺自己對於人為何爭戰的理解太過天真。我一向對世界充滿好奇，卻始終沒機會受教育。後來我母親去世，我回家照顧羅拉。我在碼頭幹活，但一有空便去城裡的閱覽室報到。我就是在那裡發現廢奴運動，最後找到地下組織。我在全國各地工作——俄亥俄州、印第安納州、麻州，接著是紐約，在那裡結識柯琳．奎恩，然後就來到洛克列斯。」

布蘭德正要往下說，我們熬夜守候的對象終於出現了。一個白人男子從伊隆．辛普森家走出來，站到人行道上等待。於是布蘭德從外套抽出一根雪茄，點燃，吸一口，轉向我，映著雪茄的微光，我看見他在微笑。布蘭德接著走出小巷，站在街上。那人快步走向布蘭德。布蘭德轉身回到小巷，那人跟著他。

「他們跟我說你會獨自前來，」那人說：「他們說這事快又容易。」

我納悶了一下這是不是伊隆．辛普森本人，但即使在黑暗中，我也看得出他的穿著並不像紳士。

「人生中沒有快又容易的事，查默斯，」布蘭德說：「至少重要的事都不是如此。」

「隨你說吧，反正我做了我該做的。」他說著遞給布蘭德一包東西。

「我們需要檢查一下，」布蘭德說：「進屋去吧。」

「想都別想。」查默斯說：「快又容易，你們的人是這麼說的。你把他帶來就不對了，現在還要我——」

「我要你帶我們進屋去。」布蘭德說：「事情真的很簡單。你答應交出寫給某人的文件。我需要驗證這些文件的確如你所稱。為了驗證，我必須讀過它們。為了閱讀，我需要光，而最近的光就在你主子家裡。」

「辛普森先生才不是我的主子。」查默斯生氣地說。

「你說得對，他不是。我才是。你要帶我們進去驗證這些文件。如果你不肯，我們就把我們自己的文件寄給這位，這個不是你主子的伊隆．辛普森。這些文件會讓他警覺到，你似乎養成了習慣，每當他妹妹造訪這座城市，你便經常找她一起散步，而那些沒有監護人陪伴的散步，性質恐怕並不單純。我確定他會樂於得知，你是如何決定把讓他的家庭蒙羞當成日常工作的一部分。」

街上太暗，瞧不見他的表情，但我看到查默斯退後一步。我想像他當下可能的感受——逃跑的衝動。也許他的家當全打包好了。也許這位妹妹已接獲警報。或許她沒有，而他會乾脆拋下她，讓她承擔那份報告的後果。也許有輛馬車在等他，會把他載往北方，投入家人寬容的懷抱。說不定他會冒險進入我想像中的俄勒岡之鄉，或加入水手的行列，享受我嚮往的自由陪伴。

「好好想想，查默斯。」米凱亞．布蘭德說：「你可以碰運氣，看一位擁有龐大資源的紳士會怎麼對付你。也可以帶我們進去，不必讓人知道。這一切可以被當成一場夢。聽我說，沒有人會知道。這裡只有我們。我們現在就能做個了結。快又容易。」

查默斯猶豫片刻後，開始往回走向房子。我們跟隨他上階梯，進門廳，穿過客廳，進入被伊隆．辛普森當作書房的裡間。查默斯撚亮油燈，布蘭德到書桌後面坐下來讀。那疊文件有好幾份，布蘭德很快翻過一遍。

「不行，」他說：「這些都不行。沒一個可以。」

「他們說你需要一些辛普森先生的文件，」查默斯說：「他們告訴我，做完這件事，我就自由了。」

「不，我想他們告訴你的遠不只如此，」布蘭德回應：「你到底有沒有花點力氣看看，這些文件是寫給誰的？」

「他們叫我帶文件給你。我也帶給你了。」

「這個嘛，」布蘭德盯著我說：「我們還需要更多。」

布蘭德朝我點點頭，站起來，開始提著燈檢視這個房間。我明白自己的任務，坐到書桌前，著手搜查每個抽屜。我翻閱了一本私人日記，瀏覽幾封寫給熟人的信，查看一些邀請函，但沒發現任何附有地址、顯示是要寄給麥基南或麥基南寄來的東西。但我再抬起頭時，看見布蘭德盯著角落的小橡木箱。他跪下來撫摩上面的鐵鎖，又站起來把手伸進褲袋，掏出一個小包，從裡面抽出一根鐵絲。我看著布蘭德設法開鎖，再望向查默斯，他坐在高背扶手椅上，緊張地動來動去。布蘭德繼續弄了一、兩分鐘，然後看向查默斯，露出微笑，箱蓋吱吱嘎嘎地打開了。

布蘭德伸手進去，取出一大疊拆得很整齊的信封，放在書桌上。我一動手整理，便看出這些信件屬於不同類型的通訊。它們是交易紀錄——人被管理和買賣的紀錄。生意很興旺，附注在人名旁邊的數字，顯示這些交易就是伊隆．辛普森的財源。我從未見過辛普森父子，但忍不住想像那個兒子在此置身北方上等人當中，以教養良好、人脈亨通、正派經營的菁英自居。然而，床腳櫃裡密藏著他沒被洗白的人生——重大罪行的證據，證明他身為闇黑社會的成員，那社會造就了這富麗堂皇的家宅，而它本身便建立在一片蔓延的墳場上，在這座號稱無奴隸的城市中心。

有好幾封來自麥基南的信。我全部拿走，樣本愈多愈好。

「但他會發現它們不見了。」查默斯抗議。

「除非你告訴他。」布蘭德說。

查默斯跟隨我們到門口。

「下星期會有人跟你聯絡。根據我們可靠的情報，不是你主子的辛普森先生在那之前不會回來。這些信會交還給你。把它們放回原處，蓋上箱子，」布蘭德說：「你跟我們就再沒瓜葛了。快又容易。」

我只花幾天便寫好通行證，還有幾封為布蘭德的推薦信作佐證的信，供他在行經某些較險惡的地區時用。隔天我們把文件還給查默斯，從此沒再聽說他的消息。即便這整件事發展到最後，也沒留下任何線索讓人追查到雷蒙、歐薩或我們站上任何人。布蘭德隨即前往阿拉巴馬。我沒機會道別。我很少被賦予道別的權利。但這次似乎意義更重大，因為這整個計畫是由雷蒙向我說明的。

這是費城站有史以來最大膽的營救行動。按計畫，布蘭德將赴西部，那裡會有一位辛辛那提的優秀幹員為他提供掩護。他將勘查俄亥俄河沿岸，在印第安納或伊利諾州尋找合適的落腳處。一旦找到安全的落腳處，布蘭德將冒險深入奴隸之鄉，進入棺材的核心——阿拉巴馬州的弗洛倫斯，與一位漢克．皮爾森取得聯繫，他是歐薩信任的老友，還留在麥基南那裡。漢克將帶莉迪亞來，布蘭德會拿她當初給歐薩當紀念的披肩作為信物相認。然後，布蘭德會假裝成他們的主人，帶領這家人潛逃出境。萬一他們走散了，通行證將證明莉迪亞和孩子們有權上路。這計畫不僅在步驟上大膽，挑選的時機也很冒險。那是八月初——距離漫無止盡、能為地下幹員提供許多掩護的冬夜還很遙遠。但它必須在那時執行，因為據說麥基南財務窘迫，隨時可能開始賣掉僕工，果真如此，我們的情報和布局就全落空了。

譯注

1 褐石（brownstone）是一種紅棕色砂石，作為建材，在十九世紀美國東岸城市廣受歡迎，「褐石建築」（brownstones）也成為高級住宅或上流社區的代稱。

2 一七九三年費城爆發黃熱病疫情，時人不知病媒為蚊，因而有種種臆測謠傳。班傑明・洛許（Benjamin Rush）是美國《獨立宣言》簽署人之一，他在對於這場疫病的紀錄中，提到自己的論斷並承認錯誤。埋葬無名死者的墓地於一八一五年開始改建為公園，逐漸發展成高級社區，並於一八二五年命名為華盛頓廣場（Washington Square），以紀念開國元勳喬治・華盛頓。

3 一八一六至一八五八年，美國政府與居住在佛羅里達的原住民塞米諾人（Seminole）發生多次武裝衝突，後稱塞米諾戰爭或佛羅里達戰爭。佛羅里達於一八四五年成為美國的一州。

20

現在是夏末，營救行動的淡季，因此我們幾乎無事可做，只能等待布蘭德執行任務的消息。幸好這段期間正好與一場年度聚會重合，主辦者是對奴隸制度公然發動合法戰爭的鬥士——身為關切此事的公民，他們透過報刊、演說和投票為廢奴奮鬥。我們在地下組織打的是祕密戰爭，隱蔽、神祕而暴力，但悄悄與公開的一方結盟，而八月聚會是這兩個陣營唯一能相見的時候，成員將來自全國各地。想到將與維吉尼亞站的同志、與柯琳重聚，令我十分不安。布蘭德離去後，我們便開始準備，兩星期後出發。雷蒙、歐薩和我包下一輛驛馬車，所以在布蘭德南行時，我們一路往北，進入紐約山區。

我逐漸瞭解到，雷蒙和歐薩同時在兩條陣線上作戰：他們一方面光明正大地領導廢奴運動，另一方面也持續參與我被捲入的陰暗地下工作。密西西比河以東，透過費城站被傳送進自由之境的黑人，數量居各站之冠。除了這聲望，歐薩從阿拉巴馬的深淵、從孤苦無依的深淵奔向家人等待的懷抱，其漫長歷程也是遠近馳名。但在乘車北上的第二晚，有個名氣比誰都大的人加入我們的行列：摩西。

如今我不再只把她當成傳奇人物，也透過雷蒙檔案裡詳述的許多輝煌事蹟認識她。儘管如此，當她帶著歷險無數的氣勢踏進馬車，我頓時目眩神迷，幾乎忘了怎麼打招呼。她跟雷蒙親切寒暄，對歐薩頷首致意，然後便注視著我。

「你還挺得住嗎，朋友？」她問。我愣了一下才想起上回她見到我時，我正從萊蘭德的襲擊中恢復。

「還可以。」我說。

她拄著一根手杖，跟那晚我目送她走進樹林時一樣，現在就著天光，可以看見杖身上有一串雕紋和字符。她見我端詳它，便說：「我忠實可靠的手杖，用楓香樹枝剝製成。我走到哪兒都帶著。」

馬車繼續前行。我發現實在很難不盯著她看。就算沒有傳送的力量，她仍是地下組織最膽大無畏的幹員。我見過不少世面，讀過不少雷蒙的檔案，因而知道她有著飽受奴役摧殘、但從未屈服的靈魂。接著我回想起自己被埋在坑裡、關在牢中，以及那些被當成獵物追捕的夜晚。也許那是我需要的。也許我必須看得更多，才能親身體會這一切究竟能有多卑鄙邪惡。雷蒙叫這個女子哈莉特，她聲稱她喜歡這名字甚於其他所有頭銜。但他對她仍十分恭敬，像士兵對大將軍那樣，有問必答，自己卻不太發問，隨時聽候差遣，儘管她很少提出要求。

隔天我們駛進大會營地，它坐落於一片林間空地，離加拿大邊境不遠。這塊土地屬於地下組織的一位大贊助者，據說他計劃在此建立社區，安頓黑人，讓他們享有自己辛勞的成果。我們抵達前一天下過雨，從馬車卸下行李時，短靴上濺滿泥濘。我們三人在營區外圍地勢較高處占了一個空位，然後便解散，各逛各的。

我眺望四周，見滿布泥痕的帳篷延伸至樹林邊，走在這些帳篷間，看到與會者談笑論辯，而在較大的帳篷裡，我看見倡議改革的演說者在臨時搭建的講臺上宣揚理念。演說者都喜歡場面熱鬧，且似乎競相爭取追隨者加入其陣營。我費力穿過一群群聽眾，停在一個穿棉布馬褲、戴大禮帽的白人前面，他正把臉埋進外套袖子泣不成聲。他流淚述說蘭姆酒和啤酒如何害他無家可歸，眾叛親離，最後只剩現在穿的這身衣服，觀眾聽得如癡如醉。他讓自己平靜下來，說他決心要繼續穿著這套服裝，直到將酒精的詛咒從這片土地清除為止。

我走得更遠些，停在一群擁擠的觀眾前面，看兩名穿吊帶工作褲、剃光頭的女子宣稱婦女有權與男人一起出現在任何領域，享有男人的一切自由。她們愈說愈慷慨激昂，直到連圍觀的群眾也不放過，因為她們接下來主張，除非我們也決心為爭取婦女選舉權而奮鬥——就在這場集會上，否則我們便是那巨大陰謀的同夥，要對這世界上一半的人進行掠奪。

當我走到更遠的帳篷，發現這掠奪還在繼續，那裡有位白人男子站在一名身穿傳統服裝、沉默不語的印第安人旁邊。白人談到他目睹的龐大掠奪，這些喬治亞人、卡羅萊納人和維吉尼亞人為了奪取土地，簡直無所不用其極。那時我已很清楚那片土地會發生什麼事，竊盜的罪孽將與奴役的罪孽相乘。

繼續往前走，我看見一排兒童站在一個男人後面，他正痛斥這個國家的工廠。這些孩子被養不起他們的父母賣去做苦役，直到這名男子所代表的慈善團體出手援救。全靠這些仁心義舉，孩子們才能上學，逃離資本的魔掌。再往前走，我發現這論調與一位工會成員的說法相近，他堅持應從那些豪奢的老闆手中奪走所有工廠的產權，交給真正在裡面辛苦幹活的人們。

更遠處還有一個相關論點在那天被提出：要全面抵制工廠，宣告社會已走上死路，大家應該組織新社群，不分男女一起工作，共享一切。但這還不是大會最激進的主張，在營地最偏遠的角落，我發現有位獨身婦女堅持我們每個人連婚姻的束縛都該拒絕，因為婚姻本身就是一種財產制、一種奴隸制，我們應與「自由戀愛」的信條站在一起。

時近中午。烈日從八月的萬里晴空照射大地。我用夾克的袖子抹去額頭的汗，在樹樁上坐一會兒，遠離營帳和與會者的熱鬧喧騰。太多資訊了——草地上彷彿冒出一整所大學。新的生存方式、新的解放理念侵入我腦中。才不過一年前，我一個也不會接受。但我已見識過許多，甚至超出我在父親的書裡看到的一切。它可有止盡？我看不出來，這事實令我既痛苦又欣喜。

抬起頭時，我望見一個年紀比我稍長的女子，站在我剛剛走出來的營區邊緣，緊盯著我看。當我們四目相交，她微笑著直接走來。她有張細緻的淺棕色臉龐，鑲在從兩頰垂落及肩的濃密黑髮中。

我出於禮貌而起身，她收起笑容，從頭到腳仔細打量我，彷彿試圖確定什麼，然後說了句完全出乎我意料的話。

「阿海，你好嗎？」

假如我是在別處、別的情況下聽到，會覺得很安心，因為它會讓我想起家鄉的種種。我腦中立刻閃過一大串問題，首先是這女子怎麼會曉得我的名字。

「沒事的，」她說：「現在什麼都不用擔心。」她隨即伸出手說：「我是凱西亞。」

我不肯跟她握手，但她不以為意，繼續往下說。

「我跟你是同鄉──維吉尼亞榆郡，洛克列斯。你不記得我了。你什麼都記得，但不記得我。沒關係。你還是小寶寶的時候，我經常照顧你。你母親會把你託給我，當她必須──」

「誰？」

「你母親──羅絲媽媽，我們都這樣叫她──她會託我照顧你。根據我聽到的，你也認識我母親──她叫席娜。她多年前失去了孩子。五個小孩全在史塔佛賽馬場被賣掉，天曉得送到哪裡。但現在我加入了地下組織，聽說有人也在這裡，跟我一樣從南方上來，而且聽說那個人是你。」

「我們可以走走嗎？」我問。

「當然可以。」她說。

我把她帶離會場，走向草地外圍地勢較高處，我們拴繫馬車、搭帳紮營的地方。我扶她坐上馬車，然後爬上車，坐在她旁邊。

「是真的，」她直視前方說：「全是真的。如果你想知道，我可以告訴你事情的來龍去脈。」

「我當然想知道。」我說。

「那個，就像我跟你說的，你知道嗎？我是席娜的小孩──我是老大。我們住在下頭大街上，我對那段時光有些美好的回憶。我爸爸那時是個大人物，菸草工班的監工，換句話說，身為僕隸，那是你能爬到的最高地位。

「我們在街底有幢自己的房屋，跟別家有點距離，也比較大。我想這都是因為我爸的緣故，因為頂層那些人非常敬重他。他是條硬漢。印象中他並不多話，但我記得上等人下來跟他說話時，那種尊重的語氣是他們不曾用在其他僕隸身上的。」

凱西亞講到這兒停下來，露出明白了什麼的表情。她接著說：「說不定那全是我想出來的。或許那是小孩的記憶，試圖把事情回想成我希望的樣子。我不曉得。但我告訴你，我確實這麼記得。我記得我們常玩的遊戲。我記得那些彈珠。我記得球和線繩。我記得玩『騎士和哨子』。但我記得最清楚的是我媽媽，她是我認識最親切可愛的女人。我記得那些禮拜天，像小貓咪一樣窩在她懷裡——我們五個一起。我爸是條硬漢，但我想就算那時，我也知道我們因為他的關係而受到保護，我知道他正在努力，或已經做了什麼，好讓我們一家能有獨立在街底的木屋。我們在屋後有自己的花園，自己的山茶花。那便是我的生活。」

凱西亞望向我們剛剛離開的那些帳篷，陷入沉思。我也陷入自己的沉思，記起多年前的席娜，抽著菸斗，追憶她深愛的男人，大約翰。我實在很難相信這個凱西亞竟是他們的女兒，天下那麼大，她竟會出現在這裡。

「但我漸漸長大，很快就被派去幹活——起先是提水到田裡給工班，之後便輪到我自己下田。但我不介意，我的朋友也都在那兒，還可以接近爸爸。那是辛苦活，我知道，但我總愛找辛苦活來做，所以才會加入地下組織。但那時我的世界就是菸田和大街，而我是在大街認識你的，阿海，還認識你母親和艾瑪阿姨。週末時大人到樹林裡跳一點舞，留下我看顧幼兒，你也是其中之一。我並不太訝異會在這裡找到你。你一向與眾不同。你只是看著，看著一切，當我發現你在這裡時，還想說你真的都沒變，仍只是看著。能找到你，在遠離奴役的這裡再遇見你，真是我的福氣。

「那是個完全不同的年代，說我當時在那裡很快樂，這話連我自己都難以置信，幾乎感到羞愧，但我確實相信我有段時間很快樂，也記得這感覺何時變了。那是我爸爸倒下的時候。熱病，你知道。我媽媽深受打擊。她仍如往常一般親切，但好哀傷。夜夜哭泣，把我們叫到身邊，『過來跟媽媽一起睡』，她會說，而我們——所有的小貓咪——會同她躺在一起，她只是一個勁地哭，我們也都跟著哭。但我告訴你，阿海，比起接下來發生的事，這其實不算什麼。至少我爸爸過世時，我們還有彼此。可是啊，不久我們連這個都沒了——彷彿我們全都離彼此遠去，彷彿我們全都死了，各自墮入不同的地獄。」

凱西亞說著轉向我：「他們說你認識我媽媽，一些些。」

我點點頭，不想多說，因為我還無法讓自己完全接受這個故事。但我看得出凱西亞注視我的眼神充滿期盼。那種期盼我很熟悉。

「她跟你剛剛描述的不太一樣，」我說：「但我相信是同一個人。不僅如此，我相信她會變成後來的樣子，我所知道的樣子，一定有其原因。但我認為那不重要。重要的是她對我很好。重要的是對我來說，席娜是洛克列斯最好的部分。」

凱西亞雙手合攏，掩住口鼻，低聲啜泣。

然後她說：「所以你知道賽馬場的事？」

「我知道。」我說。

「想像那情景。我們五個孩子，我和弟弟妹妹，全被帶到那裡賣掉。你知道我再也沒見過他們？你知道我費了多少心力尋找他們？但太多人都不在了，阿海。像水從我的指縫間流失。不在了。」

「我……我知道，」我說：「我不是一直都知道。但我現在知道了。妳母親，她試圖告訴我。但我並不總是明白被這樣對待意味著什麼。但我現在漸漸瞭解了。」

「他們以前常說你爸爸是白人。」

「他的確是。」我說。

「那也救不了你，對嗎？」

「對，救不了任何人。」

「沒錯，救不了任何人，而我能出現在你面前全憑運氣。我弟妹大多被送往納奇茲，只有我被帶到北方的馬里蘭，分派到伐木場工作，不久後，我遇見伊萊亞斯這個男人，彼此產生了好感。伊萊亞斯是自由人，幹活賺取自己的工資，他打算花錢為我贖身，好讓我也過著自由的生活。

「伐木很辛苦，但我找到另一個家庭。我為新的人生重新打造自己，因那個男人而改變了自己，並體會到近乎快樂的感受。我知道自己無法再當個女孩。我知道前塵往事在我身上留下慘酷的烙印。但我找到重要的東西，就在此時，阿海，他們居然企圖把我放回拍賣臺上。但這次我讓他們吃到苦頭，你瞧。我嫁入一個特殊的家庭，在那個家庭裡，有個你稱為摩西的人。」

想到這事，凱西亞不禁笑了起來。「你該看看那場面的。我和伊萊亞斯已說過再見。真是難啊。到了那天，他在拍賣場現身，開始出價。我的心狂跳，因為他是跟一個遠從德州來的男人競標。他們一來一往，直到我的伊萊亞斯用無比悲傷的眼神望著我。我知道他輸了，德州佬贏了。德州佬付了錢，把我關進牢房。你該聽聽他的口氣和所有意圖。如此盛氣凌人。日出我們就上路，他跟我說。哈！日出。他可不曉得。太陽果然出來了，但摩西卻到得更早。」

摩西，我想著。傳送。

這時凱西亞瞅著我。「這都在計畫中，你瞧。他們盡可能哄抬我的價碼，讓那男人付錢，再把我劫走。我的天，目睹這經過，看摩西怎麼對付他們後，我再也回不去那種生活了。我想到他們給我的各種折磨。我想到以牙還牙的感覺有多痛快。我想到自己經歷的所有痛苦，以及還有多少像我這樣的人，今後我只想為這地下組織效命。

「從那時起，我便一直追隨摩西。我是這樣才得知你的事，阿海。他們告訴我，有個男孩從維吉尼亞上來——榆郡，我的郡。於是我開始查探，並聽到你的名字，簡直不敢相信，但我的天啊，真的是你。我一看到你在這兒四處觀看，就知道是你沒錯。」

說著她撲上前擁抱我，當她這麼做，我驚訝地發覺自己感到了暖意。我離家好久了。此刻，帶著對於它的一些回憶，我與另一個經歷過同樣旅程的人在一起。天色漸晚，我們得回去找各自的同伴。我們起身再次擁抱，她說：「我們會有更多時間，你和我。我們還會在這裡待幾天。」

然後她望著我說：「哎呀，我只顧著自己說，怎麼都忘了問，羅絲媽媽好嗎？你母親好嗎？」

不久我又走在帳篷間，發現宣講已被娛樂取代。幾個雜耍團在表演交互拋接水果和瓶子。有些藝高膽大的人在兩棵樹高處拉起細索，從這頭走到那頭，再踩著舞步跳回來，一面哼著小曲。也有特技演員在空中翻滾、扭轉和跳躍。

而我母親好嗎？羅絲媽媽過得如何？我依然記不起她的模樣，只能透過凱西亞這些認識她的人拼湊出一些故事，因此當我想到她，感覺像一幅素描的景象，畫著某個古老的神話，不像我記得蘇菲亞，不像我記得席娜——席娜在我心目中最鮮活的時刻，莫過於當我和凱西亞在一起，屬於女兒的記憶混合著我自己的。我覺得自己現在懂事許多，瞭解她為何對我如此嚴厲。她的訓諭：**要說那個騎在馬上的白人是你父親，還不如說此刻站在這裡的我更有資格當你的母親**。

我們大家一起用餐——歐薩、雷蒙、凱西亞、摩西和我；晚飯後，夕陽西沉，一群黑人圍著營火，開始以最緩慢而令人難忘的歌聲，唱出只可能在南方棺材裡譜成的歌曲。自從離家後，我便沒再聽過這些歌，現在聽到，感覺它們在拉扯我，感覺自己在八月的燠熱裡搖晃。我實在承受不住，於是離開，懷著心事漫步在一排排帳篷間的泥濘小路上。

我在帳篷外圍的一塊乾草地坐下，仍聽得到族人在遠處歌唱。白天的見聞令我暈頭轉向——凱西亞，對席娜和大約翰的回憶，關於婦女、兒童、勞工、土地、家庭和財富的爭論與理念。我突然領悟到，對於奴役的檢視不僅揭露了維吉尼亞——我的舊世界特有的種種邪惡，更顯示我們亟需一個全新的世界。奴隸制是一切鬥爭的根源。因為他們說工廠奴役了孩童的雙手，生育奴役了婦女的身體，蘭姆酒奴役了男人的靈魂。那一刻，我從各種理念形成的旋風瞭解到，這場祕密戰爭對抗的不僅是維吉尼亞的奴隸主，我們不只企圖改善世界，還要重新打造它。

我的思緒被一個在附近打轉的男人打斷。這名信差跟我打招呼，遞給我一個小包，上面有封印，我立刻認出那是米凱亞·布蘭德的標誌。我的心怦怦直跳，有股強烈的衝動想打開信件。但那是歐薩的家人，最先得知其命運的應該是他。我找到他和雷蒙，他們還待在營火附近，猶陶醉在悠揚迴蕩的奴隸歌曲中。我把信交給閱讀能力較佳的雷蒙。歐薩被營火照亮的臉龐浮現我們能料想到的所有驚恐不安。但雷蒙隨即微笑著說：「米凱亞·布蘭德接到莉迪亞和孩子了。他們已離開阿拉巴馬。寫這封信的時候，他們正穿越印第安納。」

「我的天，」歐薩說：「我的天。」

他轉向我說：「夢想要成真了。經過那麼多年，我的莉迪亞，我的兒子們——他們全部——我的天，多希望蘭伯特活下來看到這一幕。」

說完歐薩轉回去對著雷蒙潸然淚下。雷蒙打破他一貫嚴肅的面具，與歐薩相擁而泣。我轉身離開，心想他們需要獨處的時間，這一天充滿了超過我所能理解的奇蹟，任誰也承受不住。

21

從前在洛克列斯，我曾夢想成為統治者，如同父親一般；就算當時思慮欠周，要坦承這曾是我的夢想仍令人難堪。但我找到了地下組織，或者說地下組織找到了我，為此我終於感受到快樂。我在地下組織找到意義，在雷蒙．懷特、歐薩和米凱亞身上找到家。而今在凱西亞身上，我覺得我甚至找到了某部分失落的自己。

第二天晚上，度過又一天的宣講與娛樂，我決定穿過樹林，爬上俯臨原野的山丘，結果在那裡看到她，摩西，盤腿坐在一塊大岩石上。她一動也不動，神態安詳，我心想也許不該打擾她，但正當我打算走開，卻聽到她的聲音劃破寂靜的夜空。

「晚安。」

我轉身見她已朝我走來，眼睛盯著我的頭。走到夠近時，她伸手摸我被萊蘭德重擊的地方。接著她退後一步，微笑著說：「我知道我們會有時間單獨說話，在這裡說話挺好的，離他們很遠。我聽過很多關於你的事。」她說：「而凱西亞說你們昨天談了更多。」

「是的，」我說：「我們碰巧是同鄉。」

「嗯嗯，她也是這樣告訴我。見到從家鄉來的人真好，不是嗎？給你一種有根的感覺。離自己的根這麼遠，想必讓你很難受。」

「大家不都一樣嗎？」

「不，」她說：「我就不是，我挺常回老家的，即使那些奴隸主並不希望如此。我在同一處工作，那是我最熟悉的地方——彼岸的馬里蘭[1]，我的家鄉。總有一天我會永遠回到那裡，但不是像這樣，不是以幹員的身分，而是在光天化日下。但有空時，我還挺常在那裡，回去很好，記得也很好。」

「我記得很多。」我說。

「我知道。根據我聽到的，你天賦異稟，不論是費城的內勤工作，還是維吉尼亞的外勤任務，都做得一樣出色。尤其是，我還聽人私下說，你或許能夠擔當更多重任。」

「我也聽說了，」我說：「但任憑他們把我講得像千里馬，卻沒有馬鞍，派不上用場。」

「呵，」她說：「給它點時間吧。」

「我想那其實由不得我。我想救出我的親友。但我瞭解情況。有那麼多人在等。我現在明白他們全都需要援救。」

「噢，真高興聽你這麼說。」她說，一面促狹地對我微笑。我覺得，事實上我知道，就在剛剛，我讓自己加入了某項任務。「是這樣的，朋友，我的工作規模不大，且一向單獨作業。我按自己的時間、憑我特有的警覺行事。但這次出任務，我需要一個能寫也善跑的男人，這邊的地下組織沒幾人符合條件，而他們告訴我你是其中之一。」

「我不懂妳為什麼需要我幫忙。我知道他們叫妳摩西。那稱號代表威震四方的力量，不是嗎？」

「威震四方，」她說：「對這麼簡單的事來說，這個詞也太高深了。」

「但那些故事，」我說：「我知道它們怎麼說的。摩西小小年紀就馴服公牛，耙起田來像男人。摩西會跟狼說話。摩西把雲朵帶到地上。刀子碰到摩西的衣服便融化。皮鞭在奴隸主手中變成灰燼。」

她大笑：「它們是這麼說的呀？」

「是啊，還有更多。」

「好吧，讓我來告訴你，」她說：「我的手法不是供人觀賞的。這是地下組織，不是公開活動。這不是什麼表演。我不像『木箱』布朗那樣宣傳。遇上無法理解的事物，人們會忍不住想對人說——而且還加油添醋。無論傳聞怎麼講，要知道那內容並非出自我。我只說必要的話，隨乘客自己去編織精采離奇的情節。至於稱號，我只回應一個——哈莉特。」

「所以沒有傳送這回事嗎？」我問。

「都是些故作高深的字眼。」她說：「我只想知道你準備好要工作了。我要回老家一趟。他們向我推薦你，說你很能幹。所以你到底是想工作，還是想浪費時間盤問我？」

「我當然想工作。我們何時動身？要去找誰？」

直到那時我才聽見自己聲音裡的熱切，那強烈的渴望——聽過那麼多關於她的故事，我多想跟這個女人一起工作。

「抱歉，」我說：「我隨時聽候差遣。」

「回營地去吧，」她說：「好好欣賞表演。」

說完她走回她的大圓石，背對著我說：「我們很快就會動身。說不定還能讓你得到那副馬鞍。」

次晨，我被帳篷外的巨大騷動吵醒。我聽見歐薩的聲音，失控得近乎歇斯底里。接著是雷蒙和幾個我認不出的聲音，在試圖安撫他，我想我當下心裡便有數，因為不管遇到什麼麻煩，歐薩很少讓自己這麼激動。一定發生了極可怕的事。我踏出帳篷。天剛亮，但我可以清楚看見歐薩的頭埋進弟弟肩膀，他搖搖晃晃，幾乎無法站立。

雷蒙先看到我。他睜大眼睛，搖了搖頭。也許感覺到我在場，歐薩推開弟弟轉向我。我看見他臉上哀慟欲絕的神情。

「你聽說了嗎？」歐薩問我：「你聽說他們幹了什麼嗎？」

我沒回答。

「海瀾，」雷蒙說：「我們可以晚點再解釋一切。我們必須……」雷蒙說不下去，只是無法置信地搖著頭，試圖把歐薩帶開。「來吧，歐薩，」他說：「來吧……」

「來哪裡？」歐薩說：「我們能去哪裡，雷蒙？去幹什麼？都結束了。難道你看不出都結束了？他們把莉迪亞關回棺材。我們要去哪裡？米凱亞．布蘭德死了。我們還能去哪裡？」

接著歐薩轉向我。「你聽說了嗎，海瀾？」他問。我看到他的神情從痛苦轉成憤怒。「你聽說他們幹了什麼嗎？他們殺了他。用鐵鍊綁住他身體，打爆他的頭，把他扔進河裡。」

歐薩說著淚如泉湧，雷蒙與好幾個男人把他拖離帳篷。起初他幾乎要跟他們打起來，又喊又叫又踢，直到雷蒙抓住他。現在他們帶著他，幾乎是扛著他離開，我還聽得到歐薩一路嘶吼：「你聽到他們幹了什麼嗎？米凱亞．布蘭德在水裡！我們現在還能做什麼？」

我呆站在那兒，直到再也看不見他們，還繼續站著，腦中一片茫然。等我恢復神智，發現周圍出現一陣騷動。消息正傳遍營區。我看到人們湊在一起交談，再散開加入其他群體，分享他們蒐集到關於米凱亞．布蘭德命運的任何傳言或情報。我低頭看見一個小背包，就在歐薩和雷蒙剛才站的地方附近。我直覺地拿起背包，帶回我的帳篷，一打開便發現一疊報紙，記載著米凱亞．布蘭德和莉迪亞．懷特的冒險歷程。第一則報導述說故事——「逃跑黑人被逮」。第二則證實那的確是歐薩．懷特的家人。翻閱第三則時我雙手顫抖——「偷黑人的竊賊被遣返阿拉巴馬」。最後是印第安納幹員發送的急訊，他滿懷哀傷地通報噩耗——米凱亞．布蘭德的屍體在那天早上被沖上岸。頭被打爆。雙手被鐵鍊反綁。

那時，我已被訓練得能將傷痛封裝起來，因此當下想到的並不是米凱亞．布蘭德，而是將這些報紙交還雷蒙和歐薩的簡單任務。我穿過人群。有幾個人曉得我與費城站的關係，試圖攔下我打聽內情。我沒理他們，只顧掃視營區，尋找歐薩可能被帶往何處的線索。我看到幾名西部地下組織的幹員在一頂帳篷前，其中一人向我招手說：「這邊。」另一人為我掀開門帳，我走進去看見歐薩坐在雷蒙旁邊。歐薩平靜了些，儘管鬱怒難消。另外還有幾位看得出是地下組織鬆散領導層內的資深前輩。哈莉特也在，最令我震驚的是沉靜地坐在那裡的柯琳．奎恩。

來不及思忖她為什麼在場，我一進入談話便戛然而止。

「對不起，」我說著走向雷蒙：「但我想你可能需要這些。」

雷蒙向我道謝，我告辭，讓會議繼續進行。我離開營地，回到昨晚遇見哈莉特的樹林。我坐在那兒，就在哈莉特坐過的大圓石上。要是能在這樹林裡打開一扇門，我心想，把阿拉巴馬的棉花田拉到紐約的森林該多好。但我什麼都沒有。我內在有股力量，卻不知如何運用或控制它，只覺茫然失措。

回到營區，發現大家仍在哀悼。那時已是下午。我走進帳篷躺下，醒來時歐薩就坐在旁邊的椅子上。歐薩是性情中人，但他的熱情從未失控，也絕不會因暴怒而逞凶。我從沒見過他像兩天前那樣歡喜，也不曾目睹他像今天早晨這般痛苦。

「歐薩，」我說：「我很難過。我……我甚至不曉得該說什麼。我從未見過莉迪亞或你的孩子，但我聽說了好多他們的事，覺得他們就像我的家人。」

「他是我兄弟，海瀾，」歐薩說：「米凱亞．布蘭德並非我的血親，但他待我如兄弟，不惜為我和我的家人赴死。我並不是沒經歷過這些。我自小便與骨肉分離，無論到哪裡都結交新弟兄，而每次被拆散——我們總是被拆散——都傷痛不已。但我從不曾逃避與人建立連繫，一刻也不曾閃躲過愛。

「我很抱歉早上憤怒失控。雷蒙不該承受這些，我也很抱歉讓你看到我這樣。」

「你真的不用道歉，歐薩。」

他沉默了幾分鐘。我不發一語，心想這該是歐薩的時間。

「我想告訴你一個關於夢想的故事。之所以特別想告訴你，是因為我知道你一直在掙扎著瞭解自己的處境，奮力碰觸他們都說你擁有的那種力量。倘若我能在這痛楚中給予你什麼，那對我也會是很大的安慰。」

我在鋪墊上坐直，仔細聆聽。

「蘭伯特死後不久，我遇見我太太莉迪亞。蘭伯特比我年長，強壯，也更勇敢。他是我的摯親，我的信仰，每當我陷入絕望，都是他堅定不移的信念讓我振作。後來看他日益消沉，抑鬱以終，覺得我們永遠回不了家，覺得上帝真的讓我們飽受摧折。一股醜惡的洪流淹沒了我。許多夜晚，我都處在你今早看見的狀態。也許你瞭解這種感受：痛楚向外伸展，如黑夜籠罩你的心靈。

「我發現唯一的慰藉在工作中，儘管是被奴役。動手幹活可以讓我腦袋放空，田野安撫了我。白人以為我秉性純良，挨打受罰也不記恨。但我恨他們每一個，海瀾，因為他們害死我哥哥，就像他們害我年幼失親一樣可恨。

「我在這種狀態下遇見莉迪亞。也許因為生在阿拉巴馬，她對壓迫瞭解得更多，也更有能耐承受奴隸生活的沉重負擔。令我發怒的事，她只覺好笑，沒多久我發現自己也跟著笑，然後我會氣她害我不爭氣地笑出來，又為這整件事再笑一次。我們要結婚了，我覺得自己回到這世界。我有了牽繫，你瞧。

「結婚前幾天我來探望莉迪亞，發現她的背紅腫疼痛。她深受所有上等人喜愛和看重，從不曾被處以鞭刑。她告訴我是老闆的工頭幹的。他一直在追求她，她不肯屈從，所以他就鞭打她，聲稱是因為她對他無禮。

「我聽了血液直衝腦門。一語不發，起身準備離去。她問我打算做什麼。我說：『殺了他。』

「『你敢去就給我試試看。』莉迪亞說。

「『為什麼不行？』我問。

「『因為他們會射殺你，你清楚得很。』她說。

「『殺就殺吧，』我說：『但我拿男子氣概發誓，一定要討回公道。』

「『你敢碰那白人頭上一根毛，你見鬼的男子氣概和全身上下每一寸就通通下地獄吧！』

「『但妳是我的，莉迪亞，』我說：『我有責任保護妳。』

「『難道你也能保護我免於一死？』她問。『我選擇你是有理由的。你跟我說了你的故事，我知道你見識過外面的世界，不甘困陷於此。歐薩，還有比這更重要的事。比憤怒重要，比男子氣概重要。我們有計畫，我和你。這不是我們的結局。這不是你和我該有的死法。』

「我一直牢牢記著那些話，你懂吧，海瀾。我夢見它們——**這不是我們的結局**，她說，**這不是你和我該有的死法**。她挨了鞭子，而我卻是那個聲稱受傷的人。我應該要愛她，但我真正愛的只是我自己的面子。

「我知道你能想像我們婚後目睹了多少恐怖，而此時此刻，我的莉迪亞、我的孩子還得面對多少恐怖。但我想要你看見的是我現在努力挽救的、讓布蘭德犧牲生命的東西，那是莉迪亞和我共同打造的一切——那些只屬於我們的玩笑，我們很榮幸擁有的孩子，深刻得足以響徹這整個大陸的感受。莉迪亞救了我的命，海瀾，而我將不惜任何代價救她的命。

「這些米凱亞．布蘭德全都知道。他們為此而殺害他。我的哀慟超乎你所能想像。」

他說完站起來，掀開帳篷的門。

「我的莉迪亞將獲得自由，」他說：「我們不會這樣死去。我的莉迪亞將獲得自由。」

譯注

1 美國賓州與馬里蘭州的分界，稱為梅森—狄克森線（Mason-Dixon line），劃定於一七六七年，後來成為自由州與蓄奴州的界線。對於當時在北方的「摩西」（哈莉特）而言，故鄉馬里蘭州與賓州雖僅一線之隔，黑人的處境卻有天壤之別，故以彼岸喻之。

22

次晨，到了拔營的時候，我已將行李都收進毛氈包，便在營地四處閒逛，看著這座從原野中冒出，充滿新思想、願景和解放的未來，男女共享的奇妙城市，再度化為烏有。我到樹林裡散步，在墮入城市的煙塵汙穢之前，最後一次享受鄉間的空氣。回來時，雷蒙、歐薩和哈莉特也差不多準備好了。我看見凱西亞在一旁拉緊行李束帶。她一看到我便用手摀住嘴巴，走過來將我擁進懷裡說：「我好難過，阿海，真的好難過。」

「我很感激妳的好意，」我說：「但妳不該為我難過，尤其當歐薩的家人還不知道在哪裡。」

「我知道。但我也知道米凱亞．布蘭德對你的意義。」她說時緊抓著我臂膀，幾乎像母親對小孩那樣。

「遇見妳之前，」我說：「他是我與老家最親近的連繫。雖說我一點都不希望這樣，但他在妳出現時離我而去，真的是很特別。」

「的確，」她說：「也許冥冥中有人在看顧你。」

她微笑，我感覺我們之間有股暖流。我遇見凱西亞才三天，但已經覺得跟她很親。她是我從未想過自己需要的姊姊，宛如一只塞子，堵住我甚至不曉得它存在的洞。

「謝謝妳，凱西亞，」我說：「希望很快能再相見。事實上，妳若有空，請捎個訊給我。」

「我當然很樂意，」她說：「不過我是做外勤的，不敢說文筆能比得上你這樣的人。無論如何，我會跟你一道去費城——我和哈莉特。米凱亞．布蘭德的犧牲使一些事情起了變化，我們大概也不得不調整了。」

我們再次擁抱。我提起她的行李包，拿到馬車上放好，回頭發現柯琳與雷蒙、歐薩和哈莉特在一塊，也意外地看見霍金斯和艾咪。他們交談的神態誠懇真摯，為歐薩遭受的打擊互相擁抱、安慰。我從未見過他們對彼此這麼溫柔，但話說回來，我也從未見過地下組織為同志哀悼。柯琳看起來不太一樣。她換下維吉尼亞的面具——長髮披肩，穿著樸素的象牙色連身裙，不施脂粉。霍金斯看到我時點頭致意，露出對他來說十分難得的關切神情。

我們的車隊包含三輛馬車。歐薩、雷蒙和我坐第一輛，柯琳、霍金斯和艾咪坐第二輛，最後一輛載著哈莉特、凱西亞和她們的車夫，他是哈莉特最近傳送的一名年輕人，矢志為她效命。那晚我們投宿在曼哈頓島北邊約一小時車程的小客棧。但我睡得很不安穩，一闔眼便發現自己陷入猙獰的夢魘：我置身水中，在古斯河裡，掙扎著從波浪間冒出頭，當我浮上水面，又看見梅納德在眼前沉沒。我心想自己回到了那裡，見藍光已聚攏過來，亦知那力量內在於我，決定要讓這次不同。但當我伸出手，小梅轉身，我卻發現那不是他，而是米凱亞．布蘭德。

我懷著可怕的念頭醒來。通行證是我製作的，介紹信是我偽造的。這一切肯定都是我的錯。我想到辛普森。想到麥基南。想到查默斯。我把那晚發生的事從頭到尾想了一遍。想著接下來幾天和所有精心製作的偽造品。我想起讓內勤幹員露餡的有時正是完美，有時通行證做得太好、太天衣無縫，反而引起懷疑。是我的錯，我很確定。

我害死了米凱亞．布蘭德。我差點害死蘇菲亞。說不定母親的厄運也是我害的，也許那就是我不記得的原因。我感到胸悶，喘不過氣。我起床，穿衣，跌跌撞撞地走到門外。坐在後廊上，彎下腰，呼吸，呼吸，呼吸。坐直身子，看到後面有個花園。還沒午夜。我穿過花園，走著走著便聽見熟悉的聲音。霍金斯、柯琳和艾咪都在那兒，坐在圍成一圈的長凳上，各自抽著雪茄。我們簡單打了招呼，我也坐下。藉著月光，我看見柯琳深吸一口，再徐徐吐出一縷長煙。漫長的幾分鐘裡，只聽見昆蟲的夜曲。然後柯琳開口說出我們大家心裡想的事。

「他是個很難得的人，」她說：「我十分瞭解他——而且非常喜歡他。他實在太難得了。多年前他發現我，拯救了我。他向我展示一個我甚至不曾窺見的世界。如果沒有他，我不會在這裡。」

接著是更長的沉默。我望著周圍的面孔被雪茄微光照亮，心中充滿愧疚。我說：「他也救了我。把我從萊蘭德手中救出來。戳破我那些關於沼澤的蠢念頭。最早引導我讀書的人就是他。我欠他的恩情永遠也算不清。」

艾咪點點頭，將手伸進小袋。她遞來一支雪茄。我接過它，點頭致謝，在指間把玩了一下。然後我靠向霍金斯，他點了火。我深吸一口，說：「但我學到了。我告訴你們，我學到了一些事。」

「我們都曉得，海瀾，」霍金斯說：「有人說你要往馬里蘭去，就像那句老話：跟摩西一道走。」[1]

「假如她還要我的話。」

「噢，她會的。」霍金斯說：「摩西不會因為布蘭德而罷手，就像布蘭德不會因她而罷手。可能會等一陣子，但她肯定會去的。這真是太不幸了。但他也算求仁得仁——這麼難得的人，誠如你所言——但他捨生取義，正是我們每個人希望做到的。」

我頓時感到反胃，想起自己的夢。我說：「他是怎麼死的？」

「確定你想知道？」艾咪問。她口氣溫柔，不知怎的，這反而讓我更無地自容。但我確實想知道。我想盡可能得知詳情，內疚剝除了我所有的矯飾，以至於這回吸菸時，我被嗆到咳嗽，惹得霍金斯放聲大笑，然後他們三人笑成一團。我看著他們笑，直到大家恢復沉默。當他們都靜下來，我平靜地說：「那些證件。那些證件是我做的。我相信是我害死了那個人。」

這話又引來更多笑聲，但這次笑的只有霍金斯和艾咪。

「那些證件是我做的，」我又說了一次：「除了我犯的錯，不可能有其他原因讓布蘭德這樣的高手被逮。」

「什麼叫不可能有其他原因？」霍金斯問：「原因可多了。」

「尤其在阿拉巴馬。」艾咪說。

「那些證件，」我說：「害他露了餡。」

「不。事情根本不是那樣，」柯琳說：「跟他的證件毫無關係。」

「不然是什麼？」我問。

「他眼看就要成功了，」柯琳說：「只差一點點。他花好幾星期在俄亥俄河沿岸勘查，終於找到完美的落腳處。我們不確知他怎麼辦到的，但他找到了莉迪亞和孩子們，假扮成他們的主人，划船順田納西河而下，直到進入自由州印第安納。但是，據我瞭解，其中一個孩子生病了，致使他們無法繼續趁夜趕路。」

「他們就是這樣被逮著的。」霍金斯說：「白人攔下他們盤查，覺得布蘭德的說詞可疑，就把他們帶到當地監牢，等著看有沒有關於逃奴的通報。」

「結果有。」艾咪說。

「布蘭德本來可以脫身的，」霍金斯說：「他們沒有對他不利的證據。但我們從報紙和該區幹員發來的快訊得知，他一直試圖救出莉迪亞和孩子們，直到自己也被關進牢裡。」

「我們不曉得他最後是怎麼遇害的，」柯琳說：「但依布蘭德的個性，他會鍥而不捨地想辦法脫逃。我懷疑那些關押他的人發現，要想順利遞解他們抓到的黑人，領取可能的賞金，得先解決掉這個拚命想劫走黑人的傢伙。」

「天哪，天哪。」我不住悲嘆。

「而且你們全都該死，竟然派他去，」霍金斯說：「阿拉巴馬？你可能為了各式各樣的原因被逮。闖進棺材，就為了救幾個娃兒？」

我可以告訴霍金斯我知道的一切。我可以告訴他歐薩・懷特的故事。我可以跟他說薑餅的事。我可以跟他談席娜和凱西亞。我可以告訴他地下組織還有更多更重要的面向，不僅僅是精打細算和不擇手段，不僅僅是行動。

但我知道霍金斯正以他自己的方式哀悼。此刻我的感受尤深，因為層層纏繞的哀慟與失落開始鬆解開來。蘇菲亞、米凱亞・布蘭德、喬吉、我母親。我甚至不覺得憤怒。那時我已明白這是工作的一部分，必須接受一次次失去。但我就是不想接受。

譯注

1《聖經・出埃及記》中，上帝派摩西到埃及去解救受奴役的以色列人，此典故被引用於黑人靈歌，號召仁人志士為廢奴奮鬥。由於哈莉特被稱為「摩西」，因此霍金斯語帶雙關。在下一章，哈莉特也提到「馬里蘭仍是法老王的地盤」。

23

回到費城後，我重拾日常工作，往返於木工和地下組織之間。我們沒多少時間悼念。現在是九月，很快就要進入傳送的旺季。有人擔心布蘭德可能是被出賣了。我們重新檢視整個運作系統，更動暗號，修改行動程序。某些幹員受到審查。我們與西部地下組織的關係也不再像從前，因為大家認為他們可能間接導致了布蘭德遇害，不論有意與否。

那個月我挺常見到凱西亞。這是目前唯一發生的好事，因為感覺真的很像發現失散多年的親人。十月初，哈莉特來找我。她建議在城裡走走，於是我們前往斯庫基爾碼頭，過南街的橋，朝城市西界走去。

那是個涼爽的下午。樹葉已開始變色，人們裹上黑大衣和羊毛圍巾。哈莉特穿了件棕色連身長裙，腰間纏著棉布，包包斜背在身上。前二十分鐘左右，我們只聊些無關痛癢的事。等到愈走愈遠，行人漸稀，才進入真正的主題。

「你還好嗎？朋友。」哈莉特問。

「不太好。」我說：「我不知誰能在這種打擊下照常運作。布蘭德不是第一個，對吧？我的意思是，他不是你們失去的第一個幹員。對妳來說不是。」

「不，朋友，他不是，」哈莉特說：「他也不會是最後一個。你最好明白這點。」

「我明白。」我說。

「不，你不明白。」她說：「這是戰爭。士兵上戰場有千百種原因，但他們慷慨赴死，是因為無法忍受活在眼下的世界。那正是我所認識的米凱亞・布蘭德。他無法在這裡像這樣活著。他賭上一切——他的性命、他的人脈、他妹妹的愛——因為他知道這將決定我們所有人必須過的人生。」

我們駐足片刻。

「我知道你不瞭解，」哈莉特說：「但你會適應這些事實。非如此不可。還會有更多人犧牲。可能是你。可能是我。」

「不，絕不會是妳。」我說著露出微笑。

「總有一天會輪到我，」她說：「但願我要面對的只是上主的獵犬。」

話題很快便轉到眼前的任務上。

「所以你會跟我同行，朋友，」哈莉特說：「那兒不是棺材，的確，但馬里蘭仍是法老王的地盤。我知道他們怎麼說我，但你要曉得，我可從來沒這樣講過自己。當獵犬嗅到氣味，我們下場都一樣；刀斧一揮，誰都可能是木頭。到那時，我學會的一切都將化為烏有，變成漫漫長路上的塵埃。你會發現我相信的不是自己的奇蹟，而是地下組織最嚴格的守則。」

接著她輕輕一笑，說：「但世上的奇蹟還真多。我就聽說，有人不僅會傳送，還會讓自己復活，把自己從冰淵裡拉出來；有人被獵奴人追著追著，覺得好想家啊，那渴望如此強烈，以致眨個眼就回到家了。」

「他們是這麼說的嗎？」我問。

「他們是這麼說的。」她說：「我從沒對你講過我的遭遇吧？」

「妳根本不太講自己的事。就像妳說的，講自己的故事沒啥意義。」

「沒錯，我確實這麼說過。所以我們可以過些時候再講。反正都沒關係。我想要求你的是，別太執著於自己的失敗經驗，信任我就好。」

我們掉頭朝班布里奇街走回去，一路上沒再說什麼。回到家後，我們在前廳坐下。

「所以，去馬里蘭。」我說。

「馬里蘭。」她說，接著從包包裡掏出一疊信件。

「我需要兩樣東西：首先，一張通行證，照著這些信上的筆跡寫成。我需要雙人通行證。」

我開始做筆記。

「然後我需要一封出自奴隸手筆的信。收信人是白楊峽農園[1]的杰克．賈柯森，在馬里蘭州多徹斯特郡。發信人是他哥哥亨利．賈柯森，寄自波士頓比肯丘。你可以自由發揮，用兄弟的口吻盡情表達關懷思念，但要特別注明這點：**教我的兄弟們用心禱告，當錫安的老船駛來**[2]**，就準備好登船。**」

我點頭，繼續筆記。

「這封信必須趕上明天的郵班。得給它一點時間抵達並發揮作用。然後我們就上路。兩週後出發。一夜的行程。」

我停下筆，困惑地看著她。

「等等，」我說：「一夜？這時間不夠去馬里蘭吧。」

她只是望著我微笑。

「絕對不夠時間啊。」我說。

但兩星期後，我在夜深人靜時走出第九街工作站，沿著沉睡的市場街前行，在德拉瓦河的碼頭與哈莉特碰面。我們往南走，經過煤倉，經過南街碼頭，停泊在那裡的紅岸號渡輪隨波起伏，最後來到一排老舊不堪的碼頭前，它們看起來就只是腐朽的木頭在漆黑的河裡擺晃，發出嘎吱嘎吱的呻吟。我朝港區更遠處望去，看見這些幽暗的廢棄設施已蝕損至只剩突出水面的木樁。

十月的風從河面吹來。我抬頭見雲層遮蔽了我們經常賴以指路的星月。霧捲上來。哈莉特站在碼頭，望進夜色，望穿濃霧，望向看不見的肯頓河岸，但其實遠遠越過它們。拄著她忠實可靠的手杖，亦即我在去紐約的路上看她拿的那支，她說：「為了米凱亞．布蘭德。」然後她踏上我們面前殘破的碼頭，直接走入河中。

我跟在後面，毫無疑慮，可見我當時多信任哈莉特。她是我們的摩西，即使在恐懼中，我也相信她會以某種方式將此刻橫亙在我們面前的海分開。所以我邁步走。

我聽見哈莉特說：「為了所有已航向不歸港的人們。」

我聽見碼頭的溼木材被我的重量壓得嘎吱響，但腳下的木板感覺很堅固。我回頭看，但霧氣已從四面八方包圍我們，而且濃得令我看不到身後的城市。我往前望，見哈莉特仍繼續朝外走。

「我們什麼都不忘記，你和我，」哈莉特說：「遺忘就會真的變成奴隸。遺忘即死亡。」

說完哈莉特停下腳步。黑暗中生出一團光。起先我以為哈莉特點了燈籠，因為光線昏暗而微弱。接著我發現那不是黃光，而是幽魅的淡綠光，這團光也不在哈莉特手中，而在哈莉特本身。她轉向我，雙眼也同樣閃耀著從黑夜生出的綠焰。

「要記得，朋友。」她說：「因為記憶是馬車，記憶是道路，記憶是橋梁，從奴役的詛咒通往自由的恩福。」

我就是那時發現我們身在水中。不，不在水中，在水面上。我們應該在水底下的，因為我知道碼頭已消失，我們腳下不再有這世界的任何東西。德拉瓦河的深度足以讓輪船進港，但水頂多只輕輕拍打我的靴子。

「跟著我，朋友，」哈莉特說：「不需費力。如同跳舞一般。跟著聲音，跟著故事，你不會有事。就像我說的，這故事是要獻給所有被惡魔吞噬的人。我們看了它一輩子，沒錯，一輩子，從你對世界懵懂無知的幼年開始，但即使那時，也許你便察覺到它是錯的。我知道我是這樣。」

接下來發生的是一種交融，記憶之鍊延伸在我倆之間，承載著我用任何言語都無法對你描述的東西，因為這條鍊子被碾進某個深鎖之處，那裡住著我阿姨艾瑪、我母親，以及一種巨大的力量，這條鍊子也延伸進哈莉特內心完全相同的地方，所有的逝者都在那裡守候。然後我向外望見他們，飛掠的幻影，就像在那個凶險的日子，他們飛掠於古斯河上，而我確知這些幻影是什麼，他們對哈莉特又意味著什麼。

所以，當我看到旁邊出現一個男孩，在霧中被幽魅的綠光環繞，頂多不過十二歲，我知道他名叫艾比，也知道他是那些被送往納奇茲、渡過「無名河」的人之一。現在我又聽見哈莉特的聲音，在那條鍊子定錨與扎根的深處。

「你不認識這位艾比，」她說：「但藉此傳送之光，你將熟知他這個人。我很遺憾他不會在回程跟我們同行。是艾比的遺憾把我送到地下組織的。」

此時哈莉特的光變亮了些，我看到前方有條小路跨越不是水的水面。遠處沒有碼頭，但我看見哈莉特記憶的幻影在黑暗中若隱若現——翩翩起舞，就像她認識他們的時候一樣。當我們走近並一一經過他們，幻影便退散。

「你很清楚我的經歷，朋友，」她說：「我是被鞭子打出來的。布羅德斯老爺派我去沼澤誘捕害獸時，我才七歲。我搞不好會在那裡失去手腳，但我完好無缺地回來——脫離牢籠，卻仍置身叢林。九歲時，他們把我叫到大宅，要我打理整個客廳。我犯過很多錯。女主人每天拿繩索抽我。我開始認為這是上帝的計畫。以為自己真的是他們把我變成的可憐蟲，活該受這些虐待。

「話說回來，儘管受盡屈辱，但謝天謝地，有幾層地獄我其實無緣造訪。我指的是跨越那無名之境，到納奇茲的迢迢長路，往巴頓魯治的悲戚跋涉。我全看在眼裡，朋友。唉，我舅舅哈克失去半條手臂，只因他想到那無名之境，發覺那些白人打量他的眼光未免太過仔細。於是他某天早上起床，心想要賣掉一個殘廢肯定很難吧，便一手舉起斧頭，把另一隻手獻給上主。『我可能變成殘廢，』哈克說：『但不會被帶走。』

「哈克不是常人。大多數人會一走了之，留下哭泣的妻子、心碎的丈夫和孤兒。還有我們的男孩艾比——我現在就能在眼前看見他那張不可思議的寬臉，跟我在另一段人生裡看他一樣容易——彬彬有禮的男孩，總是照吩咐行事。他媽媽死於難產，爸爸早就被賣掉。無論這些生離死別帶給他多少痛苦，他從不對人訴說。當長輩哄他說話，他口氣總像個孩子；但不管他把痛苦藏得多深，這些長輩都明白，因而對他很溫柔。

「但對那些刻薄寡恩、崇拜九尾鞭的人來說，艾比是個危險人物。我告訴你，朋友，那男孩不可能被制伏。他會成為絕佳的幹員，因為他跑起來簡直像有獅子的肺。布羅德斯老爺才萌生教訓他的念頭，那孩子已溜得不見蹤影。

「有時工頭會叫我們幫忙抓住他。我們也許做做樣子，但心裡都站在艾比這邊。你知道是怎麼回事——僕隸必須趁機把握每一次勝利。你若跟我們一樣看見艾比像火焰延燒過麥田，奔馳於高高的玉米稈間，你會看見我們最深切的沉默心聲——自由，朋友，自由。在那些奔跑的時刻，他是自由的，毋須背負離別的沉重，不受九尾鞭摧折。看著他，我第一次嘗到傳送的滋味，體會連最微不足道的逃跑也含有的強大力量。」

哈莉特在此打住，我們又默默移動了一陣子。我深受她的講述吸引，並能看見她敘述的事件在我面前開展。她身上散發的光輝如此飽滿，致使我們的路徑鉅細靡遺地呈顯在綠光中。

「我站在鎮上的商場外，忙自己的事。我看見小艾比如閃電般疾射而過。他躍過長凳，鑽到馬車底下，竄出來站穩了，再繼續飛奔。我看到老賈洛維緊隨其後，踉踉蹌蹌，一面跑一面喘氣。「賈洛維叫喚一名男僕隸：『你，那邊的小子！過來捉住這傢伙。』他們包圍艾比，但簡直像在包圍空氣。他往外衝，從賈洛維腿下滑過，輕鬆得像船穿過橋下，賈洛維大喊大叫，咒罵自己的雙手。我本來該走了，卻目不轉睛地盯著眼前搬演的故事。時間愈久，來的人愈多，直到我看見僕隸、下等白人和賈洛維都彎下腰，氣喘吁吁，丟臉得抬不起頭來。

「其實賈洛維想放棄，但已有一群人在圍觀，為了面子他只好堅持到底。奴隸主絕不能容許他的黑鬼反抗。所以賈洛維打起精神，撲上前去。我看著他們又周旋了一會兒，然後艾比轉向我。我那時對奴隸制還沒有充分體認。能夠隨自己安排時間幹活當然很不錯。但我年紀還小。我沒有宗教信仰，只覺得飛奔中的艾比有如我自己在狂歡。

「於是艾比朝我這邊衝來。我聽到賈洛維對我叫喊，就像他對所有人喊：『捉住那小子！』我辦不到。我不願意。我不是任何人的工頭。就算是，也曉得不該把力氣花在捉艾比這樣的男孩上。他突然轉向，跑掉，又轉回來衝向我。氣急敗壞的賈洛維隨手抓起秤砣朝艾比扔去。不知道他在想什麼，因為艾比的後腦袋也長了眼睛。

「小哈莉特可就沒那麼幸運。」

此時哈莉特散發的光芒可比二十盞燈，淡綠的光向外延伸成明亮的白光。四周沒有水。我感覺不到自己的腿。我無法真實感覺到自己的任何部分。現在我只是一種存在，一種追隨著某個聲音的本質。

「那秤砣從艾比身邊掠過，打中我的頭。砸穿我頭骨。然後上主的長夜便籠罩在我身上。

「我醒來時不在多徹斯特，而在另一個時空。我看到艾比飛躍過大地，他的足跡點燃樹木。森林燒成一片焦炭，灰燼落到地上。然後灰燼隨風飄升，直到聚結成一整團藍衣黑人，肩荷步槍的黑人。而我跟他們在一起，海灝。我們為數眾多。集結在我面前的這支軍隊，我從其眼中看見奴役的種種羞辱熾烈如火。每個男人的面孔都是小艾比。

「我站在高崗上，周圍是一列列士兵。我看見底下幅員廣大、深陷桎梏的國家，以及它扎根於肉、澆灌以血的莊稼。這些列隊成伍的男人——這支艾比軍團唱起一首歌，那是以古老情懷譜成的讚美詩，在我的手勢指揮下，我們俯衝向這充滿罪孽的國家，我們的吶喊有如通過陡仄深谷的大河，雷霆萬鈞，勢不可擋。

「我醒來，看見媽媽在哭。我昏迷了好幾個月，大家都以為我完蛋了。沒人曉得我被上主選中。那一整年我的身體逐漸復元。我會連著幾星期不說話，但腦中有千言萬語。而且我小小年紀便知道，總有一天逃跑的歲月會過去，我們將以自己的方式取得勝利，不靠別人施予，我們將攻打這個國家，為了所有被帶往無名之境的人。我們將鞭撻這個納奇茲。我們將焚毀這個巴頓魯治。」

哈莉特的光開始減弱，如同它亮起時那樣逐漸變暗。我感覺身體慢慢回來——怦怦搏動的心、劇烈張縮的肺、雙手、雙腿、雙腳，這會兒全落在堅實的地面，而不是水上。

「小艾比。我沒有忘記你。在地下組織和傳送之前，在幹員和孤兒之前，在米凱亞·布蘭德之前，當我還是個女孩，你讓我初次體會到自由可能意味著什麼。我聽說他們在漢普頓角逮到你，離伊萊亞斯溪不遠處。他們說你最後筋疲力竭，但即使如此，還是得出動全鎮的人來制伏你。我不相信他們。所有見過你的人都知道真相。你可能受傷成殘，但絕不會被帶走。」

此時光芒已褪回極淡的綠。我恢復了視力。環顧四周，港區、河流、碼頭都不見了，抬頭仰望，原本多雲的天空現在一片清朗，北極星閃爍。我在突露的岩層上，背後有片小樹林，前方下是空曠的原野。我回顧方才走過的路，想看看我們從哪裡來，但除了樹林什麼都沒有。我聽到哈莉特呻吟，見她倚著手杖，顫聲說：「馬……鞍。」

她退後一步，仰倒在地。我跑過去扶住她的頭。她眼睛上翻，輕輕呻吟。就在那時號角聲響起。我輕輕將哈莉特平放到地上，轉身眺望原野，看見他們在那裡，即便只是模糊的人影——僕隸正出來上工。我知道我們已不在費城。一扇門打開。大地像布匹般折疊。傳送。傳送。傳送。

---

1 白楊峽農園（Poplar Neck plantation）實有其地，一八五〇年代，哈莉特．塔布曼曾多次在這裡帶領黑奴逃亡。

2「錫安」一詞出自《聖經》，黑奴用以指自由之土，「錫安的老船」亦為多首黑人靈歌的主題。

24

我置身於新的地方——樹木、氣味、鳥鳴都是陌生的——且正逢破曉，萬物甦醒。我不能走平常的路。那兒有萊蘭德在監視。還有不確定效忠哪邊的僕隸，可能會想領取始終懸在摩西頭上的鉅額賞金。我在那裡站了一會兒，從突岩俯瞰。太陽才剛開始把地平線上方染黃。我抱起哈莉特，盡可能輕柔地將她扛到肩上，然後蹲下來拾起她的手杖。我退回樹林，緩慢但謹慎地用手杖清除枝條和荊棘，再踏進我清出的空地。這樣持續一小時、中間稍作休息後，我在灌木叢下發現一道乾涸的山溝。看得出這空間只夠讓哈莉特躺著，容不下我一起。她的安全是首要考量。我可以碰運氣。我繼續往樹林深處走，心想萬一被抓，寧可單獨被抓。夜幕降臨時我會回來找哈莉特，希望她那時已經醒了。

午後，我聽見附近伐木營的樵夫出來巡邏。我屏息不動，比起被關在維吉尼亞墓穴裡的那些時間，這完全不算什麼。稍後，我看見兩個下等白人帶獵犬出來打獵。但我已在四周撒下墳土[1]，知道那可以掩藏足跡。我看到一群孩童在外面玩耍——有些是上等人，有些是僕隸，不曉得他們會不會跑到我的藏身處來。但他們很快就跑走了。終於，在捱過這輩子最長的一日後，我欣見夜色籠罩大地。月亮飛得很高，它的升起不僅是掛在穹蒼上，也勾著我緊張的心。

我走回山溝，拉開灌木叢，見哈莉特仍躺在那兒，跟我離開時一樣，手杖橫放胸前，宛如墓葬的法老王。我伸手摸她的臉，就像她經常對我做的。她的臉摸起來好冷。我低頭看到她胸膛強勁地起伏，當我再望向她的臉，發現她睜著眼睛。她微笑著說：「晚安，朋友。」

幾分鐘後她就起來了，彷彿這大半天她只是打了個盹。我們循著一條泥土路的方向走了一陣子，但始終保持在樹林裡，以便在任何巡邏者發現我們之前早早看見他們。

「真抱歉，朋友。我以為自己有足夠的精神辦到，不會像那樣發作。」她說：「那跳躍是藉由故事的力量完成。它來自我們獨特的經歷，來自我們所愛和失去的一切。那種感受全被喚起，憑藉回憶的力量，我們得以移動。有時簡單，有時費力，較費力時，呃，就會發生你看到的狀況。不過，這樣的跳躍我已做過許多次，完全不明白這次為何會這麼傷元氣。」

走著走著，樹林變成空地，那是伐木營的人工作的地方。原野的另一頭有幢小木屋，透過窗戶可以看見爐火搖曳。

「那邊就是我們要去的地方，」她說：「但我想你一定有些疑問。之後我們不會有太多時間，所以我建議你現在就問。」我們坐在一對樹樁上。夜晚很涼爽。一陣微風從森林吹來，拂過原野。

大街上的我們活在一個充滿故事與傳說、施法與下咒的世界，遵守各種禁忌：不可在月光下殺豬，不能只穿一隻鞋踩過地板。我並不相信那個世界。縱使知道發生在自己身上的事——我如何來到席娜跟前、如何從古斯河脫身，我仍認為這整件事是可解釋的，可透過讀書而理解。也許這一切都可以解釋，也許這就是那本書。但儘管如此，當我被傳送，我體驗到周遭世界被徹底改造，以及其中蘊含的奇妙與力量。

「我外婆是純血統的非洲人，名叫珊蒂．貝斯，」我說：「據說這位貝斯能把非洲故事鋪陳得活靈活現，致使初霜感覺起來像草原的熱浪。」

哈莉特坐在樹樁上，不發一語。

「貝斯講故事的天賦被當成寶，上等人會在社交活動中安排她上場，她將故事配上他們從未聽過的曲調和節奏。他們被逗樂了就扔銅板打賞。貝斯會微笑著把銅板兜進圍裙。她從不留下那些錢，都分給宿舍的孩子們。她聲稱自己用不著，我想我現在明白原因了。

「聽說有天晚上，貝斯來到我媽媽身邊，說她必須去一個媽媽不能跟的地方。她告訴她，她們生來便屬於兩個不同的世界——媽媽的世界在這裡，但外婆的世界已遠逝。現在貝斯必須講一個故事，她所知道最古老的故事，它會讓時光倒流，將她帶回父祖被隆重安葬、婆婆媽媽採收自家玉米的地方。那天晚上，貝斯在寒冬中走到河邊，消失了。

「而且貝斯不是獨自消失。同一天晚上，四十八名僕隸從各個農園出走，再也不見蹤影。他們每個人都是純血統，跟珊蒂．貝斯一樣。

「我從不知該如何看待這個故事，哈莉特。我媽媽從此無依無靠。她父親被賣掉。然後她也被賣掉。我以為我不再相信那一切了。我想不起她的臉，因為現在的我對她毫無記憶。但那個故事，還有這位珊蒂．貝斯……」我聲音愈來愈小——被自己喉嚨裡呼之欲出的話嚇到。我轉向哈莉特，一臉愕然。「妳是怎麼辦到的？」

「聽起來你好像已經知道，朋友。」哈莉特說：「想像大河中有一些島，普通人必須從一個島游到另一個島——那是他們唯一的辦法。但你，朋友，你不同。因為不像別人，你能看見一道跨越河流的橋，甚至許多道橋，連結所有的島，許多橋，各由不同的故事構成。而你不僅看得見那些橋，還能走過去，駕車過去，帶領乘客過去，就像火車司機帶領列車。那就是傳送。那許多橋，那許多故事，就是渡河的路。

「老一輩的人都知道有這麼回事。我聽人說，就算在奴隸船上，都有人縱身躍入浪濤，然後被傳送，傳送回非洲老家。」哈莉特嘆了口氣，搖搖頭說：「但我們如今在這裡。我們忘了那些老歌，失去那麼多故事。」

「有好多，」我說：「好多我不記得的事。」

「在我看來，你記得挺多的。」哈莉特說。

「沒錯。什麼都記得，分毫不漏。但那記憶有道又深又長的切口，我內心的切口，那是我母親該在的地方。當我回顧過去，可以看見童年像一齣舞臺劇在我面前搬演，但主角卻是迷霧。」

「這樣啊。」她說，然後倚著手杖站了起來：「可曾想過你其實並不願看見？」

「不，」我說：「並非如此。我覺得正好相反。感覺我拚命想要看見。」

哈莉特點點頭，把手杖遞給我。我拿在手中轉動，看著每一側的字符。

「那些標記對你毫無意義。它寫的是只有我聽得見的語言。重要的不是標記，而是木杖本身。它是用楓香樹剁製的，提醒我被他們派到伐木場的日子。我人生中最慘的日子，但也正是這些日子造就了我。我有時想起它們，想到在那裡發生的一切，禁不住崩潰哭泣。回想他們對我們做的，實在很痛苦。有部分的我想忘掉。但當我握著那根楓香樹枝，就會不由自主地記得。

「我沒辦法解釋你是怎麼回事，海瀾。但若讓我大膽猜測，我會說有某部分的你想忘記，使盡全力要忘記。你需要的是某個在你之外的東西，某個超越你的東西，一支槓桿來撬開你深鎖之物。只有你知道那可能是什麼。但我想你若能找到那支槓桿，就能找到你母親，當你找到母親，便會找到那座橋。」

「妳是這樣辦到的嗎？雙手握住那根楓香樹枝，這樣就成了？」

「不，不是這樣運作的。但我與你不同。凱西亞跟我說過一些。我們都得耗盡心力，但用力的方式不同。你瞧，當我從那沉睡中醒來，我不只是記得，還聽到色彩，看到歌曲，感覺到世上各式各樣的氣味。話聲從四面八方襲來，古老如先祖的記憶沒變得昏暗，反而像火炬熊熊燃燒。我會看著它們在我面前搬演，不論走到何處，如同你所說，都帶著整個舞臺的記憶。

「以前他們老說我腦筋有毛病。所以我學會調節力量，召喚一些話聲，讓其他減弱。有時它們太強大，會讓我摔倒，就像昨晚那樣。但當我之後起來，會是在不同的土地上起來。那就是橋，海瀾。」她說。

「憑空變出來？」我問。

「不，」她說：「故事始終是真實的。不是我編的，是人們創造出來的。而且這故事要符合某些條件，如橋基一般，不論我、珊蒂或你都無法更改。」

「我不曉得，」我說：「感覺全憑運氣。好像它隨時可能上身——在馬廄裡，在真正的橋上，在田野間。任何地方。」

「馬廄裡是不是有個水槽？」她問。

「沒錯，」我說：「裝滿了水。感覺它直接把我吸進去。」

「我就知道，」她說：「這完全跟運氣無關。」

「我不懂。」

「你看不出來嗎，朋友？你就站在要上橋的地方啊。這些故事都有個共同點——珊蒂走進河裡，你從古斯河出來，我們走在碼頭上……」

我坐在那兒，目瞪口呆。

我還是想不通。哈莉特被我逗得哈哈大笑。

「水，海瀾。水。傳送得有水才行。」

我想必驚愕得合不攏下巴，因為哈莉特笑得更厲害了。她的確該笑的。這道理現在看起來多明顯啊。每次我感受到它的拉扯，感受到傳送之河奔騰而過——從馬廄裡的水槽，到把梅納德和我拖下橋的古斯河，到布蘭德家附近的斯庫基爾河——水總是近在咫尺。我想到柯琳用盡各種荒謬的方法接近這力量，而我們一次也不曾注意到那如今看來無比明顯的元素。

「妳為什麼不用它來救莉迪亞？」我問。我們正走向小木屋。

「因為要對一個人講故事，你得知道它的結局。」哈莉特說：「我從未去過阿拉巴馬，無法跳躍到一個我沒見過的終點。就算知道開頭和結尾，我也必須對要傳送的人有所瞭解，才能帶他們同行。那通常都是奢望。這就是為什麼我慣用的手法跟其他幹員沒兩樣。不過，這回是我認識的人。」

我們走到小屋，找到那些人。走近時門打開了，迎面撲來溫暖的氣息。現在是深夜，但小屋裡十分熱鬧。迎接我們的是一群形貌各異的男子，總共四人，都穿著工作服。其中兩位的長相挺像哈莉特，看得出他們是親戚。第三位顧著我之前透過窗子望見的爐火。我的目光停留在第四位身上，感覺哪裡不太對勁，然後才發現這是個幾乎把頭髮剃光的女人。我想起大會上那兩位宣揚男女在所有領域皆平等的白人婦女，但我知道她剃髮的用意應該不同。

「海瀾，這位是查司．皮爾斯，」哈莉特指著顧爐火的男子說：「我們的東道主，很感謝他在這次行動中幫忙。」

接著她對我以為是親戚的另兩人微笑，說：「至於這兩個討厭鬼，我就沒什麼好話可說了。」說完便擁抱他們，三人都笑了起來。

哈莉特說：「他們是我弟弟，班和亨利。這兩個小子總算長成男子漢，花了有夠久。但我猜亨利如果沒留在這裡，就永遠不會遇見他老婆。」

哈莉特說著走向剃掉頭髮的女人，揉搓她渾圓如蛋的頭，笑了起來。

「這些還不都妳害的。」那女子微笑卻惱怒地說：「其實，我知道主一定會把我們帶出棺材的，因為祂不會讓一個女孩割捨像我這般濃密的秀髮，只落得套上另一條鎖鍊。」

「這招奏效了，不是嗎？」哈莉特說。

女孩點頭微笑，沒那麼氣惱了。

「這是珍，」哈莉特說：「亨利的妻子。」

珍衝著我微笑。少了頭髮，更凸顯她引人注目的面孔、稜角分明的雙頰、小眼睛和大耳朵。她流露出一種歡欣鼓舞的信念，那是聚集在壁爐前的每個人共有的感受。那時我已參與過多次援救行動，足以知道這並不正常。恐懼很正常。竊竊私語很正常。但這群人開懷大笑，彷彿他們已經在北方。這跟我在維吉尼亞看到的大相逕庭，連那些順利抵達費城工作站的人也不會這樣。差別在於哈莉特，藉由傳送，藉由編織傳奇，她進行著對抗奴役的一人戰爭，特別是對抗奴役她的這個郡。看到這景象，即使已親眼目睹過傳送，我斷定那些故事必然是真的。哈莉特真的對怯懦的逃奴拔槍，不許他打退堂鼓。她真的在寒冬將人傳送過河。鞭子真的在工頭手中融化。她是唯一不曾在營救任務中失敗、從未在鐵道上丟失乘客的幹員。雖然是傳聞，但聚集在那棟溫暖木屋裡的人，即便那時也深信不疑。因為他們談到離開時，把它說成神聖的權利。他們正處於預言實現的前夕，而面前就是其先知摩西，令他們對未來充滿信心。

哈莉特開始說明計畫。「傳統上，援救行動應保持簡單、人少，這不僅是傳統，也是智慧。」她說：「但你們都是我熟識的人，每個都是，我同意你們的條件，你們也同意我的，我的條件很簡單：**沒有人會回頭。**」

此刻，我感覺到——也許比傳送當下更深刻——哈莉特的所有稱號都是實至名歸。光是她沉著堅定的態度就夠了，但更重要的是她對旁人的影響。沒人開口。彷彿夜晚本身凍結了，只有哈莉特吸引我們注意。當她提出號令——**沒有人會回頭**，並未令我們心生恐懼，因為它似乎不是威脅，而是預言。

「珍和亨利，你們留在查司這兒，待在屋內直到明晚。因為是禮拜天，他們應該不會馬上發現你們已收拾包袱離開。班，我知道你不用幹活，但幫我個忙，讓自己被看見——以防萬一。我們可不想讓老布羅德斯和他的手下在羅網罩下前發現什麼蛛絲馬跡。明晚差不多這時候，我們在老爸家碰面，休息一下就上路。」

她停下來，思忖片刻，然後撐著手杖站直。

「現在要講到複雜的部分。海瀾，有個人不在我們當中。我弟弟羅伯的小孩快出生了，要不是因為布羅德斯準備把他放上拍賣臺，他根本不想走。羅伯非逃不可，但他堅持要在老婆身邊待到最後一刻。這不是我希望的安排，但家人就是會揪住你的心，開始擰呀擰，結果呢，就會產生不明智的決定。

「但我答應他了，前提是他不能知道我們的完整計畫。等我當面見到他時再告訴他，就像我跟你們說的一樣。所以得有人去接羅伯，而你，海瀾，必須負責接他，朋友。」

這是新任務，但也不完全出乎意料。哈莉特描述我們面臨的情況時刻意迂迴，也許是為了不讓我想太多而心懷疑慮。這不是維吉尼亞，我將單獨行動。

「我很想自己去，」她說：「但羅伯在老家的農園，我在那裡的活動已被盯上。他們會搜尋我。你比較不會引人懷疑，就算會，你有通行證，那將賦予你和羅伯上路的權利。」

我點頭：「那我什麼時候出發？」

「現在，朋友，現在就走。」她說：「你必須在天亮前趕到羅伯家。然後等著，別讓人瞧見，一入夜你就跟羅伯前往我爸爸家——羅伯知道路。」

「好，他就交給我了。」我說。

「還有一件事，海瀾。」哈莉特說。她轉身對查司．皮爾斯說：「查司，把那個東西拿來給他。」

查司從小櫥櫃裡掏出一個用布包著的東西，交給哈莉特。她打開布，於是我看到她拿著一把手槍，在火光中閃閃發亮。「帶著這個，」她說著把它遞給我：「為了對付他們。但更重要的是為你自己。假如你必須用上它，很可能已經太遲了，與其被逮，不如同歸於盡。」

於是我走出小屋，返回樹林，依照指示前進。沿途有暗記為我指路。雖然是夜晚，這些標記在月光下清晰可見，尤其因為我知道要找什麼——黑橡樹的樹皮上刻著一顆星；五根被砍下的樹枝固定在地上，其中兩枝指向東方；一塊大石的頂面畫了一彎新月，底部畫一把鐵鍬。我錯過幾個標記，發現自己繞了路，但仍在日出前抵達羅伯的住處，因此還有些時間。布羅德斯農園不像我的洛克列斯那樣蓊鬱蒼翠，宿舍不過是散置於林中的小棚屋。布羅德斯甚至懶得清理周圍的樹木。我心想，如果這雜亂無章的安排透露了此地僕隸的處境，難怪哈莉特會想忘記。

現在是禮拜天早上，這表示僕隸不用幹活，不幹活就不用點名，所以工頭要等到隔天才會注意到羅伯走了。那時我們已經在費城，跟雷蒙和歐薩一起，策劃下一步去加拿大或紐約。據我所知，按計畫羅伯應該在日出前踏出宿舍，吹一聲口哨，然後走到樹林跟我碰頭。等羅伯走近，我會說一句表明來意的暗語，他也要回應約好的話。沒做到任一步，我便知道出了問題，得立即返回查司．皮爾斯的小屋。所以我在一段距離外等著，直到看見一個灰暗的身影踏出門外，四處張望。我聽見一聲口哨，然後看著那人影開始從小屋往外移動，進入樹林。我朝那人影走去，說：「錫安的火車來接你了。」

「我想要搭這班車。」羅伯說。他身材中等，愁容滿面，毫無哈莉特其他家人所表現的歡喜或信心。他神情沉重，我很少看到一個人對於即將被救離奴役感到悲哀。

「天一黑我們就上路，」我說：「你打點好一切，再來這兒跟我碰面。」

羅伯點頭，返回他的小屋。

我退到樹林深處。雖然今天沒人幹活，但我不想引起任何注意，所以繼續走，隨著樹林地勢漸升而爬上山丘，發現一個山洞，在那裡靜靜待到天黑。接近約定時間，我返回原地，但羅伯沒出現。我又等了一陣子，當他仍未現身，我懷疑羅伯會不會記錯時間，因為我知道我沒搞錯。我考慮丟下他自行離去，因為哈莉特不會為任何人破例，而今思之，假如我還在維吉尼亞，很可能就這麼做了。但這幾個月改變了我，而且在紐約大會後的那段日子，我時常想到米凱亞．布蘭德是怎麼死的，他大可拋下莉迪亞全身而退。我想他一定寧願來世再見歐薩，也不願做出這種事而回來面對他。何況我還有通行證以備不時之需。於是我自行決定：帶著哈莉特的弟弟羅伯一起回去，否則就根本不回去。我離開樹林去查看他的小屋。

走近時，我聽見一個女人高聲叫罵，透過敞開的門，可以看到那女子走來走去，羅伯抱頭坐在床上。我從外面看了一會兒，那女子正憤怒又傷心地痛斥羅伯。

「我知道你要丟下我，去跟那個叫詹寧斯的女孩交往。」她說：「我瞭解你，羅伯・羅斯。我知道你要離開我，你最好敢做敢當，老實承認。」

「瑪麗，事情就像我講過的那樣——我要去見我兄弟和爸媽，」羅伯說：「就只是個禮拜天。妳知道的嘛。瞧，雅各來了」——羅伯說著指指門外的我——「我跟妳提過他。哈里森家的。他也有親友住在那邊，對吧，雅各？」

瑪麗轉向站在外面的我，上下打量，翻了個白眼。

「我從沒見過什麼雅各。」她說。

「他人就在那兒。」羅伯說。

「你以前走那條路都不需要同伴，」她說：「是什麼變了？我從沒見過這個人。我知道他不是本地人。不如我跟你一道走，不用他陪。我知道你在搞什麼，羅伯・羅斯。詹寧斯那女孩的事我全都曉得。」

我本來站在宿舍門框下，此時踏進屋內，把瑪麗看個清楚——這個嬌小的女人渾身燃燒著理直氣壯的怒火。她確實很瞭解羅伯，即使並不確知他現在要往哪裡去。她又打量了我一番，說：

「雅各是嗎？不如我上詹寧斯家問問你的事。」
「我們不會那麼做。」
「沒有什麼『我們』。我自個兒去，馬上就去。」
「不行。我不能讓妳去。」
「真的，你的意思是要阻止我嗎？」
「我所冀望的是，太太，」我說：「妳會阻止自己。」
瑪麗不可置信地瞪我一眼。我得迅速採取行動。
「妳說得對，」我說：「這裡沒有雅各這個人。但妳若像剛剛聲稱的那樣做了，將使妳和妳愛的每個人受苦，那種痛苦遠超過發現羅伯背著妳跟別的女孩來往。」
我聽見羅伯在我背後哀嘆：「寶貝……」
「瑪麗太太，」我說：「就我所見，妳顯然沒被充分告知實情。妳猜得沒錯，羅伯是要偷偷溜走。羅伯必須偷偷溜走，而妳不該試圖阻攔。」
「見鬼了，我怎麼會不應該。」她說。
「不，太太，」我說：「我真的認為妳不應該。我知道他沒對妳說實話，但我會坦白告訴妳。布羅德斯打算把這男人放上拍賣臺。一旦他這麼做，妳這輩子想再見到丈夫，會比在水上行走還難。」
「他經營那生意已經一年了，」她說：「但布羅德斯也沒這麼做。羅伯工作非常賣力，他們才捨不得送走他。」

「羅伯工作賣力正是他被送走的第一個理由。像這樣強壯又認真幹活的男人可以賣得好價錢。再說有哪個黑鬼曾因賣力工作而得到保全？妳對這些人就那麼有信心？我仔細勘查過這地方，它已搖搖欲墜。這樣的農場我見多了。他們把人賣掉，因為他們非賣不可。我以前就看過。而我現在告訴妳，坦白告訴妳，妳的羅伯有兩種選擇——跟著布羅德斯上拍賣臺，或是跟著我逃跑。」

如果地下組織有正式規章，我已違反它最基本的守則。幹員想盡辦法只讓自己傳送的人看見，而且從不明說其真正任務，寧可編造各種故事。但我已經豁出去了，時間緊迫，只希望能說動瑪麗放我們走。

「地下組織讓你們有機會重聚。」我說：「我極不願拆散你們。我知道那種感受，真的，我懂。我自己也被拆散——我喜歡的女孩留在南方維吉尼亞，我每天時時刻刻都想著她。我被迫離開她。但與其被逼進棺材深處，寧可忍痛被地下組織帶到北方。這是唯一的出路，我告訴妳。

「我聽說你們即將為人父母，我知道你們必須承受的壓力。我是個孤兒，瑪麗太太。我媽媽被賣掉，我爸爸根本不值一啐。我知道妳一定很害怕孩子生下來沒有爸爸，而我對此事感受之強烈，超乎妳所能想像。

「但妳必須明白這點，太太。妳的羅伯將被帶走——不是被我們就是被他們，但一定會被帶走。妳知道我們是誰。妳知道我們做的事。妳也知道我們的招牌。我們是重信用的人，太太。而我跟妳說，我發誓，我們會不斷努力，直到能讓妳和妳的羅伯團聚。」

她呆站在那兒，往後踉蹌一步，搖頭悲喃：「不，不。」那一刻我想起蘇菲亞在獵奴人逼近時的呻吟。但我也隨即想起另一件事──當初在維吉尼亞，布萊斯頓，我們出發去救帕內爾・瓊斯前。我記得當時我多麼不信任那一切，以致賽亞・費爾茲以真名米凱亞・布蘭德相告，他對我的信任又如何使我信任接下來所有的事。那就是我方才召喚的精神。

「我的名字，」我說：「我叫海瀾，太太。妳的羅伯・羅斯是我的乘客，我是他的列車長。我以性命起誓，太太，他不會被拋下。妳也不會。」

一顆溫柔的淚珠滾落瑪麗的臉頰。她花了點時間平靜下來，然後從我身邊掠過。「我發誓，羅伯，若教我發現是個女孩，我會找到你，而且我告訴你，這個男人，這個海瀾和他那些冠冕堂皇的話，通通救不了你。」

我覺得該轉開目光，讓他們擁有獨處的時刻，因為這樣的時刻將有好一陣子不會再出現。但我回想剛剛說的一切，回想維吉尼亞，回想蘇菲亞，卻無法動彈。

羅伯把她擁進懷中，熱情而溫柔地親吻她。「我沒有要跑去找任何女孩，瑪麗，」他說：「我是為了一個女孩逃跑，那個女孩就是妳。」

與羅伯和瑪麗的僵持使我們耽擱了一些時間。本來可以穿過偏僻的野林，及時抵達哈莉特父母家準備出發，但我們現在必須走在道路上，這並非理想狀況。哈莉特不愧是先知，已預見這種情景──我有通行證，所以就走大路吧。我信任羅伯，讓他把我們帶到他麗特媽媽和羅斯老爹的家。哈莉特把各部分計畫區隔開來，只透露給直接相關者，因此我們當中若有人被捕，無論如何嚴刑逼供，都沒人能描述出全盤行動。

羅伯起初很安靜，只有指路時才開口。我任由他。不管我多好奇，離別已經夠艱難，我完全不想要求他重溫其境。但它還是發生了，就像我老是遇到的情況：到了某個時刻，羅伯便逕自開始說話。

「你知道我打算離開她吧？」他說。

「沒錯。那正是剛剛發生的事。」我回應。

「我不是那個意思。」羅伯說：「我打算永遠離開她。我將獨自上路，到北方建立新的人生。」

「你的小孩呢？」

「根本沒有小孩——至少不是我的。我很清楚。她也很清楚。」

我們沉默了一會兒。

「布羅德斯。」我說。

「布羅德斯的兒子。」羅伯說：「他和瑪麗差不多年紀，從小玩在一起，後來分開了，就跟我們大家一樣。我猜他當初就對她有好感，如今長大成人，以為可以再續前緣，也不管瑪麗已為人婦，且無所隱瞞。說不定她對他也有意思。她肯定沒阻止他。」

「她要怎麼阻止他？」我問。

「唉，我不曉得，」羅伯沮喪地說：「誰有辦法應付這樣的事呢？但我告訴你，要我養一個白人的孩子，門兒都沒有。」

「所以你就逃跑。」

「所以我就逃跑。」

「布羅德斯並沒打算賣掉你，對嗎？」

「不，他有。我不知何時，但他的確有此打算。有陣子我覺得這好歹也是一種解脫。我一點都不想看到納奇茲，但若能幫助我忘記瑪麗，忘記我受的屈辱，也許這是最好的安排。」

「一個人被賣掉絕不是最好的安排。」

「是啊，我知道，」羅伯說：「哈莉特和其他家人說動了我，把我從絕望中拖出，告訴我北方可能有不同的人生等著我。他們當然也問起瑪麗和寶寶，我告訴哈莉特我絕不可能帶著別的男人的小孩一起走。她不喜歡這樣，一點都不喜歡，但我跟她說，要嘛給我一個全新的人生，不然我就賭賭運氣，看布羅德斯會怎麼辦。

「然而到了離開的時候，當我真的必須面對離開我的瑪麗意味著什麼，我……我不曉得。只能說我變軟弱了，開始覺得原來的生活或許也不是全都那麼糟。然後你進來做出承諾——」

「很抱歉，我以為——」

「沒什麼好抱歉的。事實上，你說出了我的感受。我沒有瑪麗活不下去。如果無法與瑪麗在一起，那種自由我不想要。……只是那個孩子，撫養另一個男人的小孩，這對男人來說實在是折磨……」

「沒錯，確實是。」我說。而且我感同身受。我瞭解。但我也已開始瞭解更多，因為我想的不僅是我自己和我的蘇菲亞，也不僅是羅伯和瑪麗，而是在紐約上州那天，我遇見凱西亞那天。我回想那所了不起的「大學」析論各種型態的奴隸制和勞役，還有那兩名穿工裝褲的女子，以及對世界上一半的人進行掠奪的巨大陰謀。我想著自己在掠奪中的角色，我的夢想，我在腦海裡打造的洛克列斯，主要打造自**我的蘇菲亞**。

「我們永遠不可能有純潔的東西，」羅伯說：「總是五味雜陳。他們的故事述說著騎士和少女，我們沒那種東西。我們沒辦法讓感情純潔無瑕，沒辦法讓事情乾乾淨淨。」

「對，」我說：「但他們也沒辦法。將親生兒子、親生女兒置於奴役中，是很不堪的事，骯髒齷齪的事。在我看來，沒有什麼是純潔的，而有福的是我們，因為我們知道這點。」

「有福，怎麼說？」

「有福，因為我們不用背負假裝純潔的重擔。我承認我花了些時間才明白這道理。非得失去一些人，並真切瞭解那失去意味著什麼。但我當過下人，也見過不少高高在上者，我告訴你，羅伯．羅斯，我寧可活在低賤的這邊，忍受它的骯髒齷齪，忍受我失去的一切，也絕不想與那些人為伍，他們置身於自己製造出來的汙穢，卻被它蒙蔽而幻想它純潔無瑕。沒有什麼是純潔的，羅伯，沒有什麼是乾淨的。」

譯注

1 黑奴有個源自非洲的傳統，相信墳土具有神奇的力量，可用來施法術。

25

我們在深夜前抵達一條小徑，它會經過一處空地再通往羅斯家。我先望見一幢房屋，再看到它後方的馬廄。那時我才想起哈莉特的父母是自由人，但他們的子女不是。

「不能見我媽媽。」羅伯說。

「為什麼不能？」我問。

「她喜怒哀樂都寫在臉上，假如她見到我，假如她知道實情，她會像嬰兒一樣嚎啕大哭，當白人來問發生了什麼事，我媽是絕對沒辦法撒謊的。哈莉特十年前離開這裡。那之後我還見過她，但她不跟媽媽說話。不是因為她不想，但她怎麼能夠？」

說完羅伯吹了聲口哨。過幾分鐘，一位老先生，我想是他父親——他叫他羅斯老爹——走出來，沒特別往哪個方向看，只朝屋子後面擺擺手。我們繞路而行，小心翼翼地穿過周圍的樹林。走到一半，剛好透過窗戶看見麗特媽媽在掃地。羅伯停下腳步，頓時意識到他可能再也見不到她了，然後他繼續迂迴穿梭，往屋後走。我們在後面找到馬廄，打開門，我發現所有人都安靜地坐在裡頭。我們沒說話。哈莉特從角落冒出來，眼睛緊盯著羅伯。她揪住他的衣領，搖晃它們，用力地抱住他。我們坐在馬廄裡，等夜深人靜再出發較安全。有人上閣樓睡覺。羅斯老爹帶食物給我們。但他開門時把頭轉向一邊，不朝裡看，伸長右手臂，等人來接過餐盤。

我兩次看見老太太壯著膽走到路口，望向遠方，卻徒然而返。不曉得她是否感覺到羅伯要來。開始下雨了。班和羅伯從馬廄的縫隙往外窺探，縫隙正對著主屋後窗，透過那扇窗，可以看見被火光照亮的麗特媽媽抽著菸斗，滿面淒涼，思念她不知下落的孩子們。多年沒見母親的哈莉特此刻仍不想見她。她沒從縫隙張望。她不要冒險道別，即使遠遠地道別也不行。

最後，麗特媽媽熄滅爐火，上床睡覺。我往外看，發現濃霧已從四面八方湧來。哈莉特起身檢查我們每個人。時候到了。我們走出去。我在門口看見羅斯老爹蒙著眼睛。

「當他們問我有沒有看到你們任何人，」他說：「我將以上帝之名起誓，回答我沒看到。」

我們走進濃霧。珍挽住老人一隻手臂，亨利挽著另一隻，一行人沒入泥濘的樹林。我們走著走著，哈莉特的父親對自己輕聲哼唱，然後便哼起那熟悉的離別曲調，其他人也一個接一個跟著唱，大夥兒輕吟低喃地唱出那首歌。

我要離開 去那大宅農場
一路北上，因我被錯待心傷
白晝苦短，吉娜。黑夜漫長。

然後樹林沒了，我們來到寬闊的池塘邊，夜黑霧重，看不出它延伸到多遠。歌聲愈來愈微弱，最後只聽見雨打上方的樹葉，滴落的水在靜止的水上盪起漣漪的聲音。

「好了，老爸，」哈莉特說著轉向她父親：「該我接手了。」

我想他們一定都對將發生的情況有所瞭解，因為哈莉特一說完，珍和亨利便鬆開手，每個人都踏進水中。亨利、羅伯和班在前方站成一排，面向池塘。珍牽起我的手，把我拉到他們後面。我回頭望見羅斯老爹站在那兒，蒙著眼。哈莉特走到他身邊，繞了一圈，彷彿要把他的每一寸都存進記憶，再輕吻他額頭。接著她撫摸他的臉頰，我看到她的手散發出傳送的綠光，藉著那道光，我看見沿著羅斯老爹臉頰流下的淚水。

他們就這樣站了幾秒鐘。然後哈莉特轉身，走到三兄弟前方就位，邁步朝深處走去。她的弟弟們默默跟著她，珍和我跟在他們後面。只有我回頭，當我這麼做時，看見羅斯老爹在那裡，仍舊蒙著眼。隨著我們往池塘深處移動，我看著他緩緩離我們遠去，就像記憶有時會漸漸消逝，沒入黑暗，沒入濃霧。

當我們走進水中，跟之前一樣，那根本不是水。此時哈莉特已閃閃發光。她回頭越過弟弟們對我說：「你完全不用擔心。這次我有一個合唱團撐腰。而這個合唱團也有我。」

她往前走，每跨一步就發出更亮的光，劃破我們面前的霧，宛如船首破浪前行。然後她停下來，她身後的小隊伍也跟著停下來。哈莉特說：「我們在此踏上這次旅程，完全是因為約翰．塔布曼的緣故。」

「約翰．塔布曼。」班高呼。

「他無法與我們同行，令我心碎不已。這是為了羅斯老爹和麗特媽媽，我確信總有一天他們將與我們同在。」

「總有一天！」班高呼：「總有一天！」

「我們已置身於鐵道上。」

「總有一天！」

「我們以人生為鐵路，故事為軌道，我是火車司機，將帶領這次傳送。」

「傳送。」他叫道。

「但這不是悲苦的故事。」

「說吧，哈莉特，說吧。」

「因為我早就不再哀傷。」

此時哈莉特的其他兄弟也加入應和。

「說吧。說吧。」他們喊道。

「約翰．塔布曼，我的初戀，我唯一認定值得追隨的男人。」

「說得是。」

「我以身相許，冠上他的姓——塔布曼。」

「說得是！說得是！」

「從我還是個小不點開始，奴役把稚嫩的手變成磨石。」

「苦啊，哈莉特！苦啊！」

「一場麻疹幾乎讓我送了命。」

「苦啊！苦啊！」

「秤砣砸穿我的頭骨。然後我獲得守護的力量。」

「傳送！」

「我走進樹林。做了見證。看見道路。」

「傳送！」

「但直到長大成人，才能走上那條路。」

「總有一天！總有一天！」

「我幹起活來不輸男人。」

「可不是，說吧，哈莉特，說下去！」

「我買了公牛來耕田。」

「哈莉特有一頭公牛！」

「有人付錢僱我。開墾田地。」

「哈莉特有頭公牛！哈莉特開墾土地。」

「主磨練我。把我變得剛強，像法老王面前的摩西。」

「說吧，摩西，說下去！」

「但我歌頌約翰・塔布曼。」

「塔布曼！」

「男人不喜歡被女人比下去。」

「摩西開墾土地！」

「約翰・塔布曼卻不是那種人。」

「的確如此！」

「他以我的堅強為榮。我的勞動使他在我面前顯得柔弱。」

「說吧，摩西，說下去！」

「我愛他，因為我知道，女孩必須愛一個愛妳的人。」

「摩西有一頭厲害的大公牛！」

「約翰・塔布曼愛我的堅強。愛我的勞動。」

「堅強，摩西！堅強！」

「所以我知道他愛我。」

「約翰・塔布曼！」

「我們辛勤工作，打算慢慢穩當地掙得自由。」

「苦啊，摩西，苦啊！」

「我們有計畫。我們的土地。我們的孩子。就靠我的牛。」

「摩西有一頭公牛！」

「但有個人比約翰．塔布曼更愛我。」

「說得是！說得是！」

「主賦予我守護的力量。主照亮了道路。」

「傳送！」

「主召喚我到費城。」

「傳送！」

「但我的約翰不肯來。」

「苦啊！苦啊！」

「到了北方，我開始採取行動。我看到新的事物。」

「摩西有一頭公牛！」

「我回來時，已不是當初那個女孩。」

「摩西開墾土地！」

「但我信守承諾。」

「堅強的摩西。」

「我回來找我的約翰。」

「是的，妳回來找他！」

「發現他已經跟別的女孩在一起。」
「苦啊，摩西，苦啊！」
「我無法釋懷。想去找他倆大鬧一番。」
「摩西有一頭公牛！」
「我才不管自己有多吵鬧。不在乎布羅德斯是否聽見我暴跳如雷。」
「約翰．塔布曼！」
「不在乎我會不會被重新套上奴役的鎖鍊。」
「苦啊！苦啊！」
「但有人阻止了我。」
「堅強，摩西！」
「我爹，大班．羅斯。他抓住我說，哈莉特必須愛一個愛哈莉特的人。」
「說得好，羅斯老爹！說得好！」
「兄弟啊，我要告訴你們，就像羅斯老爹告訴我的——要愛一個愛你的人。」
「說得好！」
「而最愛我的始終是我的主。」
「說得好！」
「我的約翰離開了我，兄弟。但我知道是我先離開那男人的。」

「約翰．塔布曼！」
「我的靈魂為主所俘，因為最愛我的就是祂，勝過所有人。」
「摩西有一頭公牛！」
「約翰．塔布曼！」
「堅強，摩西。」
「無論你在何方。」
「堅強，摩西，堅強。」
「我知道你的心，而今你也明白我的。」
「堅強的摩西。」
「願邪惡遠離你。願你夜夜安穩。」
「堅強。」
「願你找到平靜，即使身陷棺材裡。」
「總有一天。」
「願你找到所愛，也被對方珍愛，即使在這重重桎梏的年代。」
「說得沒錯。」

26

第二天清晨日出前，我們已經在德拉瓦大道的碼頭，傳送的彼端。霧氣從水面升騰，遮蔽了城市。我回頭看大家，發現虛弱的哈莉特兩臂各搭在亨利和羅伯肩上，讓他們架著前行。我接手指揮，帶領一行人走到約定的會面處：一間倉庫，距我們出現的地點只有兩分鐘路程。我們看見歐薩和凱西亞在那裡等著。亨利和羅伯讓哈莉特躺在一排板條箱上。她說：「喂，你可別開始為我大驚小怪，聽到沒？我告訴過你，只要有親人在，我就會好好的。他們跟我配合得很好，你不覺得嗎？」

「非常動人，哈莉特，」我說：「我從沒見過這種景象。」

「你會再看到的，朋友，」她說，緊盯著我的眼睛：「你會再看到的。」

凱西亞輕輕揉著哈莉特的額頭，過了一會兒才轉向我。她默默微笑點頭，那一刻，我感到一股強烈的悲傷與喜悅流貫全身，蘊含著我方才所見一切的意義。我長久以來一直在尋覓的東西，感受到但無以名之的需求，如今清楚呈現在眼前。那是哈莉特，她的兄弟、父親，整個家庭為了要這樣活著而奮戰。我當下覺得沒有比這更神聖、更正義的戰爭了。此刻望著凱西亞，她是將我連結回維吉尼亞的橋梁，是將我連結到母親、到席娜的橋梁，我覺得她是家人，因而很自然地搭住她肩膀，將她緊擁入懷，吸進她頭髮的花香，感覺她柔軟的面頰貼著我的臉。一切都這麼新。我也煥然一新。重擔漸漸消散，那重擔不僅是奴役的事實，不僅是僕隸的辛勞和處境，還有底下的迷思——把父親當成救星，處心積慮想脫離大街，以為憑我的特殊才能便可讓洛克列斯起死回生。我的遺忘。忘記我母親。然後走進洛克列斯大宅，彷彿我沒有母親。後來我被傳送，被帶出棺材，被帶出奴隸制度。現在我覺得自己正蛻去舊皮般的謊言，從而嶄露出一個更真實、更光亮的海瀾。

凱西亞說：「沒事了，阿海。一切都會好起來的。」我感覺到她拍揉我的背，像安撫小孩那樣。我嘗到嘴唇上的鹹味，才發覺自己在哭，原來我在她的懷裡啜泣，意識到這點讓我很羞愧。但我抬起頭時看見周圍的每個人，哈莉特帶來的一行人，歐薩和凱西亞，每個人，也都在擁抱和啜泣。

我們分批上路，搭乘馬車到第九街辦公室，以免引起不必要的注意。日出時眾人已齊聚一堂，時間算得剛剛好。雷蒙為大家倒咖啡，端上馬爾斯麵包店的裸麥鬆餅、黑麵包和蘋果塔。我們餓壞了，在盡可能保持儀態的同時大快朵頤。

「所以我們為的就是這個，嗯？」羅伯說。他遠遠地站在客廳角落，倚著窗，看其他人吃。

「這個，以及更多，」我說：「有好有壞。」

「但從整體來看，總比受制於人好，對吧？」

「整體看來是如此。」我說：「但也不盡然。生命中總有些無法擺脫的部分，我在這兒也不得不體認到：我們所有人終究都會受到某種挾制。只是在北方這兒，你能夠選擇受制於誰和受制於什麼。」

「我想我能接受。」羅伯說：「而且我得說，我甚至在想，我非得再受制於我的瑪麗不可。」

「必須愛一個愛你的人。」我說。

「似乎是這樣。」

「你跟哈莉特談過了嗎？」

「還沒。不知該如何啟齒……」

「我來問她。畢竟做這承諾的人是我。」

雷蒙一一訪談每位乘客。我負責記錄。這持續了一整天。晚上，每個人都被分派到城裡或城外肯頓村的不同人家。他們被告誡要待在屋內，因為此時其逃亡已被發覺，哈莉特會是首要嫌犯。等到週末，費城將出現四處搜捕的萊蘭德，但屆時他們自己也已前往北方。那晚我坐在客廳。哈莉特在樓上我房間沉睡，自從我們抵達第九街辦公室，她就一直在睡。

雷蒙正要帶珍和亨利出門，安頓他們到住處。但在離開前，他說：「我想這可以等你回來再說。」然後交給我一封信，說：「海瀾，我希望你明白，你再也不欠任何人什麼。不欠我。不欠柯琳。」

我拿著信坐在客廳，看它上面蓋著維吉尼亞工作站的戳記，不用拆封便知道裡面說什麼。我要被召回那個爛泥坑了。我很感激雷蒙這麼說，但我不可能不回去。那時，我已深深認同地下組織。它是我存在的意義，如果沒有它，我不曉得要怎麼看待自己的人生。何況一年前——雖然感覺像十年——我才許下承諾，要把蘇菲亞帶出來。即使布蘭德不在了，我仍漸漸琢磨出該怎麼做。

雷蒙離開約一小時後，哈莉特拄著手杖緩緩走下樓。她坐在沙發上，深深吸了口氣。

「所以這大概就是全部了嗎？」我問。

「對，」她說：「大概就是這樣了。」

「不過，不是全部。」

「你的意思是？」

「我沒告訴妳，但為了讓妳弟弟羅伯脫身，我不得已做了個承諾。是瑪麗。她不放他走。我通通告訴她了。」

「通通？」

「我知道。這樣做很不智。」

「沒錯。是不太聰明。」哈莉特說。然後她把視線從我身上移開，深深嘆了口氣。我們默默坐了半晌。

「但，我要說的是我並不在現場。我告訴你必須達成的事。無論你是怎麼辦到的，你就是那樣辦到了。為此我感謝你。這是羅伯想要的嗎？」

「是的。」

「那小子真是個麻煩鬼。」

「還有別的事。」

「你又想要什麼？傳送整個州？」

我笑了。然後我說：「不，我想讓妳知道我要離開了。哈莉特，我要回老家了。」

「嗯。是啊，我想也是。尤其你現在已見識過那種力量。」

「不是那樣。而且我仍然沒完全搞懂。」

「你懂的夠多了，所以我想要告訴你這件事。我希望你記住，我對你、而且只對你透露這事。我之所以這麼做，因為你是承載者，其他人都不是。別忘記這點。一旦你把列車開上軌道——你一定會的，對於它該如何運行，人們將有各式各樣的想法。你知道我在說什麼。我愛維吉尼亞工作站，因為他們真心向主。但別讓他們把你拉進他們的陰謀詭計，海瀾。他們會設法把你拉進各種勾當，但要記得那是有代價的，總要付出代價的。我們南下時你就看過我身上發生的事。甚至你今天也看到了。人們會忘記是有理由的。而我們這些記得的人，呃，很辛苦。它讓我們筋疲力竭。就連今天，我也只有在兄弟幫忙下才能辦到。

「假如你需要跟人談談，假如你拿不定主意，就給凱西亞捎個訊。找到她就一定能找到我。假如你有任何需求，假如你發現自己陷入困境，在試著自行解決之前，先找我商量。你可能迷失在外，不曉得故事會把你帶向何方。呼喚我，海瀾，懂嗎？」

我點點頭，回復原來的坐姿。我們又閒聊幾句，直到她累了。之後哈莉特回到樓上，我在沙發上睡著。第二天我被愉快的交談吵醒。我起身走進飯廳，發現歐薩、雷蒙和凱西亞坐在餐桌旁。

「我剛把這兩個人找來。」歐薩興高采烈地說。自從莉迪亞被捕，布蘭德身亡，我頭一次見他滿懷希望。

「怎麼回事？」我問。

「是莉迪亞和孩子們，海瀾，」歐薩解釋：「我想我們找到辦法了。」

「怎麼做？」我問。

「麥基南，」雷蒙說：「他想賣了。我們已透過中間人聯繫上他。」

凱西亞從手提箱抽出一本小書。

「這不是我們的一貫作風，」她說：「但我們必須講自己的故事。」

她把書遞給我，我讀出封面的標題：《被綁架和被贖回者》。我翻閱了一下內容，發現是歐薩．懷特逃向自由的故事。

「真了不起。」我說，把書交還她：「那麼，我們打算怎麼做？」

「歐薩和另一些人將到北方巡迴演講，」雷蒙說：「他們會把書賣給支持廢奴的聽眾，再用賺的錢買回莉迪亞和家人。」

「那麥基南呢，他會等嗎？」我問：「在我們企圖擺他一道之後？」

「應該說在他擺了我們一道之後。」歐薩說：「布蘭德死了。名副其實地進了棺材。我們不會放棄救莉迪亞，那人也知道。其實，我真不甘心為自己的族人付贖金，但我想現在不是唱高調的時候。」

「沒錯，」凱西亞說：「確實不是。假使你有辦法把他們弄出來，歐薩，就去做吧。你只要問心無愧，公道就留給主去裁斷。」

「的確。」我說：「關於這點，我有些話必須說……」

「回去的時候到了，是嗎？」

「是的，」我說：「我……我不是從前的我了。」

我甚至不曉得他們是否理解。也許凱西亞懂。但就算他們不理解，我還是想說出來，我希望他們知道我已經被費城，被馬爾斯、歐薩、瑪莉·布朗森，被他們所有人改變了。我希望他們知道我明白。但我仍擺脫不了多年來把話藏在心裡、只聽不說的習慣，以至於儘管感受深切，我費力講出的卻只有：「我不是他。我不是他了。」

「我們知道。」歐薩說，起身擁抱我。

27

返回棺材前，我還有承諾要履行。在一個清朗的十一月星期天，我跟凱西亞沿斯庫基爾河往行人徒步區走。秋風颯颯，一路吹過班布里奇街，這條可愛的大街——是的，我漸漸認為它可愛，因為以前覺得雜亂無章處，我現在看見一首城市交響曲，存在於巷弄的粗鄙物事中，令人作嘔的惡臭裡，各種族群的巨大差異間；人們從簡陋的磚屋湧出，擠上公共馬車，在白鐵器具店搬進搬出，在服飾店拌嘴，為了雜貨討價還價。

我們一面走，一面數著依序編號的街名，直到抵達河邊，再沿河走到徒步區，那天早上沒什麼人。凱西亞拉緊披肩說：「我們的體質耐不住這種氣候，你知道。我們是熱帶民族，他們都這麼說。」

「我最喜歡的季節。」我說：「這時節的世界好美。一片祥和，即使在北方這裡。彷彿夏天把世界搞得筋疲力竭，到了十月，正好可以打個盹兒。」

「我可不曉得。」凱西亞搖搖頭說。她輕輕笑起來，把披肩拉得更緊些。「這風是從河上吹過來的吧？給我春天。給我綠野。給我百花盛放。」

「生命的季節，嗯？」我說：「不，我更喜歡這失落的季節，這死亡的季節，因為我認為這是世界最真實的面貌。」
我們靜靜坐了一會兒。凱西亞牽起我的手握住，靠過來挨著我，然後親親我的臉頰。
「你還好嗎，阿海？」她說。
「百感交集。」我說。
「是啊，真是這樣。」她說：「那些來去奔波，我的天，每次我離開，留伊萊亞斯在家，都覺得心被活生生地扯出來。」
「他怎麼反應呢？」
「伊萊亞斯？這個嘛，我是希望他不會太高興我離開啦。但我沒問。而且你要記得，我一向是那種不甘受束縛的女人。很少男人能應付這種狀況，但我的伊萊亞斯不同。我認為主要是哈莉特的緣故。我們有共識，所以伊萊亞斯愛上我時，並不覺得我的態度特別奇怪，還很可能正是因此而愛上我。我是他熟悉的那種女人。他覺得女人就該是這個樣子。
「但我們家確實需要人幫忙。工作很多，而我並不常在。他老說要找個女孩來。我跟他說他想找就請便，但他也會同時失去一個女孩。」
我們一同笑了起來，半晌後我說：「但也可能不會。」
「我向你保證一定會。」她說：「別讓大會那套『自由戀愛』的論調影響到你。」
「我不是在說自由戀愛。我說的是妳母親。」
凱西亞望向河面，不發一語。

「這樣不對，」我說：「這裡的做法不對。」

「沒有人覺得對，阿海，」凱西亞說：「難道你也打算對維吉尼亞宣戰？」

「他們做了承諾，」我說：「在布蘭德遇害前。」

「不是要救席娜。」

「不，不是要救席娜。我還沒完全想清楚，但我確實相信這裡對我有所虧欠。我很高興加入地下組織，很慶幸發生了這一切。但我不是受邀加入，而是被強徵進來。多年前多虧這個女人我才能存活下來，我相信要維吉尼亞釋放她並不過分。」

「的確不過分。在北方這邊，單憑雷蒙和歐薩，甚至靠哈莉特與馬里蘭，這事都不成問題。但維吉尼亞……他們不一樣。」

「我知道，」我說：「我跟他們可說糾纏了近半輩子。但我告訴你，我決心救席娜出來。我講不出方法，也講不出時間，但我會救她出來。」

凱西亞坐回原來的姿勢，望向河面。一群麻雀從樹上振翅飛起。我看著一隻鴿子俯衝到牠們當中。

「好吧，我不能說我不想跟她團聚，」凱西亞說：「但你得原諒我沒為這樣的事熱血沸騰。我很久以前就道別了，阿海，跟自己的母親道別很難，你懂嗎？」

「我懂。」我說。

「如果你設法找到她，並成功地把她帶回北方這邊，那……我們可以安頓她。由這裡往西，朝蘭開斯特的方向，有個可愛的農場，那景色真不是蓋的，我敢說。那個地方正等著她。」

第二天早晨，我依照在北方這邊觀察到的僕隸穿著來打扮自己；他們的服裝遠超出身分——考究的長褲、錦緞背心，加上一頂高筒禮帽。時間還早，太陽剛升起，但我下樓時，雷蒙、歐薩和凱西亞已在那兒。我們坐在一起愉快地聊了幾分鐘。雷蒙包下一輛出租馬車載所有人去格雷渡輪車站，因為大家堅持要為我送行。馬車很快就來了，我們上車，準備出發走班布里奇街，但就在此時，我看見馬爾斯朝我們跑來，一手提袋子，另一手狂揮，沿路呼喊著。

「嘿，等等！」他跑近時說。我微笑舉帽，同他打招呼。

「聽說你要離開一陣子，」他說：「想給你一點東西。」

他說著把袋子交給我。我打開，看見一瓶蘭姆酒和用紙包著的薑餅。

「記得喔，」他說：「家人。」

「我記得，」我說：「再會了，馬爾斯。」

抵達車站時，火車已等在那裡，乘客正在做上車前的最後準備。我掃視人群，看見我的聯絡人：一位白人幹員，萬一出問題，他會支援我。我轉向大家說，「好吧，看樣子我的火車來了」，然後一一擁抱他們。我往下走，加入月臺上緩緩前進的人群，出示車票，上車，在車廂找到座位，幸好它夠遠，看不見我的這個新家庭，否則我真擔心，如果得眼睜睜望著他們逐漸遠去，自己會有什麼反應。然後我想到蘇菲亞，想到我多想帶她來這裡，見見這些人，聽他們出生入死的冒險，在河畔徒步區吃薑餅，看著白人男子從獨輪車上揮手。然後我聽見列車長高喊，大貓咆哮，我降入南方深淵的旅程就此開始。

早在越過邊界之前，在經過巴爾的摩之前，在看見列車長沿走道檢查每個黑人之前，在馬里蘭西部的山巒伸進維吉尼亞之前，我就感覺到改變了。身為僕隸就是戴上面具，而我很清楚地知道，我會想念費城，是因為在那座毒霧瀰漫的城市裡，我曾展現最真實的自己，不為他人的欲望和習慣所屈，因此我現在感受到的改變壓倒了我——胸口緊悶，雙眼低垂，兩手鬆開，整個身體坍縮在座位裡——那是一種徹底的自我否定，全然的謊言。當我在克拉克斯堡站踏出火車，可以感覺到手腕被銬上，夾住脖子的虎鉗收緊。曾經那樣生活過，品嘗過自己的自由，見識過各式各樣自由的黑人社群，此刻我感受到這輩子從未體驗過的沉重。

隔天晚上，一個星期二，我回到布萊斯頓，住進舊時的小木屋。柯琳給我一天獨處。大部分的時間我都在樹林裡散步，想像自己走在費城，就像我經常做的那樣。我又想起我多想帶蘇菲亞去那裡，甚至，我多想帶席娜去那裡，那天我忽然意識到，我很高興回來，因為我再也不想在她倆被鎖鍊拴住時呼吸自由的空氣。

布蘭德曾向我保證會說服柯琳去救蘇菲亞。但布蘭德死了。所以我必須靠自己的力量設法說服柯琳讓她倆獲得自由。除了布蘭德之死，這件事還有其他阻礙。蘇菲亞是納森尼爾．沃克的財產，私人財產，因此這樣的營救行動勢必激怒他，且引起懷疑。席娜年紀大了，維吉尼亞地下組織大概會反對救她，因為他們覺得自由的人生應該優先給那些能充分利用它的人。但我已經告訴凱西亞我們會這麼做，而且決心要辦到。

第二天一早，我到主屋客廳見柯琳和霍金斯，走進那扇門，過去的記憶頓時浮現，我想起初到布萊斯頓的情景，以及如何得知它令人難以置信的祕密。我看見從前的家教老師費爾茲先生，我的米凱亞．布蘭德，被霍金斯講的故事逗得哈哈大笑，我看見他神情無比凝重地轉向我，並在他眼中看見我不久便將得知的所有可怕事情。

我們各自找了張椅子坐下，柯琳開口說：「海瀾，當你跟梅納德一起翻落河中，你造成了兩個影響。首先是解脫——使我不必與這樣一個男人結合，也毋須忍受隨之而來的各種恐怖。為此我感謝你。」

「這並非我所願，」我說：「但至少它改善了妳的命運。」

「兩個影響，小子，」霍金斯說：「她說兩個。」

「不幸的是，」柯琳說：「你也剝奪了本工作站進入榆郡最高社交圈的管道。」

「梅納德沒有任何高尚之處。」我說。

「沒錯，但你瞭解我的意思。」她說：「而今我淪為老小姐，與那個圈子的仕女斷了關係。假使當初能順利與梅納德結合，那些人脈將對地下組織的力量和情報助益良多。我相信你明白其中的關聯。」

「我明白。」

「因此，梅納德之死使我們的投資蒙受重大損失。幾個月的計畫付諸流水，我們被迫退而求其次，盡可能運用剩餘的資源。」

「她指的是你，」霍金斯懊喪地說：「不得不把你帶走。」

「儘管你給我們的不同於我們相信梅納德會帶來的好處，但你也貢獻得夠多了。我們知道你在費城和馬里蘭做的事。對於一年前你只模糊感受到的那些力量，你是否已有所瞭解？」

我沒答腔。我的確有所瞭解，但仍少了什麼，我還抓不到要領，無法任意解開深鎖的記憶，讓自己隨心所欲沿軌道駕駛火車。而就算我充分瞭解了，我也仍記得哈莉特的警告，並相信她所說：這力量是給我的，不是給他們的。

「我們並非不懷感激或欽佩，海瀾。然而這並不表示你和我們之間的帳就此結清。」

「我人在這裡，」我說：「再怎麼不樂意，也是出於自願。告訴我妳需要什麼。提出要求，我就會照辦。」

「好。很好。」柯琳說：「你還記得你父親的男僕羅斯科嗎？」

「當然，」我說：「帶我到大宅的人。」

「呃，羅斯科過世了。他的時候到了。」

「很遺憾聽到這消息。」我說。

「羅斯科的身體一開始走下坡，」霍金斯說：「你老子豪爾就寫信來這裡給柯琳。他要你回去接替羅斯科。」

「回想起我們原本打算透過我自己與梅納德結合來獲取情報，」柯琳說：「也許你會想成為情報來源。我們希望瞭解你父親的狀況與洛克列斯的未來。你願意幫助我們嗎？」

「我願意。」我說。我的爽快令他們大吃一驚，因為我竟答應要返回從前的主人身邊，即便他也是我父親。「但我得跟妳討些東西。」

「你已經得到很多了。」柯琳說。

「那全都是我應得的。」我說。

柯琳聽了對我微笑點頭。「的確，」她說：「你想要什麼？」

「那裡還有兩人——一個婦人和一個女孩，」我說：「我想救出她們。」

「女孩，我猜是跟你一起逃跑的蘇菲亞。」柯琳說：「而婦人，想必是從你初進大宅便一直看顧你的席娜。」

「沒錯，是她們。」我說：「我要她們被傳送到費城，由第九街工作站和雷蒙．懷特經手。」

「門兒都沒有。」霍金斯說：「這麼做只會引來萊蘭德，很可能直接找上我們。當初跟著你逃跑的女孩，一等你回來就又不見了？然後是對你來說有如母親的女人？不行，這絕對行不通。」

「況且這個叫席娜的婦人，」柯琳說：「她已經過了我們認為安排這種旅程合理的年齡。」

「那些危險和問題我都明白，」我說：「而且也不必立即進行。但我希望它記在我們的帳上。我要你們保證當時機成熟，我們會救她們出來。聽著，我不是當初那個男人了。我知道這場戰爭的意義，也跟妳站在同一陣線。但我無法憑著抽象的理念救人。她們是我的家人，我在世上僅有的家人。我要救她們出來。在她們出來之前，我無法安眠。」

柯琳打量了我半晌，說：「我瞭解。我們會這麼做。等時機成熟。但一定會做到。至於現在，你先準備好。明天出發。我已經通知你父親等你回去。」

於是隔天一早，我起床盥洗，穿上我的舊衣，僕隸的服裝，當它粗糙的縫線擦痛我的皮膚，我看見一扇黑色大門在眼前匡噹關上。所以就這樣了。我真的回到底下。對此我有種奇怪的解脫感，因為衣服的磨擦把我跟所有受奴役磨蝕的人連在一起。我知道柯琳已燒掉奴隸契約——占有我靈魂的契約，但在整個社會都當我是奴隸的地方，這麼做毫無意義。接著我想起喬吉·帕克斯，他虛有其表的自由被釘在一個條件上：讓任何膽敢效法他反抗的黑人遭逮捕。我不是喬吉。在奴役本身被燒毀之前，我無法真的燒毀那紙挾制我的契約。

我在馬廄與霍金斯會合，我們把馬牽到主屋，在那裡默默等候柯琳。當她和艾咪一起走出來，我真正瞭解到維吉尼亞工作站的努力有多了不起。至今我已見過兩種樣貌的柯琳，其差距之大簡直判若兩人。維吉尼亞地下組織和紐約大會的柯琳長髮鬆散披肩，笑起來豪爽不羈。眼前這位柯琳拘謹端莊，走在我們面前有如皇族，妝容無懈可擊，散發著所有上等婦女追求的玫瑰色光輝。但她依舊穿著喪服，整套裝束變得更精緻繁複，黑色裙撐拖曳在她身後，黑面紗長得掀到背後仍垂落腰際。她一定察覺我的驚奇，忍不住咯咯笑起來。然後，在艾咪協助下，她將黑紗拉過頭頂遮覆面龐，好戲即將上場。

從這個角度再次見到這片鄉野，望著我曾奔馳過的樹林，以及在訓練過程中探索的所有地形，感覺怪怪的。我可以看到每一棵樺樹、鐵木和紅橡樹生氣勃勃地展示赤褐與金黃的美麗葉扇。山巒就在前方，有著懸突的岩壁和空曠的原野，世界在那裡敞開，你可以清楚看見這死亡季節的豐饒綿延數里。但我內心感到恐懼，害怕回到奴隸國度，害怕這世界在監視我。

接近傍晚時，我們抵達史塔佛，我幾乎立刻就知道，我離開時已啟動的衰敗如今正加速進行。一切都太安靜。那天星期四，是營業日，但當我們驅車進城，迎面招呼的只有沿主街一路捲掃落葉的風。我們經過昔日繁忙的鎮廣場，見上流權貴用來對鎮民演說的木造講臺已碎裂腐朽，殘破失修。曾經張貼皮貨商、車匠和百貨店廣告的建築，如今人去樓空。我們駛過賽馬場，我看到自己曾經從那裡看賽馬的松木柵欄已崩塌，綠野已開始侵入草坪。

我轉頭對坐在旁邊駕車的霍金斯說：「賽馬日？」

「今年沒辦，」他說：「可能不會再辦了。」

我們把馬留在馬廄，走向對街的客棧，進到裡面時，我看到的景象是：大廳裡有十個白人，外表看起來是下等人，散坐四處。他們互不交談，寧願專注在自己的啤酒或心事上。最右邊有間小會客室，有個店員窩在裡頭作帳。我們的到來沒引起任何注意。氣氛有些詭異，雖然我指不出哪裡不對勁。我跟在柯琳後面，隨著她走向店員，他連頭都沒抬。

然後她說：「肯塔基彗星情況如何？」

這時店員才抬起頭，頓了一下說：「今天早上出軌了。」

柯琳聽了朝霍金斯點點頭。他迅速走到門口，鎖上門。兩個坐在桌邊的人從酒杯中抬頭，起身走向窗戶，拉上百葉窗。那是同一天裡，我第二次領教到柯琳．奎恩的厲害。我告訴你，能人奇事我見多了，但那一刻，要說她一手毀了維吉尼亞的菸草田，我也願意相信，因為我環顧四周，才發現這些男人，這些下等白人的面孔一點都不陌生，他們其實是我之前在布萊斯頓受訓時見過的人，於是我恍然大悟——這個曾經被當成傳奇講述的榆郡，柯琳．奎恩就在其核心設了一個史塔佛工作站。

不到一小時，人人都在開會。我不用參加這些，我的任務從明天開始。我走出客棧後門，繞了一圈，回到方才進來的街上。我豎起外套的衣領，遮住臉頰，再把帽簷拉低。才幾分鐘前，我被一股狂烈的好奇攫住——自由鎮變成什麼樣了？埃德加和佩璇思呢？帕普和格里斯呢？安柏和寶寶呢？我大可直接問霍金斯或艾咪，但我想我知道他們會怎麼說，因為內心深處，我對於會發生的事既不迷惘也不困惑，我很清楚我們這樣處置喬吉．帕克斯的代價是什麼。

如我所料，在萊蘭德監獄的陰影中——似乎史塔佛一半的人都待在那裡面，自由鎮已成廢墟，但不是史塔佛其餘部分如今承受的那種頹圮。棚屋幾乎全毀，只留下燒黑的木板和灰燼，猶自佇立的骨架中，門扯脫了絞鏈，彷彿被某種巨大的力道撞入。喬吉．帕克斯的家便是如此。我走進去，看見每樣東西都被砸碎——床裂成兩半，五斗櫃從中劈開，陶器碎片，一副眼鏡。我在那兒站了一陣子，領略我如願以償的成果，地下組織恐怖報復的收穫，洩恨的對象不僅是喬吉，還連帶整個自由鎮。我深感羞愧，無地自容。就在那時我看到它——角落裡的玩具小木馬，是我在喬吉的孩子出生時送給他的。我彎腰拾起木馬，走回外頭。黃昏時分，萊蘭德監獄寂然兀立於一個街廓之外。夕陽正落到遠方樹梢。感覺有股灰暗的戾氣吹過廢棄的街道。我把玩具木馬放進外套口袋，繼續前行。

第三部

同時，已跳下船的黑人

繼續在波濤間跳舞

用盡全力吶喊

在我聽來是一首凱旋之歌……

亞歷山大・法康布里奇*

* 亞歷山大・法康布里奇（Alexander Falconbridge，約1760-1792）是英國外科醫師，曾在一七八二至一七八七年四次擔任奴隸船的隨船醫師，後來成為廢奴主義者，並於一七八八年出版《非洲海岸奴隸貿易紀實》（*An Account of the Slave Trade on the Coast of Africa*）。上述引文即出自此書。

28

第二天下午，我從馬廄牽出馬，駕著馬車駛離史塔佛，避開石橋、默絲路和落溪公路，循正常途徑返回洛克列斯。各種感受如淌血般湧出，幾乎將我淹沒，最令我激動的不是要與父親見面，不是為我對席娜說的最後幾句話感到羞愧，甚至不是要看到蘇菲亞。那些感覺都在，但凌駕其上的卻是一種根深柢固的天真盼望：看得出衰敗已席捲榆郡，但願它無論如何能放過我的洛克列斯。

誰知道我們為何愛其所愛？為何成為現在這樣的人？說真的，那時我已獻身地下組織。我對於真正的人性、對於忠誠與榮譽的理解，全是在過去一年學到的。我相信凱西亞和哈莉特和雷蒙和歐薩和馬爾斯的世界。儘管如此，我內心的男孩並未死去。我就是那樣，無法選擇自己的家庭，即使是一個拒絕承認我的家庭，就像我無法選擇祖國，即使這個國家至今仍拒絕承認我們。

但當我從西大路轉進洛克列斯，幾乎立刻就明白天不從人願。主要道路跟賽馬場一樣漸漸擋不住森林的擴張。繼續往前駛，經過田野，看到正規工班的人數已縮減，我望向他們，一個都不認得。

靠近主屋的蘋果園似乎被照料得很好，沒有聞到果實落地、任其腐爛的氣味，令人生起一線希望。比蘋果園狀況尤佳的是主屋前較晚綻放的紫苑花圃。我把馬車拉上馬廄，繫好馬，注意到除了我剛駕的這匹，馬廄裡只有一匹馬。我的馬又渴又喘。我把水槽抬到泉邊，裝滿水，再放回馬廄，當我凝視水面，它微微閃爍，為了我而閃爍。就來了，我心想。然後開始走向洛克列斯的白色宮殿。

我在他看見我之前就先看到他了。我站在路的盡頭，接近主屋處。他坐在門廊上，防蟲簾後面，身著獵裝，步槍擺一側，另一側是他下午慣喝的甜酒。我手裡拿著一箱柯琳送的禮物。時近黃昏，秋陽剛要落下。我站在那兒看了半晌才喊道：「午安，老爺。」我見他醒來，眨了眨眼，當他明白是怎麼回事，雙眼圓睜如滿月。與其說跑向我，他更像是莫名其妙地恣意游到路中央，手臂拚命揮打空氣，彷彿那是水一般。他把我拉進懷中，就在光天化日下直接擁抱我，那古老的野蠻氣味沾滿我全身。

「我的孩子。」他說。然後他退一步，以便好好看我，雙手握著我肩膀，潸然淚下。「我的孩子。」他搖著頭又說了一次。

我不知自己想像回到父親家會受到怎樣的接待。我的強項是記憶，而非想像。但出現的是我父親本人，當他領著我走上前廊，坐下來，我可以仔細端詳他。他儼然成為史塔佛鎮的縮影。我才離開一年，這期間他似乎老了十歲。他更衰弱了。原本嚴厲的五官變得柔和，整個身體似乎坍陷在椅子裡，眼下長出眼袋，臉龐失去血色，布滿凹痕。我感覺他的心臟每跳一下都很吃力。

但還有別的——他見我回來而流露的喜悅，那種喜悅我多年前曾在他身上瞥見，當時我單手接住那枚飛旋的硬幣，目光始終沒從他身上移開。

「天啊，」他說，上上下下打量我：「我們可以讓你穿得更像樣點。尊嚴，兒子。記得老羅斯科嗎？像鋼琴一樣光鮮亮眼，願上帝讓他悲傷的靈魂得到安息。」

「是，老爺。」我說。

「很高興看到你，兒子。太久沒見，實在太久了。」

「是，老爺。」

「你在柯琳小姐家過得如何，孩子？」

「過得很好，老爺。」

「不會太好吧，我希望？」

「老爺？」

「我覺得好極了。」

「她沒告訴你嗎，兒子？你又回到洛克列斯這邊了。你覺得如何？」

「好，很好。我們來看看你帶了什麼。」

我協助他翻撿柯琳送的禮物——各種點心糖果和一些零碎物品，包括一本華特·司各特爵士[1]寫的書。晚飯時間到了，我攙扶父親上樓換晚餐服。

「非常好。非常好。」他說：「你是天生好手。但你自己也換套衣服吧。我猜老羅斯科的個頭比你小。我想你可以穿梅納德的一些舊衣。那孩子多得是派不上用場的漂亮服裝。但我很想他，真的。該死，那小子總教人操心。」

「他是個好人，老爺。」

「是沒錯。但衣服放到爛掉也無濟於事。把自己打理得體面些，孩子。你可以用你哥哥的房間，住在屋裡，別住到下頭那些地道裡。」

「好的，老爺。」

「有件事，孩子。自從你離開後，這裡改變很多。老地方沒能維持原樣。我們失去許多。但我盡了力，而那些非我所願的做法也是逼不得已。兒子啊，我老了。但我現在心心念念的，在這年頭，是確保這地方和我們的家人有個仁厚的繼承者。我要你知道這是我特別關切的事，你明白嗎？」

「明白，老爺。」

「讓你走是我不對，孩子。我很傷心，而柯琳那女孩，呃，她說服我乾脆把你轉讓給她。但自從你離開，我就不斷要她把你帶回我知道你想在的地方。老天有眼，我做到了。你在這裡，孩子，我知道你會勝任老羅斯科的職務，就像你照料我的小梅一樣。但我需要你做更多。過去你是幹活的人手，孩子。那種人手我有很多。如今我需要的是你的眼睛。一切都必須保持秩序。我能指望你做到嗎，孩子？」

「可以的，老爺。」我說。

「好，很好。我是個矛盾的人，拿自己沒辦法。我這輩子犯了兩個錯。首先是讓你媽媽走，其次是讓你走，都是在可怕的衝動下做出決定。不會再發生這種事了。我是個老人，但我也能重新做人。」

於是那晚，我住進亡兄房間，穿上亡兄的衣服。到了晚餐時間，我去廚房，發現裡面的人我都不認得。原本有五名廚娘與幫手，如今減為兩名，而且年紀很大，光是這件事就透露了洛克列斯捉襟見肘的現況。因為不能生育，也沒剩多少年可幹活，年邁的奴隸是最便宜的。她們透過自己的情報聽說了「那個萊蘭德事件」，但似乎出奇地欣慰我父親看起來對我如此滿意，且不厭其煩地講述我父親的驕傲與懊悔，即使我曾逃跑。現在想起來，她們應該是認為，亦或祈禱，我會成為大宅的某種穩定力量吧。

我端上晚餐——甲魚湯和肉排，並與其他僕婢一同清理，然後帶父親到書房享用晚間甜酒。做完這些，接下來就該去面對我的羞愧了。我讓脫下外套、只穿襯衫和格紋背心的父親坐在那兒，沉浸於返回洛克列斯往昔的幻夢，自己溜到書房牆後，走下通往底層營窟的祕密階梯。好多人都走了，曾經生氣蓬勃的地方，只剩一間間空蕩蕩、陰森森的廢棄宿舍，門敞開，留下各種零碎雜物——臉盆、彈珠、眼鏡。走在營窟裡，提著燈籠探看，撫過蛛網纏結的門框，裡面曾住著我認識的人：卡修斯、艾拉、彼特，我感到非常憤怒，不僅因為我知道他們被帶走，也因為我知道他們如何被帶走，如何被拆散，這巨大的生離死別如何塑造了我。我比從前更瞭解這罪行的完整面向，竊盜的全貌，那些微小的時刻，那溫柔，那些爭吵和懲戒，全都被偷走，好讓我父親這樣的男人能像神祇般地活著。

我的老房間跟我離開時一樣，有臉盆、水罐和床。但我沒什麼心情檢視那些。因為我聽得到隔壁有女人在哼唱，我認得那聲音，於是慢慢走出自己的房間，到隔壁，推開微啟的房門，看見席娜坐在床上哼著歌兒，齒間啣著兩枚別針，腿上擺著她正縫補的衣服。我在門口站了半晌等她發現，但她沒朝我這邊看，於是我走過去，拉出一張椅子，在她對面坐下。

「席娜。」我說。

她繼續哼歌，但始終不抬頭看。那時我已學到沉默的代價，深知為了保護自己而把話藏在心底會有什麼後果。我瞭解那種感覺：摯愛的人離你遠去，你將永遠無法告訴他們，他們對你的意義如何重大。但坐在席娜身旁——我以為我失去了她，但透過我對凱西亞的認識，她的分量和人格只是更加放大——我覺得自己有了第二次機會，並決心不浪費它。

「我錯了。」我脫口而出。我不再裝腔作勢。我不曉得還能怎樣。過去一年的感覺都那麼新，而我在許多方面仍是個不知該如何承受這些感覺的男孩。但我知道有太多該說的事沒說。我們相聚的時光不能再被視為理所當然。

「我來這裡懺悔我上次見到妳時對妳說話的態度太過惡劣，我待妳實在太壞了，妳是我唯一的家人，比住在這屋裡的任何人都更像我的家人。」

聽到這話，席娜抬頭看了一下，又低下頭去，依舊哼著歌。雖然她眼裡沒有同情，甚至冷若冰霜，但連她充滿懷疑的注視，我都當成是一種進展。

「要我說出口並不容易。妳看著我長大，妳知道那不容易。但我很抱歉。我一直好怕那些話會是我最後對妳說的話。再次看到妳在這裡……看到妳……聽我說，我錯了。對不起。」

她沒在哼了。她再度抬起頭，把衣服放到床上，這時我看出那是條長褲。接著她拉起我右手，用兩手緊緊握住，眼睛始終不看我，我聽見她深吸一口氣又吐出。然後她鬆開我的手，拾起衣服說：「把那塊燈心絨補丁拿來給我。」

我走到五斗櫃，拿起補丁，遞給她。當我這麼做，感覺內心有什麼被修復了。我失去母親，這是真的。但此刻在我面前的人跟我一樣失去至親，因為那失去、因為那需求而與我相依，並成為我在洛克列斯唯一真確的家人，就像她告訴我的。我原本擔心她會因為我說過的話而不肯原諒我，但即便在她最彆扭的姿態中，我看到的卻是對於我安全歸來的欣喜。我不需要她微笑。我不需要她開懷大笑。我甚至不需要她告訴我她有多愛我。我需要的只是像她剛剛做的那樣，握住我的手。

「那個，我現在住樓上，」我說：「梅納德以前的房間。我不喜歡，但這是豪爾老爺的意思。需要時就喊我一聲。」

對於這個新消息，她唯一的反應是繼續哼她的歌。但我走出房門時聽見她說：「錯過晚飯了。」

我回過頭說：「錯過的可多了。」

於是我回到老房間，收拾一些家當——水罐、書籍、舊衣服，連我那可靠的老銅幣都還在壁爐檯上，沒被動過。我把這些塞進臉盆，走上暗梯，進書房，看見父親靜靜地在打盹。我把自己的物品拿到樓上梅納德房間，再回書房。然後我護送父親上樓回房，攙扶著他，幫他脫下衣服，蓋上被褥，向他道晚安。

隔天早晨，我穿好衣服，再度服侍父親起床用膳，然後駕車去史塔佛接柯琳、艾咪和霍金斯。柯琳與我父親共進午餐，兩人單獨在莊園裡散步。一小時後他們回來，我們奉上茶點。晚上訪客離去後，我服侍父親用餐，再下樓到營窟見席娜。

另一個時代裡，營窟人聲鼎沸，僕役穿梭在彼此間，唱著歌，分享故事，發發牢騷，幾乎自成一個世界，只要你有心，確實可以忘記自己在那裡是身不由主的。但早年的人情味皆已從此處流失，營窟的真面目於是被揭露——它是城堡底下的地牢，陰冷灰暗，整排破舊不堪用的燈籠讓綿延的營窟陷入黑暗，更增強了這種效果。

我到的時候席娜不在。我決定坐下來等。幾分鐘後她來了，看著我說：「晚安。」

「晚安。」我說。

「吃過了嗎？」

「還沒。」

晚餐有青菜、醃肉和烤玉米餅。我們默默地吃，像我小時候一樣。清理完畢後，我跟席娜說晚安，回到我房間。我們照這樣過了一星期。然後有個異常暖和的傍晚，在我建議下，我們把餐盤端到營窟的地道入口，多年前我和她一起進來的地方。我們坐在那兒吃飯，望著夕陽沉落鄉野。

席娜說：「所以你見過蘇菲亞了？」

「還沒，」我說：「我想她大半時間都待在納森尼爾家吧。」

「不，」席娜說：「她就住在下頭大街上。納森尼爾現在幾乎都待在田納西，所以她沒什麼理由過去那邊。但他、豪爾和柯琳對她做了某種安排。我也不太瞭解，只知道她被留在那兒自生自滅。」

「自生自滅？」我問。

「直到他們想清楚該拿她怎麼辦，我猜。你也知道，他們可沒習慣跟我講這類事情。」

「我該去見她。」我說。

「除非你準備好了，」席娜說：「這種事急不得。這裡變了很多。」

隔天是禮拜天，我的休假日。我忍著不去找她，直至下午。然後，意識到遲早總得見她一面，而且覺得我永遠都不可能準備好，便決定往下走到大街，到我出生的地方。不出我所料，大街也殘破失修。沒有雞隻四處遊蕩，舊時的菜園全都雜草叢生。這是廣大的南方帝國中，以維吉尼亞為宗主之區的最後時日。有人說它的沒落是那些莊園主的錯，倘若上等人堅守古老的空洞美德，也許這帝國可以再延續千年。但沒落是從一開始就注定的，因為奴隸制使人在怠惰中揮霍放蕩。梅納德很粗野，那是他最大的罪過。事實上，他反映出上等人的許多特質，只是他不夠狡詐，沒能掩飾而已。

冬季的第一波寒氣已覆蓋整個榆郡，使我愈加懷念另一個時代的夏日禮拜天，我們所有小孩都會出來玩彈珠和捉人的遊戲。席娜告訴我蘇菲亞住進大街盡頭最遠的那幢木屋，也就是我母親走後那幾年，我和席娜一起生活的地方。順著這排房子望去，我看見一個女人冒出來，腰間背著幼孩。那女人彈晃寶寶幾下，抬頭看到我。她投來疑問的眼神，點頭致意，便走回屋內。我站在那裡等了一下，那女人再度踏出木屋，這次沒帶寶寶，此時我才恍然驚覺那個女人就是蘇菲亞。

蘇菲亞再次步出屋外時樣子變了。她站在幾碼外的街道盡頭，蘇菲亞，我的蘇菲亞，板著一張臉。我不知道那代表什麼意思。她是在氣我把她帶到萊蘭德手中嗎？我們在外面結合的那整個晚上，其實全是我在做夢嗎？難道我們從頭到尾只是在調情，純屬兒戲？她現在愛上了別人嗎？那個寶寶又是誰？

「你打算在那裡站一整天啊？」她朝我喊道，說完便往屋裡走。我跟著走到席娜的舊居外面，滿腦子都是自己當初只帶著口糧出現在她面前的記憶。但沒時間管這些了。往裡瞧，我看見蘇菲亞又把寶寶背到腰上，像剛剛在外頭那樣彈晃她，一面唱著歌。

「妳好。」我說。

「嗯，你好啊，海瀾。」蘇菲亞說。她臉上有種得意的神情，我無法判斷那是她慣常的戲弄，抑或有更深的含意。她坐在靠窗的椅子上，請我坐床上。寶寶的皮膚是棕色，跟我差不多，在蘇菲亞懷裡輕聲咕噥。直到那時我才開始想通一切。變化太大了。我的表情一定洩漏了這種知覺，也許是聳眉或瞪大眼睛，因為蘇菲亞嘖了一聲翻個白眼說：「別擔心，她不是你的。」

「我並不擔心，」我說：「我什麼也不擔心了。」

聽我這麼說，她放鬆了些，儘管仍試圖保持我剛到時她擺出的冷淡距離。她起身走到窗邊，始終把孩子抱在懷裡。

「她叫什麼名字?」我問。

「卡羅琳。」她說,仍舊望著窗外。

「很好聽的名字。」

「我叫她卡莉。」

「那也很好聽。」我說。

她在我對面坐下,卻不迎上我的目光。她專注在孩子身上,但我從她的神態便知道,那孩子只是讓她不朝我看的藉口。

「我沒想到你會回來,」她說:「從來沒有人回到這裡。我聽說你落到柯琳·奎恩手上。有人說你在北邊山區。在鹽礦場,他們說。」

「『他們』是誰?」我問,低聲笑了起來。

「那並不好笑,」她說:「我很擔心你,海瀾。我告訴你,我嚇死了。」

「呃,我離任何礦場都很遠。我確實在山區,」我說:「在北邊的布萊斯頓,但沒有礦場。其實還不錯。那裡挺漂亮的,哪天妳該去走走。」

這回換蘇菲亞笑了,她說:「結果你就變成小丑回來,是嗎?」

「非笑不可啊,蘇菲亞,」我說:「我學到妳得笑看這人生。」

「是沒錯。」她說:「儘管我覺得一天比一天難。需要想些好事和從前的好日子。你知道我會聊起你嗎，阿海？」

「對誰聊起我？」

「對我的卡莉。我什麼都跟她說。」

「嗯，」我說：「看樣子也沒別的好說。這地方現在空蕩蕩的。」

「就是啊，」蘇菲亞說：「好多人沒了。好多人走了。送去納奇茲。圖盧沙。開羅。[2]被拖進那巨大的空無中。情況一天比一天糟。麥克伊斯特家那邊的高個兒傑瑞兩週前才來過這裡。我覺得他們一定不會留他，因為他太老了。他在這兒，就在這裡，還帶了甘薯、鱒魚和蘋果。席娜甚至下來大街，我們煎了魚，一起吃了頓豐盛的晚餐。才不過兩星期前的事。現在他也走了。

「已經好多人，阿海。好多。我不曉得他們怎麼維持運作。幾個月前有個叫米莉的女孩來到這裡。美麗的女孩——是她的不幸。還待不到一星期，就去了納奇茲。妓院。」

「但妳還在。」我說。

「是啊，確實如此。」她說。卡羅琳開始不安分，在媽媽懷裡扭來扭去，直到能轉過頭來好好看我。那孩子目不轉睛地盯著我，像所有被抱到陌生人面前的嬰兒一樣認真注視。我從不知該如何應付那種目光。它令我困窘。但不僅如此，因為那目光，以及它的認真端詳，都承襲自她母親。也許是因為我曾一次又一次在腦中召喚那張面孔，重現所有細節。我還發現別的，更多蹊蹺。卡羅琳的眼睛跟媽媽一樣晶瑩明亮，然其色澤——一種少見的灰綠——卻來自他處。我知道這點，因為我自己的眼睛也是同樣顏色，那是沃克家的遺傳，不只我有，我叔叔納森尼爾也有。

我的表情想必又洩漏了心思，因為蘇菲亞嘖了一聲，抱緊卡羅琳，站起來轉身走開。

「就跟你說了，」蘇菲亞說：「她不是你的。」

如今我明白去感受你無權感受的東西是怎麼回事，即便那時我也明白，只是不知如何形容。我記得一半的我想逃離蘇菲亞，再也不跟她說話，隱身於地下組織，與那個不會是我的蘇菲亞的女孩一刀兩斷。而另一部分的我——孕育於我母親本身的苦恨、然後被地下組織養大的這部分，在紐約上州為「大學」目眩讚嘆的這部分，找到智慧告訴羅伯沒什麼是純淨的、並感謝上帝的這部分——卻震驚地發現這樣的怨忿竟仍糾結在心中。

我望著蘇菲亞望著寶寶，半晌後轉開視線說：「所以我們還剩多少人？」

「不曉得，」蘇菲亞說：「本來就不確知這裡有多少人，為了不讓自己心碎，也不再數算離去的人。這肯定是洛克列斯的末日。他們正在殺死我們，阿海。不只是這裡。整個榆郡都一樣。他們在殺死我們所有的人。」

她抱著卡羅琳坐回去。

「但你確實回來了，」她說：「而且看起來過得不錯。這是我的福氣，能看見你回到我們身邊，起死回生，一輩子發生兩次——之前從古斯河冒上來，現在又從萊蘭德虎口逃生。一定有什麼了不起的意義，因為我們不在納奇茲，而在這裡，彼此面前。我想我們具有某種意義。某種非常了不起的意義。」

但還沒到查明意義的時候。那晚我走回大宅，服侍父親用餐，再下到營窟跟席娜一起吃晚飯。門外沒什麼動靜，樓上主屋也沒有。感覺我們好像孤伶伶地置身於世界的某個荒遠角落，我多少體會到洛克列斯草創之初，只有開基先祖和他的一班僕隸，被大自然從四面包圍的景況。

吃完飯，我們走到外面，坐在通往營窟的地道邊緣。

席娜打量我一番，說：「所以你去看她了。」

我盯著地面搖搖頭。

席娜暗自發笑。

「妳可以先告訴我的。」我說。

「就像你可以先告訴我一樣？」

「那時情況不同。」我說。

「不，情況一樣。你斷定那不干我的事，我當時並不同意。但我若告訴你那女孩有個私生子，很難不覺得自己是在背後講人閒話。那是你們之間的事，與我無關。」

她說得對。我回想逃跑前最後一次見她的情景，想起自己刻薄的言詞，心知儘管我可以為自己造成的痛苦道歉，但那決裂是真實的。這個孩子就此離家。不會回來了。

「我甚至沒生她的氣，」我說：「她從來都不是我的。」

「沒錯。」

據我估計，卡羅琳約四個月大，這表示我帶著蘇菲亞逃跑時，她已經懷著寶寶。知道她聰明獨立，並回想我們的所有對話，我因而明白，她不僅是在我們逃跑時懷有身孕，更可能是因為懷了身孕才跟我一起逃跑。

「席娜，我覺得她逃跑是有原因的，只是她不願告訴我。」

「對。」

「那讓我心裡……很不是滋味。總覺得我對那女孩剖心掏肺。我逃跑時，把所有的理由都講給她聽，毫無隱瞞。」

「毫無隱瞞，嗯？」

「對。」

「唔，好吧。聽著，我要告訴你——沒有人是毫無隱瞞的，阿海。尤其像你們這樣的兩個年輕人。像你們這樣為彼此著迷。」

「我沒撒謊。」我說。

「呵，『毫無隱瞞』，」席娜搖著頭說：「你確定？確定你講出了一切？我得說，我知道我並不覺得自己聽到全部的實情。我拿我下禮拜的口糧打賭，蘇菲亞也不這麼覺得。」

譯注

1 華特·司各特爵士（Sir Walter Scott, 1771-1832）是蘇格蘭著名歷史小說家與詩人，敘事者在本書第十八章曾提到他的兩部著作。

2 圖盧沙（Tuscaloosa）位於阿拉巴馬州西部，開羅（Cairo）位於伊利諾州南端。

29

時序由秋入冬，我們的白天愈來愈灰暗冷冽，夜晚愈來愈寂寞沉鬱。剛回去那陣子，我做羅斯科從前的工作，不過職務減輕了，因為需要招待的客人變少。屬於榆郡皇族的舊時代，陽傘與紅妝相映、淑女蛋糕與紙牌遊戲接續不斷的舊時代，我以記憶魔術令全場驚豔的舊時代，已一去不返。跟我父親同樣古早的老友不時會來拜訪。他們花幾小時譴責年輕的上等人被西部土地廣袤的故事迷惑而拋棄自己繼承的維吉尼亞祖產。我叔叔納森尼爾・沃克還在。他掌控著蘇菲亞，設法維持生計並保住所有土地。但他的僕隸都去了西部，只留下一個小工班維持運作。哈蘭還在洛克列斯，逼迫僕隸從垂死的土地榨取更多。但他老婆德希不再掌管家務，因為大宅已衰微到不需她打理。最常陪伴我父親的是柯琳，儘管梅納德死了，他仍把她當成他從未有過的女兒。她會穿著全套喪服由霍金斯載過來。她安慰我父親，耐心傾聽他細述另一個年代，那時休耕面積尚未擴大，源源不絕的菸草讓這些莊園享盡榮華。

然而，日常陪伴的職責主要仍落在我身上。所以每天晚上，為父親準備好晚餐，並與席娜一同吃過飯後，我會調好客廳壁爐的火，端上溫熱的蘋果酒，聆聽洛克列斯最後一位真正的領主傾訴悔憾。我們現在的相處模式十分奇特，那曾是我年少時的祕密心願。我被他使役，然此關係的性質發生極大轉變，以致在那些沉鬱的夜晚，當阿爾干燈將它長長的陰影投在古老的家族胸像上，他會要求我坐下來陪他喝一杯。那些時刻，我覺得整個世界似乎都隱沒了，沒入納奇茲之坑，只留下我做見證。在一個這樣的夜晚，我那沉醉於蘋果酒中的父親說起他最大的悔憾——梅納德．沃克。

一開始他像在閒聊，漫無主旨，但他的話逐漸聚焦，從中浮現比失去梅納德更大的哀傷。

「我父親從沒愛過我，」他說：「那是另一個時代，孩子。不像現在的年輕人可以輕鬆談笑，嬉鬧作樂。我爹唯一關心的是身分地位。我的言行舉止都必須對得起我的血統。當然，我娶了一位淑女，願主讓她的靈魂安息，她長得夠標緻，但從不是我渴望追求的女孩，她也知道。因此當梅納德出生，我便下定決心，絕不讓他受同樣的委屈。

「我希望他依自己的本性長大成人，因而給予那孩子寬廣的空間——結果太放縱了。他完全不懂得待人處世。他天生不擅長社交，而我自己從來就不愛社交，所以也沒鼓勵他。當他母親過世，哎……他是我兒子啊。」

他停下來，把頭埋進手中，我察覺他正竭力克制，不讓自己崩潰哭泣。他放下雙手，對著爐火凝視了好一會兒。

他說：「我幾乎覺得梅納德像是從苦難中得到解脫。我知道我是如此。說這種話真是可怕。但這裡沒有他的未來，你懂嗎？我沒好好栽培他，讓他能應付這種人生。我自己都應付得很勉強了。如今年輕人全往西部去。他會把自己搞到被印第安人剝皮，或讓人騙走一切。我心知肚明，這孩子沒準備好，而那是我的錯。

「我不是個好人，海瀾。這點你比誰都清楚。我沒忘記對你做了什麼。」

我記得他說這話時仍注視著爐火。他已盡其所能地接近認錯道歉，為了某項我知道但當時記不得的作為。即便我們坐在那兒，一同喝蘋果酒，親近的程度超過維吉尼亞的任何上等人和僕隸，他依舊無法看著我說實話。他沒做好懺悔的準備，就像梅納德沒做好掌理的準備。他的世界——維吉尼亞的世界以謊言為基石。若要當場擊碎它們全部，在他這年紀，很可能會要他的命。

「經營土地，管理黑人，都需要特別的本領，」他說：「對我來說總是很吃力。怪的是，我總覺得你才是那個有本領的人。你比我們大家都冷靜，比梅納德冷靜，比我冷靜，也許是因為你的遭遇。但你有這個素質，而我確實相信在另一個時空，我們可能會交換命運，也許我變成黑人，你則是白人。」

聽到這話，就像一個老人聽到年輕時單戀的對象親口證實其昔日真情——瑣碎與懷舊混合，被雨水喚醒的古老傷口，某種感受的殘影，曾經刻骨銘心，而今卻只剩彷若隔世的零星記憶。此生此世，我望向父親，見他打著瞌睡漸漸睡著。我拿起半滿的酒杯，走上二樓書房，在角落看到我一年前才修好的桃花心木高腳抽屜櫃。我喝了口蘋果酒，把杯子放在窗檯上，然後打開抽屜，在裡面找到三本厚厚的帳簿。接下來那小時，我仔細研究這些帳目，一一記在心裡。它們共同描繪出一幅景象，慘淡的景象，有助於我執行柯琳交付的任務：查明洛克列斯這邊的情況。

看完後，我闔上帳簿，放回抽屜櫃，想起小時候梅納德翻找父親物品的樣子。我暗自發笑，打開第二個抽屜，看見裡面有個小巧但裝飾華麗的木盒。我想把木盒拉出來打開，但又想到梅納德，想起他竊取父親的東西時，我覺得多羞恥。於是我關上抽屜，走回樓下。父親發出輕微的鼾聲。我叫醒他，準備帶他上樓就寢。

他說：「我為你做了安排，孩子。安排。」

我點點頭，上前扶他從椅子上起身。但他看著我，像個被判死刑的人，彷彿害怕一旦睡著，可能就再也醒不來。

「給我講個故事，」他說：「拜託，什麼故事都好。」

於是我坐回椅子上，往後一靠，頓時覺得自己變老了，因為我看見眼前的房間熱鬧起來，擠滿曾要我講故事和唱歌的考利家、麥克利家、畢勤家與所有名門豪族的幽魂。不，我想，還不夠久遠。我用自己的言語，牽起父親的手，穿越歲月，回到田野中的石碑，回到鮑伊刀、山貓和熊，以及搬運石塊、讓溪流改道的僕隸，回到開基先祖的時代。

次日，霍金斯載柯琳從史塔佛過來做例行拜訪。這陣子她都住在史塔佛，把布萊斯頓交給艾咪和幾位幹員，以保持門面，掩護地下工作。他們來訪時，我會與霍金斯商討，告知我發現的任何情報。那天也是如此。我們往下走到大街，想說它可以提供我們需要的隱私，因為那裡的木屋大多沒人住了。我抱著能見到蘇菲亞的希望，儘管我已開始與她保持距離。我心裡很矛盾。一年前的強烈情感並未消褪，甚至更深更濃，因此明知她就在洛克列斯，卻不是跟我一起，讓我覺得很難過。這種感受令我害怕，因為我現在知道，我的幸福有部分操在一個暗藏心機的人手中。

「所以你的評估是？」霍金斯問。

我們坐在離主屋最近、距蘇菲亞家最遠的廢棄木屋裡。這裡可以看到菸草田，大多處於休耕狀態。

「不太妙，」我說：「其實滿慘的。」

「是啊，看得出來，」霍金斯望著田野說：「這地方死氣沉沉。」

「整個郡一片死寂。沒人來看他。沒有下午茶。沒有晚宴。沒有社交活動。」

「是啊，不曉得柯琳怎麼會認為拿下這裡有助於大業。也許她沒嫁給那男孩是件好事。」

「我可以告訴你，假使婚事成了，她會嫁給一堆債務。」

霍金斯轉頭看我。「多少債務？」他問。

「這個嘛，我沒辦法從上流圈子打聽到什麼情報，因為這圈子根本不存在了。」我說：「但我昨晚看了一下帳目。他債務纏身。這片地產的每一寸幾乎都要他付出利息。他在拖延，希望能出現什麼轉機。」

「啊，真想不到。」霍金斯說：「其實也有道理，我猜。土壤就是財富，而土壤已成沙塵。我老爹以前常講這片土地的故事，說那時的土多紅啊。但他們拚命種菸草，把這地方剝光扒盡。真是可惜，我告訴你。他們千方百計從這個郡撈取好處，現在撈夠了，整批人便往西部去。」

「還帶著幹活的僕隸。」我說。

「沒錯。」

「那傢伙的弟弟呢？納森尼爾？有沒有幫他一把？」

「從那些帳簿看來，他已經借給他好幾筆。豪爾根本無力償還。把親兄弟的錢都拿去填無底洞了，我猜。」

「嗯，」霍金斯說：「納森尼爾很聰明，不輸業界任何人。他現在往田納西去，趁著遷移還有利可圖。這就是他們的玩法，你懂嗎？把土地榨乾，再繼續前進。總有一天所有的土地都毀了，我看那時他們要怎麼辦。」

我們往上走回主屋去見柯琳。踏上主要車道前，霍金斯停下腳步。

「有件你剛剛說的事一直在我腦中打轉，」他說：「那傢伙的親弟弟已經不管他死活了，對吧？」

「看起來是。」

「繼續注意那些帳簿。其中可能有玄機。」

但在新的安排下，卻有人以最令人意想不到的方式獲益。席娜開始打工賺錢，不僅在洛克列斯，還接下鄰近幾家老莊園的洗衣工作，因為他們賣掉了自家的洗衣婦。她跟我父親達成協議，允許她保有部分收入，等哪天攢夠了錢，便能贖回自由。

「妳要到哪兒去呢？」我問。我正陪她走去馬廄，因為現在我也成了她的合夥人，擔任車夫。

「反正比你跑得遠。」她帶著譏諷的微笑說。

我們坐上其中一輛堪稱堅固、但從我父親年輕時便有的舊馬車，沿車道駛去。我看到蘇菲亞站在大街與莊園主幹道的交口，兜頭裹著一條披巾。我可以看見卡莉的小腦袋向外張望。席娜要我停車，我照做了，然後步下馬車。

「她也來？」我對席娜說。

「不用那麼高興。」蘇菲亞說。

「一直都有來。」席娜說，一面從蘇菲亞手中接過卡莉，蘇菲亞這次不待人扶便爬進後座。我回到駕駛座，拉起韁繩策馬前進，問道：「妳們這樣做多久了？」

「一陣子了，就是你不在的那段時間。」蘇菲亞說：「我回來後，覺得不能再像從前那樣，得讓自己有點用處才行。於是我開始幫席娜洗衣服，等到卡羅琳需要我照顧，我就沒辦法再幫忙了。」

「把一些事搞清楚，」席娜說：「我們也談了不少。」

「關於什麼？」我說。

「關於你。」席娜說。

我搖搖頭，從齒縫間啐一口不屑的氣，然後大家都靜下來，直到我們轉上霍克斯敦路，昔日記憶開始湧現於席娜腦中。

「我以前有很多親戚住在這一帶，」她說：「叔伯舅舅、姑媽阿姨、堂親表親。得知道我可以嫁誰、不能嫁誰才行。好多種關係。老一輩的人才記得。知道誰是親戚，誰又不是。」

「那就是他們的功用，」蘇菲亞說：「保存故事。保持血脈乾淨。」

「但他們現在都走了，」席娜說：「所有知道的人都走了，我們落得只能憑鼻子、眉毛或某個神態來臆測。也無所謂，我想。留下的人那麼少，照這樣再過一年，榆郡就只剩塵土了。」

我們繼續往前駛，停下來收取各個老宅邸的待洗衣物。樹木全換了季，抖落一身枯葉，給林地鋪上層層褐毯。這季節的光線為那些老宅邸罩上幽魅的光暈，不過一年前，它們還散發著最後的能量與感受。同洛克列斯一樣，它們大多削減到只剩最基本的僕傭，我當時覺得冬季不只橫行於維吉尼亞，還特別在榆郡肆虐，而且沒打算離去。

我聽見卡莉在後座愈來愈待不住。席娜叫我靠邊停車，我們看著蘇菲亞把卡莉抱在懷裡，邊搖邊唱地走進附近田野。席娜打開紙包，拿出鹹肉跟我分食。

蘇菲亞抱著卡莉回來，依然邊搖邊唱：

我離去後誰來過這裡？

一個穿藍洋裝的漂亮小女孩。

我們繼續行駛，席娜在回憶中尋思。

「這邊這條路，以前直通菲尼家，」她說：「我有一堆熟人住在這裡。有個阿姨曾為第一代菲尼老爺做飯。你們還是小不點兒的年代，這區經常舉辦社交活動，那排場之盛大真是無與倫比。」

「我聽人說，」我說：「到了我的年代，菲尼二世主要以邪惡聞名。據說他射殺瓦歷斯老爹，把他轟得血肉橫飛，因為他不服懲戒。」

「你聽誰說？」席娜問。

「我舅舅克里昂。」我說。

我們沉默了一會兒，繼續前行。時近黃昏，我們還有一站，收完格蘭森家的衣服，就可以回洛克列斯了。

「那是你舅舅？」席娜問。

「是啊。」我說。

「他以前常在夜裡到大街來。在你媽媽家附近晃蕩，討些殘羹剩飯。他那陣子過得不太好。我記得很清楚。」

「我也記得他。」我說：「但我對那段時間的記憶就只剩他了。我還記得他在門口的樣子，其餘一切都霧茫茫的。」

「說不定這樣也好，」蘇菲亞說：「誰曉得霧後面躲著什麼。」

「一點都不好。」我說。

我們在格蘭森家停下。卡羅琳睡著了，蘇菲亞把她裹在自己的披巾裡，從用床單紮好的待洗衣物中挪出一個凹陷給她躺。她伸手去拿地上的包裹，要把它提到馬車上。

「我來就好。」我說。

「讓我幫忙。」她說。

「妳幫的夠多了。」我說，話裡的火氣超出我預期。蘇菲亞杏眼圓睜，但什麼也沒說。她回到馬車上，我們繼續裝載衣物。

回到家時，夕陽還掛在樹梢。她下車，對席娜說再見，然後轉向我。直到這時我才發覺出了問題。

「所以就這樣了，是嗎？」她說，用披巾把卡莉縛在背上。

「怎麼樣？」我說，難掩憤慨。

「你是這樣的人嗎？你回來就變成這樣？」

「我不曉得什麼——」

「別想騙我。別想在你回來之後還騙我。想都別想。你應該要更好才對。我叫你要變得更好。我告訴過你，我不要拿一個白種男人去換個黑人回來。看看你現在，為了不屬於你的東西，為了任何男人都不該企圖擁有的東西憤恨難消。你應該要更好的。」

說完她便沿路一直往前走，從她邊走邊顫抖的樣子就知道她有多生氣。

回到主屋，我卸下待洗衣物，席娜準備晚餐。然後我到廚房去拿父親的餐點，開始為他上菜。他想要人陪著用餐。於是我站在旁邊看他吃，聽他盤問我今天做了什麼。我想著心事，不動聲色，就像戴著奴隸的面具。之後我出來，走下暗梯到席娜房間。我們坐在她的桌前，像往常一樣默默吃飯。吃完時她看著我說：「你在懲罰那女孩。」

「我——」

席娜打斷我：「你在懲罰她。」

我回到樓上，見父親在圖書室翻閱一本書。我去飯廳收拾他的餐盤，然後把蘋果酒溫熱，端來給他，才告退回我二樓的房間。我為喬吉兒子刻的舊玩具木馬還在壁爐檯上。我拿起它，用手指摩娑，想著蘇菲亞的話，要我變得更好。我走出房間，下樓穿越圖書室，經過已經在打瞌睡的父親，進營窟，再從地道出來。我步上長長的小徑，經過果園，走進樹林，直到置身大街。我走到街尾，看見蘇菲亞獨自坐在臺階上。

蘇菲亞向我投來無比冷酷的眼神，隨即進屋。我來到門口，往裡張望，見卡莉熟睡在床上。蘇菲亞故意不看我。我在她旁邊坐下。

「對不起，」我說：「真的很對不起。對於我害妳承受的一切，我感到萬分抱歉。」

我將手指滑入她的指間。多少日子我夢想著她，時時刻刻猜想她是否流落在外，當我得知她就在下頭這邊有多驚訝，又再度反覆揣測她在這裡的遭遇，想著她愛誰、誰愛她，那些充滿幻夢、幽魂和落寞低語的時刻，如今都成真，就在那裡，在我的指間。

「我想要變得更好，」我說：「我在努力變得更好。」

蘇菲亞把我的手拉到唇邊親吻，然後轉向我說：「你想讓我成為你的，我懂。我一直都懂。但你必須明白，為了讓我成為你的，我必須永遠不屬於你。你瞭解我的意思嗎？我必須永遠不屬於任何男人。」

蘇菲亞，我的蘇菲亞——我的種種心思，我以為我們可以建立的生活，那些思緒和生活全在我腦袋裡，都建立在我一個人寂寞的抱負上。我坐在那兒凝視她晶瑩明亮的大眼睛。她真的好美，就像他們說我母親那樣美。我望著她，心知那些想法，那些生活，從未把蘇菲亞所認知的自我考慮進去。因為**我的蘇菲亞**對我來說並不是一個女人。她是個象徵，一種裝飾，標示著我許久以前失去的人，一個我只能在霧中瞥見的人，一個我無法拯救的人。噢，我親愛的幽暗的母親。那些哭叫。那些話聲。那片水。妳從我生命中消失，就這樣消逝，而我無能為力，救不了妳。

但我們必須講出自己的故事，而非困陷其中。這是我那晚的想法，在下頭大街的那間老屋裡。這也是為什麼我把手伸進口袋，掏出從喬吉家撿回的玩具小木馬，放在蘇菲亞手中。

「給卡莉。」我說。

蘇菲亞輕輕笑了起來，說：「她玩這個還太小吧，阿海？」

「我在努力，」我微笑著說：「真的。」

30

到頭來，在洛克列斯穩定不變的就只有我們——席娜、蘇菲亞、小卡莉和我自己。血緣的力量把我們綁在一起。蘇菲亞是納森尼爾選的，卡莉是她女兒。我是我父親的兒子，至於席娜，這樣說吧，對我父親而言，她象徵一個逝去的年代。他賣掉她的孩子，在他心中，這舉動是個轉捩點，標示著他所認識的維吉尼亞就此終結。他從未明言，但我父親避免跟席娜說太多話，他巡視莊園時若望見她走來，便會繞道而行。而今思之，這就是他讓她做洗衣生意的用意吧，多少減輕他在賽馬場上把一個女人的小孩賣掉的罪惡感。

不論是否出於罪惡感，這門生意拯救了席娜，在那段灰暗的日子裡，我們四個形成某種不可分割的整體，過著我們的日常生活。我們一同吃飯。飯後我去照料父親，然後陪蘇菲亞和卡羅琳回她們在下頭大街的住處。有一晚我送她們回家時蘇菲亞談到席娜，說：「你知道她年紀大了。」

「是啊。」我說。

「生活很辛苦，阿海，對一個女人來說非常辛苦——洗衣、搬運、整燙、灰汁[1]。我盡量幫忙，但實在很辛苦。我很高興你回來了。她需要休息一下。叫她明天好好待著。你跟我，我們可以來洗。星期一我們也會負責運送。」

回來後，我告訴席娜我們的計畫。她看著我，抗議了一番，最後堅持在我們工作時照顧卡羅琳，才鬆口答應。第二天是星期日。柯琳會過來帶我父親上教堂。有霍金斯照顧他們倆，我就能去幹額外的活。那晚，我躺在床上想著席娜和她的計畫。她仍抱著用洗衣錢買回晚年自由的希望。我念念不忘的不是她的計畫，而是我自己的、地下組織的計畫。冬天來了，夜晚愈來愈長。我想到凱西亞，想像她得知母親被救出時的表情，即便那時，我想我從那表情中看到的不僅是承諾兌現，還有自己內心的某個古老傷口在癒合。

洗衣不是件容易事。我們大清早碰面，天還是黑的，被針尖般的星子和一彎銀月照亮。我們先花一個鐘頭從井裡打水，裝滿大鍋。然後，我撿柴生火，蘇菲亞分揀衣物，挑出有小破洞的，將那幾件交給席娜縫補——我們沒能完全成功地阻止她幹活。趁著柴火把大黑鍋裡的水燒熱，我們拿起衣服和床單，把髒汙捶打出來。等蘇菲亞快捶完，我從營窟抬出三個大洗衣桶到屋側燒水處。此時眾星隱沒，只見蒼白的彎月消融於黎明前的深藍天際。當洗衣桶就位，我們戴上工作手套，合力抬起鐵鍋，將熱水倒進去。接下來幾小時，我們揉搓、沖洗、擰乾，再揉搓、沖洗、擰乾，總共重複三次。

全部做完時，太陽早已下山。晾好所有的衣服後，我們走到小涼亭，如同之前——在我感覺像上輩子——那樣。我們腰痠背痛，胳膊痠疼，雙手紅腫。四下一片寂靜，我們在那兒坐了二十分鐘，再走回去跟席娜一起吃飯。

「沒那麼容易。」她說，我們疲憊的沉默是響噹噹的鐵證。之後我陪蘇菲亞走回大街，當她幫卡羅琳洗澡、換睡衣，我仍逗留著。我步出門外，查看屋牆原木間填實的部分[2]，用指節敲打上面的裂隙周圍，一塊碎片剝落。

我回到屋內說：「這裡的灰泥牆面開始碎裂。我想我可以找個時間再抹一層。」

蘇菲亞正在幫寶寶包尿布，一面輕聲唱歌。她停下來說：「她對你來說是問題嗎？」

我緊張地笑著。「需要適應一下。」

「所以你要不要適應呢？」

「我是打算要啊。」我說。

我走進來，在床上挨著蘇菲亞坐下。

「別忘了你上次打算把我們帶到哪裡。」她說。

「我一件也沒忘，」我說：「但我記得的不是那些獵奴狗，也不是後來發生的事。我記得的是妳。我記得被綁在圍欄上，多麼想一死了之，但當我望過去，看見妳渾身上下充滿求生的意志——不管喬吉對我們做了什麼。」

「喬吉。」她說。一提到他的名字，她便露出憤怒的眼神。「我回來時他已經走了。對他來說走了也好。我沒辦法告訴你我想報復那個人的念頭有多邪惡狠毒。」

「這樣的話，也許他走了最好。」我說。

「對他來說，」她說：「對他來說。」

我們靜默了一陣子。蘇菲亞抱起卡羅琳，讓她伏在肩頭，輕輕揉她的背。

「海瀾，」她說：「你為什麼離開？」

「沒有所謂的『離開』。是他們來把我帶走，」我說：「妳也看到了。」

「就只是那樣嗎？」她說：「把你帶走？」

「妳知道是怎麼回事。」我說：「我們並非頭一個。獵奴狗在外面逮人。把人帶走。」

「呃，我覺得另有隱情。可能是你不能說、或不該被談論的事。也許因為你是沃克家的人，但感覺那不是全部原因，因為我知道南方這邊的男人，像豪爾．沃克這種相信奴役的男人，說實在的，會毫不猶豫地把親骨肉賣掉，只為了不必再注視自己造孽的果實。」

「但我是僕隸，」我說：「如同妳是僕隸一般確切無疑。血緣無法改變這點。事情的道理很簡單。柯琳有需要。豪爾為了梅納德的死對柯琳過意不去，於是把我送去當慰藉。我們逃跑的事讓這安排更順理成章。」

「說到這個，還有一件事。你不在的時候，我見過柯琳不少次——甚至多過我見納森尼爾的次數。她每隔幾週便會下來這裡。我不知道她有什麼理由要見我。我也不知道自己為何沒被送往納奇茲。海瀾，為什麼我們會在這裡？為什麼我們會留下來？」

「這問題似乎該去問納森尼爾。」

「阿海，」她說：「我想他甚至不曉得我們曾經逃跑。那之後我見過他幾次，不是很頻繁，而他連提都沒提。」

「我不知道。我又不是人家肚裡的蛔蟲。」

「我又沒說你是。」

「對對對。橫豎都是妳在說。」

她用空出的手打了我肩膀一下，皺起眉頭。我們沉默良久。我想著柯琳，為什麼她會覺得需要探視蘇菲亞。我對於剛得知的事感到納悶。然後我看向蘇菲亞，這會兒她把卡莉抱在腿上，對著她唱柔和安撫的歌。寶寶卡羅琳拍打空氣，奮力抗拒睡意，與自己睏倦的眼皮搏鬥。

一霎時我彷彿回到費城，回到馬爾斯身旁，我記得他如何向我敞開胸懷，整個懷特家如何向我敞開胸懷，而那對我意義何等重大，我記得布蘭德如何對我開誠布公，他的話如何使我不再為梅納德之死負疚。而今我覺得自己也該更坦誠地面對蘇菲亞。

「我知道小孩帶來的不只是喜悅。我明白這點。但我經常目睹不想要小孩的女人，到頭來仍以孩子為生活重心。我看到妳以這娃兒為重心來安排人生，即使她出生前就這麼做了。妳會為她逃跑。妳會為她殺人。此刻我看妳注視這女孩兒的神情，便想起妳跟我說的話。『它就要發生了，海瀾，』妳說：『我將看著我女兒被帶進來，就像我被帶進來。』沒有人能否認這話被說過。雖然我記得每件事，卻不敢說我一直都有聽進去。但我現在聽見妳的話，而且還聽得更明白。

「而且我知道，男人對於不是自己骨肉卻得撫養的孩子，會懷著多可怕又卑劣的念頭。或許我也是其中之一。也許我會太執著於自己的名譽，自己的憤怒和怨恨，以至於……」我搖搖頭。「我要說的是，她不是問題，妳也不是問題，我才是那個問題。」說到這兒我頓了一下，蘇菲亞握緊我的手。

「我要說的是，我知道她爸爸是誰，幾乎一見她就知道了。理所當然。我回來看妳在這裡，帶著這個寶寶卡羅琳，不是我的骨肉……」

我發誓那一刻寶寶卡羅琳彷彿聽懂我的話，因為她轉過頭來向我伸出一隻手。我從蘇菲亞掌中抽出自己的手，伸向寶寶，她握住我的小指頭。

「只不過她的確是我的血親，」我說：「跟我一樣膚色偏黃，有灰綠色的眼珠——但不是只有我的眼睛如此。那是沃克家的眼睛，沃克家的頭髮。可追溯到最早的祖先，因為我在榆郡地方誌裡看見所有對他的描述都提到這點。

「真的很有意思。因為梅納德沒有這樣的灰綠眼珠，反倒在卡羅琳這個小嬰兒身上看得如此清楚。

「這令人痛苦。不乾淨。骯髒齷齪。我跟別的男人講過同樣的話，即使我現在必須勉強吞下自己的苦藥。我想讓妳知道我見過的事物，我在離開後認識的男人。那些男人必須決定自己更愛什麼：所有的一切，不論可愛或可鄙，就在他們面前；抑或他們自己的憤怒與名譽。我選擇這世界的骯髒齷齪，蘇菲亞。我選擇所有的一切。」

她眼中噙著淚水。

「我可以抱她嗎？」我問。

她含淚笑了出來，說：「小心喔。她很可能會把你迷倒。」

然後她微笑著把寶寶卡羅琳從膝上拉起，一手托住她後背，另一手托著她肩膀，把她遞給我。我看見小卡羅琳抬起灰綠的眼睛，像所有嬰兒那樣全神貫注。我伸出手，盡力模仿蘇菲亞的姿勢，將雙手放在她的手正下方，讓她輕輕把手抽走。我將女娃兒捧近，直到她的頭枕在我肘彎裡。當我感覺她躺穩了，不哭不鬧，當我感覺她溫暖而鬆軟地窩在我懷裡，我想起父親，他從沒像這樣抱過我，無論是象徵性的或在現實中。我想起自己整個少年時代都在追逐他，企求這種時刻。我想到那個曾給我這種時刻的女人，因為大家都這麼告訴我：我母親愛我勝過一切，她的生活完全以我為重心，直到她被硬生生從我身邊帶走，我的母親，我無法記得的母親。

隨著洛克列斯日益空空蕩蕩，灰暗的營窟鬼氣森森，凋零的季節邁入寒冬，卡羅琳成了照亮我們世界的一盞燈。卡莉是席娜接生的，當時沒別人能幫忙，也沒人願意；因此，出於這份情，席娜有時會親自照顧寶寶，讓蘇菲亞休息一下。接下來的星期日她便這麼做，那天我要修補蘇菲亞木屋的灰泥牆面。我大概工作了一小時，然後踏進屋內。蘇菲亞生了火。她全身裹得嚴嚴實實，坐在壁爐前伸手烤火。

她看著我說：「你不冷嗎？」

「冷啊，」我說：「妳看不出來？」我將雙手摀上她臉頰，伸進她脖子。她笑著尖叫起來：「臭小子，別鬧了！」

我追著她跑出木屋，在大街跑了幾分鐘，直到我們笑倒在地。

「好吧，現在我真的好冷。」我說。

「就跟你說嘛。」她說。

我們進屋，坐在壁爐旁。「這種日子，」她說：「要是有罈酒就好了。跟你說，從前在卡羅萊納，我的莫克瑞會私藏一些酒。」然後她看著我說：「對不起，阿海，我不是故意要提以前的事。」

「要成為我的，就不能屬於我。」我說：「還有，妳讓我想到一個主意。在這裡等著。」

我走回上頭的主屋，進入營窟。經過席娜房前停下腳步，見房門微開，往裡瞧，看到卡羅琳伏在席娜胸前睡著，就像凱西亞告訴我她幼時的情景。我走進自己房間，拿起馬爾斯送別時給我的蘭姆酒。等我回到木屋，蘇菲亞坐在那兒，雙手交叉夾在胳膊下，當我給她看那瓶酒，她微笑著說：「我就知道你有祕密，跟你到過的地方有關。」

我打開酒瓶，她說：「你跟離開時不同了。你儘管唬弄我吧，但你變了，我看得出來，阿海。你瞞不過我的。」

我把酒瓶遞給她，她接過去湊到嘴邊，頭後仰，像要用臉接雨水似地灌了一口。「噢，」她用袖子抹抹嘴巴說：「沒錯，你到過一些不尋常的地方。」

「但我現在在這裡，」我說，也喝了一口：「而且，妳呢？」

「我怎麼樣？」她說：「你想知道什麼？我這就通通攤在你面前。」

我又喝一口，把酒瓶放到地上。

「發生了什麼事？」我問：「他們把我們綁在外面那晚，後來怎麼了？」

「那個啊，」她說：「呃，他們把我關進牢裡，我猜你也一樣。我知道我完蛋了，我跟你說。

納奇茲在呼喚，納奇茲。像我這樣的女孩，不管有沒有小孩，我知道我會直接被賣進窯子。我嚇壞了，我跟你說。我知道那晚在外面我努力讓自己堅強，阿海，我做到了，因為我有你，我覺得很為你擔心，而只要擔心著你，就沒太多時間為自己憂慮。

「但獵奴狗把我關進牢裡那天，我一下子全想起來了，所有即將降臨到我身上的邪惡。好想哭，但我知道自己必須堅強。那整段期間，我一直跟我的卡羅琳講話。就只是跟她講話，而我告訴你，她安撫了我。好像覺得自己不再那麼孤單。如同你所說，我沒有要她，但那一刻我好慶幸自己有她，即使她只是個在我肚子裡成長的小東西。

「我想我就是在那一刻成為她的母親。我很氣納森尼爾那個男人對我做的事。氣他讓我承受的一切。雖然我感謝有她，卻永遠不會感謝他。卡羅琳屬於我和我的上帝。我為她取名以紀念我失去的家，我的卡羅萊納，我被迫離開的土地。這就是全部了——在牢裡，被納奇茲的刀抵著喉嚨，卡羅琳——我的家——她救了我。」

我把酒瓶遞給她，她又喝一口，打個哆嗦說：「嗯。」她用袖子抹抹嘴，沉默了半晌，我只是坐在那裡靜靜看她。當她轉身把酒瓶給我，我感覺她看起來不一樣了，彷彿她故事的紋理不知怎麼已蝕刻在她的面容上。

「但那其實還不是全部。」她說：「那天深夜，同一晚，我蜷縮在牢房角落昏昏欲睡，老鼠四處亂竄，冷風直灌進來，我抬頭看見一個黑影來探視我。然後那陰影走開了一會兒，我心想這是不是什麼夢境。但那黑影又帶著其中一個獵奴人回來，他打開我的牢門說：『起來，走吧。』

「他不會再說第二次，你懂嗎？所以我站起來，隨即發現那根本不是什麼黑影。那是穿著喪服的柯琳．奎恩。當我走到外面，她的馬車和手下就等在那裡。他們讓我跟她一起坐後座，她告訴我，她知道要是納森尼爾聽說我逃跑，我會有什麼下場。但他其實真的沒必要知道，這點她很確定。不需要讓任何人知道。我可以回到原來的生活，就當什麼都沒發生。她唯一的要求是，可否不時下來大街跟我聊聊。」

「跟妳聊些什麼？」

「主要是下頭這裡的狀況。」蘇菲亞說：「就像我跟你說的，她不時順道過來，問誰還在這兒，誰被送往納奇茲。我總覺得她很好奇，你知道。但有了卡羅琳後，我唯一的願望就是保護那娃兒安全。其他的我都不在乎。

「但我確實向她問起你，」蘇菲亞說著摟住我手臂：「我問她他們會拿你怎麼辦。她叫我別擔心。你離開了一段時間，但你會回來的。你會回到這裡。

「我不怎麼相信她，阿海。你知道我這輩子失去過太多，經驗告訴我走了就是走了，就是這樣。

「但你除外。你回來了。」她說。她看著我，看穿了我，眼神銳利如刃。我感覺房間繞著我旋轉。「我簡直不敢相信，但你回來了。回到我身邊。」

此時我已停止思考，覺得木屋的椽梁和灰泥牆面開始彎曲，全世界的椽梁和灰泥牆也都跟著環繞我們，把我們圍在一起。整個大自然似乎也加入其中，因此當我品嘗她口中的蘭姆酒，嘗到的卻是生命的甜蜜。

那時我才瞭解，我並非真的記得每件事，在我母親之外，還有一些我選擇忘記的東西——不是圖像，而是它們背後的感受。我忘了我多麼思念蘇菲亞，多麼渴望她；我忘了在費城的那些日子，我只希望雷蒙和歐薩別理我，好讓我能獨自回憶她在耶誕節的熊熊營火旁跳舞的模樣。我忘了因渴望而生的深沉痛楚輾過我身體的血管，如同火車輾過軌道。我忘了我如何習慣這痛楚，就像一直好不了的咳嗽，忘了那些孤單的日子，我環抱著胃，彎下腰，感覺被寂寞吞噬。我愛她，或許就算那時，我也知道這樣的感情在奴役中、在奴隸制度下，甚至在地下組織裡有多危險，因此我盡可能忘卻它，儘管它不曾忘記我。而今它就在這兒，跟我們一起，在我們之間，當她撫摸我的臉，當她雙手握住我臂膀，那力道並不輕柔，而是堅定且充滿欲望，我當下便明白，我所有的感受，我內心的所有渴望，那發自盲目暴烈的青春而被羈束的所有欲望，以及想把它發洩出來的本能需求，並不只是我一個人有。

幾小時後，我們在閣樓上，凝視著上方。她的胳膊搭在我胸前，手指撫弄我的肩膀，彷彿在彈鋼琴。

「天啊，真的是你。」她說：「你的手。你的眼睛。你的臉。」

天早就黑了，我知道早晨很快就會降臨，世界的椽梁將會鬆開，我們會被留在平常的位置，面對洛克列斯的日常勞役。但有些事回不去了，比如我感覺自己有了新體認，那也是驅策歐薩·

懷特奮鬥的體認，令他堅持不懈的狂熱：沒有莉迪亞，他永遠無法安眠。有生以來頭一次，我明白傳送是怎麼回事，明白那是一種感受的傳遞，由許多時刻組成，那些時刻如此令人震撼，以致變得如鐵石般真實，有如沿鐵軌咆哮而過、將烏鶇從遮陽篷驚起的鐵貓般真實。

我一面穿衣——蘇菲亞從閣樓看著——一面望向壁爐檯，看見我從喬吉·帕克斯家撿回的玩具木馬，我對你發誓，它簡直閃閃發光。當我把木馬拿在手中端詳，蘇菲亞從閣樓下來，站在我身後環抱我的腰，頭靠在我背上。

「沒關係，」她說：「拿去吧。就跟你說她玩這些東西還太小。」

「是啊，」我說：「我想也是。」

我轉向蘇菲亞，手裡還握著小木馬，最後一次，在黑暗裡，世界將我的嘴唇引向她的，我們擁抱彼此，宛如在暴風雨中緊抓著船的桅杆。

「好吧，」我說：「差不多該走了。」

「差不多了。」她說。

「好吧。」我又說了一次，當我走到外面，踏進一個不同的世界，我是倒退著走的，以便保存她在那些幽藍時辰裡的模樣，盡可能保留久一點。

假如我當時直接返回營窟，把短靴搽黑抹亮，把自己擦乾淨，一切都會簡單許多。但這個新的體認、這些被解開的舊念頭冥冥中帶著我。我轉而踏上一條小徑，穿過黑暗走到默絲路。現在我冒著遇上獵奴人的風險，即使那時，他們仍會在這些路上巡邏，搜捕想必是從落魄的榆郡出走的最後一批逃奴。但我一面走，一面摩娑手中的木馬，心知就算在昌盛的年代，那些獵奴人也無法真正威脅到我。

二十分鐘後，我回到那裡，回到古斯河邊，它看起來不像條河，倒像個寬闊的黑色團塊在大地上伸展開來。我走向那團塊，直到能聽見河水輕輕拍打河岸。雲層很厚，沒有月光照亮任何東西。但在岸邊，我舉起手——握著木馬的那隻手，看見它發出傳送的藍光。當我把目光轉回那條河，便看到如今已熟悉的霧氣朝我滾滾湧來。

不用任何人教我接下來怎麼做。我幾乎憑動物的本能行動——那是最簡單的動作：我用力一握手中的木馬，隨即看見剛從河面升起的霧伸過來，像是某種神獸的白卷鬚，一把將我抓進它嘴裡。

譯注

1 lye，舊時以草木灰泡水製成的鹼液，可分解油脂，常用於洗滌，也是製作肥皂的材料。

2 參見第二章注3。

31

召喚一個故事，水，使記憶真實如磚的物件：那就是傳送。我當下最關心的並非如何運用這樣的力量，只求先熬過那天就好。疲憊猛烈襲來，那是我之前感受過、也曾在哈莉特身上見過的疲憊。我不知自己如何撐過每項職務，但當事情都做完，我一覺便睡過晚餐，直到次日醒來，為豪爾更衣，伺候他吃早餐，協助他處理一些輕鬆的日常勞作。到了晚餐時間，部分的我宛如傳送本身般閃閃發光，因為我知道會見到蘇菲亞。等我那晚真的見到她，感覺像走進另一個世界，懷疑這一切是不是做夢。但她就在那兒，跟席娜一起，帶著卡羅琳，她看到我時露出微笑，只簡單說了句：「你回來了。」

接下來幾星期，我們開心地共度時光，起初還想隱瞞事情的新發展：晚飯後，蘇菲亞刻意讓大家看見她帶著卡羅琳離開，我則為父親端上蘋果酒，坐下來陪他，服侍他就寢，然後才走下去大街。天猶未亮，我便返回自己床上，躺半小時左右，再起身幹活。這聽起來很怪，其實還好。對於許多住洛克列斯、但妻小在其他宅邸的男僕隸來說，這行徑早就是常態。但我的情況有點詭異，因為它似乎有賴於席娜的昏聵，而席娜並不昏聵。因此某天晚上吃過飯後，我們有點意外、卻也不太驚訝地聽見她抱著卡羅琳說：「我很為你們高興。」之後便沒再提起。

但我們要擔心的不只是席娜。對於蘇菲亞和卡羅琳，納森尼爾．沃克仍握有眾所皆知的特定所有權，那些被發現觸犯這種所有權的僕隸，其下場如何我很清楚。柯琳或許救過我們一次，但若傷及他的自尊，無論我或蘇菲亞都不可能逃過憤怒的報復。那是一段美好時光，是我漫長人生中最棒的時光之一，但它仍建立在不斷變動的奴役基礎上，我們知道這基礎遲早定會再變動。

十二月初，我們聽說納森尼爾．沃克回來，一週後，他照例傳喚蘇菲亞。我父親對周遭變化仍無覺察，要我送蘇菲亞過去。我沒法說這是件愉快的事，但如今我已記取教訓——為了讓蘇菲亞成為我的，她必須永遠不屬於我。我們之間的關係不是誰擁有誰，而是承諾相伴，不管用什麼方法，能多久就多久。那個冬日當我載她去納森尼爾家，我們的方法便是維持一切如常的假象。

我們很早便出門。蘇菲亞在前半段車程睡著，後半段我們都在說話。

「所以柯琳的日常生活是什麼樣子？」她問：「貴妃浴缸[1]？五名白人婢女，個個赤身露體？」

「我沒聽見你否認喔。」

我們一起笑了起來。

「我什麼也不否認，蘇菲亞。」

「除了你離開那段時間發生的事。」她說：「老天，他們到底對你做了什麼？」

「真的沒什麼。我的意思是，沒什麼好說的。」

「我感興趣的不是你，阿海。我感興趣的是她對我的興趣。我絞盡腦汁也想不通，為什麼她沒讓我被賣去納奇茲。」

「不曉得。也許她喜歡你。」

「白人喜歡另一個男人的奴隸？你何時聽過這種事？」

我沒答腔。

「聽說她會出門旅行。聽說她老在你爸爸耳邊講些她在北方看到的醜事。我猜她絕不會帶黑人一起去那種旅行。」

「或許吧。我不知道。」

「你肯定知道，阿海。你要嘛去過，要嘛沒去過。」

我仍舊直直望著前方的路。

「算了，無所謂。別跟我來這套。你從沒離開過這個郡，更別說去北方。倘若你去過北方，我確信我就再也見不到你了。」

「為什麼？」

「因為你若曾在北方與自由人為伍，一定是笨得像石頭一樣才會回到南方來。我告訴你，我若能踏上一丁點自由的土壤，你就再也不會聽到我的消息。」

「是喔。那我們之間也就結束了，我猜。」

「說真的，你知道你無論如何都不是逃跑的料。試過一次了。但你離不開洛克列斯。你回來的事實就是鐵證。」

「那由不得我啊。由不得我。」

我們近午時抵達納森尼爾・沃克家，駛上小徑，在那裡等人來帶路，他會招呼我們，然後跟蘇菲亞一道消失，而我必須由他們去辦事兒。我在那裡有什麼感受？比起將心愛的女人送去給另一個男人，肯定有更高尚的職業吧。但多年來我已習慣必須隱藏許多，何況我知道不管我在那裡有多痛苦，蘇菲亞一定加倍難受。我年紀漸長，能瞭解幾個月前甚至無法想像的事，因而覺得當下最想做的就是讓她安心。所以，當我察覺我們之間出現緊張的沉默，她不像往常一般開玩笑，我便開口說：「我不在的時候妳怎麼過來？」

「走路。」她說。

「妳走路過來？」

「是啊。帶著全副行頭和家當。感謝老天有席娜，在那個週末幫我照顧卡羅琳。只被迫做了一次，但我告訴你，接到傳喚時，我有夠狼狽的。但我做到了。化妝，更換外衣、內衣，就在那邊的灌木叢後面。」

「我的天……」

「所有我做過的事裡，那是讓我覺得最卑賤的一樁。在灌木叢裡，必須脫得一絲不掛，害怕有人路過，會做出什麼歹事。我只能唱歌給自己聽，低聲輕唱，唱出勇氣來。」

蘇菲亞接著重重吐出一口長氣，說：「絕不要懷疑我是否真的恨他們。你絕對不許懷疑。」

說這話時，她的臉變成一副劊子手的面具。眉不皺不揚。嘴角不牽動。棕色的眼眸陰沉無光。她的面容反映出口中仇恨的真貌。她搖搖頭說：「我會怎麼對付他們，阿海。我做得出什麼樣的事。你看我現在這樣，小小個頭……說實在，要是我的手和胳膊像男人一樣，我會用這些力氣做什麼。我想過的，你瞧。我想過就算以這副身軀，我能做什麼，老天，我會在他睡覺時做什麼，拿把菜刀，還是在他的茶或蛋糕裡下藥……。我經常想這些，結果呢，後來我有了卡羅琳，就這樣。我是個好女人，阿海，我真的是。但我會怎麼對付他們，給我機會，我會怎麼對付他們……」

她聲音愈來愈弱，隱沒在自己的思緒裡。約二十分鐘後，一名穿著體面的僕隸從林間小徑現身。他朝馬車走來，嚴厲而不以為然地瞪我們一眼。「他今天沒辦法接見妳。他會再傳話過去。」說完便轉身沿小徑走回去。

「他還說了什麼嗎？」蘇菲亞喊道。但那人並未回頭，縱使他聽見蘇菲亞問話，顯然也不打算回答。

我們在那裡坐了一會兒，不太確定該怎麼辦。接著蘇菲亞轉向我，苦笑著說：「這下你高興了吧？」

「我沒有不高興。」我說：「倒是，照妳剛剛說話的口氣，我猜妳也滿高興的。」

「我是很高興。」她說：「但這事很奇怪。以前從沒發生過這種狀況。」

她沉默片刻，暗自思索著，反覆忖度最近的揣測。

「什麼啦？」我說。

「大概是你幹的，」她說：「不曉得用什麼方式，我敢打賭這全是你一手造成。」

我輕輕笑起來，搖著頭說：「真不敢相信妳把我想成什麼，好像我有能力左右這些白人似的，還是我成了什麼魔法師。」

「我會說你是某種奇人異士。」

我們同聲大笑。我拉起馬車的韁繩，掉頭駛向洛克列斯。

「對不起，海瀾，」她說：「你知道我並不想回到那裡。我想離它愈遠愈好。但若我非得做那件工作，我就想做完了事。很不願讓這事一直懸在腦中。我在他身邊是個奴隸。但自從你回來，我覺得一輩子沒像現在這麼自由過。雖然我知道這不是真正的自由，它依然很特別。而我想要它。」

然後她湊過來輕吻我臉頰。「不論能得到多少，我都想要。」

噢，回到當初，再年輕一次。坐在我人生的黎明時分，普照萬物的陽光正突破地平線，所有的承諾與悲劇即將在眼前展開。坐在那輛馬車上，帶著當日通行證，還有我愛她勝過一切的女孩，度過老舊蕭索的維吉尼亞最後一段淒涼時光。噢，在那裡我們還有時間，有時間夢想著沿榆郡那條路長驅前馳，直到命運遺棄我們。

我們繼續行駛，聊著往日和所有不復見的榆郡鄉親——瑟斯頓、露西兒、雷姆、賈瑞森。我們談到他們是怎麼走的，納奇茲如何奪走他們。有些人靜默以對。有些人歌唱。有些人笑著。有些人搖搖晃晃。

「彼特怎麼了？」我問。

「被送過了橋，就在你回來前一個月左右。」蘇菲亞說。

「我以為豪爾永遠不會送走他，」我說：「那個人照料果園真有一手。」

「現在全走了，」她說：「納奇茲。跟其他所有人一樣。過不了多久，我們也都一樣。全走了。全完了。」

「不，」我說：「我認為我們是倖存者，妳和我。就算是不擇手段，我們也會活下來。也許不會好到哪裡去。但我確實相信，我們是倖存者。」

冬季尚未發揮十足威力，此刻我們行駛在清朗舒爽的冬日早晨。沿路爬升至高處，可以看見古斯河，眺望對岸的史塔佛鎮，並望見遠方的橋，就是從那裡，我把自己傳送到現在這個完全不同的人生。

「但萬一我們不會呢，蘇菲亞？」

「什麼？」

「不會像妳說的，全走了，全完了。」我說：「萬一我們可以透過某種方式，超脫我們在此目睹的所有悲慘命運呢？」

「這是你毫無事實根據的夢想吧？全是些旁門左道。你還記得上次的結果嗎？」

「我記得很清楚。但正如妳所言，我們的命運相連。我們比自己的年歲更老。這地方讓我們變成這樣，因為我們目睹的一切。我們沒時間了，妳和我。他們的輝煌世界正在我們眼前崩毀。但若我們不必跟他們一起崩毀呢？我們很清楚他們正在沉沒，蘇菲亞。假如我們不必跟他們一起下沉呢？」

現在她直直注視著我。

「我沒辦法，海瀾，」她說：「沒辦法那樣。不能再來一次。我知道你一定有什麼特別之處。當你準備好要告訴我，我一定會跟你一起。但我無法單憑一句話就走，不能再這樣。我不再只是自己一人，所以你若有什麼打算，我必須知道全部。我說過，為了擺脫這些我不惜殺人，為了不讓我女兒淪入同樣的境地，我不惜殺人。」

「不能殺。」我說。

「不行，」她說：「只能逃跑。但我必須知道怎麼逃，必須知道逃去何方。」

之後我們沒再說什麼，各自想著剛剛講的話和今天發生的事。但我們回到洛克列斯時，發現席娜坐在隧道口，手托著頭，頭上纏著繃帶。她身穿工作服，沒穿外套。也沒看見卡羅琳。

「席娜！」我說。

「蛤？」她說。

「出了什麼事？」蘇菲亞說：「卡羅琳呢？」

「在裡面睡覺。」席娜說。

蘇菲亞衝進隧道。我蹲下來摸席娜的太陽穴旁邊，繃帶上有凝結的血跡。

「席娜，發生了什麼事？」我說。

「不曉得，」她說：「我——我想不起來。」

「那就告訴我妳記得的部分。」我說。

她瞇起眼睛。「我——我不……」

「沒關係，沒關係，」我說：「來，我們進去吧。」

我將她的手臂繞過我脖子，架著她站起身，同時看見蘇菲亞從隧道裡走出來。

「她沒事。睡得很熟，就像席娜說的。」她說：「看樣子席娜把她放到你床上，而……我看得出為什麼。」蘇菲亞說著哭起來：「海瀾，他們把它拿走了。我知道他們在幹嘛。他們把它拿走了。」

我們走了幾步，我感覺到席娜的腳開始拖行，於是把她抱起來走。「撐著點。」我說。我們先經過席娜房間，只見半張椅子倒在地上，處處是碎片。我繼續走到我以前的房間，看見卡羅琳正好要醒了。蘇菲亞拉開棉被抱起小孩。我把席娜放在寶寶剛剛睡的地方，再把被子蓋回她身上。

我轉向蘇菲亞。「到底是怎麼回事？」

她搖搖頭，還在哭泣。

我走回席娜房間。看起來像有人拿斧頭到處劈砍——床鋪、壁爐檯、唯一的一張椅子，全被砸爛。仔細查看後，我發現真正的目標——席娜上鎖的箱子裂成兩半。我跪下來，看見一些舊紀念品——珠子、眼鏡、幾張紙牌。不見的是席娜每週勤勤懇懇地存入、要用來買自由的洗衣錢。我在那裡站了半晌，試圖理解誰會做這種事。我聽過一些老爺出爾反爾、將錢全數據為己有的故事。但這在席娜身上說不通——她老了，又願意為自己的自由補償豪爾，還免除他養她的負擔。況且這暴力行徑，用上斧頭，表示那人沒別的法子強迫席娜，我當下便明白，不論這是誰幹的，都一定是僕隸。

直到身邊的親友皆已離去，你才會發現你有多需要他們。那時洛克列斯的人手已縮減至二十五名左右。過去人更多的時候，我們彼此都熟識，如今卻不然。現在住大街的我只認得幾個，營窟裡認得的更少。從前有專門診治奴隸的男醫生可照料席娜，但他們都離開了，被送走了，我們只能靠自己。我想起費城，那種知道總有人在的溫暖，覺得某種無法無天的戾氣已降臨洛克列斯。我要對誰投訴席娜遭遇的襲擊？我父親？他又會如何回應？把更多人送過橋？我能確信被送走的是真正的行凶者嗎？

接下來那週我們自己做了些改變。我們全搬出營窟，住進席娜在大街的舊木屋。那是我們感覺最安全的地方，我要付出的代價只是每天早一點起床，以便及時趕到父親身邊侍候他。我們沒放著席娜不管。蘇菲亞接下洗衣工作，我則在週日盡量幫忙：打水、撿柴、擰乾衣服。一星期後席娜大致恢復正常。但那次襲擊的驚嚇改變了她，打從我認識她以來，頭一次在她臉上看見真正的恐懼，害怕留在洛克列斯會發生什麼事。我就是在那時想起凱西亞，知道履行諾言的時候到了。

我擔心的不只是席娜。後來我才從父親那兒得知，儘管傳喚了蘇菲亞，納森尼爾卻根本沒從田納西回來，被一些緊急事務耽擱了。究竟是何事我無從得知，但我想，也許他對蘇菲亞的意圖遠超出我之前的設想。而且不只我這麼想。

蘇菲亞說：「你有沒有想過我會去那邊？」

我們在閣樓上，透過黑暗凝視上方的椽木。卡羅琳在我們中間熟睡，樓下的席娜在輕輕打鼾。

「我想過，」我說：「尤其最近。」

「你知道我聽說什麼嗎？」她問。

「什麼？」

「聽說田納西情況不同。聽說它與這邊的社會相去甚遠，習俗也不一樣，那裡有些白人會娶黑人為妻。我一直在想納森尼爾和他的癖好，比如他總要我把自己打扮成……」

她話聲漸弱，彷彿正在琢磨某個想法，接著又說：「海瀾，那個人是為了什麼目的在調教我嗎？他打算擺脫常規，最後把我安置到田納西變成他的妻子嗎？」

「那是妳想要的嗎？田納西？」我問。

「見你的鬼，你認為那是我想要的嗎？」她問：「你到現在還不曉得？我想要的就是我一向想要的，就是我一直告訴你我想要的。我想要我的手、我的腿、我的胳膊、我的微笑，我所有珍貴的部分都屬於我，只屬於我。」

這時她轉向我，雖然我仍舊盯著天花板，但可以感覺到她直視的目光。

「假如我覺得需要，假如我想把這一切送給別人，那也一定是出於我自己的需要，因為我自己想這麼做。你懂嗎？海瀾。」

「我懂。」

「你不懂。你沒法懂。」

「那你幹嘛一直跟我說？」

「我不是在跟你說，我是在跟自己說。我在努力記住我對自己和卡羅琳的承諾。」

我們靜靜躺在那裡，直到睡著。但我沒忘記這番談話的任何細節。時機很明顯了。我已善盡職責，持續提供霍金斯情報。不僅如此，我也為自己解開了傳送的祕密。我覺得現在是柯琳．奎恩兌現支票的時候了。

耶誕將至。這將是段寂寞的時光。那年沃克家族不會返鄉團聚，梅納德走了，我父親眼看得獨自度過這平安佳節。然而，與父親愈來愈親近的柯琳．奎恩解除了他的孤單處境，帶著她自己的僕從來到洛克列斯——這次的陣仗遠大過霍金斯和艾咪的單薄組合。他們是可靠的廚師、女傭和各種幫工。柯琳也帶來一票親朋好友，為我年邁的父親助興。這整個安排讓他非常開心，因為他面前有批全神貫注的聽眾，迫不及待地想聽老維吉尼亞的故事。

當然這全是作戲。這些廚師、幫工、表親個個都是幹員——有些我在布萊斯頓受訓時便認識，另一些是史塔佛工作站的人員。我現在明白這計畫了。隨著榆郡衰頹荒廢，上等人棄鄉遠去，地下組織將在他們留下的地下空間執行任務，擴大戰爭。經過這些年後回顧，我承認自己滿心欽佩。柯琳膽識過人、心狠手辣、足智多謀，儘管維吉尼亞時時提心吊膽，害怕會出現另一位先知加百列或奈特．杜納[2]，他們真正該怕的人其實就在自己家裡，披著淑女外衣，展現教養良好、白皙高雅、風華不衰的典範。

當時我看不出其天才之處，因為我們即使目標一致，卻太過執著於相反的路線。對我來說僕隸是人，不是武器，也不是貨物，而是有生命、故事和血脈的人，這些生命故事我都記得，而我在地下組織服務愈久，這種意識更有增無減。所以在一年將盡的那天，當我堅持必須做的事，我們便站在對立的兩端。

我們來到大街旁。藉口很簡單——柯琳想參觀舊營舍，我擔任她的嚮導。所以我陪她從主屋往下走，沿路聊些無關緊要的小事，直到確定菜園和果園都沒人，我們在通往大街的蜿蜒小徑上。

「我回到豪爾家時，我們說好會把一家人傳送到北方，」我說：「現在是進行傳送的時候了。」

「為什麼是現在？」她問。

「幾星期前這裡出了事。」我說：「有人攻擊席娜，用斧柄打她的頭，然後搗毀她的住處，拿走她存下來的所有洗衣錢。」

「我的天，」她說，那張淑女面具綻現出真心關切的神情：「找到那個壞蛋了嗎？」

「沒有，」我說：「她不記得是誰。何況最近這裡的人流動頻繁……實在很難判斷。比起每天在這兒工作的僕役，妳帶來的這班人我還認得比較多。」

「我們該著手調查嗎？」

「不，」我說：「我們該把她救出去。」

「但不只是她，對吧？還有一個——你的蘇菲亞。」

「不是我的，」我說：「就只是蘇菲亞。」

「哇，真想不到，」柯琳似笑非笑地說：「你這一年長大了多少？實在了不起。你確實成為我們的一員了。原諒我這麼說，你真是令人刮目相看。」

她驚奇地看著我，不過我現在認為，那一刻她所注視的與其說是我，毋寧是她自己努力的成果，因此令柯琳驚奇的並不是我，而是她自己的力量。

「你想起來了嗎？」她問。

「想起什麼？」

「你母親，」她說：「你對她的記憶恢復了嗎？」

「還沒，」我說：「但我有別的事要擔心。」

「當然，抱歉。蘇菲亞。」

「我擔心納森尼爾．沃克會要求行使對她的所有權，叫她去田納西。」

「噢，你不用擔心那個。」柯琳說。

「為什麼？」

「因為我一年前跟他達成協議。一週後，她的所有權便歸我了。」

「我不明白。」我說。

柯琳困惑又擔心地看我一眼。

「你不明白？」她說：「她有了他的孩子，不是嗎？」

「是的。」我說。

「那你就明白了。」她說：「畢竟你自己也是男人，一種興趣強烈卻短暫的簡單生物，受制於季節性的欲望消長。你那身為上等人的叔叔納森尼爾．沃克也一樣。如今他在田納西有整塊地方的女人供他洩欲，還要蘇菲亞幹嘛？」

「但他傳喚她，」我說：「他兩星期前才傳喚過她。」

「我毫不意外，」她說：「也許當作紀念？」

柯琳．奎恩是我在地下組織遇過最狂熱的幹員之一。這些狂熱分子全是白人。他們認為奴隸制是對其個人的侮辱或冒犯，玷汙其名譽。他們看過婦女被送去賣淫，目睹父親在孩子面前被脫光挨打，或眼見整個家庭像豬隻般被關進火車車廂、汽船和監獄。奴隸制羞辱了他們，因為它冒犯了他們相信自己擁有的基本良知。當他們的同胞犯下卑劣罪行，那等於提醒他們：自己一不小心也可能做出同樣的事。他們鄙視野蠻的弟兄，但那畢竟還是弟兄。因此他們的對抗是一種虛榮，其對奴隸制的仇恨遠超過任何對奴隸的愛。柯琳也不例外，這就是為什麼儘管她堅決反對奴隸制，卻能如此若無其事地把我扔進地洞，處死喬吉．帕克斯，並嘲笑蘇菲亞受的凌辱。

當時我尚未像這樣把整件事想清楚。我有的不是邏輯，而是憤怒，我氣的不是自己擁有的東西被汙衊，而是在我人生最黑暗的夜裡扶持我的人被詆毀。但我沒將憤怒發洩出來。早在認識柯琳前，我便已練就喜怒不形於色的功夫。我只是說：「我要救她們出去。兩個都要。」

「沒這必要。」柯琳說：「我有那女孩的所有權，因此她已經得救。」

「席娜呢？」

「時機不對，海瀾，」她說：「有好多事情正在進行，我們必須小心不危害它們。榆郡的勢力衰微，我們日益壯大，但我們必須小心。我已經做了很多可能令人起疑的事。我們在史塔佛做的算一樁。你們倆逃跑、那女孩逃跑又是一樁。她有沒有告訴你我照顧她的事？」

「有。」

「那麼你一定明白。我們同時要對付的太多。萬一我們被發現，好多人會受苦。」她一改嘲笑的口吻，變成近乎懇求：「海瀾，聽我說，你對地下組織的貢獻極具價值。你關於父親的報告，開啟了我們連想都沒想過的可能性。就算你始終沒掌握傳送的要領，也已證明我們為了救你出來所冒的險非常值得。但我們要權衡輕重，慎思熟慮。如果我取得納森尼爾．沃克侍妾的所有權，卻讓她立刻消失無蹤，人們會怎麼想我？而席娜這女人已靠洗衣做出一番事業。假使她突然不再出現，人們難道不會納悶？我們必須非常非常謹慎，海瀾。」

「妳做了承諾。」我說。

「沒錯，我做了承諾，」她說：「我也打算信守承諾。但不是現在。我們需要時間。」

我狠狠瞪著柯琳。這是我第一次無視維吉尼亞的規矩，無禮地瞪視她。她並非不講理。事實上，她說的都對。但我氣她嘲笑蘇菲亞，還有我自己的感受與羞恥——為了一次次載送蘇菲亞去接受凌辱，為了拋下席娜逃跑，而後又讓她遭受攻擊，為了我那被賣掉的母親，我既無法保護她，也沒替她報仇。這一切都在我心中翻騰，透過我此刻投向柯琳的目光射出。

「你辦不到，」柯琳說：「你需要我們，而我們不會同意。我們不會為了你短暫而渺小的迷戀去送死。你辦不到。」

接著她露出一絲領悟的神情，逐漸綻開，直到整個面容皆為驚恐覆罩，她明白了。

「或者你辦得到。」她說：「海瀾，你會害死我們全部的人。好好想想。別讓情感左右你思考。別讓所有的內疚左右你思考。你無權將所有可能獲救者置於險境。好好想想，海瀾。」

但我確實在想。我想到瑪莉·布朗森和她失去的兒子們。想到枉死在阿拉巴馬的蘭伯特，以及正在全國奔走的歐薩，為他的莉迪亞爭取自由。莉迪亞，為了家庭的未來而忍受一切凌辱的莉迪亞。

「好好想想，海瀾。」她說。

「妳告訴我自由也是主人，」我說：「妳說它是監工。妳說沒人能飛翔，我們都被綁在軌道上。『我明白，』妳告訴我：『正因為我明白，所以我必須服侍。』」

「你知道我並非毫無惻隱之心，」她說：「我知道你的遭遇。」

「不，妳不知道，」我說：「妳不可能知道。」

「海瀾，」她說：「答應我你不會毀了我們。」

「我保證不會毀了我們。」我說。但這語言遊戲並沒有騙過她，至於我們接下來的對話，我想就不多說了，因為經過這許多年後，我對她抱持著最高的敬意。她說話時信念堅定，誠實無欺。

而我也是。

譯注

1 又稱足爪浴缸（clawfoot tub），一種搪瓷釉面的高級鑄鐵浴缸，由四隻足爪狀的腳支撐。

2 加百列（Gabriel, 1776-1800）是一名識字的黑奴鐵匠，策劃一八〇〇年夏在維吉尼亞州發動大規模起義，但因事跡敗露，與追隨者一同被處死。奈特・杜納（Nat Turner, 1800-1831）亦是黑奴，一八三一年領導維吉尼亞州的非裔奴隸和自由人起義，後遭鎮壓、逮捕並處死。

32

現在我只能靠自己了，如果要完成傳送，一定得獨力進行。看來我不可能再避談自己離開時的經歷了。我得告訴她們倆——蘇菲亞和席娜。我決定分別告訴她們，因為我要向席娜坦承的，牽涉到遠比地下組織更重大的事。所以我會先做我以為較簡單的告解——蘇菲亞。

席娜開始做惡夢，我們認為是遇襲的後遺症。因此我們漸漸習慣在特別難熬的夜晚把卡羅琳留在樓下，睡在她胸脯上，讓她平靜下來。就是在這樣的一個晚上，我覺得時候到了。

「蘇菲亞，」我說：「我準備好要告訴妳逃去何方，也準備好要告訴妳怎麼逃了。」

她本來一直望著山牆的椽木，現在翻了個身，把粗棉毯拉上來蓋住自己，轉向我。

「關於我到過哪裡，」我說：「我待的地方，以及我在那裡發生的事。」

「不是布萊斯頓。」她說。

「是那裡，」我說：「但那只是一開始。」

即使在黑暗中，我也看得見她眼睛而承受不了那目光。我翻身背對她，深吸一口氣，再緩緩吐出。

然後我告訴她，在離開的那段時間，我見識到另一個國度，呼吸北方輕鬆的空氣；我想幾點醒來都可以，隨心所欲地移動；我搭火車進巴爾的摩，走過費城喧鬧的市街，乘馬車穿越紐約山區；這一切經歷都是因為我加入了那個她只在耳語和傳說中聽過的自由機構——地下組織。

我告訴她事情的經過：柯琳·奎恩如何找上我，他們在布萊斯頓如何訓練我，霍金斯和艾咪在這計謀中扮演什麼角色。我告訴她喬吉·帕克斯如何被毀滅，我又如何參與其中。我向她描述懷特一家，他們對我有多好，又如何搭救瑪莉·布朗森，米凱亞·布蘭德是怎麼犧牲的。我告訴她我如何遇見摩西，凱西亞被帶到賽馬場後如何活下來，她對席娜的記憶，以及我承諾會傳送席娜，現在我也計劃要傳送她。

「我答應要救妳們出去，」我說：「我打算實現那個諾言。」

我轉過身，發現那雙眼睛正等著我。它們此刻毫無生氣——沒有震驚或訝異，不透露一絲情感。

「那就是你回來的原因，」她說：「來實現諾言。」

「不，」我說：「我是奉命回來的。」

「如果沒人命令你回來呢？」她問。

「蘇菲亞，我在北方無時無刻不在想妳。」我說，伸手撫摸她的臉：「我擔心妳，擔心他們可能對妳做了什麼……」

「但在你擔心的同時，」她說：「我卻在這裡。不知會發生什麼事。不知你怎麼了。不知柯琳那女人到底有什麼企圖。」

「她從納森尼爾那兒取得了妳的所有權，」我說：「妳不會去田納西。」

她搖搖頭說：「那我該怎麼看待這事呢？你帶著這個故事回來，我確實相信它，真心相信，但海瀾，我認識你，我可不認識他們。」

「但妳**確實**認識我，」我說：「我很抱歉事情變成這樣，但我現在聽進妳的話了，打從一開始妳就在說的一切，我都聽明白了。我也瞭解不是只有妳一人，還有卡羅琳。我會把妳們救出去，連同席娜。」

「那你呢？」她說。

「我留在這裡，直到有其他指令。」我說：「這場戰爭，我已置身其中。它比我和我的欲望更重要。」

「也比我更重要，」她說：「比你稱為血親的這個女孩更重要。」

我們沉默良久，蘇菲亞又翻了個身，盯著上方的椽木。

「而且你還是沒講要怎麼做。」她說：「我告訴過你我需要知道做法。」

「怎麼做，是嗎？」我問。

「對，怎麼做。」她說。

「來吧。」我說。

「什麼？」

「妳說妳想知道做法。那就來啊，妳到底想不想知道？」

我一面說一面爬下梯子，在門口套上短靴，穿上我的大外套，回頭望見蘇菲亞凝視著卡羅琳，她還在席娜胸脯上微微打鼾。

「來吧。」我說。

我們沿著那條在我眼中已成聖道的路徑前行。我一直在練習，盡我所能地試驗記憶的力量和範圍，因此當我們幾分鐘後抵達古斯河岸，我覺得自己很有把握。

我轉身對蘇菲亞說：「準備好了嗎？」她的回應是翻白眼、搖搖頭。我牽起她的手，另一隻手緊抓住木馬。

然後我帶著她往岸邊移動，一面走，一面描述那晚，大家最後一次團聚的耶誕節，不只描述它，也感受它，讓它變得真實——孔威和凱特，菲力帕和布里克，營火前怒不可遏的席娜——「土地、黑鬼，」她說：「土地。」然後我憶起喬吉．帕克斯、安柏和他們的小男孩。我憶起那些自由的人——埃德加和佩璇思，帕普和格里斯。我才一想到他們，便感覺蘇菲亞渾身一震，握緊我的手，我當下便知道已經開始了。

一團濃霧籠罩河面，濃霧上方，我們看到他們——幻影在我們面前飛舞，幽靈般的藍光裡，那個耶誕節晚上所有在場的人都來了。喬吉．帕克斯吹口簧琴，埃德加彈斑鳩琴，帕普和格里斯高聲呼唱，其他人全圍著營火跳舞。我們聽得見他們，不在耳中，而在皮膚底下深處。那團霧似乎有生命，因為它纖細的手指似乎隨音樂擺動，似乎伸向我們，按著節拍，輕柔地引誘我們加入。

要接受邀請很簡單——只需用力一握那只木馬。當我這麼做，那些款擺的纖指倏地射出，抓住我們，把我們猛然往前一拽，再放開我們。我感覺蘇菲亞踉蹌了一下，於是握緊她的手。她站穩後驚愕地轉頭看我。當我們向前望去，發現森林在前方，而河流、那團霧和幻影都在背後。回顧來處，便明白發生了什麼事——我們已被傳送到河對岸。

我們低頭見霧的藍卷鬚從身上退卻，聽到樂聲再起，愈來愈響亮——喬吉仍吹著口簧琴，埃德加彈斑鳩琴，其他人高唱、跳舞，我們又看見霧的手指伸過來，隨著節拍招引我們。這時我從口袋拿出木馬，將它高舉——它在我手中發出藍光。我看向蘇菲亞，再用力握一下木馬，霧氣疾射，一把攫起我們，將我們拉到對岸。當我們被放開，蘇菲亞一個沒踩穩摔在地上。我扶她站起，我們再次轉身，聽到音樂響起，看見霧的手指又在召喚。

「就像跳舞一樣。」我說。

我又握一下木馬，但這次，蘇菲亞將全身重量交給霧，順從它，乘著它，因而著地時穩穩站著。我再握一次，我們又被傳送。再握一次，被傳送。再握一次，被傳送。然後，想著我與席娜的老家，我在那裡度過的日子，以及多年來它對我的意義，我又握一下木馬，藍色的卷鬚抓起我們，而這一次，當它們鬆開時，我們發現自己回到大街上，隨著霧氣消退，我們最後看見的景象是一個跳水舞的女人，頭頂著瓦罐，漸舞漸遠，直到她以最不可思議的優雅，頭一傾讓瓦罐滑下，並伸手接住罐頸，笑著喝了一口，在隱沒的同時把它遞給某個看不見的人。

回到木屋後，蘇菲亞爬上閣樓，我試圖跟上，但往後癱倒，摔在地上發出很大的聲響，吵醒了席娜。

「你們到底在幹嘛？」她吼道。

「只是出去透透氣。」蘇菲亞說。

「透氣，是嗎？」席娜懷疑地說。

蘇菲亞伸手拉我爬上梯子，我爬到頂端後，便墮入一場無夢的沉睡。第二天一早我就醒了，拖著疲憊的身軀去幹活。

接下來那晚，我們跟平常一樣躺在閣樓上，進行我們的深夜交談。

「妳第一次看到水舞是在哪裡？」我問。

「根本不記得了，」蘇菲亞說：「在我老家，人人都會跳。有些人跳得比別人好。但在南方，他們從小就開始教我們跳這個舞。它跟地方的關係密切，你知道嗎？」

「我不知道，」我說：「從來都不曉得它的來頭。」

「它源自一個故事。」她說：「有位大酋長與族人一起從非洲被奴隸船載來。但快靠岸時，他和族人劫了船，殺死所有白人，把他們丟下海，企圖返航回鄉。但船擱淺了，酋長眺望遠方，看見白人的軍隊帶著槍炮來捉拿他。於是酋長教族人走進水中，一面唱歌跳舞，他說水女神把他們帶來這裡，水女神也會帶他們回家。

「當我們那樣跳舞，讓水在頭頂保持平衡，便是在讚美那些在波浪上跳舞的人。我們翻轉了它，你懂嗎？如同我們一直都必須做的：從既有的處境闖出一條路。那不就是你昨晚做的嗎？那不就是你說你在做的嗎？翻轉它。那就是珊蒂·貝斯所做的，不是嗎？當我們昨晚經歷過那些回來，我能想到的就只有她。那位酋長。水舞。珊蒂．貝斯。你。

「『就像跳舞一樣。』你不是那樣說嗎？那就是珊蒂．貝斯所做的。她不是走進水中。她在跳舞，而且把這支舞傳給了你。

「那就是他們找上你的原因，地下組織。」她說。

「沒錯，」我說：「我以前就做過，但不是出於我自己的決定。他們聽到風聲，一直在注意我。接著梅納德出了事，之後就……」

「就是這麼回事，對吧？你就是這樣逃出古斯河的。你就是打算用這種方式帶我們逃出洛克列斯。」

「沒錯，」我說：「但有個問題，我還沒想出解決的辦法。這力量要靠記憶來運作，記憶愈深，它能帶你去的地方就愈遠。我對那個耶誕節晚上的記憶與喬吉息息相關，因而也連結到這只木馬，那是我送給他和寶寶的禮物。但要把你們全部傳送到那麼遠，我需要更深的記憶，也需要連結那個記憶的物件來引導我。」

「你以前老帶在身上的那枚銅幣呢？」

「是啊，我試過。它能帶我到的地方不夠遠。過河是一回事，跨越整個區域完全是另一回事。一定要更深才行。」

蘇菲亞沉默片刻，然後說：「這力量非同小可。你對這個地下組織想必非常重要。」

「柯琳是這麼說。」

「這就是她不肯放你走的原因。」

「還有別的理由，」我說：「但主要是為了這個。」

「所以，海瀾，」她說：「你打算怎麼處置我，還有我的卡羅琳？我們的生活將會如何？」

「我不曉得，」我說：「我想我會把妳們安頓在某處。我可以不時去探望妳們。」

「不行。」她說。

「什麼？」我說。

「我們不走。」她說。

「蘇菲亞，那是我們想要的。那是我們逃跑的原因。」

「『我們』，海瀾，」她說：「『我們』，你懂嗎？」

「我多麼想跟妳們一道走，拋下這裡的一切。但妳一定明白我為什麼做不到。在我告訴妳一切後，在我對妳透露我們面臨的這場戰爭後，妳一定明白我為何不能離開。」

「我不是叫你離開。我是說我們，我的卡莉和我，我們不會留下你離開。我在這裡住了這麼久，看著這些家庭分崩離析。而我在這裡，跟你，跟一個如你所言是卡羅琳血親的男人共組家庭。她是你的親人，我明知這麼講很糟糕，但還是要跟你說，你是她爸爸，是這個女孩最親的爸爸。」

「妳知道自己在講什麼嗎？」我說：「妳知道自己放棄了什麼嗎？」

「不，」她說：「但總有一天我會知道，而當我知道時，會是跟你一起知道的。」

那一刻，我感覺到某種卑賤而美麗的東西。某種源自下頭這邊的大街，以及美國所有黑奴的大街，從營窟孕育出來的東西。它是汙泥的溫暖。它是賤民的解脫。是面對現實，是逃離上等人，是我們所有人生活的真實世界的沉重下墜與汙穢不堪。

我背過身要睡了，感覺蘇菲亞挨過來，臂膀鑽進我胳膊底下，直到她的手找到我溫暖柔軟的部分。

「妳知道妳把自己拴在這裡的什麼東西上。」

好一會兒，我得到的唯一回應是吹在頸背上的溫軟氣息，然後她說：「只要那是我選擇的，就不是鎖鍊。」

第二天，席娜和我出門，沿著固定路線收取待洗衣物。隔天我們抬水，搬洗衣桶，捶打外套、長褲，再晾到營窟中的晾衣室。蘇菲亞沒跟我們一起，說卡羅琳病了。但其實沒人生病，那是我們計畫的一環，只不過計畫欠周，因為忙了一天後，我們雙手紅腫破皮，臂膀疲累不堪，席娜現在對她的告假十分不滿。

「她是怎麼搞的，阿海？」席娜說。我們正慢慢走回大街。太陽早已下山，我們像影子似地沿小徑移動，經過果園，穿過樹林。「我真希望你挑個背脊更硬的女孩。那個蘇菲亞根本不懂得幹活。」

「她很會幹活，」我說：「我不在的時候她就幫你幹活了。」

「如果你非要說那是幹活。」席娜說：「依我看，她只在你回來後才開始認真幹活。你要怎麼跟這種女人一起過日子，阿海？男人要擔的責任那麼多，娶個只會做表面工夫的女人，你要怎麼完成所有的工作？我年輕時，幹起活來勝過家裡每個男人，每一個喔，連我老公在內。我在菸草田可厲害了，還要管理家務。當然我有時也會想，這樣拚命究竟帶給我什麼——被打破頭，攢下的一點自由錢也被搶走。所以說不定那女孩是比我厲害。」

「我見到凱西亞了。」我說。一整天我都在設法將這宣告穿插進我們的談話裡，卻找不到妥當的方式，明知非做不可，乾脆選最直接的途徑。

席娜停下來轉向我：「誰？」

「妳女兒，」我說：「凱西亞。我見到她了。」

「你是在氣我剛剛那樣講那個女孩嗎？」

「我見到她了。」我說，盡可能讓語氣平穩。

「在哪裡？」席娜說。

「北方，」我說：「她住在費城近郊。他們把她從妳身邊奪走後，她被帶到馬里蘭，從那裡逃往北方。她有了家庭，丈夫待她很好。」

「海瀾……」

「她想要妳去找她，」我說：「她想要妳到北方跟她住。席娜，這不是玩笑。我離開她時，跟她說我會把妳帶回她身邊。我做了承諾，現在我打算實現諾言。」

「實現？怎麼實現？」

就在那片森林裡，我解釋自己的遭遇、我變成什麼樣的人，就像之前對蘇菲亞說的。

「所以是地下組織要救我？」她問。

「是，」我說：「也不是。」

「到底是還不是？」

「是我，」我說：「是我要救妳。我在問妳妳想不想要這麼做。」

「凱西亞？」她茫然問道。「我上次見到她，她還那麼小。倔得要死。好愛她爸爸，你知道嗎？他是條鐵錚錚的硬漢。我們曾在自家花園種山茶花。那是另一個時代，另一個時代。她會去後院摘一些進來，直到我……」

她說到這兒打住，神情迷惘。

「凱西亞……」她輕聲說。隨即潸然淚下，緩慢無聲，沒有啼哭或嗚咽。她又唸了一遍女兒的名字，才轉向我問：「你有見到其他孩子嗎？」

我搖搖頭說：「很抱歉。」

那時她才開始慟哭，哭聲低啞而深沉，她喃喃悲嘆：「主啊，主啊。」一面搖著頭。

「你幹嘛把這消息帶回來給我？你為何這麼做？你和你的地下組織？我根本不在乎。我已經認命了。你幹嘛帶給我這些？」

「席娜，我——」

「不，你已經說完了，換我說。你知道我做了什麼？你，你應該知道的。我收留了你，你卻把這消息帶回來給我！你這樣對我。

「就在這間屋子，我收留了一文不值的你，而你竟來這裡對我做這種事？你知道我花了多大工夫才接受這一切嗎？」

她邊說邊倒退著離開我，不往木屋走了。

「席娜……」

「不，你離我遠一點。你和你的女孩，你們都離我遠一點。」

她跑進夜色中，我在後面追她，試圖拉住她手臂。她把我甩開，用手肘頂我，拳打腳踢，死命掙脫我。

「我叫你滾遠點！」她吼道：「滾遠點。你竟敢這樣把我帶回過去。你離我愈遠愈好，海瀾．沃克！我就當你死了！」

我應該不意外的。那時我已知道過去對我們是何等沉重的包袱。我比任何人都清楚這點。我認識壓住自己的妻子讓人鞭打的男人。我認識看著那些男人壓住自己母親的孩童。我認識與豬隻一同在餿水中覓食的孩子。但最慘的是，我知道對於這種事的記憶如何改變我們，我們永遠無法逃離，它變成我們很醜惡的一部分。我小時候肯定明白這點。要不然那個記憶，關於我母親的記憶，怎麼會被拿走，鎖進箱子裡。

所以那一刻，望著席娜消失在夜色中，我有什麼資格怪她渴望遺忘？我全都瞭解啊。我走回木屋，在裡面默默坐了好幾小時，心知我多麼瞭解席娜的憤怒。我徹夜反覆尋思，直到躺在蘇菲亞旁邊，小卡羅琳在我們中間，才想通有件事非做不可。凱西亞的存在，永遠會紀念著席娜所失去、被奪走的一切，因此，為了再見到女兒，席娜必須記得。而我知道我絕不能這樣要求她，除非我自己也準備好做同樣的事。

33

隔天清早，我起床，打水，梳洗。在破曉前走去白色宮殿的路上，我想到所有在眼前拼湊起來的碎片，有如沿途指路的麵包屑。我想到那位翻轉情勢的非洲老酋長，跟我外婆一樣跳著舞踏進浪濤，在水女神的庇佑下帶領族人一路舞回家鄉。而駕車載梅納德的那晚，我看見母親在橋上跳朱巴舞，在水面上和水底下跳舞，那又意味著什麼，翻轉現實嗎？

縱使席娜回心轉意，決定要走，也得有強大的記憶才能移動她。因此那天早晨，服侍父親吃完早餐，並帶他出去巡視莊園後，我便趁他在客廳休息，上樓走進他保存書信的書房，草草寫了幾行短箋，託費城地下組織轉交。我當然必須小心。我使用本地的化名，將信寄到我們在德拉瓦河南岸碼頭的一間避難所，並透過密碼和障眼法讓哈莉特明白我試圖做的事。我不知自己當時期望什麼。不僅如此，我也不曉得在這場爭執中，即使考量到家人，哈莉特會站在哪一邊。但她說過我若發現自己陷入困境，要讓她知道。所以我就這麼做了。

完成這件事後，我下樓把父親帶上來，陪他處理各種信件——如今他的信幾乎全來自西部。那時他已老眼昏花，雙手無力，所以我讀給他聽，記下他的回應，再一封封寫好準備寄出。做完這些，我們回他房間，幫他換上一套適合幹活的服裝。之後我下樓到營窟，換上連身工作褲，再去屋後菜園跟他會合，一起鐘土耙地，直到日頭偏西。我們進屋，又換一次衣服，然後我為父親端來下午的甜酒，一如往常，他很快便沉沉入睡。現在正是好時機。

我上樓進父親的書房，望著那座桃花心木高腳抽屜櫃，再度懷著羞恥回想梅納德的遊戲：在不屬於他的物品中翻找。那種羞恥感很荒謬——這座宅邸、這片土地、甚至這個世界上，沒有一樣東西可被稱作豪爾．沃克理當擁有的財產。然而，身為上等人，身為劫掠者，他卻肆無忌憚地宣稱所有權。難怪梅納德會做同樣的事。也許我也該這麼做。

當我拉開底部的小抽屜，看見裝飾華麗的檀木盒，其銀扣閃閃發亮，我其實並不知裡面有什麼。但當我摩娑盒蓋，便意識到我若選擇打開它，一切都將徹底改變。果不其然。

我看到的是一串貝殼項鍊，而且一眼便確定它是我在哥哥死去當晚看見的那串項鍊，在舞者的脖子上抖晃，在我母親脖子上抖晃。我現在做的是把項鍊拿到胸前，將兩端繞到頸後戴上，當鉤子牢牢扣住環眼，宛如一片迷失的拼圖嵌進該在的位置，一股震波從我手指蕩開，穿過手腕和胳臂進入身體最深處，震得我一個踉蹌往後退。等我站穩回神，我明白那時才漸漸平息的震波是記憶的力量。對於我母親的記憶。之前我所知道的全是別人說的話，如今這些話形成肖像和景象。盤據腦海多年的煙霧吹散，於是我看見母親的完整樣貌——在我們共處的短暫歲月裡；不僅如此，我也看見她的結局，我清清楚楚地看見那結局如何到來，我真真切切地看見是誰造成的。

我告訴你，我用盡全力克制自己，才沒有衝下樓，跑進菜園，拔出還插在寒地裡的鏟子和釘耙，幫我父親卸除他皮囊裡苟延殘喘的一點生命。而我沒這麼做，只證明了我當時覺得有更要緊的事，攸關我所愛的人，我知道他們都仰賴我去記憶，而我必須活著才能記得。

我把木盒闔上，塞回高腳抽屜櫃，再將貝殼項鍊藏進襯衫裡。我下樓，見父親已醒，望向窗外，看得出天色漸暗。我發覺自己在書房待了好久，雖然感覺只有幾秒鐘。我走出去，到廚房，看見他們正在準備父親的餐點，想起今晚他不會獨自用膳。我端上第一道菜——麵包配甲魚湯，發現柯琳．奎恩陪我父親在餐桌前等開飯。那晚她始終不動聲色，但最後，當他們到客廳喝茶，她對我說，她想霍金斯希望跟我談談。

我走到外面，往馬廄去，已料到他要說什麼。霍金斯隸屬維吉尼亞地下組織，因而聽命於柯琳．奎恩。她一定認為，假如她無法阻止我，或許某個對世界的看法曾跟我相同的人會讓我明白。天色已晚。空氣清新冷冽。明月高懸。我發現霍金斯坐在馬車裡抽雪茄。看到我時，他面露微笑，伸手請我坐下。

「我知道你來幹嘛，」我說：「不管你講什麼都無法改變將發生的事。」

「是嗎，」他說著把手伸進口袋：「我只是想請你抽支雪茄。」

「那不是你唯一的想法。」我說。

「沒錯，那不是。」

他把雪茄遞給我。

「我覺得我一直對你很冷酷，」他說：「一方面是職責使然，但也是因為我見識過的種種，以及促使我承擔這職責的經歷。你知道我和我們家艾咪，我們是被柯琳救出來的吧？」

「我知道。」

「你也知道她來之前，我們是在布萊斯頓？」

我點頭。

「那麼，我想我希望你知道的，只是那地方發生過多少慘無人道的事。不是平常那種，小哥。不是苦役而已。艾德蒙．奎恩是世上最惡毒的白人，我確信如此。而你看到它現在的樣子嗎？每當有上等人來，你看布萊斯頓是怎麼擺出一套門面的？看起來就像老派的維吉尼亞，不是嗎？等他們一走，我們又回到自己做的事情上。

「布萊斯頓一直都是這樣——表裡不一，但艾德蒙．奎恩做的事情不同。多年來我看著他扮演虔敬的正人君子，在社交場合舉杯祝頌，捐錢給救濟院，那些錢都是我們用血汗換來的。對不起，海瀾，他的所作所為我講不出口。我要說的是，那恐怖的程度讓我願意付出任何代價，只要能脫離他掌控，使我和家人免受那男人荼毒。而只有柯琳．奎恩提供了機會。

「我很感激柯琳。真的——感激她為我妹妹和我所做的，以及為每個經由維吉尼亞地下組織獲救的人所做的。我為她效力，幾乎唯命是從，因為是她的謀略讓我們擺脫那個惡魔，更重要的是，讓我們參與這項新任務：除掉他所侍奉的那個更大的惡魔。」

霍金斯往後一靠，抽了口雪茄，菸頭在黑暗中發出橘光，一縷縷白煙飄散開來。

「所以，當她來找我，說有個自己人——是從奴役中救出的，就像已被救出的許多人——現在打算違抗她，跟我們作對，她要我跟他談談，用真相和智慧來說服他，我只能照辦。」

「沒用的，」我說：「你不曉得我看到什麼。」

但他繼續說，彷彿我沒開口似的。

「我看過許多人經由維吉尼亞工作站獲救，天曉得，他們總是帶著各自的麻煩。進行救援時，沒有一件事是照著規矩來。你親眼見過。布蘭德進入阿拉巴馬。去年那個帶女孩一起逃亡的傢伙。你懂我的意思。事情從不會依你的計畫和設想發展。當你執行外勤任務，人們卻不聽指揮，情況可能變得很棘手。

「就拿你來說，我們聽說你就是那個人。你會打開那扇門。你只要彈個指頭，抽一下鼻子，整座莊園就會消失。」霍金斯暗自發笑：「結果並不是那麼回事。」

「我試過了，」我說：「我已經──」但他再度無視我，一逕往下說。

「但我想這就是我們得到的教訓。有時我們忘記──我們服侍的是自由，我們對抗的是奴役。自由意謂著一個人有權做他想做的事，而不是我們認為他該做的事。就算你沒成為我們設想的那樣，你也已經是你應該成為的樣子。」

霍金斯說完沉默片刻，我們坐在那兒抽菸，吹著涼爽的風。

「我不曉得你看到什麼，海瀾。我不曉得你一心想救出的那些人發生了什麼事。我很想跟你說，你現在做的不是我會做的事。但我沒辦法心安理得地這麼說，因為誰知道我為了救出自己、救出我們家艾咪，會做出什麼事呢？你是自由的，必須依照你自己的判斷行事。不能聽我的。不能聽柯琳的。」

「無所謂了，」我說：「反正她們看起來都不想離開。」

霍金斯輕聲笑了笑。

「她們想的，」他說：「人人都想。問題不在她們想不想離開。誰都想脫離這種生活，只是要怎麼做而已。」

接下來的星期天，我一早便與席娜碰頭，將洗過摺好、裝進板條箱的衣物送回去。我們默不作聲地走完行程。當我把馬車停回原處，拴好馬，她什麼也沒說就走掉了。我跟著往上走進地道，在她以前的房間找到她，過去這禮拜她都住在那兒。

「怎麼了嗎？」她抬頭看我，語帶譏刺地問。

「所以就這樣了，是嗎？」我說。

「看起來是。」

「好吧。」我說完便走去大街。但隔天我上來服侍父親時，她就在從營窟通往上層主屋的暗梯前等我。就著燈籠的光，我看得出她一直在哭。她看見我便搖搖頭，抹了抹臉頰。

「任何人都沒辦法承受那些，阿海。太沉重了。完全不同的苦役。」

「我知道，」我說：「如今我全看見，全記得了，而且我知道。」

「是嗎？」她說：「因為我不認為你知道。我認為你知道你那頭的狀況，也就是小孩從媽媽懷裡被拉走的感受。但你知道另一邊的情形嗎？你知道對我來說，要那樣愛你有多難嗎，海瀾？在他們對我的塞勒斯、我的克蕾兒、我的阿朗、我的艾莉絲和我的凱西亞做出那種事後，要再待在那個空間，非常非常難。但我瞧見你在閣樓上往下看，我知道我的孩子再也不會回來，你媽媽再也不會回來，就算我們之間毫無關係，至少我們有這個共通點。

「而我確實愛你，阿海。我確實回到那個房間。當你把我丟在那裡，當你和你的女孩一起逃跑，我每晚哭著入睡，哭了一個月。我好怕他們會怎麼對付你。我簡直不敢相信。我又失去一個孩子——但這次奪走他的甚至不是奴役。所以一定是我的緣故。我一定有什麼很糟的地方，會將我深愛的一切推開，把我撕成碎片。然後你回來了，只不過你不是單獨回來。你帶著故事回來，那些故事來自我被侵犯和侵害的房間。而現在你跟我說我必須回去。

「我要對她說什麼，阿海？我將會是什麼？當我望著她，卻只看到我失去的孩子們，我要怎麼辦？」

她把頭埋進手中，無聲低泣。我將她拉過來，讓她把頭靠在我胸前，擁抱著彼此，就這樣開始我們在洛克列斯的最後倒數計時。

我們絕不能留下，不能留在目前的洛克列斯，也不能留在我們相信洛克列斯會變成的地方。蘇菲亞現在受到保護，柯琳的保護，而柯琳縱有萬般不是，卻始終說話算話。但席娜年紀大了，又遭攻擊，使我覺得此事刻不容緩。當時我父親忙於處置和買賣奴僕，用他想像得到的所有辦法維持生存，並躲避似乎蜂擁而至的債主。他無法繼續這樣下去，也不會如此，雖然我當時並不知道。但即使知道，我也對凱西亞做過承諾，並決心實現諾言。我等了兩星期，但一直沒接到哈莉特回覆。我推測大概無法指望任何協助了，對此我既不感到憤怒，也不覺得不安。我加入地下組織才一年，知道這工作的緊張危險，因而也瞭解維持忠誠的必要。我只能靠自己了，自成一個地下工作站。我曾在古斯河岸完成最小規模的嘗試，但要像非洲老酋長、珊蒂・貝斯和摩西那樣傳送，感覺仍似天方夜譚。不過我有自己的記憶。全部都在。我也有物件，希望能藉由它將那些失而復得的歲月的能量集中起來。

我們最後聚在一起的晚上，是那個冬季最冷的一天。那是星期六，之所以挑這天，是為了要給我自己一天的時間恢復體力，以便在週一回到工作崗位，不致引人起疑。我們擺了一桌在當時稱得上盛宴的食物——烤玉米餅、魚、鹹豬肉和羽衣甘藍。我們一起安靜地吃飯，然後坐在席娜已搬回來住的木屋裡。席娜講她年輕時的故事逗蘇菲亞開心，引發陣陣笑聲。接著時候到了，大家匆匆道別。我叫蘇菲亞回宿舍等我，若我沒在黎明前回來，就去河邊找我。

木屋外，我仰望遼闊又清朗的夜空，明月宛如女神，星辰皆為其子孫，她旗下的命運女神、樹精和仙女們都散布在宇宙中。我牽著席娜從木屋走出來，穿過林間小徑，腳下土地劈劈啪啪、嘎吱作響，直到我們抵達古斯河畔。我沒告訴席娜會遇到什麼狀況。我不知該怎麼說。她只曉得我找到珊蒂・貝斯的路徑，亦經蘇菲亞證實。因此，不難理解緊握我手的席娜為何會在這裡突然停下腳步，我轉身見她抬頭仰望，順著她驚愕的目光望去，便看到方才還那麼明亮開闊的夜空，現在卻層雲密布。河面升起一縷縷白霧，只有輕輕沖刷上岸的水聲證明河的存在。貝殼項鍊貼著我，感覺很溫暖。

我們繼續走，沿河岸南行，直到從河面升起的裊裊輕煙開始凝結成一團濃霧，而在它上方，我們看到黑暗中若隱若現的，是已將那麼多族人帶往納奇茲的那座橋。我們繞道小路以閃躲萊蘭德，儘管其勢力已遭削弱和滲透，他們仍常在本郡出沒。我們兜著圈子，直到接近橋頭，放眼望去，只見霧愈來愈濃，彷彿雲層降下來籠罩一切。但不是一切，因為在遠處，從想必是水面、或曾經為水面的地方，我可以看到藍色的光暈瀰漫，宛如記憶一圈圈往外漾開，此時我感覺項鍊在襯衫底下灼燒，彷彿北極星那樣灼亮。我把它拉到襯衫外。

時候到了。

「為了我母親，」我說：「為了無數被押送過這道橋，再也無法返回的母親們。」

然後我望著席娜，看見貝殼項鍊散發的藍光柔和地照亮她。

「為了所有留下來的母親們，」我說，一手緊握她的手，另一手托著她的臉頰：「她們繼續撐持，紀念著那些一去不返的人。」

說完我轉回來面向橋，邁開腳步，同時看見濃霧的卷鬚將橋層層包覆，藍光在遠處輕輕舞動，那本來是橋的另一端，但今晚我知道我們的目的地不會是橋的彼端。

「席娜，」我說：「我親愛的席娜。我跟妳說了很多我的事，但從未透露這所有引導我的力量，其本質是什麼，因為它全被隱藏起來，隱藏了好久，隱藏在像我們周圍這麼厚的濃霧裡。非如此不可，因為我當時年紀太小，無法承受發生的事，無法帶著記憶存活下來。

「你曉得我母親是羅絲。我父親是豪爾．沃克。他蠻橫地玷辱我媽，我便是這種結合下的產物。我不是獨子。哥哥梅納德長我兩歲，為洛克列斯的夫人所生，人們相信他的血統承載著老地方的一切美好與高貴，有朝一日他將成為睿智而謹慎的繼承人，因為血統就是魔法、科學與命運。但我違抗了血統，因而違抗了命運，如今，憑我所知的一切，我認為造成這種情況的，正是我失去的母親。

「長久以來我看不見也記不得，但現在我全看到了。她明亮歡愉的眼睛，她的微笑，她暗紅色的皮膚。我記得她講述舊世界的故事，那些遠渡重洋的故事，只有在夜晚就寢前，如果我那天很乖的話，她才會跟我講故事。我記得那些故事在我腦中閃閃發光，使我們的夜晚五彩繽紛。我記得把鼓塞進自己骨頭裡的庫非[1]，還有住在海底天堂的水嬤嬤[2]——苦役結束後，我們所有人都會到那裡領取自己的報償。」

此時濃霧聚集在我們四周，我覺得橋在腳下消失。席娜依然握著我的手，我感覺得到熱氣從貝殼項鍊向外發散，包圍著我，曾經標記著河流的波浪平靜而低緩。

「但骨頭裡塞著鼓的庫非身處現世，正受奴役。我母親的每根骨頭裡都有鼓在敲擊。她的舞蘊含故事，也許比她講的故事更真實。我記得她和妹妹艾瑪一起跳朱巴舞，貝殼項鍊抖晃得多厲害，她頭頂的水罐卻不動如山。那是美好的年代，奴役下的美好年代。但奴役終歸是奴役，而我真心相信，我母親和艾瑪阿姨之所以那樣跳舞，正是因為她們知道好景不常。」

說到這裡，他們出現了，就是我在那個決定命運的晚上見其四處飛舞的幻影。他們環繞著我們，看得出是耶誕節，一個我記得的耶誕節，我當時五歲，榆郡還在鼎盛期，豪爾・沃克送了幾罈酒到下頭大街。靠近營火處，我看見她們，我母親和艾瑪阿姨，一來一往輪番展現舞技。我停下腳步觀看，因為這一刻雖是我變出來的，我卻想好好欣賞，但當我試圖這麼做，便看見她們開始從眼前消逝，一如終將朽滅的生命與記憶，於是我知道我必須繼續講故事。

「世界改變了。菸草業沒落。我記得那些滿面愁容的陌生男子。我記得土壤變硬，古斯河沿岸的老宅邸皆淪為負鼠和田鼠的地盤。我記得周圍的叔叔伯伯變少了；表兄弟姊妹都踏上漫無止境的旅程。我記得我們如何被押送過那道橋，前往納奇茲。我記得，因為我就在那裡。」

這時，在幻影剛剛跳舞的地方，我們看見同一批男女走在前面，原本洋溢歡欣的臉龐，此刻充滿悲傷，眼中含著與這條河同樣深的渴望，之前舞動的臂膀和雙腿，現在從腳踝到手腕都被鍊住。

「我記得母親跪在我床邊，喚醒我，帶著我離開家走進夜色。整整三天三夜，我們待在森林裡與動物為伍，白天睡覺，晚上跑路。她只跟我說我們非走不可，在我們落得像艾瑪阿姨一樣之前，我當時雖年幼，卻明白艾瑪阿姨被賣掉了。假使我們能到沼澤區——那是她的目標：先到沼澤區，再設法逃出去，因為她無法像她母親一樣直接跑過水面。

「但他們追上我們，萊蘭德捉到我們，把我們帶回來。我們被關進他們在史塔佛的監牢。我和母親一起，並不完全明白怎麼回事。我好困惑，以致父親來的時候，我真的相信他是來救我們的。他好柔弱，席娜。他撫摸我的臉頰，當他望著我母親，神情十分痛苦。

「『妳為什麼，要走？』他問：『我到底做了什麼，逼得妳這麼做？』

「但我母親眼裡只有沉默，他又問了她一次，她仍一語不發。我看到他痛苦的神情扭曲成暴怒，於是明白父親並非為母親而痛苦，也不是為我，而是為他自己。因為我母親已看透他，看穿所有高貴的外表，看清他的為人——這就是她逃跑的意義——她明白，他會賣掉她，就跟他會賣掉她妹妹、會賣掉他親生兒子一樣確定無疑。

「我父親轉身走開，我母親瞭解這表示什麼。她從脖子上解下貝殼項鍊，把它交給我，對我說：『不管發生什麼事，你要好好記住我。別忘記你看到的一切。對你來說，我很快就會變成一個幽魂。我試過了，盡全力當個好媽媽。但我們緣分已盡。』

「然後我父親帶著那批獵奴人回來，他們把我從她身邊拉開，把不斷哭叫的我從母親身邊拉開，留她在那裡等著被賣掉，而我將被帶回洛克列斯。」

此刻，打從我們上路以來，我頭一次覺得席娜像我臂上的一塊秤砣。真的奇怪極了——彷彿有股力道企圖把她從我手臂拉開，把她拖回洞裡。我說出的話是一種力量。與其說我們在行走，不如說我們漂浮著穿越濃霧。我感覺胸口的熱氣與藍色光芒正在往外推。我不能放手。

「我們帶著一匹馬回到洛克列斯，因為那是他用羅絲換的。他害我失去母親。但那還不夠。他也奪走我對她的記憶，因為我們離開時，父親在我從未見過的盛怒下，從我手中搶走那串貝殼項鍊。我逃離他。第二天早晨，我一路跑到馬廄，看到那匹用我母親換來的馬，而就在水槽邊，我第一次感覺到自己會做我現在對妳做的事——傳送。

「我坐在馬廄裡哭。一陣疼痛傳遍全身，直到我覺得皮膚被撕開，骨頭從骨臼爆出，幼小的肌肉剝離肌腱。我咬緊牙關忍耐。但一波浪潮席捲過來，把我帶離馬廄，越過果園，越過田野，回到我住的木屋。

「我的記憶如此鮮明，記憶之痛超過我所能承受，以至於這一次，我忘記了，儘管我不曾忘記其他任何事。我忘了母親的名字，忘了替母親討公道，忘了珊蒂·貝斯和水嬤嬤的力量，而將目光轉向洛克列斯的大宅。」

這時我全身都感到撕裂的痛楚，席娜好重，彷彿會把我的手臂扯掉，我周圍只有濃霧和藍光。

「好多……好多人對我描述，給我言語……但他們無法給予記憶。他們無法給予故事……」

我的言語在我面前打住。我覺得我們在往後沉……沉入什麼，沉入濃霧。

「但我會活下來……蘇菲亞會活下來……還有那孩子，卡羅琳，將會認識北極星，它……」

然後我就沒有言語了。它們被我胸中的熱氣撲滅，我覺得我們像被扔下懸崖。當我墜落，一束記憶如九月的黃葉紛落在我四周。我在柳樹下吃薑汁脆餅。蘇菲亞把那罈酒遞給我。喬吉·帕克斯叫我不要走。我在墜落。

接著霧中傳來一個聲音，雖然我身上的光愈來愈微弱，卻能看見另一道明亮的綠光從遠處呼喚。

「……它認為任何人都不得在鳥兒面前張設網羅，[3]我們就是那些鳥兒，阿海，雖然我們從崖巔的鷹巢被帶走，拴縛在鎖鍊遍布的山谷中。」

然後我又漂浮起來。席娜握緊我的手。

「這是什麼？」她衝著濃霧大喊。

綠光靠近並回答：「這是傳送，朋友。這是老方法，它確實存在，也將繼續留存。」

我凝視著光，看見她在那兒，哈莉特抓著手杖，而握住她另一隻手的人，天啊，是凱西亞。

「很抱歉來晚了，海瀾．沃克，」哈莉特說：「但這得費些工夫。」

我無法言語。她的話感覺像條繩索懸吊著我。我望向哈莉特走來的路徑，在濃霧中看見德拉瓦碼頭。

「沒事了，親愛的孩子，」凱西亞說：「回去吧。我們接到她了。一切都會好好的。」

還有更多，我向你保證。但我無法形容我當時承受的疲憊和痛苦。我想告訴你一些最後的印象，比如席娜與女兒重逢時的表情，她失去那麼多，終於找回一個孩子。但我再次墜落，翻滾，在我生命的所有記憶中，翻滾回往昔歲月，經過米凱亞．布蘭德和瑪莉．布朗森，翻滾過我的許多人生，經過主張自由戀愛的人和工廠奴隸，經過懷特兄弟，翻滾回這個世界。

譯注

1 此典故出自赫斯頓（Zora Neale Hurston）一九三四年的半自傳小說《喬納的葫蘆藤》（*Jonah's Gourd Vine*）。庫非（Cuffee）代表著從非洲運來美洲的黑人，傳說他將鼓藏在自己的骨頭裡。

2 水嬤嬤（Mami Wata），水女神，在非洲許多地區與美洲非裔社群中廣受崇拜。

3 典故出自《聖經·箴言》第一章第七節：「好像飛鳥，網羅設在眼前仍不躲避。」

34

我在陌生人的床上醒來，如同一年前那個早晨，在我和梅納德一起被傳送進河裡之後，全身肌肉都覺沉重不堪。環顧四周，看見陽光從拉上的百葉窗隙縫透入。人剛睡醒常會感到惶惑迷惘，我便是處在這種狀態，但我慢慢想起那晚的事。席娜已經走了。

我站起身，想知道現在是什麼時候，因而小心翼翼地走到百葉窗邊，拉了一下桿子，讓陽光照進來。那是個明亮耀眼的一月早晨。我轉身走開時跌到地上，若不是霍金斯剛好進門，我可能就躺在那裡了。

「把她帶走了，對吧？」他說。他彎下腰將我扶起回床。我勉強坐著，感覺兩腿恢復了一些氣力。「就直接把她帶走了。」他又說了一遍。

我揉揉眼睛，扭著脖子朝霍金斯說：「怎麼回事？」

「你應該比我更清楚才是。」他說。

「不，怎麼回事？」我再說一次：「我怎麼來到這裡的？」

「你的女孩來找我們，」他說：「你的蘇菲亞。說她昨天早晨發現你，就在她的木屋外，倒在冰冷的地上打哆嗦，發燒，還咕噥著聽不懂的話。她來史塔佛請我們過去。我們知道怎麼回事。

跟豪爾談過。說你該被帶到鎮上接受治療，當然。」

「當然。」

「你知道我們完全不曉得你在這種情況下會說出什麼，會跟誰說，會傳進誰耳朵。所以我們想到把你留在這裡。這是好主意，因為這個席娜不見了，而豪爾雖不是對每件事都一清二楚，他會注意到的。最奇怪的是她的消失剛好碰上你發燒。但我們對此一無所知，是吧？即使在這裡。因為你絕不可能跟那件事扯上關係。你不可能違抗柯琳。你絕不會置維吉尼亞地下組織於險境。」

「絕不會。」我說。

「正如我所想。等你覺得舒服些，可以把衣服穿好，自己去跟柯琳說。」

到了晚上，我覺得精神恢復得差不多了，便著裝下樓到史塔佛客棧的交誼廳。較遠的一張桌子坐了三名男子，都是幹員，正暢飲麥芽酒。交誼廳的另一端有個酒保站著跟柯琳講話，說了什麼笑話或故事逗得她呵呵笑。她一副淑女打扮——化了妝，蓬蓬裙，帶著皮包。我站在大廳靠邊的樓梯旁，看了她一會兒，好奇為何是她，是維吉尼亞抑或北方的什麼這樣喚醒了革命精神？是什麼讓這女子，這個擁有一切的大家閨秀，甘冒失去一切的危險？我環顧交誼廳，讚嘆柯琳在史塔佛核心做到的：在奴隸制度的核心扎根。

沒過多久，她轉頭看到我，歡悅之色褪去。她朝壁爐旁的桌子點點頭，我們走過去，坐下時她說：「所以你做了。」

我沒答腔。

「你不用回答。我們知道你是什麼樣的人，而且從你外婆的故事開始，發生這種事的可能性已傳述多年。霍金斯知道。」

「我不知道，」我說：「而且它並沒照我的意思運作。」

「但她走了。」

「她走了。」我說。

「我不喜歡這樣，」柯琳說：「這是個問題。我必須能信賴我的幹員。我必須知道他們的心思。」

我搖頭笑道：「妳聽見自己在講什麼嗎？」

她沉默片刻，然後微笑。

「我有聽到，」她說：「真的。但我需要不時被提醒一下。」

「我並不懷疑妳，」我說：「但我外婆，珊蒂·貝斯，她存在於這一切之前，而這個傳送，它屬於比地下組織更古老的傳承。我會效忠妳，但同樣不容置疑的是，我也必須忠於那個傳承。」

「那另一個女孩，這個蘇菲亞呢？你也要傳送她嗎？」

「我會忠於她，」我說：「我只能這麼說。忠於她為我做的一切。這是她第二次救我了。我不能忘記我努力的理由，而我努力的理由與效力的對象不能是兩回事。」

酒保端來兩杯熱蘋果酒。幹員們還在閒聊。我喝了一口說：「這些人對我來說不是貨物。她們是救贖。她們救了我，而我若遇到任何我覺得必須救她們的情況，我就會去做。」

「好吧，我們只得確保不會有這種情況發生。」柯琳說。

「妳怎麼辦得到呢?」我問:「我們置身於奴役的核心,惡獸的肚腹。即使妳握有她的身契。我們還可能做什麼?」

現在輪到柯琳不吭聲了,她默默喝著蘋果酒,目光投向交誼廳,讚嘆自己的努力成果。

一年後,我才瞭解柯琳的神祕含意,但現在想起來,我應該一直都知其梗概。那年秋天我父親過世,清查財務時,他最後這段時日的狀況昭然若揭。他已把洛克列斯完全拖進債務中——但柯琳・奎恩救了他,條件是整座宅邸和留在莊園的每個人都將歸她所有。

因此,他死後的那個月,我們開始改造這片地產,使它在形式和功能上都近似布萊斯頓,換句話說,表面上是一座歷史悠久的維吉尼亞莊園,內部卻是地下組織的一個工作站。我們安排讓剩下的少數僕隸悄悄疏散到紐約上州、新英格蘭和西北部的幾個地區,地下組織的人員在那裡有不少土地。

對於每個被送走的僕隸,我們都安插幹員來替補,他們繼續在全州執行任務,甚至延伸入相鄰各州。對外界來說這是柯琳的財產,但管理莊園的職責落在我身上。這不是我當初想像的情景。但我卻在這裡,成為有實無名的莊園主人,洛克列斯工作站的幹員。

席娜離開兩天後,霍金斯載我回洛克列斯。我們到達時已是晚上,僕人正為我父親端上晚餐。我去探視他,他露出微笑。

「現在好多了吧？」他說。

我在他身旁彎下腰，使得我仍戴著的那條瑪瑙貝殼項鍊晃了一下，從襯衫領口抖落出來。

「好些了。」我對父親說。講這話時我沒抬眼看他。我對他的反應不感興趣，但想讓他知道，我現在知道所有他知道的事，原諒無關緊要，但忘卻就是死亡。

之後我往下走到大街盡頭，看見蘇菲亞在木屋裡、爐火前準備晚餐。卡莉在床上輕輕拉扯棉被，喊出各種不知所云的嬰兒話。蘇菲亞看到我便微笑著走過來，溫柔地親吻我。她回去把晚飯弄好時，我陪卡莉玩。我們一起在內側角落吃飯，那是我以前跟席娜吃飯的角落。我把卡莉抱在膝上，掰下小片的烤玉米餅餵她。蘇菲亞只是坐在那兒看我們，面帶微笑，過了一會兒才開始吃。

那晚我們都睡在閣樓上，縱使席娜走了，感覺還是該尊重並保持她在屋裡的位置。到了半夜我們還醒著。蘇菲亞盯著山牆的天花板，卡莉伏在她胸脯上沉睡。我把手指伸進蘇菲亞濃密的頭髮，輕輕扭繞一綹綹髮絲。

「那我們呢？」我問：「我們現在是什麼？」

蘇菲亞把卡莉從胸前移開，讓寶寶躺在我們中間，再翻身側臥，面向我。

「我們一直都是這個身分，現在也是——」她說：「地下分子。」

作者注記

懷特家族的故事，靈感得自威廉與彼得・斯蒂爾（William and Peter Still）及其家人的真實傳奇。讀者可在威廉・斯蒂爾著、昆西・米爾斯（Quincy Mills）編輯的新版《地下鐵道紀實》（*The Underground Railroad Records*）（現代圖書館〔Modern Library〕）中讀到更多關於他們的故事，以及他們從之前被奴役者那裡收集的故事。

—導讀—

走向自由之途——《水舞者》與對抗奴役的祕密戰爭

劉曉鵬／政治大學國家發展研究所教授

塔納哈希・科茨（Ta-Nehisi Coates）多年來的作品以時事報導、評論為主，這是他的第一本小說。可能也因為他初次撰寫這樣的作品，模式頗符合時下流行的非裔美國人史主流讀物的創作主軸。他更進一步結合真實歷史人物凸顯小說的可讀性，並由此塑造南北戰爭前的南方社會。

超能力與當代美國黑人的隱喻

首先，貫穿全書，即透過水的「傳送」（conduction）等超自然情節，頗有許多著名非裔作家的影子。曾獲諾貝爾文學獎的非裔美國作家童妮・摩里森（Toni Morrison），其最著名的著作《寵兒》（*Beloved*）之所以膾炙人口，在於其透過一個女黑奴為免其愛女遭奴役而殺害她的故事，描述其與愛女的陰魂互動，傳達奴隸制度最反人性的一面。另一同樣獲獎無數的非裔美國作家奧克塔維亞・巴特勒（Octavia E. Butler）則透過外星人、未來世界、時空穿越等情節，詮釋奴隸制度的遺產——思想控制、種族、性別、階級、暴力。

科茨將本書主角海瀾．沃克（Hiram Walker）描述成一個具備跨越空間的超能力黑奴。這個能力似乎是繼承而來，因相傳他的黑奴外婆曾帶族人走入美國河中直接跨越大西洋回到非洲。主角的記性極佳，但他的超能力又受到對母親的記憶所限制。海瀾是母親與白人農場主發生關係後所生，母親最終仍遭販賣，海瀾其後亦淪為奴隸，這些殘酷的身世加上他自己不斷出現記憶與遺忘的情形，構成了主角超能力的啟動關鍵。《水舞者》環繞如何啟動其超能力，不但成為作者敘述十九世紀前半期的時代基礎——有了記憶才能瞭解自己的身分，進一步成為追求自由的動力——也是科茨對當代美國黑人的隱喻。

通往自由的祕密路徑

敘述南北戰爭前的黑奴故事，必然離不開追求自由，這也是好萊塢二〇一九年電影《哈莉特：廢奴之戰》（*Harriet*）的主題。這部電影是著名的女奴哈莉特．塔布曼（Harriet Tubman, 1822-1913）的故事，她逃亡到北方，卻積極返鄉營救其他奴隸的事蹟，在美國史上有族群與性別的重要意義，因此美國政府計劃將她的頭像放上最廣受使用的二十美元紙鈔。哈莉特以一女性黑奴的身分能順利來回南北救援，關於其超能力的傳奇自然不少，甚至有摩西（Moses）之稱。

摩西一詞原指分開紅海帶以色列人走出埃及的事蹟，有帶黑奴走出南方的意義，本書主角即具備與摩西／哈莉特類似的超能力，小說中海瀾多處與哈莉特的交談以及合作拯救其他黑奴，對讀者而言是把原來熟悉的傳奇更加具體化。「摩西」們的能力都有條件限制，也不免被誇大，以震懾來自奴隸主的阻力，但具備這樣的能力可以「藉由編織傳奇，進行著對抗奴役的一人戰爭」。

只是這場戰爭要獲勝，只有超能力的傳奇不夠，因為在美國，黑人終究是少數。白人不但占多數，也擁有社會資源，實際上必定需要他們的協助。

黑奴是資產，要協助把黑人送往自由地區等於奪人財物，行動也必須祕密進行。祕密進行加上團隊合作，「地下鐵道」的傳說也應運而生。這是為了應付奴隸主的搜捕並解釋為何遍尋不著逃亡黑奴而創造出的想像——即南方有一地下鐵道，黑奴之所以消失乃是因為已登車前往北方自由地區。然而，實際的情形自然不同。「地下鐵道」是一個聯結自由黑人、白人教會、白人廢奴主義者，無數的船隻、馬車、沼澤、叢林、水源及一連串轉運／休息／避難點所構成的逃往北方的祕密路徑。

懷特黑德（Colson Whitehead）二〇一六年即依此背景出版小說《地下鐵道》（*The Underground Railroad*），獲獎無數也迅速被拍成影集。其陳述重點不只是史實，而在強調自由是群體奮鬥才能達成的價值。而《水舞者》中，「地下鐵道」不但拯救主角，也成為主角的工作。主角獲得自由後還冒險投身廢奴的理由，與懷特黑德的《地下鐵道》類似，強調的是人類價值：「這場祕密戰爭對抗的不僅是維吉尼亞的奴隸主，我們不只企圖改善世界，還要重新打造它。」

南北戰爭前的種族與經濟

那麼應該打造的世界是什麼？從書中的人物與相關緝奴法令來看，其背景是一八五〇年代後的美國，也就是南北戰爭前夕。南北戰爭的成因很多，從本書多處強調南方沒落的經濟來看，當時美國一方面向西擴張，一方面南北經濟制度已起了很大的變化。北方走向工業化與資本密集，需要大量不同技術的勞工，也就所謂的自由勞工，而南方倚賴黑奴的種植園式發展，不但缺乏技術可言，也難以提供更多就業機會。隨著更多領土的擴張，未來要走向何種效率的經濟模式，也成為自由與奴役論述之爭的基礎。

美國的自由與奴役的論述之爭，早在工業革命的歐洲達成結論。對臺灣的讀者而言，黑奴如何受白人虐待的情節並不陌生，但本書的諸多白人角色，在歧視黑人之外，另具其他形象。首先是隱藏在南方的廢奴主義者，如優雅的南方貴婦柯琳・奎恩（Corrine Quinn）、同父異母哥哥的家教老師費爾茲先生（Mr. Fields，真名為米凱亞・布蘭德〔Micajah Bland〕）等。當時歐洲多已廢奴，而為實踐這個理想已有不少人犧牲生命，影響所及，連當時美國瞧不起的墨西哥，都已無奴隸制度。換言之，美國南方力圖保有的奴隸制度，以當時的全球意義而言是落後的價值。而書中廢奴主義的白人代表對進步價值的奉獻，他們對自由的追求與犧牲，不遜於任何黑奴，也更讓讀者認知白人的正面形象。

其次是主角的父親豪爾・沃克（Howell Walker）家族。身為白人農場主，似乎扮演莊園內的上帝，但階級無法解決因菸草業傾頹所帶來的破產威脅，還有心愛的女奴選擇逃亡，特別是與白人生的小孩智能表現還遠不及與黑奴生的，在階級的認定上情何以堪。本書不僅在描述南方時，顛覆原來對白人農場主的想像，也指出即使在北方，主角海瀾「看到白種人裡極悽慘的實例，也看到黑種人中極奢華者，程度皆是我前所未見」。

種族中的階級劃分

書中最悽慘的白人似乎是南方的「下等白人」，他們缺乏知識與財富，只能做白人階級中最低的工作，「妻女被始亂終棄。他們是個墮落且被踐踏的民族，忍受上等人的鐵靴，只為了保有將自己的鐵靴踩在僕隸上的權利」，地位沒有比黑人好太多，在上等白人前，甚至與黑人有競爭關係。

無論內戰前後，相較於膚色，財富是更明顯的階級劃分主因，「下等白人」在美國政治發展上尤具意義。北方愛爾蘭裔的貧苦白人，和在北方的自由黑人常有職業競爭關係，因此在內戰前即多不支持解放黑奴。總統林肯（Abraham Lincoln, 1809-1865）以推翻奴隸制著名，但他遇刺後，繼任的總統詹森（Andrew Johnson, 1808-1875）由於出身貧寒，對黑人的同情與當時共和黨控制的國會明顯不同，極力反對聯邦政府保障黑人權利。內戰後被解放的南方黑人移往北方工業城市，與貧困的白人在職業競爭上更劇烈，也衍生出許多暴力衝突。當今黑人的膚色使他們得到同情似乎理所當然，但有些貧苦白人生活壓力可能比黑人更大，因為膚色使得他們連失敗的藉口都沒有。

奴隸制雖已遠去，遺產仍延續至今。隨著媒體較過去更為發達，過去十餘年美國的種族問題傳播得較過去快速，引起更多關注與衝突，這是科茨的作品引起熱烈迴響的重要基礎。他介於科幻與真實的手法以及對階級的解構，不但讓當代讀者審視奴隸制遺產與社會衝突的根源，也讓未來種族主題的作品生產，出現更大的創作空間。

導讀

「容我的百姓去」：通往自由的記憶軌道

蔡佳瑾／東吳大學英文學系副教授

「容我的百姓去」出自《聖經．出埃及記》5:1，摩西向法老傳遞上帝的旨意，令法老讓祂的百姓離開埃及；如同小說主角海瀾讀到的老黑奴的臨終之言所示：「凡人使我們為奴，但上帝意欲我們自由。」〈出埃及記〉是《水舞者》（*The Water Dancer*）內容裡一個扣結主題的核心典故，整部小說刻劃黑奴在慘無人道的奴隸制度中如何透過摩西一般的人物逃往自由之地，但這「出埃及」的路程充滿了超自然的色彩，也充滿了文學喻意與心理意涵，使人讀之深受吸引，無法釋手。

書寫生命的自傳式奴隸敘事

《水舞者》這部小說是科茨（Ta-Nehisi Coates）長年從事新聞相關非虛構文類寫作之後的初試啼聲之作，雖然他首次嘗試小說創作，但內容令人驚豔。美國非裔諾貝爾文學獎得主童妮．莫里森（Toni Morrison）對科茨讚賞有加，將他譽為二十世紀初知名非裔作家包德溫（James Baldwin）的繼任者。身為非裔作家，科茨免不了在小說中延續他在其他非虛構作品中對種族議題的關注與省思，然而在小說中他卻出人意外地展現豐富的想像力與創意，以及極具文學性的手法，再現奴役制度的殘酷與歷史創傷，並且在寫作手法的運用及情節安排上巧妙地呼應美國文學中的奴隸敘事（slave narratives）傳統。

在小說形式上，科茨選用第一人稱敘事觀點，甚至讓主角海瀾偶爾對著讀者直接說話，例如：「而今思之，我自己寫的書，亦即你手上這本，就是從那些時刻——從那間圖書室誕生的」；此自傳體形式常見於奴隸敘事之中，由獲取自由的黑奴自述其為奴的經歷。如同許多奴隸敘事的內容陳述黑奴親身經歷的苦難與對白人社會的觀察，小說的敘述者深刻描述了黑奴如同被豢養的牲畜，任意被拍賣、出租、凌虐，也呈現他對南方階級社會的敏銳觀察和批判。這些觀察描述因為海瀾身為莊園白人主人與黑奴所生的混血私生子而顯得更加諷刺：白人血統的部分使他對於身為莊園繼承者的身分有潛藏的欲望與揣想，但黑人的血統使他永遠只能當他那位懦弱無能的同父異母兄長的侍從，被白人父親期待如同黑影子般以他過目不忘的記憶力來輔佐白人哥哥。作者透過海瀾與白人兄長的對照諷刺種族主義所造成的權力地位的不對等，安排有黑人血統的海瀾天生聰明能幹，而讓其兄長徒有白人血統所賦予他的權力地位卻毫無能力經營管理，以此逆轉白人社會的種族偏見。

此外，科茨對主角的刻畫隱射十九世紀知名廢奴運動領袖弗雷德里克．道格拉斯（Frederick Douglas），也就是小說第一部卷首題辭的作者；兩者同為黑白混血兒，道格拉斯脫離黑奴身分後，寫了三本自傳，第一本《美國黑奴弗雷德里克·道格拉斯的生平敘事》（*Narrative of Frederick Douglas: An American Slave*）輔出版即大為暢銷，他脫離黑奴身分後所展現的演說口才與文筆推翻白人對黑人的偏見；小說中，海瀾這位同樣有位白人父親的混血黑奴展現超凡的記憶力，因為過目不忘而有了學習的機會，得以遍覽群書，甚至得以運用其特長解救其他黑奴。小說第一部的題辭「我的職責是訴說奴隸的故事。奴隸主的故事從不乏人講述」乃出自道格拉斯第三本自傳，科茨以此句作為小說卷首的題辭無疑是暗指此書是一部奴隸敘事，也頗有向道格拉斯致敬的意味；另一方面，透過引文，科茨也指出黑奴被剝奪發聲權，相對於白人得以建構自己版本的官方或主流歷史，黑奴的人生故事卻無人聞問。黑奴敘事因此不僅是個人自傳，更是另類的非裔歷史書寫形式。

小說創作即是歷史書寫

這部虛構的奴隸敘事以非裔族群的觀點建構十九世紀南北戰爭之前的黑人歷史，但作者也藉此揭露社會權力結構上根基於種族歧視的不公義以及上層白人階層的偽善；海瀾不只見證到維吉尼亞州的莊園主隨著菸草種植業的興衰如何剝削下等白人與黑奴，還有白人如何透過地道與地下營窟來隱藏蓄奴的黑暗面以活在高尚亮麗的假象中，他也看穿那些同樣在社會制度下無法自我實現的下等白人只能將自己的憤怒與羞恥感發洩在比他們更沒盼望的黑奴身上。然而，海瀾卻領悟：這些握有權力的上等階級卻是最軟弱無能的一群人，因為離了他們所鄙視卻依賴的黑奴，他們就無法生活，連燒開水的能力都沒有。當海瀾逃至北方，他見證到南北兩個世界的不同——人權思想在北方興起如雨後春筍，自由黑人擁有自主權，得以選擇自己想要的生活方式；相對的，南方的蓄奴社會卻因莊園主貪婪，過度種植菸草而引來衰敗，開始拍賣黑奴換取資金，加深黑奴逃亡的動機。

這些歷史刻畫中最特別的就是科茨將南北戰爭前南方黑奴經由「地下鐵道」（underground railroad）逃往自由北方的歷史事件納入情節，甚至可說是情節的主要骨幹。所謂的地下鐵道是由同情黑奴境遇而願意收容並協助逃往北方的家戶所形成的地下網絡，這些家戶就如同車站一樣，讓黑奴停留，再經過指引路線後逃往下一站，如此直到進入北方安全處；這些協助者除了北方廢奴人士與桂格教會之外，很多是逃亡成功的黑人。在小說末尾，作者特別提及威廉．斯蒂爾（William Still）於一八七二年所著的《地下鐵道紀實》（*The Underground Railroad Records*），書中收錄許多逃亡黑奴的文件資料與經歷，科茨在昆西．米爾斯（Quincy Mills）新編的版本中還寫了一篇引言，足見他對這段歷史的熟悉與看重。

小說中的地下鐵道這個逃亡網絡與「出埃及典故」關係密切；談到地下鐵道的歷史背景就必然要提到一位重要且知名的引路者，也是位非裔傳奇人物——哈莉特．塔布曼（Harriet Tubman），人稱「摩西」，其典故自然是出自《聖經．出埃及記》那位奉神的旨意將以色列民從埃及法老王的高壓奴役之下拯救出來，並且以杖分開紅海以脫離埃及追兵的摩西，這個稱號說明塔布曼在逃亡黑奴心中是位如同摩西那樣的奴隸解放者；在小說裡，科茨特意描述她如同摩西一樣手拿著杖，她稱之為：「我忠實可靠的手杖……我走到哪都帶著它。」她被喻為摩西，而馬里蘭與所有蓄奴的南方社會則是受法老管轄的埃及地！

然而，科茨並非以紀實或是歷史小說的寫作方式再現南北戰爭前的黑奴境遇以及地下鐵道的運作；這部小說的文學性與獨特性在於科茨以魔幻寫實手法賦予地下鐵道這段歷史豐富的想像，並且結合了非裔傳統文化，例如歌詠中的「呼應」(call and response)形式；此音樂形式源於黑奴在棉花田裡工作時的唱和，後存於黑人靈歌與爵士樂中，其特色是在一呼一應之中帶著自發性與自由度，形成與他人的情感與思想的交流（亦即社群關係的建立）。此種歌詠的形式如同對話，也具有故事性，因為往往內容涉及歌者的人生經歷或是情感，甚至可以視為口傳文學的一種形式。黑奴們歌詠骨肉分離的傷心、際遇的悲慘與對上帝的呼求與信靠，透過歌詠中的呼應形成奠基在集體經驗所產生的共感，其中所陳述的經歷也匯聚成為集體記憶，甚至帶來集體的心靈安慰與療癒效果。

科茨的創意在於他以魔幻寫實手法將地下鐵道、記憶與黑奴歌詠中的呼應串連起來，賦予地下鐵道的營救行動與記憶積極的救贖意義。地下鐵道的傳奇引路者哈莉特（摩西）在小說中被描述為具有超能力的傳送者，能夠將人迅速傳送到北方；海瀾的祖母珊蒂．貝斯據說也具有這個超能力，曾經傳送了四十八個人至非洲，而海瀾也遺傳了這個超能力。這個傳送能力是靠著回憶與水兩個元素才能發揮，當回憶湧現時，這些記憶中的畫面彷彿形成一個異次元通道，引導回憶的人走在水上，穿越進另一個空間。海瀾首次意識到自己的傳送能力是他墮入古斯河時，當時他看見回憶中他的母親跳著水舞的畫面，雖然她的面貌模糊不清。這些跟水有關的傳送元素源自於一個奴隸船的傳說：一艘滿載奴隸駛往北方的船上，一群奴隸相信能夠踏浪返回故鄉而行走在海面，返回非洲。易言之，這個超自然的傳導能力扣連非裔族群的原鄉情結——水連結他們與非洲原鄉，而原鄉與母親的形象密不可分。「水舞者」這個標題的意義自然不單指海瀾的母親而言，更是暗指與此傳說相關的原鄉情結與集體對自由的嚮往。

哈特莉在傳送的過程中吟唱：「我們以人生為鐵路，故事為軌道，我是火車司機，將帶領這次傳送。」這句話點出小說中地下鐵道與傳送的重要喻意；所謂的傳送乃是透過回憶的能力發揮超自然的輸送功效，而回憶的傳遞管道則是來自口述回憶所形成的故事。哈特莉帶領幾個手足與海瀾進入傳送時，他們一行人踏入水中，開始進行詠唱與呼應；哈特莉主領，背後是她的合唱隊，回應她所歌詠的回憶，也就是她的人生故事。童妮・莫里森在她多部小說中特意呈現口語化與合唱的效果，她曾在〈根源：先祖基石〉(Rootedness: The Ancestor as Foundation) 這篇文章中特別指出她小說中合唱隊形成具有回應功能的社群，而此種口語性與眾聲合唱的效果即是黑人寫作的特色。由於黑奴會被白人主人任意販賣導致骨肉分離，在棉花田工作時即興的歌詠與唱和不只抒發內心的苦楚、講述自己與他人的故事，也成為具有社群型態的交流。此外，由於黑奴不識字，不具有書寫的能力，無法寫下自己的歷史，這些傳承的歌詠或口傳的故事成了集體記憶的載體；當沒有人能為自己的過去發聲時，集體記憶如何傳承，歷史如何被書寫保存就成了一個重要的族群議題。在黑奴能夠以文字為表達工具之後，奴隸敘事便是為自己發聲的平臺以及在主流白人歷史論述之外另闢蹊徑的管道，所有接續奴隸敘事之後的非裔作品均可視為以小說文類建構而成的非裔歷史，莫里森更是表明她的小說即是一種歷史書寫，而科茨明顯也在延續這樣的歷史建構工程。

暗藏的集體記憶軌道

非裔歷史的書寫與重建必然牽涉到對於奴隸歷史的集體記憶，非裔小說中常見的一個主題即是創傷記憶；弔詭的是，創傷的存在形式乃是被潛抑（represssed）於無意識、難以言表的記憶黑洞，在語言的表述上只能以迂迴的方式去接近，或是以片段的意念、閃現的記憶畫面呈現。在小說中，海瀾有過目不忘的記憶力，能記住眼睛看過的任何細節；然而，諷刺的是，一個什麼都能記住的人卻記不起母親的臉，他所能看到的記憶畫面只有母親頂著水罐跳水舞卻容貌模糊的身影，這顯示母親的臉正是他記憶中的黑洞，亦即他創傷的所在。直到找到與母親相關的失落物件（貝殼項鍊），他才憶起母親的臉，同時他的傳導能力也能發揮極大功效。顯然，作者藉此意指回憶創傷經歷所帶出的修復與醫治具有拯救的力量，而與母親的分離正是許多黑奴共有的創傷。

創傷記憶、故事與母親（水），這些是海瀾傳導能力的構成元素，也是非裔創傷敘事中反覆出現的母題；海瀾的超能力承襲自母系血統，而水不只連結於母親頭上所頂的水，也連結於子宮內的羊水以及踏水返回非洲的傳說，也就是原鄉情結。小說標題「水舞者」，暗指那些踏水而行進入回憶的傳導者，因此所謂的「傳導」，其實是集體的記憶之旅；不同於歷史上的地下鐵道，小說中的地下鐵道變成是暗藏意識之下的記憶軌道。科茨這部小說不只以文學手法建構內戰發生前的一段非裔版本的美國歷史，也可以視為一則寓言故事，說明歷史記憶乃是帶領非裔族群脫離奴役，進入自由的驅動力。以創傷理論的角度視之，當創傷得以被憶起且口述之時，亦即倖存者能夠招領失落記憶並對過去進行認知整合之日；易言之，水面上進行的集體回憶與吟唱象徵集體的心靈醫治，使得非裔族群得以脫離創傷經驗的禁錮，進入心靈的自由。

Literati

春山文藝 025

水舞者

The Water Dancer

作者　塔納哈希・科茨 Ta-Nehisi Coates
譯者　楊雅婷
總編輯　莊瑞琳
行銷企畫　甘彩蓉
封面設計　廖　韡
內頁排版　張瑜卿
法律顧問　鵬耀法律事務所戴智權律師

出版　春山出版有限公司
地址　116臺北市文山區羅斯福路六段297號10樓
電話　(02) 2931-8171
傳真　(02) 8663-8233

總經銷　時報文化出版企業股份有限公司
地址　桃園市龜山區萬壽路二段351號
電話　(02) 2306-6842

製版　瑞豐電腦製版印刷股份有限公司
印刷　搖籃本文化事業有限公司
初版　2022年10月
定價　500元

The Water Dancer by Ta-Nehisi Coates
Copyright © 2019 by BCP Literary, Inc.
This translation published by arrangement with One World, an imprint of Random House, a division of Penguin Random House LLC
through Bardon-Chinese Media Agency
Complex Chinese translation copyright © 2022 by SpringHill Publishing
ALL RIGHTS RESERVED

有著作權　侵害必究（缺頁或破損的書，請寄回更換）

國家圖書館出版品預行編目（CIP）資料

水舞者
塔納哈希・科茨（Ta-Nehisi Coates）著；楊雅婷譯
一初版・一臺北市：春山出版有限公司，2022.10
一面；公分・一（春山文藝；25）
譯自：The water dancer.
ISBN 978-626-96482-2-1（平裝）

874.57　111013799

春山出版　填寫本書線上回函

EMAIL SpringHillPublishing@gmail.com
FACEBOOK www.facebook.com/springhillpublishing/

From Interest to Taste

以文藝入魂